金 學 叢 書
第一輯 16

吳 敢
胡衍南 霍現俊
主編

《金瓶梅》詮評史研究

李梁淑 著

臺灣 學生書局 印行

李梁淑

臺灣苗栗人，臺灣大學中文博士，現任屏東科技大學客家文化產業研究所副教授。早年主要研究古典小說，近期轉向客家文學、民俗文化與客家美學與之研究，著有《客家歌謠文化與藝術論集》、《百年客家——徐冬英珍藏文物賞析》，以及〈當代客語詩文創作的幾個面向(1988~2007)〉、〈從文創產業探討李文古笑科劇的創作——兼論其在教學上之運用〉、〈論客語小說的美學建構——以黃火廷、李得福作品為例〉等十餘篇論文。

本書簡介

自《金瓶梅》問世開始，對它的詮釋就一直存在著，讀者決定了小說文本的諸多意涵。歷來有哪些人在閱讀、詮釋、批評這本奇書？又從什麼角度、以什麼標準來評價它？本書從「接受史」的角度考察歷代讀者對它的解釋和評價，期能建立一種以讀者為中心的《金瓶梅》詮評史。全書共分八章，第一章為緒論，第二至四章綜論晚明以迄民初有關《金瓶梅》閱讀與批評的文獻，第五至七章分論崇禎本、張竹坡及文龍的評點，第八章總結研究成果及意義。本書研究發現，每個時代都有其特殊的時代精神，讀者各自以其特殊的文化視野、身分、家世與生平經驗，在閱讀《金瓶梅》時產生了不同的美感經驗，而他們的詮釋與評論，不僅揭示了《金瓶梅》的藝術成就，更豐富了文本的意涵，絕非只有「淫書」一種讀法。

金學叢書第一輯序

　　2012 年 8 月下旬，「2012 臺灣《金瓶梅》國際學術研討會」在臺北、嘉義、臺南三個場地隆重召開，大會同時紀念辭世七年、在海峽兩岸備受推崇的「金學」先驅魏子雲先生。

　　會議落幕之後，臺灣學生書局基於「辨彰學術，考鏡源流」的信念，認為很有必要出版一套「金學叢書」，將 1980 年以後逐漸豐饒起來的《金瓶梅》成果一次性展現出來，於是找了胡衍南商議此事。經過協商，臺灣學生書局接受胡衍南的兩點提議：一，此一事業理當結合海峽兩岸金學專家共同合作；二，為了紀念魏子雲先生，擬將先生在臺灣學生書局的版權書，搭配臺灣近來年輕研究者的金學著作，先以「金學叢書」第一輯的名義出版，藉此向先生獻上敬禮。因此，2013 年 5 月「第九屆（五蓮）國際《金瓶梅》學術研討會」期間，霍現俊答應共襄盛舉；同年 7 月，胡衍南代表書局親赴徐州邀請吳敢加入主編行列，確定此套叢書由吳敢、胡衍南、霍現俊共同主編。在此同時，胡衍南開始蒐集「金學叢書」第一輯的書稿，吳敢、霍現俊逐步展開「金學叢書」第二輯的規劃。

　　不同於「金學叢書」第二輯，主要為中國大陸 20 世紀 80 年代以來學人的《金瓶梅》研究精選集；「金學叢書」第一輯由魏子雲領軍，麾下俱是臺灣年輕學者專書性質的金學著作。

　　第一輯共收十六本書，魏子雲在臺灣學生書局的三本版權書《小說金瓶梅》、《金瓶梅原貌探索》、《金瓶梅的幽隱探照》，足以反映魏先生治學精神及金學見解；且因魏先生後人及學生刻正籌劃全集出版，本套叢書也就不另外爭取先生其他專著。至於其他青年學者專書，如果把金學事業分成文獻研究、文本研究、文化研究，文獻研究明顯最為匱乏，事實上臺灣除魏子雲外興趣多不在作者、成書、版本等考證方面。叢書中具綜述性質的李梁淑《金瓶梅詮評史研究》權屈於此。

　　文本研究稍好，其中又以借鑒西方敘事學理論者較有成績，鄭媛元《金瓶梅敘事藝術》可視為全面性初探，林偉淑《金瓶梅的時間敘事與空間隱喻》意在時空設計的隱喻性格，李志宏《金瓶梅演義──儒學視野下的寓言闡釋》則從敘事特色探討「奇書體」小說之政治寄託。此外，關於《金瓶梅》詩詞的研究也頗見特色，傅想容《金瓶梅詞話

之詩詞研究》、林玉惠《崇禎本金瓶梅回首詩詞功能研究》，一從詞話本、一據崇禎本，前者宏大、後者聚焦，都是考慮詩詞在小說中的美學任務。另外值得一提的是曾鈺婷《說圖——崇禎本金瓶梅繡像研究》，近年頗時興圖像與文字的辯證研究，此書透過對小說插圖的考察，從側面支持了崇禎本《金瓶梅》的文人化、藝術化傾向。

至於文化研究，不可免地都集中在性／別文化研究，此係因為臺灣極易取得未經刪節的全本《金瓶梅》，加上 20 世紀 90 年代中期以來對性／別議題特別熱衷，故影響了《金瓶梅》文化研究的「挑食」傾向。收在叢書中的此類著作，有胡衍南《金瓶梅飲食男女》、李欣倫《金瓶梅之身體感知與性別辯證：一個漢字閱讀觀點的建構》、李曉萍《金瓶梅鞋腳情色與文化研究》、張金蘭《金瓶梅女性服飾文化研究》、沈心潔《金瓶梅詞話女性身體書寫析論——以西門慶妻妾為論述中心》等五部，其中胡衍南、張金蘭的著作都曾公開出版，此次收入叢書都作了程度不一的增添及修改。尤需一提的是，臺灣近年來對於小說的續書研究很感興趣，特別是從解構主義的後設立場重新反思續衍現象，嚴格來講也是一種文化批評，叢書中鄭淑梅《後設現象：金瓶梅續書書寫研究》即為個中佳作。

「金學叢書」第一輯集結近年臺灣青年學者《金瓶梅》研究專著，有意宣示「哲人日已遠，典型在宿昔」——魏子雲先生逝世十周年前夕，金學事業薪火相傳，生生不息。綜上所述，本輯作者胡衍南、李志宏的著述較為金學界所熟識，其他多數則嶄露頭角，正見其成長茁壯。相較之下，稍晚亦將問世之「金學叢書」第二輯，收入了徐朔方、甯宗一、劉輝、王汝梅、黃霖、吳敢、周中明、張遠芬、周鈞韜等三十一位名家之《金瓶梅》研究精選集，收錄純熟之作，代表當代金學最高成就，敬請拭目以待。

吳敢、胡衍南、霍現俊（胡衍南執筆）

2014 年元旦

《金瓶梅》詮評史研究

目　次

第一章　緒論：接受美學的思考

第一節　研究旨趣

　　四百餘年來《金瓶梅》的閱讀始終是隱而不彰，處於欲顯終晦的微妙境地中，樂蘅軍把《金瓶梅》特殊處境說得很清楚：「其實文人士大夫讀之者亦多，但要進一步來研究評賞，就使人噤口裏足了」[1]。事實證明，我們很容易找到讀者津津樂道閱讀《紅樓夢》的過程的記錄[2]，卻始終少見《金瓶梅》的閱讀記錄，其中原因何在？從中國小說的發展史來看，清代長篇小說的作者都是《金瓶梅》的讀者，例如才子佳人小說、《儒林外史》、《紅樓夢》、《歧路燈》、《綠野仙蹤》都不同程度地向《金瓶梅》借鑑藝術經驗，雖然小說家本人未曾明言受誰的影響，眼尖的小說批評家早已指出[3]。現代小說家亦不乏從《金瓶梅》獲得靈感的，例如張愛玲就坦承《紅樓夢》和《金瓶梅》是她創作的泉源[4]，施叔青自述為了營造歷史氛圍，而重讀了《金瓶梅》，感覺古舊詩詞[5]。誠如孫述宇所說：

> 《金瓶梅》是一本小說家的小說，小說家要比一般讀者更激賞的。《儒林外史》、《紅樓夢》從這裡學到寫作方法。作者創造力與感受力，小說家都要讚歎，而且可以仿效，並從中得到靈感的[6]。

這些小說家寧可向《金瓶梅》學習、借鑑藝術經驗（不管是公開、私底下的），卻鮮少直接地將閱讀感受披露於世，乃至進一步評賞、向世人推薦的現象，說明了什麼樣的事實？

1　樂蘅軍，《古典小說散論》，頁101。
2　李慈銘《越縵堂日記補》記載自己擇暇選講《紅樓夢》家事「以博堂上一粲」，鄒弢《三借廬筆談》記載與友人許伯謙相互辯駁的趣事，參看一粟，《古典文學研究資料：紅樓卷夢》，頁374、390。
3　例如《脂硯齋重評石頭記》：「寫個個皆到，全無安逸之筆，深得《金瓶》壺奧。」鄧狂言《紅樓夢釋真》：「作者（曹雪芹）胸中抹煞一切才子佳人小說，而仍有一《水滸》、《金瓶梅》為其所不敢輕視。」黃霖，《金瓶梅資料彙編》，頁258、348。
4　張愛玲，《紅樓夢魘・自序》，頁2。
5　施叔青，〈兩情〉，《聯合文學》（第11卷12期），頁40。
6　孫述宇，《金瓶梅的藝術》，頁115。

在過去幾百年來，《金瓶梅》實際的接受情況能否得知？究竟有那些人在閱讀、解釋、批評《金瓶梅》？他們依據什麼標準來評價《金瓶梅》？又從什麼角度理解、詮釋《金瓶梅》的主題、情節、人物？《金瓶梅》如何經過讀者的選擇取捨不斷被認同或淘汰，形成小說史的「正典」性地位？其間是否有尚未為人發掘的意蘊？任何一個時代都有自己特殊的時代精神，它導致讀者不同的時代需求，用當代的眼光看待前人的作品，得出適應時代文化視野的新感受、新評價，即便所處時代相同，不同讀者之間的解讀也會因各自「期待視野」[7]的差異而有不同的面貌，因此，能否從作品的閱讀、評賞與接受入手，建立一種以讀者的閱讀與批評為中心的《金瓶梅》「接受史」[8]，藉以了解《金瓶梅》做為一種審美存在，在不同時代經由不同讀者閱讀、解釋與評價後所呈現的具體面貌？

　　這些涉及《金瓶梅》閱讀、批評與接受的各種問題，目前學界已有相關的探討，以專著而言，有單德興的 "The self-ordained ideal reader:an Iserian study of three Shiao-shuo p'ing tien critics"（《自許的理想讀者：三位小說評點家的研究》），該書從伊瑟爾的接受美學觀點出發，研究中國傳統文評家透過評點影響、宰制心目中的讀者對敘事文本的理解和詮釋，著重評點對於讀者產生的效應。Shaun Kelley，Jahshan 的 "Ritual in everyday experience and the commentator's art: Zhang Zhupo on the Jin Ping Mei"，也以張竹坡評點為中心，探討作者意圖的重構、以「禮」為中心的閱讀模式、詮釋的方法及思想根源等。陳昌恆的《馮夢龍、金瓶梅、張竹坡》，歸納張竹坡批評理論具有傳統教化動機、微言大義方法、情感體悟途徑、情與理的辨析、人與物的相融、點與面的結合、思與悟的關照等特徵[9]。另外從宏觀角度考察《金瓶梅》詮釋評論史的，專著方面有王年雙的《金學源流：金瓶梅研究的考察》，闡述了一九八○年以來「金學」醞釀、成立、發展的過程。何香久《金瓶梅傳播史話——一部奇書在全世界的奇遇》，從文藝傳播學的角度介紹《金瓶梅》在古今中外大概的流播狀況。單篇論文有石昌渝的〈六十年金瓶梅研究述評〉、蔡國梁的〈明人清人今人評金瓶梅〉、齊魯青的〈明代金瓶梅批評論〉、張進德的〈明清人解讀金瓶梅〉等，都以某一時段為範圍做了初步的探討。可惜幾部以張竹坡評點為

7　「期待視野」是姚斯文學史理論中的一個重要概念，指的是閱讀一部作品時，讀者的文學閱讀經驗構成的思維定向或先在結構，周寧、金元浦，〈譯者前言〉，《接受美學與接受理論》，頁6。

8　「接受史」的觀念最早由接受美學創始者姚斯提出，他在〈文學史作為向文學理論的挑戰〉中指出，文學史是審美接受和審美生產的過程，文學史的更新要求建立一種接受和影響美學，「一部文學作品的歷史生命如果沒有接受者的積極參與是不可思議的。」姚斯（H.R. Jauss）著，周寧、金元浦譯，《走向接受美學》，收入同註7引書，頁24-26。

9　陳東有，〈金學研究的新貢獻——評陳昌恆《馮夢龍、金瓶梅、張竹坡》〉，《華中師範大學學報》（1996年第2期），頁128。

中心的專著，大多側重於理論體系的建構、理論價值的探討，對張竹坡評點中較不具理論意義的部分顯然不甚著意，特別是寓意的解讀、人物的評論，這些往往更能體現張竹坡評點的個人特色，也是本書關注點所在。而王著只限於一九八○年以來的研究，對明清二代的評論付之闕如，何氏之作雖融匯各家學說，可惜大半只做重點提要式論述，未能深入探討。其餘單篇論文又因篇幅的限制，所論往往極為簡略，未能兼顧整個批評歷史的內涵與發展脈絡。事實上，《金瓶梅》接受的歷史，並非都是體系完整、博大思深的評論，相反的，很多都是零碎、散漫、不成系統的閱讀記錄，例如晚明崇禎年間的《新刻繡像批評金瓶梅》，每回僅有眉批、夾批，既無回評，也無總綱和讀法，甚至連評點者也不知其名，因此向來不受理論家同樣份量的青睞，實則崇禎本以及光緒年間文龍的評點，都應與張竹坡等量齊觀，他們各自代表了不同時代的批評，自有其獨特的時代意義，都是《金瓶梅》接受史不可或缺的一環，理應付與更多關注。至於其他散見在筆記、書信、雜著之評論，其零碎、散漫自不待言，當然更少予以整合研究了，事實上，這些隻字片言，有時反而比評點更能深中肯綮、窺見《金瓶梅》的藝術底蘊。本書企圖透過「接受史」的觀念將這些資料重新整合、賦予意義，進而了解《金瓶梅》在過去三百餘年來，不同的讀者如何解釋、批評《金瓶梅》的人物、事件？如何把握《金瓶梅》的複雜義旨？「淫書」論背後的真正意涵為何？推崇為「奇書」的審美標準何在？不同的讀者關注的層面以及閱讀《金瓶梅》所獲得的美感經驗有何差異或共通性？歷代讀者對《金瓶梅》的抉幽探微能帶給吾人什麼樣的啟示和省思？凡此種種都將透過本書的研究獲得解答。

第二節　研究範圍與方法

本書研究範圍限定在「萬曆到民初」，實則涵蓋了晚明以迄清末民初各個階段的批評和研究，之所以強調「萬曆到民初」乃與研究的起迄年代有關，蓋因《金瓶梅》的解釋與評論，在晚明抄本問世時即已存在，袁宏道是第一個披露抄本消息、給予評價的人，時值萬曆二十四年（1596），研究《金瓶梅》的詮評歷史自應以「萬曆」為起始。而論文研究的最後階段定為「民初」，乃因民初與清末的《金瓶梅》批評似斷實連，不可分割而論，如冥飛等人的《古今小說評林》、解弢的《小說話》，均出版於一九一九年，在內容和形式上實為清末以來興起的「小說話」批評的沿續，故本書的討論至一九一九年為止，此時仍可劃歸「民初」的範圍，雖然這樣的年限界定與學界對「清末民初」的看

法不盡相同[10]，乃是因應小說批評發展的權宜性變更，因為在這之前的小說批評基本上仍處於傳統的局面（如文龍、張新之的評點，夢生、解弢、姚錫鈞等的「小說話」），在這之後，古典小說的研究開始邁入現代，如胡適建立的小說考證批評始自一九二〇年[11]，各種小說史的寫作興盛於二、三〇年代[12]，古典小說被當成一項學術課題加以研究，《金瓶梅》也在此時邁入科學、系統的研究階段，以魯迅、鄭振鐸、吳晗等人為代表的《金瓶梅》研究開啟了現代「金學」的先聲[13]。至於當代的金學研究，由於借鑑西方文學理論（如現實主義、自然主義、馬克思主義、女性主義、心理分析等），無論是研究的視野、方法，都超出了傳統的範疇，並逐漸形成顯學，蔚為「金學」，據王年雙針對一九八〇年以來《金瓶梅》研究的考察，計有專著一一六部，期刊、報紙及學術論著八三五篇，無論是質和量都遠遠超出明清二代的研究[14]，如此龐大的研究實非本書所能容納，因此本書將範圍界定在萬曆到民初，實在是因為這一階段的批評大半仍屬於傳統批評的範疇，可自成一體系，論述起來較為方便、完整的緣故。

本書選擇以「詮評史」而非「接受史」為題，乃因「接受史」的具體研究對象尚包括了「影響史」[15]，即同時代或後人對作家、作品的模仿、借鑑的歷史，如此一來《金瓶梅》的續書，改編自《金瓶梅》的戲曲、傳奇、子弟書，乃至是受《金瓶梅》影響的小說，如才子佳人小說、《儒林外史》、《紅樓夢》、《歧路燈》等都應列入考察範圍，然由於篇幅、時間的限制，其間的傳承影響、對話關係實無法一一討論，故本書考察對

---

10 以歷史發展角度而言，「清末民初」始自 1840 年鴉片戰爭，以迄 1919 年新文化運動，然考慮到文學批評發展與政治歷史未必一致，以小說批評而言，一般以 1902 年梁啟超「小說界革命」為起點，而以 1917 年胡適等人的文學革命運動前後為終點，其間又略有差異，如陳平原研究清末民初小說的文章，將年限訂在 1897 至 1916 年，見《小說史：理論與實際》，頁 244。陳燕的《清末民初文學思潮》訂在 1872 至 1916 年（頁 2-3）。諸家之差異乃因論述重點不同而做的權宜性變更。

11 易竹賢輯，《胡適論中國古典小說》，頁 2-3。

12 周鈞韜，《金瓶梅資料續編·前言》（1919-1949），頁 3-4。

13 他們的論著集中發表於 1920、1930 年代，如魯迅的《中國小說史略》出版於 1923、1924 年，鄭振鐸《插圖本中國文學史》出版於 1932 年，〈談金瓶梅詞話〉一文發表於 1933 年，吳晗的考證文章〈金瓶梅的著作時代及其社會背景〉發表於 1934 年。

14 王年雙，《金學源流：金瓶梅研究的考察》，頁 2。

15 陳文忠指出，接受史的研究可分為效果史、闡釋史、影響史，所謂效果史即「作品在讀者中產生的審美效應和變化史」，研究效果史可藉以「認識同時代文藝風氣和審美趣味變化的軌跡」，闡釋史是對作品的創作、主旨、風格的評論，影響史是同時代或後人對作家、作品的模仿、借鑑的歷史，參看〈古典詩歌接受史研究芻議〉，《文學評論》（1996 年第 5 期），頁 130-137。

象只以《金瓶梅》的詮釋與評論為主，是為「詮評史」[16]。而「詮評史」建構的意義乃在於：由於任何「作品本身所包含的豐富潛能，任何一個讀者（或批評家）的閱讀都不可能全部實現」[17]，每一次的閱讀都留下意義的剩餘，因此只有考察全部的詮釋歷史之後，才能較好地展示作品的意義整體，正如韋勒克所說，一件藝術作品的意義應該是「一種增添過程，也就是歷來許多讀者對它所作的批評之歷史的產物。」[18]因此歷代牽涉《金瓶梅》閱讀、詮釋、評價的文獻資料，都是作品意義不可或缺的部分，都將透過「詮評史」的建構來呈顯其意義。

在研究方法上，第一章緒論，概述研究旨趣、前人研究概況、研究範圍、方法和材料等，第二至四章是宏觀研究，探討晚明、清代、清末民初三個階段的批評歷史，第五至第七章是微觀研究，針對崇禎本、張竹坡、文龍三家評點進行分析。蓋評點作為古代小說主要的批評形式，其隨文刊附於字裡行間的性質，本身即為中國詮釋傳統重要的一環，不但巨細靡遺，涉及小說的藝術、教化、批評與鑑賞等問題，還包含了文本與讀者，以及讀者與批評家的對話，實為《金瓶梅》詮評史中最重要的材料，故另列專章討論。第八章結論與省思，分別就《金瓶梅》的藝術性、非淫書論、女性人物論、「淫」四方面總結其意義。各章節論述重點，除了就小說的各項要素，如主題、人物、情節、語言依序探討之外，儘可能考察詮釋者的生平背景資料，蓋因每一位詮釋者，「由於其不同品質，不同的文化素養，不同的精神狀態，不同的經驗，可以對同一原文產生極其不同的理解」，「甚至可以超出原作者而引出一系列更為深刻、微妙的思想」[19]。因此詮釋者的生平經歷、思想狀況、文化背景、經濟狀況、審美趣味等列入考察範圍，若生平不詳，則觀察他們的文化身分、時代背景、發言的位置等，以為論述之參考。在材料運用上，除了三家評點各自選定一種完善的版本之外，其餘單篇散論則妥善利用各種資料彙編，如黃霖《金瓶梅資料彙編》、方銘《金瓶梅資料彙錄》、朱一玄《金瓶梅資料匯編》、周鈞韜《金瓶梅資料續編》等，這些資料彙編蒐集的研究資料極為豐富，包括了書信、日記、序跋、筆記、文人文集、近代小說雜誌、期刊、文學史、小說史中的評論等，時間上涵蓋自萬曆到一九四九年的評論，共同為本書的研究提供了極大的助益。

---

16 由於本書研究的對象乃歷代讀者對於《金瓶梅》主題、情節、人物、語言的閱讀和解釋的歷史，屬於特殊作品批評、解讀的歷史，與一般研究中國文學理論歷史的「批評史」（如郭紹虞、羅根澤等人的《中國文學批評史》）有所不同，因此別謂之「詮評史」，以便有所區隔。

17 王岳川主編，《現象學與解釋學文論》，頁67。

18 韋勒克、華倫著，王夢鷗譯，《文學論——文學研究方法論》，頁56。

19 高宣揚，《解釋學簡論》，頁31。

第二章　晚明的《金瓶梅》批評

　　晚明文人在師心尚俗的文學觀念影響之下，致力於提高小說、戲曲的地位和價值，當時如李贄、湯顯祖、馮夢龍等人都曾參與小說的評點，或者是編定、改寫之工作，因此繼《水滸傳》成為文人津津樂道的文學典範後[1]，《金瓶梅》抄本的出現立刻得到有心人士的關注，它的題材、人物、創作方法使晚明文人耳目一新。自一五九六年未見全部抄本引起的驚奇駭怪，文人的爭相討論，想方設法一睹為快，直到一六一七年刻本面世，不過二十年的事，大約在崇禎年間（1628-1644）出現了經過改寫刪定的評點本《新刻繡像批評金瓶梅》，總計晚明數十年間的著作中，有近二十種著作提到這部作品，這些著作包括了文人的書信、日記、筆記、《金瓶梅》序跋、其他小說序跋等[2]，足見《金瓶梅》在晚明掀起的熱潮，以及文人學士的濃厚興趣與重視。

第一節　傳抄時代的評價

一、文人名士的愛賞

　　《金瓶梅》在萬曆中期以抄本面目出現時，便立即引起文人學士的注意，凡有幸閱讀部分抄本的文人，無不表現了驚奇駭怪、交加讚賞的態度，第一個透露《金瓶梅》抄本訊息的人是公安派文人袁宏道，萬曆二十四年（1596）他在給畫家董其昌的信中說道：

> 《金瓶梅》從何得來？伏枕略觀，雲霞滿紙，勝於枚生〈七發〉多矣。後段在何處？抄竟當於何處倒換？幸一的示。[3]

1　例如李贄《焚書》卷三〈童心說〉：「詩何必古選，文何必先秦，降而為六朝，變而為近體，又變而為傳奇，變而為院本，為雜劇，為《西廂記》，為《水滸傳》，……皆古今至文，不可得而時勢先後論也。」袁宏道〈聽朱先生說水滸傳〉：「少年工諧謔，頗溺滑稽傳。後來讀《水滸》，文字益奇變。六經非至文，馬遷失組練。」《水滸資料彙編》，頁351-354。

2　參看魏子雲，《明代金瓶梅史料詮釋》一書所錄。

3　袁宏道，〈與董思白〉，轉引自黃霖，《金瓶梅資料彙編》，頁227。按：本章引述評論資料凡轉引自該書者，一律於引文後以括弧註明「《彙編》」、頁數，不另作註。

袁宏道只看了半部就讚為「雲霞滿紙」，爾後又在《觴政》中以《金瓶梅》配《水滸傳》為逸典：

> 凡《六經》、《語》、《孟》所言飲式，皆酒經也。……樂府則董解元、王實甫、馬東籬、高則誠等，傳奇則《水滸傳》、《金瓶梅》等為逸典，不熟此典者，保甕面腸，非飲徒也。（《彙編》，頁 227-228）

雖然袁宏道《觴政》談的是飲酒之事，著重的似乎只是趣味性而已，然從其將《金瓶梅》與儒家經典、歷代詩文名家、戲曲小說名著相提並論來看，《金瓶梅》是成為有識之士、避免流於庸夫俗子的條件，足見他對這部作品的推崇。除了書信之外，晚明文人的日記也記載了他們獲悉《金瓶梅》消息的始末與閱讀感受，如袁中道《遊居柿錄》：

> 往晤董太史思白，共說小說之佳者。思白曰：「近有一小說，名《金瓶梅》，極佳。」予私識之。後從中郎真州，見此書之半，大約模寫兒女之態俱備……瑣碎中有無限煙波，亦非慧人不能。（《彙編》，頁 229）

李日華的《味水軒日記》也是因友人（伯遠）「攜其伯景倩所藏《金瓶梅》小說來」（《彙編》，頁 233）始得寓目，可見《金瓶梅》一開始是以極私密的方式在少數文人間流傳，隨著他們的談論、借閱傳抄，《金瓶梅》很快就得到了文人、出版家的普遍重視，沈德符《萬曆野獲編》：

> 袁中郎《觴政》以《金瓶梅》配《水滸傳》為外典，予恨未得見。丙午，遇中郎京邸，問：「曾有全帙否？」曰：「第睹數卷，甚奇快。」……又三年，小修上公車，已攜有其書，因與借抄挈歸。吳友馮猶龍見之驚喜，慫恿書坊以重價購刻。馬仲良時榷吳關，亦勸予應梓人之求，可以療飢。……但一刻則家傳戶到，壞人心術，他日閻羅究詰始禍，何辭置對？吾豈以刀錐博泥犁哉！（《彙編》，頁 230）

除了袁宏道、董其昌、袁中道、沈德符、馮夢龍之外，當時有幸閱讀部分抄本的，尚有屠本畯、李日華、謝肇淛、薛岡等人[4]，他們之中大多數進士及第、為官為宦[5]，有公安派的代表人物、名士、小說愛好者、藝術家，可見《金瓶梅》的第一批讀者是一群有較高藝術品味的菁英文人，而非正統衛道人士。袁中郎的「雲霞滿紙」、「甚奇快」，馮

4　參看謝肇淛〈金瓶梅·跋〉、屠本畯《山林經濟籍》、李日華《味水軒日記》、薛岡《天爵堂筆餘》的描述，同註3引書，頁3、229、231、235。

5　何香久，《金瓶梅傳播史話——一部奇書在全世界的奇遇》，頁57-65。

夢龍的「驚喜」，馬仲良的「療飢」，說明《金瓶梅》一開始就以題材與藝術的新變在
文人圈中引起了驚奇駭怪，雖然當時《金瓶梅》主要以輾轉借閱、傳抄的方式流傳，人
們還無法對它作出深入詳盡的評價，但在僅存的隻字片語中，已能窺見《金瓶梅》給晚
明文人帶來審美愉悅的事實。雖然所論不多，但已觸及藝術價值、表現手法。如袁宏道
以「雲霞滿紙」讚其文采，又以枚乘的〈七發〉相比擬，著眼的就是《金瓶梅》的諷諫、
勸懲作用，〈七發〉主要是藉著楚太子與吳客的對話，表明縱欲耽樂是致病之根，「要
言妙道」為治國之本的道理，與《金瓶梅》通過主人公縱欲敗亡的一生揭示「嗜欲深者，
其生機淺」的表現手法相似，「勝於枚生七發多矣」意謂「《金瓶梅》能夠更有效的發
揮諷諫的作用，更能夠在色慾淫情的描繪中，讓讀者知所警惕，因而不蹈西門慶的覆轍」
[6]，這是對《金瓶梅》藝術手法的充分肯定。袁中道：「瑣碎中有無限煙波，亦非慧人不
能」則已認識到《金瓶梅》細密真實、耐人尋味的藝術空間。謝肇淛的《金瓶梅·跋》
是抄本時代批評文字的代表，較為清楚地從小說藝術成就來分析：

> 其中朝野之政務，官私之晉接，閨闥之媟語，市里之猥談，與夫勢交利合之態，
> 心輸背笑之局，桑中濮上之期，尊罍枕席之語，驅凵之機械意智，粉黛之自媚爭
> 妍，狎客之從諛逢迎，奴怡之稽脣淬語，窮極境象，駴意快心。譬之範工搏泥，
> 妍嗤老少，人鬼萬殊，不徒肖其貌，且並其神傳之。信稗官之上乘，爐錘之妙手
> 也。其不及《水滸傳》者，以其猥瑣淫媟，無關名理。而或以為過之者，彼猶機
> 軸相放，而此之面目各別，聚有自來，散有自去，讀者意想不到，唯恐易盡。此
> 豈可與褒儒俗士見哉。（《彙編》，頁 3-4）

在此謝肇淛評價了《金瓶梅》反映廣闊的社會生活、人情世態的細膩描繪、人物形象刻
劃各方面的藝術成就，可謂掌握了世情小說的藝術特點，尤其謝肇淛的評價主要是「建
立在小說的整個形象體系之上的」，這使得他的藝術見解高出同時代人一籌[7]，所謂「窮
極境象」、「駴意快心」指的是《金瓶梅》逼真描寫了社會上的各種人情世態，能給人
審美感受，「人鬼萬殊，不徒肖其貌，且並其神傳之」揭示了人物形象美感特徵。謝肇
淛還將《金瓶梅》與《水滸傳》進行比較，認為前者人物形象的塑造已達「面目各別」
的個性化特點，比起《水滸傳》「機軸相仿」的類型化，更具引人入勝的美感效果。這
些評論多方面地指出《金瓶梅》在藝術創作上的優點，確實展現了較高的鑑賞力。

6　周質平，〈論晚明文人對小說的態度〉，《中外文學》（11 卷 12 期），頁 102。
7　劉紹智，〈謝肇淛評金瓶梅〉，《中國古代、近代文學研究》（1992 年第 5 期），頁 230-231。

二、藝術與道德的矛盾

晚明文人在稱奇讚賞同時，並非沒有世道人心的考量，他們一方面肯定小說的藝術性，一方面又主張焚毀，或是質疑推崇此書的行為，顯得相當矛盾不一，如董其昌向袁中道表示：「近有一小說，名《金瓶梅》，極佳」，又說「決當焚之」；袁中道稱道「瑣碎中有無限煙波」，並通達地表示：「以今思之，不必焚，不必崇，聽之而已。焚之亦自有存之者，非人力所能消除。」又說：「《水滸》崇之則誨盜，此書誨淫，有名教之思者，何必務為新奇，以驚愚而蠹俗乎？」（以上均見《遊居柿錄》，《彙編》，頁 229）顯然不認同其兄袁宏道的大力推崇。沈德符「恨未得見」，又擔心「壞人心術」、「閻羅究詰」，反映了他喜愛這部奇書，又不願承擔刊印責任的矛盾心態。如此矛盾的態度，說明了晚明文人心中的擔憂，因為《金瓶梅》的讀者不一定是像袁宏道那樣懂得〈七發〉「發汗解憂」道理的人[8]，而袁宏道身為文壇祭酒竟然極度推崇這樣一部「誨淫」之書，這使得許多文人都不以為然，如李日華《味水軒日記》：「袁中郎極口贊之，亦好奇之過」（《彙編》，頁 229），弄珠客在《金瓶梅·序》中極力替他開脫：「《金瓶梅》穢書也，袁石公亟稱之，亦自寄其牢騷也。」（《彙編》，頁 2）薛岡《天爵堂筆餘》更大聲疾呼：「天地間豈容有此一種穢書！當急投秦火。」（《彙編》，頁 235）而這也是為何謝肇淛在贊美「窮極境象」、「馳意快心」之際，仍須以「淰洧之音，聖人不刪，則亦中郎帳中必不可無之物」（〈金瓶梅·跋〉，《彙編》，頁 3）替淫穢描寫辯護的原因。由此可見，藝術與道德的矛盾一開始便已浮現，於是後來意欲推銷《金瓶梅》價值者，都必須尋找道德的說辭加以解釋。

第二節　作者意圖的猜測

在明清諸多長篇小說中，《金瓶梅》的出現與成書始終是個謎，不但作者「笑笑生」未知何人，即連作序者「欣欣子」、「東吳弄珠客」也是個謎，《金瓶梅》的作者真實姓名為何？創作意圖何在？在問世伊始就引起人們種種的揣測。值得注意的是，當時有幸接觸抄本的文人，距《金瓶梅》成書時代較近，也只能以「相傳」、「聞此」含糊其詞，足見作者隱姓埋名之深，在抄本問世時作者就不可考了。這不僅是因為書中有太多不合道德禮教的性描寫，恐怕還因為書中影射時事的內容觸犯了政治禁忌，果真如此，作者又何能自洩姓名？而諸家對作者身分、創作意圖的揣測，亦非全無理路可循，如袁

8　Naifei, Ding. "Obscene things: the sexual politics in Jin Ping Mep", P.110-112.

中道、謝肇淛主要從小說描寫現實生活的真實深刻來推測：

> 舊時京師，有一西門千戶延一紹興老儒於家。老儒無事，逐日記其家淫蕩風月之事，以西門慶影其主人，以餘影其諸姬。（《遊居柿錄》，《彙編》，頁 229）

> 《金瓶梅》一書，不著作者名代。相傳永陵中有金吾戚里，憑怙奢汰，淫縱無度，而其門客病之，採摭日逐行事，匯以成編，而托之西門慶也。（〈金瓶梅‧跋〉，《彙編》，頁 3）

袁中道、謝肇淛說法反映出「《金瓶梅》對現實生活的摹仿與再現較之其他小說作品更為本色而細膩」[9]，因此猜測作者必是對富貴淫縱生活極為熟悉的人，如此則非西門千戶家老儒、金吾戚里門客莫屬。而沈德符《萬曆野獲編》、屠本畯《山林經濟籍》的猜測則與時政有關：

> 聞此為嘉靖間大名士手筆，指斥時事，如蔡京父子則指分宜，林靈素則指陶仲文，朱勔則指陸炳，其他各有所屬云。（《萬曆野獲編》卷四，《彙編》，頁 230）

> 相傳嘉靖時，有人為陸都督炳誣奏，朝廷籍其家。其人沈冤，托之《金瓶梅》。（《山林經濟籍》，《彙編》，頁 231）

沈德符推測為大名士指斥時事而作，大抵是著眼部分內容與史實的近似，而屠本畯推測是沈冤之人洩憤而作，顯然是從小說揭發、影射當朝政治人物事蹟推想而來。沈德符、屠本畯指出《金瓶梅》與明代史實、人物間有某種程度的聯繫，給予後人研究作者、創作原委提供了猜測與想像的空間，文中所云「嘉靖大名士」、「為陸都督炳誣奏」實為後來「王世貞」說的來源，如清初宋起鳳《稗說》卷三：

> 弇洲痛父嚴相嵩父子所排陷，中間錦衣衛陸炳陰謀孽之，置于法。弇洲憤懣憊廢，乃成此書。陸居雲間郡之西門，所謂西門慶者，指陸也。以蔡京父子比相嵩父子，諸狎昵比相羽翼。陸當日蓄群妾，多不檢，故書中借諸婦一一刺之。（《彙編》，頁 237）

很明顯地，宋起鳳的說法結合屠本畯、沈德符的傳聞而來，後來謝頤的《批評第一奇書金瓶梅‧敘》也認為是出自《豔異編》的作者王世貞之手。王世貞是明代擬古派文人「後七子」之一，何以《金瓶梅》、《豔異編》會和一個擬古派文人扯上關係？《豔異編》

9　劉良明，《中國小說理論批評史》，頁 19。

傳為王世貞作或許是因為書商為了招覽生意而為,但《金瓶梅》顯然是因偶合而起的附會,關鍵在於「指斥時事」、「沈冤」的說法,據《明史》記載,王忬的被禍是由於王世貞不肯趨奉嚴氏、詬毒世蕃所致[10],這就為王世貞著書復仇說提供了可能的心境,加上王世貞確為「嘉靖大名士」,而有關《金瓶梅》抄本的資料中一再提到王世貞家藏有完好抄本,遂輾轉附會成王世貞著書復仇。附帶一提的是,不論各自的觀點為何,有清一代大都傾向於相信王世貞是《金瓶梅》的作者[11],並渲染成各種著書染藥、毒殺敵人的故事,尤以乾隆末年顧公燮《消夏閑記》所記最為有趣:

> 忬子鳳洲(世貞)痛父冤死,圖報無由。一日偶謁世蕃,世蕃問坊間有好看小說否,答曰否,又問何名,倉卒之間,鳳洲見金瓶中供梅,遂以《金瓶梅》答之,但字跡漫滅,容鈔正送覽。退而構思數日,借《水滸傳》西門慶故事為藍本,緣世蕃居西門,亂名慶,暗譏閨門淫放。而世蕃不知,觀之大悅,把玩不置。相傳世蕃最喜修腳,鳳洲重賂修工,乘世藩專心閱書,故意微傷腳跡,陰擦爛藥,後漸潰腐,不能入值。(《彙編》,頁 255-256)

類似這樣的故事,在清人的筆記中屢見不鮮,如蔣瑞藻所引《寒花盦隨筆》、《秋水軒筆記》,以及 1910 年刊登在《小說月報》上的《筆記》都記載了相關的傳說,各傳說之版本大同小異,唯在復仇對象、因何事構仇上有不同的說法[12],這些繪聲繪影的傳說,向來是文人筆記中喜談的重點,蓋筆記本以拾掇傳說為目的,誠如書名所云,本是供人消暑納涼的閑話,充其量只是《金瓶梅》的傳說而已,這些傳說把《金瓶梅》當成了宣洩私憤的小說,不免過於穿鑿附會,民初以來學者多已駁其謬。

第三節　序跋的解讀與強化

在中國,小說向來不登大雅之堂,為了刻印出版,序跋除了對作品的思想內容、藝術成就做一總體評價之外,往往得解釋作者著述動機、刊行目的,並對小說流傳可能引起的社會效果作一番評估,強調小說「裨益於世」、「教化人心」的勸懲作用,甚至是引導讀者正確閱讀的方向等。特別是《金瓶梅》問世伊始就因書中性描寫,招來衛道人

---

10 參看吳晗的考證,〈金瓶梅的著作時代及其社會背景〉,收入《名家解讀金瓶梅》,頁 47-48。
11 僅有少數的例外,如昭槤根據王世貞的史學背景,斷定《金瓶梅》作者絕非王世貞,同註 3 引書,頁 263。
12 同註 3 引書,頁 327-329、349-350。

士「誨淫」的攻擊，《金瓶梅》序跋的作者如何解釋？如何替小說的刊行尋找一合法存在的理由？又如何引導讀者閱讀、看待這些描寫，從而避免誤讀或產生消極作用？其他小說的序跋，又如何看待《金瓶梅》？綜觀這些小說序跋，因著各自的立場、觀點之不同，他們對的看法約可歸納如下四種：

一、排譴憂鬱之情

欣欣子的序是現存《金瓶梅》序跋中年代最早的，一開始就明確指出《金瓶梅》作者「寄意於時俗，蓋有謂也。」即笑笑生「通過描寫現實社會中的人物和日常生活表達一定的思想」[13]，究竟出自什麼樣的動機？欣欣子《金瓶梅詞話·序》排除了先前有關指斥時事、實錄生活原型的說法，逕從人情的需要解釋之：

> 人有七情，憂鬱為甚。上智之士，與化俱生，霧散而冰裂，是故不必言矣；次焉者以知以理自排，不使為累，惟下焉者既不出於心胸，又無詩書道腴可以撥遣，然則不致於坐病者，幾希！吾友笑笑生為此，爰罄平日所蘊者，著斯傳，凡一百回，其中語句新奇，膾炙人口，無非明人倫，戒淫奔，分淑慝，化善惡，知盛衰消長之機，取報應輪迴之事，如在目前，始終如脈絡貫通，如萬系迎風而不亂也，使觀者庶幾可以一哂而忘憂也。（《彙編》，頁1-2）

照這樣看來，笑笑生創作《金瓶梅》是為了「撥遣」一般讀者大眾的憂鬱之情，而且使讀者忘憂的，不但是小說語句的新奇，情節的描寫井然有序、首尾貫通等藝術形式的美感，還包括了道德情感的滿足，也就是作品體現的勸善戒淫、報應輪迴等攸關道德教化的主旨內涵。何以故？所謂的憂鬱又是指什麼？為什麼非要選擇「語涉俚俗，氣合脂粉」的寫作？欣欣子接著說道：

> 關雎之作，樂而不淫，哀而不傷。富與貴，人之所慕也，鮮有不至於淫者，哀與怨，人之所惡也，鮮有不至於傷也。吾嘗觀前代騷人，如盧景暉之《剪燈新話》、元微之《鶯鶯傳》、趙君弼之《效顰集》，羅貫中之《水滸傳》、邱瓊山之《鍾情麗集》、盧梅湖之《懷春雅集》、周靜軒之《秉燭清談》，其後《如意傳》、《于湖記》，其間語句文確，讀者往往不能暢懷，不至終篇而掩棄之矣。此一傳者，雖市井之常談，閨房之碎語，使三尺童子聞之，如飫天漿而拔鯨牙，洞洞然易曉。雖不比古之集理趣，文墨綽有可觀。（同上）

---

[13] 黃霖、韓同文選注，《中國歷代小說論著選》（上），頁203。

原來欣欣子認為,「樂而不淫,哀而不傷」是合乎節度的表現,但人的情感發展不總是合乎節度,難免會有「樂而淫」、「哀而傷」的時候,當「樂而淫」的欲求不能滿足時便產生了「憂鬱」之情,因此選擇淫辭穢語的寫作方式,正是為了使一般讀者大眾在閱讀之後,能夠通過藝術的想像而獲得滿足,並在如飫天漿而拔鯨牙的歡欣與洞然之下,進而能夠「懲戒善惡,滌慮洗心」,達到心靈的淨化。既然《金瓶梅》是為了替一般大眾排遣悶懷而作,表現的形式必須通俗易曉、活潑生動,因此欣欣子又將《金瓶梅》和「前代騷人」以及同時期的一些小說做了一番比較[14],強調《金瓶梅》比這些小說更具使人暢懷的效果,從欣欣子論及的小說來看,除了《水滸傳》之外,大部分是涉及男女愛情的文言小說[15],故有「其間語句文體,讀者往往不能暢懷」的說法[16],由於文言小說「更講究語言的凝重含蓄」,因此往往「造成類似遮羞布的屏障作用」,讀起來也就不那麼酣暢淋漓、賦意快心,而「《金瓶梅》恰恰打破了這一屏障,它採取了一套新的、更生活化的俚俗的語言形式」[17],讀起來「洞洞然易曉」,確實較能給人藝術享受。當然在使人暢懷的藝術享受之外,仍應回歸懲戒之大旨:

> 其他關繫世道風化,懲戒善惡,滌慮洗心,不無小補。譬如房中之事,人皆好之,人皆惡之。人非堯舜聖賢,鮮不為所耽。富貴善良,是以搖動人心,蕩其素志。觀其高堂大夏,雲窗霧閣,何深沈也;金屏繡褥,何美麗也;鬢雲斜軃,春酥滿胸,何嬋娟也;……然樂極必悲生。……至於淫人妻子,妻子淫人,禍因惡積,福緣善慶,種種皆不出循環之機。……合天時者,遠則子孫悠久,近則安享終身;逆天時者,身名罹喪,禍不旋踵。……吾故曰:笑笑生作此傳蓋有所謂也。(同上)

這段話申明了二個觀點,一是物極必返,二是輪迴報應,欣欣子「用物極必返以勸人莫樂極,用輪迴報應以戒人莫縱淫」[18],也即「明人倫,戒淫奔,分淑慝,化善惡,知盛衰消長之機,取報應輪迴之事,如在目前」之意。換句話說,讀者在身歷其境的想像性

---

14 依鄭振鐸的考證,欣欣子稱成化、弘治間的人物為前代騷人,應為萬曆年間人,故與盛傳於萬曆時期的《如意傳》、《于湖記》為同時期,見〈談金瓶梅詞話〉,收入同註 10 引書,頁 29。

15 除了《鶯鶯傳》為唐人傳奇小說、《水滸傳》為白話小說之外,欣欣子此處所列均為明代的文言小說或文言小說集,參看劉世德主編,《中國古代小說百科全書》,頁 17、185、209、428、614、774、768-769。

16 此處「文確」二字費解,魏子雲先生認為從文理上看,似是「文體」之誤,同註 2 引書,頁 49。

17 劉勇強,《金瓶梅本文與接受分析》,《北京大學學報》(1996 年第 4 期),頁 69。

18 陳東有,《人欲的解放》,頁 267-268。

滿足之後，也應同時領悟到淫縱之後的可怕後果，而知所警惕克制，也就是〈詩大序〉所說「發乎情，止乎禮義」之意，情的發散必須有所節制，才能免於過度淫濫帶來的惡果。欣欣子的排遣憂鬱之說，在當時有一定的代表性，反映了晚明進步文人對語涉淫褻的通俗文學的維護態度[19]。

二、紀惡以為戒

東吳弄珠客《金瓶梅・序》把《金瓶梅》比為《檮杌》，認為作者旨在「戒世」，從序文內容來看，他似乎讀過袁中郎〈與董思白書〉、《觴政》，因此一開始就極力替袁中郎開脫，並闡明作品的「戒世」義旨：

> 《金瓶梅》，穢書也。袁石公亟稱之，亦自寄其牢騷耳。然作者亦自有意，蓋為世戒，非為世勸也。如諸婦多矣，而獨以潘金蓮、李瓶兒、春梅命名者，亦楚《檮杌》之意也。蓋金蓮以姦死，瓶兒以孽死，春梅以淫死，較諸婦為更慘耳。借西門慶以描畫世之大淨，應伯爵以描畫世之小丑，諸淫婦以描畫世之醜婆淨婆，令人讀之汗下。蓋為世戒，非為世勸也。（《彙編》，頁2-3）

「穢書」一語好像替《金瓶梅》下了否定性的斷語，其實不然，弄珠客一開始就告訴讀者《金瓶梅》是「穢書」的用意接近朱熹的「淫詩說」，朱熹認為讀者缺乏正確的引導，便會有輕薄的意思在內，有鑑於此，最好預先宣佈這是「淫詩」，讓讀者持一種警惕的態度，以免被它感染[20]。弄珠客對《金瓶梅》開宗明義的解讀為的也是提醒讀者知所警惕，以免重蹈西門慶的覆轍，因此接下來對書名的解讀完全是取史鑒式的，認為小說以金、瓶、梅三人命名，是《檮杌》「紀惡以為戒」之意，即作者要以三人慘痛的下場做為人心之戒，對於其他主要反面人物形象的解讀亦復如是觀，所謂「令人讀之汗下」，就是從理智和感情上影響人們，從而實現審美教育功能，讀者的戒慎恐懼才是作品預期的效果，而非身體力行的實踐，否則即是「導欲宣淫了」。然而讀者是多方面的，對於這樣一部以反面人物、情節為主的小說，又該如何規範讀者去閱讀？弄珠客接著又提出了四種不同的閱讀態度及其所反映的人格層次：

> 讀《金瓶梅》而生憐憫心者，菩薩也；生畏懼心者，君子也；生歡喜心者，小人

19　例如李開先《寶劍記・後序》有云：「古來抱大才者，若不得乘時柄用，非以樂事繫其心，往往發狂病死。今借此以坐消歲月，暗老豪傑，奚不可也？」參看鄭培凱，〈金瓶梅序跋所反映的社會道德意識〉，《抖擻》（1987年7月），頁34-35。

20　康正果，《風騷與艷情——中國古典詩詞的女性研究》，頁56-57。

也；生效法心者，乃禽獸耳。（同上）

很明顯地，弄珠客期待的是以憐憫之心、畏懼之心去閱讀《金瓶梅》，而非生歡喜心與
效法心，這個理論得到許多文人的認同[21]，幾成閱讀《金瓶梅》的準備。為了強調西門
慶之不可效法，弄珠客接著又說：

> 余友人褚孝秀偕一少年，同赴歌舞之筵，衍至霸王夜宴，少年垂涎曰：「男兒何
> 可不如此！」孝秀曰：「也只為這烏江，設此一著耳。」……若有人識得此意，
> 方許他讀《金瓶梅》也，不然，石公幾為導淫宣欲之尤矣。奉勸世人，勿為西門
> 之後車可也。（同上）

在這裡，弄珠客之意，顯然是要讀者將夜宴的華靡與日後的退敗烏江聯繫起來，方不會
被聲色迷惑，也就是讀者應記取西門慶貪欲喪命的可悲下場，方不會垂涎欲滴地想效法
西門慶，也可見弄珠客隱隱覺得袁宏道的稱讚令人不安，故文中一再強調讀者應把握小
說的戒世義旨，否則袁宏道就難辭其咎了。

三、澆洧之音，聖人不刪

由於《金瓶梅》內容含有大量不合禮教道德的淫褻描寫，因此孔子不刪鄭衛之詩很
早就被拿來當成辯護的工具，如謝肇淛的《金瓶梅・跋》有云：「澆洧之音，聖人不刪」，
〈廿公跋〉依據的理由也無非是懲戒善惡：

> 《金瓶梅傳》為世廟時一巨公寓言，蓋有所刺也。然曲盡人間醜態，其亦先師不
> 刪鄭衛之旨乎？中間處處埋伏因果，作者亦大慈悲矣。今後流行此書，功德無量
> 矣。不知者竟目為淫書，不惟不知作者之旨，併亦冤卻流行者之心矣。（《彙編》，
> 頁3）

在廿公看來，刊印《金瓶梅》非但不是誨淫，還是對人類社會的貢獻，所謂「功德無量」，
簡值將《金瓶梅》視為佛教的勸善之書，完全肯定流傳該書的正面價值。若果真如此，
何以也選擇了匿名？可見序跋作者心中的顧忌，畢竟公開宣揚這樣一本小說免不了要招
來社會衛道人士的攻擊，匿名是最安全的方式。

21　劉廷璣主張閱讀《金瓶梅》前應先體認弄珠客之語，薛岡也推為確論，同註3引書，頁235、252。

四、一方之言，一家之政

其他小說序跋縱不以評述《金瓶梅》為目的，亦不乏提出真知卓見者，如張無咎的〈批評北宋三遂新平妖傳·敘〉注意到《金瓶梅》在題材上的新變，給予「奇書」之稱譽：

> 他如《玉嬌梨》、《金瓶梅》，另闢幽蹊，曲中奏雅，然一方之言，一家之政，可謂奇書，無當巨覽，其《水滸》之亞乎！[22]（《彙編》，頁233）

其餘如笑花主人《今古奇觀·序》：「《金瓶梅》書麗，然貽於誨淫」（《彙編》，頁234），崢霄主人《魏忠賢小說斥奸書·凡例》：「是書動關政務，……不習《金瓶梅》之閨情。」（《彙編》，頁234）煙霞外史《韓湘子十二渡韓昌黎全傳·敘》：「無《金瓶梅》之藝淫。」（《彙編》，頁236）雖然這些小說序跋評價一致給予「誨淫」之譏評，但已認識到《金瓶梅》是不同於寫英雄傳奇、時政的「閨情」小說、有著「書麗」的風格。

綜上所述，三篇《金瓶梅》序跋的共同特點是為了強調《金瓶梅》有刊行、存在的價值，一致強化了作品有益世道人心的勸懲、教化功能，然其間又有所不同。欣欣子並不十分貶抑淫詞穢語描寫，反而強調作品有排憂譴悶的娛情價值，和晚明肯定人情物欲的思潮一致，而弄珠客較為保守，認為《金瓶梅》是「穢書」，讀者應以憐憫之心、戒慎恐懼的態度閱讀，而排拒任何效尤之行為，弄珠客的解讀幾乎影響了有清一代。其他序跋的意見也分別在清代有進一步的發展，如「書麗」、「淫藝」在清代有「妖淫」、「妖豔靡曼」之說承其緒，代表了主流之外的看法。

第四節　崇禎本的審美闡釋

有關《金瓶梅》的評價始於萬曆年間，當時因流傳的不廣，人們對《金瓶梅》究竟奇在何處，何以能給人造成強烈的審美效果，還來不及做全面而深入探討，必需經過較長時期的蘊釀，才能充分認識《金瓶梅》的審美價值，因此直到崇禎年間，才出現了文人寫定作評的《新刻繡像批評金瓶梅》（以下簡稱崇禎本）。此本無論在內容與形式上，都與萬曆年間的《金瓶梅詞話》（以下簡稱詞話本）有很大的不同，每回有眉批、夾批，回目及卷首引詩都經過一番加工、整理，還配上了插圖，顯然是在藝術上更為成熟的本子，可惜改寫者、評點者均沒有署名，僅能根據插圖刻工姓名，推斷為崇禎年間文人所

---

22 另一同樣署名張無咎的《平妖傳》序文：「《玉嬌梨》、《金瓶梅》如慧婢學做夫人，只會記日用賬簿，全不曾習得處分家政，效《水滸》而窮者也」。該序經已經學者考證為偽作，同註13引書，頁243-244。

做。事實上，崇禎本的問世乃是晚明小說史上最值得注意的現象，不僅因為崇禎本在體製形式、內容上的改進和演變，使得詞話本《金瓶梅》開創的「世情小說」風格更臻完善，大大提高了《金瓶梅》的藝術價值，奠定了日後廣泛流傳的基礎[23]，更在於評點者對《金瓶梅》藝術成就所進行的開拓性評析，深刻地揭示了《金瓶梅》做為一部「世情小說」的美感價值所在，在文本、評點相得益彰情況下，向讀者大眾充分展現了一個日常生活的世界，一個可姿玩賞的審美客體。

《金瓶梅》是晚明社會思潮，美學觀念激變的產物，崇禎本的出現更體現著晚明的審美趣味，書名標以「新刻」、「繡像」、「批評」《金瓶梅》，意味著崇禎本是與先前詞話完全不同的藝術品，即融合版本的增刪改定、繡像的輔助審美、批評的鑑賞三位一體的新小說，而不論是版本、繡像、批評都可以在廣泛的意義上被理解為對《金瓶梅》所做的新「詮釋」，此一詮釋反映的審美意識滲透著晚明思潮的影響，如肯定情欲的合理性，褒揚人的才情和智慧，崇尚個性的發展，對世俗生活的關注，標榜「韻趣」的文學觀念等[24]，都在崇禎本評點中深刻地反映出來。

首先，就崇禎本所做的增刪改定來看，包括回目、回首引詩的改動、刪去對私情的貶抑，都意在突顯人的情感欲望，尤其配合著小說插圖因應表現情節需要而作的空間變形[25]，真實地呈現了人的情欲世界，加上評點者則在此一基礎之上所進行的審美評析，共同召喚著人們欣賞《金瓶梅》呈現的藝術世界。

其次，關於《金瓶梅》題材與主題的評價，早在傳抄時代便有「淫書」、「穢書」之名，崇禎本做為全新的藝術品向世人推薦，當然不免要辯解一番，如以作品體現了「善惡報應」、「因果循環」的天理，以及色空、無常的人生哲理，證明《金瓶梅》絕非「淫書」，而是意在「懲創」、使人醒悟的作品。更重要的是，評點者把握了《金瓶梅》的宗旨之一是在描摹人情、揭露世態上做文章，所謂「摹寫輾轉處，皆人情之所必至，此作者精神所在」，「此書一味要打破世情，故不論事之大小冷熱，一筆刺入」，明確指出《金瓶梅》描寫「世情」審美取向。其次是評點者對「情色」描寫的態度，並不十分

23　清初以來，四大奇書以評點家之點定本流行，實與評點者對小說所做的全面評析以及整體加工、改寫有關。參看譚帆，〈中國古代小說評點的文本價值〉，《學術月刊》（1996 年第 12 期），頁 100-101。

24　所謂個性思潮，其內涵為：首先，肯定情欲的合理性，包括男女婚配的需要，飲食、美食、華服、聲色的物質需求，其次是褒揚人的才智和創造力，重才情，智慧，對小人物的才藝也同樣肯定，有個性、有獨創的作品受到表彰，其三，憧憬人身自由和思想自由、個性的發展，此種重視個體價值、需要的思潮，於文學領域為尊情與崇俗，尊崇才性和智慧的思潮，見諸文學則為貴獨創、新奇的思潮。陳伯海，《中國近四百年文學思潮史》，頁 48-53。

25　所謂「變形」指的是小說繡像以房間剖面的方式，同時處理室內和室外生活情景的技巧，莊伯和，〈明代小說繡像版畫所反映的審美意識〉，收入《明代版畫藝術圖書特展專輯》。

排拒，如讚賞「潘金蓮醉鬧葡萄架」一回是「好摹寫」、「異想」，流露某種程度的浸淫和欣賞，似乎從某種角度落實了欣欣子「排遣憂鬱之情」的說法。

其三，人物的分析是崇禎本評點最大的寶藏，評點者分析了眾多人物的性格，實為人物品鑒的典範，而此一典範性的背後則受到各種思潮的洗禮，在崇尚個性、才情與智慧思潮的啟迪下，評點者擺脫了單從道德眼光評判人物的視角，而兼以人物的「個性」──才情與智慧來評賞，如評潘金蓮時，說她「心眼俱慧」、「當機圓活」、「慧心處可愛」，讚嘆幫閑應伯爵有「戰國說士之風」，堪為「古今清客之祖」，王婆是「曼倩一流人物」等。而評點者對人物妙趣與風流韻致的品賞，如潘金蓮的「撒嬌弄痴，事事俱堪入畫」、「麗情嬌致」、「韻致」，西門慶的「呆致」，應伯爵的「諛則帶莊，謔便帶韻」，王六兒「罵搗鬼的英風猶在」，則又明顯帶有晚明文人標榜「韻趣」的審美趣味[26]。評點者以「人情」體驗著小說的情欲世界，承認人情中的自私自利、貪淫好色皆是正常人性流露，因此對敗德的女子與小人沒有太多的譴責，雖也指出潘金蓮「俏心毒口」、「出語狠辣」、「愛小便宜」的弱點，評春梅「潑皮無賴」、「器小暴戾」，但也認為潘金蓮「至性終在」，春梅有「不念舊惡」、「知恩報恩」的德行，甚至拐財遠遁的韓道國也有「良心何嘗不在」的時刻，尤其超越了倫理道德的束縛，以「情」審視人類情性的多元展現，揄揚李瓶兒的「痴情」、潘金蓮的「真情」、西門慶的「至情」，充分體現晚明揄揚真情、人情的尊情思潮[27]。然而，評點者獨特之處更在於對女性的處境與命運有深刻的理解和同情，如潘金蓮被殺後，評點者批道：「讀至此，不敢生悲，不忍稱快，然而心實惻惻難言哉！」這是多麼複雜的感受！人物刻劃方面，評點者著重傳神、寫生、個性化的美感，如讚美作者「寫笑則有聲，寫想則有形」，「聲影、氣味、心思、胎骨」俱為摹出，並以「酷肖」、「寫生」、「如聞如睹」、「活現」、「傳神」、「入骨三分」、「鬚眉俱動」等評語一一點明人物形象的美感，引領讀者欣賞作品中「宛如聞聲見色」（九十七回眉批）的形象，這些藝術匠心的揭示、點撥實在是謝肇淛「人鬼萬殊，不獨肖其貌，且并其神傳之」美學觀點的具體化說明。

其四，結構與技法，在情節結構的分析上亦標榜「韻趣」，著重以小小物事穿針引線而又能天衣無縫的敘事技巧，讚嘆著出人意外、曲折瀠迴而無率直之弊的情節，以及在冷處摹情、側面烘托、莊中帶諧等筆法的趣味和韻致，評點者對細節的體會尤深中「世

---

26 晚明文人論詩每標舉「趣」字，如袁宏道評《徐文長集》，竟陵派鍾惺、王思任也喜談趣字。趣是人與萬物的活潑潑的生命躍動，如山嵐、水之漣漪，又如兒童之天真無邪，同註24引書，頁132-133。
27 尊情論者以為，人有情趣欲求，有癖好才算真人，湯顯祖以杜麗娘為「有情人」的典型，馮夢龍的《情史。序》「藉男女之真情，發名教之偽藥」，袁宏道的「人不可以無癖」、湯賓尹「人不可無痴」的觀點。同註24引書，頁86-87。

情小說」之肯綮，如偏在「沒要緊」處刻劃人物性格心理，「都從閒處生情」、點染「俗事」等細節上刻劃人情世態的藝術韻味，均一一拈出。在技法上，評點者將《金瓶梅》與《史記》相提並論，認為《金瓶梅》「從太史公筆法來」、「純是史遷之妙」，並歸納了各種小說文法，如「文家躲閃法」、「文章捷收法」、「意到筆不到」、「節上生枝」等，開啟後來以文法討論小說藝術之先例。

其五，語言的藝術，評點者不僅透過人物的語言揣摩人物的感情和風姿，在會心之處做摘句式的鑑賞，如「痴心語」、「急情苦語」、「趣語」、「氣妒語」等，對於時人評為「俚俗」、「淫穢」的語言，在評點者看來，只要是切合俗人身分性格的、鮮活生動的語言，就是「妙趣」所在，評點者將目光集中在「市井之常談，閨房之瑣語」（欣欣子之語），以具體點化的方式，較為清楚的揭示了《金瓶梅》語言藝術的美感，如傳神、含蓄、滑稽、俚俗、獨創之美等。

綜上所述，崇禎本的評點者實是以審美眼光對《金瓶梅》進行全面批評的第一人[28]，雖然總地來說頗為散漫、瑣碎，卻展現了敏銳的美學眼光與驚人的藝術洞察力，其中所蘊含的理論觀點、美學韻味相當深刻而豐富，給予後來的評點家啟益不少[29]。而其貢獻則在於匯集了晚明以來各家評論《金瓶梅》的真知灼見，以文本細讀、微觀的方式加以發展深化，使得《金瓶梅》做為一部世情小說的美感價值所在具體地呈現出來。如沿續晚明以來注重「世情」的觀念，指出作品「描寫世情，盡其情偽」[30]的創作特點，發展序跋的宣傳策略，以懲戒、明悟主題為誨淫辯，而對人物形象的分析與審美，如才情與智慧、情態與風姿的鑑賞、情性的品鑑，則是袁中道「模寫兒女情態俱備，……亦非慧人不能」、謝肇淛「窮極境相，駴意快心」的具體發揮。其他如關注情節細密之處的美感韻致，如曲折縈迴、出奇制勝、沒要緊處畫出、閒處生情、器用食物的描寫，則有袁中道「瑣碎中有無限煙波」的意味，而對鄙俗之語、化腐朽為神奇的穢言的欣賞，則大有欣欣子「如飫天漿拔鯨牙」的審美感受。若說崇禎本的損益增刪，向讀者呈現了一部藝術性較為成熟的「世情小說」，那麼評點者的閱讀與批評則是《金瓶梅》做為審美客體而存在的完成者、集大成者，扮演著具體化的關鍵性地位。

28　齊魯青，〈明代金瓶梅批評論〉，《內蒙古大學學報》（1996年第4期），頁97。
29　參看浦安迪，〈瑕中之瑜——論崇禎本金瓶梅的評注〉，收入《金瓶梅西方論文集》，頁301-302。又：同註28引文，頁98。
30　魯迅，《中國小說史略》，收入《魯迅小說史論文集——中國小說史略及其他》，頁162。

第三章 清代的《金瓶梅》批評

清代隨著滿族入主中原，不論是政治文化、思想上都有了很大轉變，王朝統治者為了整治風俗人心，對小說淫詞實施了一系列的禁毀措施，影響了小說的閱讀與流傳。在學術思想方面，提倡經世致用，重視整頓風俗人心的實學思潮廣為流播，因此，文學的益世用世、勸懲教化功能備受重視，使得晚明主張娛情悅性的聲調，漸為益世勸善的呼聲取代[1]。另外古典小說名作迭出，如《聊齋誌異》、《紅樓夢》、《儒林外史》的問世，以其鉅大的藝術構思吸引著更多的讀者，都不同程度影響《金瓶梅》的閱讀、解釋與評價。

本章論述重點，首先考察政治禁毀、文化觀念制約之下，《金瓶梅》被視為「淫書」的意涵，以及禁書文化與《金瓶梅》流傳的關係。其次以張竹坡評點為中心，探討「奇書」論述與正典化的關係，張竹坡評點的內容與影響，以及他對「正典化」的貢獻。其三，從續書作者、小說序跋、紅學家的評論，探討《金瓶梅》批評的「眾聲喧嘩」現象，即相對於「正典化」論述之外的「異質性」（Heteroglossia）聲音。其四，以光緒初年文龍的評點為中心，探討其與《金瓶梅》批評傳統的傳承關係、與張竹坡的對話，文龍評本的意義與價值等。

第一節 政治與文化禁錮下的《金瓶梅》

一、「淫書」的意涵

清代鄒弢曾經蒐集古今名言，輯成《破睡塵》兩卷，其中就抄錄了張潮《幽夢影》評小說的名言：

> 茲讀天都張心齋潮《幽夢影》一書，大半與余相同，因擇言之尤當者錄於左：……

1　陳伯海，《中國四百年文學思潮史》，頁 154-155。

《水滸》是怒書，《西遊》是悟書，《金瓶梅》是淫書。（《三借廬筆談》）[2]

讀來令人啼笑皆非，豈因「淫書」之名聲太響亮之故？究竟清代政治文化中的「淫書」真正意涵為何？翻開清王朝的禁書歷史，自順治九年起便開始實施對「瑣語淫詞」的禁令，康熙二十六年又下詔：「一切淫詞小說……立毀舊板，永絕根株。」尤以康熙五十三年禁令最具代表性：

> 朕惟治天下以人心風俗為本，而欲正人心，厚風俗，必崇尚經學，而嚴絕非聖之書，此不易之理也。近見坊肆間多賣小說淫詞，荒唐鄙俚，瀆亂正理，不但誘惑愚民，即縉紳子弟未免遊目而盪心焉，敗俗傷風，應即通行嚴禁[3]。

可見所謂「淫詞小說」指涉的是那些容易陷溺人心、敗壞風俗的小說戲曲。因此被禁的除了《金瓶梅》及其續書之外，連風格較為含蓄的《西廂記》、《紅樓夢》也赫然在列，因為從統治者立場而言，凡是不合禮教規範的男女私情、性愛關係都是「踰閑蕩檢」、有害風俗人心的，它們「不同程度地構成了對禮教的褻瀆和挑戰。大力禁毀那些有悖禮教道德的男女關係內容的小說，正是為了從根本上維護禮教和社會秩序」[4]。康熙為了貫徹禁毀「小說淫詞」的文化國策，又規定了對造作刻印者、市賣者、買者、看者和失察官吏的具體處分，禁毀小說作為既定政策，地方官也積極行動，設局收毀淫詞小說、將板與書一律劈盡，可謂不遺餘力。特別是到了清王朝後期，隨著社會的動盪不安，禁毀的程度較已往為劇。例如同治年間江蘇巡撫丁日昌曾以小說釀禍為理由，上奏「應禁書目」一百餘種，其〈江蘇省例〉云：

> 淫詞小說，向干例禁；乃近來書賈射利，往往鏤板流傳，揚波扇燄，……奸盜詐偽之書，一二人導之而立萌其禍，風俗與人心，相為表裏。近來兵戈浩劫，未嘗非此等踰閑蕩檢之說，默釀其殃。（《彙編》，頁279-280）

丁日昌執政的年代正逢太平天國之亂，為了端正社會浮靡不安的風俗人心，故有大規模的掃蕩「淫書」之舉，而其以「小說」為叛亂罪魁禍首的想法其實並不罕見，鄭光祖《一斑錄雜述》：

---

2 轉引自黃霖，《金瓶梅資料彙編》，頁285。按：本章引述評論資料凡轉引自該書者一律於引文後以括弧註明「《彙編》」、頁數，不另作註。

3 章培恆，《中國禁書大觀》，頁121-127。

4 黃達維，《中國歷代禁毀小說海內外珍藏秘本集粹・總序》，頁17-22。

偶於書攤見有書賈記數一冊云,是歲所銷之書,《致富奇書》若干,《紅樓夢》、《金瓶梅》、《水滸》、《西廂》等書稱是,其餘名目甚多,均不至前數。切嘆風俗繫乎人心,而人心重賴激勸。乃此等惡劣小說盈天下,以逢人之情欲,誘為不軌,所以棄禮滅義,相習成風,載胥難挽也。(《彙編》,頁277)

正如康熙將風俗人心之敗壞歸咎於小說淫詞一樣,地方執政者、衛道人士誤信小說的社會影響力,因此歷代對小說的壓制、攻伐也從不間斷。

除了統治階級,正統文人學士、衛道人對淫詞小說的口誅筆伐,也是著眼於社會道德秩序、風俗教化,舉凡描摹男女私情的作品都是應禁止閱讀,因此像《紅樓夢》無露骨性描寫,含蓄蘊藉的人情小說,在衛道人士看來亦是導淫之書[5],何況《金瓶梅》向以露骨「性描寫」著稱,更是避之唯恐不及了。在衛道人士眼中看來,淫書永遠是不可言說、閱讀、傳播的,郝培元自云:「酷嗜買書」,但《金瓶梅》「從不列架上」[6],申涵光《荊園小語》:

世傳作《水滸傳》者三世啞。近時淫穢之書如《金瓶梅》等種,喪心敗德,果報當不止此。每怪友輩極贊此書,謂其摹畫人情,有似《史記》,果爾,何不直讀《史記》,反悅其似耶?至家有幼學者,尤不可不慎。(《彙編》,頁250)

申涵光是明末清初愛國詩人,也是理學家,其論詩主調和性情與風教,以溫柔敦厚為本[7],《荊園小語》是他晚年研讀理學語錄的筆記[8],文中對《金瓶梅》的詆毀與詛咒自然是出於一片淑世心腸,後人尚且加以引用,如鴉片戰爭時期愛國詩人林昌彝在《硯桯緒錄》中引述申涵光評論《金瓶梅》之語後說道:

凡人見此書當即焚毀,否則昏迷失性,疾病傷生,竊玉偷香,由此而起,身心瓦裂,視禽獸又何擇哉!(《彙編》,頁288)

林昌彝身處世變之際,重視詩歌的「興革政教」、「化民成俗」的作用[9],因此對申涵光

5　如梁恭辰:「《紅樓夢》一書,誨淫之甚者也。摹寫柔情,婉變萬狀,啟人淫竇,導人邪機」《北東園筆錄》),陳其元:「淫書以《紅樓夢》為最,蓋描摹痴男怨女情性,其字面不露一淫字,令人目想神遊,而意為之移,所謂大盜不操戈矛也。」(《庸閒齋筆記》)收入一栗編,《古典文學研究資料:紅樓夢卷》,頁366、382。

6　郝培元,《梅叟閒評》,收入朱一玄編,《金瓶梅資料匯編》,頁363-364。

7　郭紹虞,《中國文學批評史》,頁990-995。

8　參看《清史稿》卷四百八十四〈文苑傳〉,頁13322。

9　黃霖,《近代文學批評史》,頁93-99。

的評論心有戚戚，見解類似的有姜西溟，徐謙《桂宮梯》引《勸誡類鈔》：

> 姜西溟曰：「人謂《金瓶梅》似《史記》，何不竟讀《史記》？吾輩宜力闢此等
> 書，盡投水火而後已，不得隨眾稱揚其文筆之美也。」（《彙編》，頁271）

姜西溟為清初知名文人，名達禁中，與朱彝尊、嚴繩孫為海內三布衣[10]，這段話轉引自
梁恭辰編的善書《勸戒類鈔》，真實性待考，但至少說明，在正統衛道人士眼裡，小說
的社會作用是優先考量的因素，文筆之美無關緊要，他們對《金瓶梅》的深惡痛絕反映
了正統文人對小說的偏見。其他以世道人心為關懷重點的善書，擬想了種種寫作閱讀淫
書、搬演淫書造成的可怕後果，例如笠舫《文昌帝君諭禁淫書天律證註》力言《金瓶梅》
之種種危害：

> 此書一出，而青年子弟，因得嫺於苗牌，溺於穢史，習慣自然，心雄膽潑，以媟
> 褻為快，以謔浪為高，以縱觀婦女為樂事，以侈談閨閫為新聞，從此履邪徑，污
> 血戮，削功名，折祿壽，累妻女，……。
>
> 此書一出，而聞者醉心，閱者迷目，曷禁痴情苟合，自謂無傷；豈知姦人妻女者，
> 有王法在，……。（《彙編》，頁295-296）

可見，在善書眼中《金瓶梅》是極具危險、顛覆、誘惑力的「淫書」，必須加以詆毀、
禁制，甚至是出以詛咒之詞來壓制的[11]。

二、焚之亦自有存之者

矛盾的是，清王朝一方面大力禁毀淫詞小說的同時，一方面卻默許內廷翻刻《金瓶
梅》，幾至人人爭誦，昭槤《嘯亭續錄》記載了滿文本《金瓶梅》在皇清貴族內流傳的
情形：

> 文皇患國人不識漢字，周知治體，命翻《國語》、《四書》、《三國志》以為臨
> 政規範。……有戶曹郎中和素者，翻譯絕精，其翻《西廂記》、《金瓶梅》諸書，
> 疏櫛字句，咸中綮肯，人皆爭誦焉。（《彙編》，頁262）

---

10 同註8引書，頁13359-13360。
11 例如梁恭辰《勸誡類鈔》記載某孝廉因著《金瓶梅》而落榜的故事，《勸戒錄》記載楊姓書商因販
　售《金瓶梅》而為病魔所困的故事。同註2引書，頁271、278。這樣的詛咒也降臨在曹雪芹身上，
　毛慶臻《一亭考古雜記》：「入陰界者，每傳地獄治雪芹甚苦，人亦不恤，蓋其誘壞身心性命者，
　業力甚大。」收入同註5引書，頁358。

自金聖好批小說，以為其文法畢具，逼肖龍門，故世之續編者，汗牛充棟，牛鬼
蛇神，至士大夫家几上，無不陳《水滸傳》、《金瓶梅》以為把玩。（同上）

昭槤的筆記提供給我們的訊息是，沒有特別的允准，是不可能擅自翻譯，更不可能公開
刊印此書的[12]，滿文本能在嚴禁小說淫詞的康熙朝翻譯刊行，意味著統治者內外不一的
作為，所謂「只准州官放火，不許百姓點燈」，他們自身并不受其禁令的限制，一方面
大肆討伐，一方面默許大臣翻譯有「淫詞穢語」的《金瓶梅》，供內廷爭誦把玩，不過
也因此說明《金瓶梅》有極大的藝術魅力，故能受到滿人的喜愛。在禁毀政策之下，一
般文人不願直言與統治思想相牴牾的觀點，在表面上肯定康熙皇帝的禁書論旨，實質上
卻大力推崇有價值的小說，例如身為旗人又任職江西按察使的劉廷璣[13]，在《在園雜誌》
中對康熙的諭令表示：「大哉王言，煌煌綸綍，臣下自當實力奉行」（《彙編》，頁252），
「演義，小說之別名，非出正道，自當凜遵諭旨，永行禁絕。」（同上）但觀其論述，真
正要「斧碎棗梨」的只是那些「流毒無盡」的豔情小說，包括《燈月圓》、《肉蒲團》、
《野史》、《浪史》、《快史》、《媚史》、《痴婆子傳》、《宜香春質》、《龍陽逸史》
等，看來「永行禁絕」只是表面上的套話，從他將四大奇書和當時才子佳人小說、豔情
小說分別對待來看，他不但是小說的愛好者，而且有相當深入的研究。劉廷璣在《金瓶
梅》一再被禁的環境中，能公開肯定《金瓶梅》的思想價值和藝術成就，正說明了視《金
瓶梅》為「淫書」只是統治者、衛道人士一廂情願的解讀，並不能從根本上杜絕真正有
藝術價值小說的存在，誠如袁中道所言：「焚之亦自有存之者，非人力所能消除。」（《遊
居柿錄》）充其量只是影響了小說的刊刻流傳，增加閱讀的困難[14]，實際的情況是《金瓶
梅》屢禁不毀、銷售甚好。如上文所引鄭光祖《一斑錄雜述》就曾感慨四大奇書的銷售
遠比其他書籍為多，光緒年間夢癡學人《夢癡說夢》：「若以愚見度之，如《紅樓夢》
正恐燒不斷根，即以《水滸》、《金瓶》而言，其書久經禁毀，禁止刊刻，至今毒種尚
在。」（《彙編》，頁281）此外民間也以各種形式的戲曲搬演著《金瓶梅》故事[15]，凡此
都說明了《金瓶梅》屢禁不衰的事實。

12　黃潤華，〈略談滿文本金瓶梅〉，收入《金瓶梅論集》，頁210-213。

13　方正耀，《中國小說批評史略》，頁144-145。

14　南村《呵凍小記》所云：「《金瓶梅》雖曾見稱於前哲，以體褻而版少，大不易購，坊間贗本，尤
　　不足觀，故爾沒沒。」同註2引書，340。

15　例如《韻鶴軒雜著》卷二〈題鏡花緣後〉記載了觀眾看演《葡萄架》、《拷火》、《滾樓》等戲，
　　觀者眉飛色舞，津津有味的情形，又余治的〈京江誠意堂戒淫戲說〉記載某鞋店點《挑簾裁衣》演
　　戲酬神導致失火之事。同註2引書，頁231、274、288。

第二節　張竹坡與《金瓶梅》的正典化

　　儘管清代統治者對淫詞小說接二連三下令禁毀，但小說的命力並未因此驟歇，《金瓶梅》與《三國演義》、《水滸傳》、《西遊記》等長篇小說繼續出版、流傳，四大奇書出現在小說序跋之中的頻率甚高，可知《金瓶梅》正歷經一「正典化」[16]的關鍵時刻，奇書是當時對小說的最高讚譽。早在晚明崇禎年間，張無咎的《批評北宋三遂平妖傳·敘》已稱《金瓶梅》為「奇書」，西湖釣叟《續金瓶梅集·序》：「今天下小說如林，獨推三大奇書，曰《水滸》、《西遊》、《金瓶梅》。」（《彙編》，頁 15）李漁《三國志演義·序》：「嘗聞吳郡馮子猶賞稱宇內四大奇書，曰《三國》、《水滸》、《西遊》及《金瓶梅》四種，余亦喜其賞稱為近是。」（《彙編》，頁 236）丁耀亢《續金瓶梅·凡例》也說：「小說以《水滸》、《西遊》、《金瓶梅》三大奇書為宗。」（《彙編》，頁 16）序康熙三十四年張竹坡評點《金瓶梅》逕稱為「第一奇書」，和素的滿文本《金瓶梅·序》稱其為「四奇書之尤奇者」（《彙編》，頁 6），劉廷璣《在園雜誌》給予四大奇書「誠哉奇觀」的稱譽，其他即使不以「奇書」為名，也備極推崇之意，如宋起鳳《稗說》推為「晚代第一種文字」（《彙編》，頁 235），陶家鶴《綠野仙蹤·序》譽為「說部中之大山水」（《彙編》，頁 259）《金瓶梅》活躍在小說評點、序跋之中，《金瓶梅》的「正典」地位已然確立。究竟這些稱譽《金瓶梅》為奇書的論述當中，透過何種方式來宣稱《金瓶梅》的「正典」性？對《金瓶梅》思想內容與藝術價值所做評析最為全面而深入的張竹坡，他在《金瓶梅》的「正典化」過程扮演了什麼角色？做出了什麼樣的貢獻？茲分述如下：

一、「奇書」論與「正典化」

　　在評論《金瓶梅》為「奇書」的幾篇序跋當中，如何面對《金瓶梅》「誨淫」的抨擊？由於序跋作者意識到因為讀者「不善讀」所可能帶來的危險[17]，他們不約而同地以「懲淫」、「戒世」之類的論調來替《金瓶梅》正名，強化其合法性地位，同時指出「善讀」的重要，如西湖釣叟的《續金瓶梅·集序》就強調讀者應把握文本的意旨：

> 今人觀其顯不知其隱，見其放不知其止，喜其誇不知其所刺。……《西遊》闡心而證道於魔，《水滸》戒俠而崇義於盜，《金瓶梅》懲淫而炫情於色，此皆顯言

16　此處借用「正典化」（canonization）的觀念，指的是指文學作品如何在歷史變化之中，逐漸被納入正典，而終於永恆不朽的過程，參看布魯姆（Harold Bloom），《西方正典》，頁 26-31。

17　愛日老人《續金瓶梅·敘》：「不善讀《金瓶梅》，戒癡導癡，戒淫導淫」，同註 2 引書，頁 14。

之，誇言之，放言之，而其旨則在以隱，以刺，以止之間。唯不知者曰怪，曰暴，曰淫，以為非聖而畔道焉。（《彙編》，頁 15）

西湖釣叟綜合比較了三大奇書後，指出文本「顯－隱」、「誇－刺」、「放－止」的兩面性，關鍵在於讀者能否掌握情色描寫背後所隱藏的「懲淫」的用意。紫髯狂客強調「善讀」的重要，他在《豆棚閒話·總評》說道：

不善讀《金瓶梅》，乃誤風流而為淫。……其間警戒世人處，或在反面，或在夾縫，或極快，或極豔，而悲傷零落，寓乎其間，世人一時不解者也。（《彙編》，頁 263）

紫髯狂客也認為小說旨在警戒世人，但作者主要用「悲傷零落」來棒喝世人，與「懲淫」的思路已稍有不同。和素在滿文本《金瓶梅·序》譽為四大奇書之「尤奇」者：

凡百回中以為百戒，每回無過結交朋黨、鑽營勾串、流連會飲、淫黷通奸、貪婪索取、強橫欺凌、巧計誆騙、忿怒行兇、作樂無休、訛賴誣害、挑唆離間而已，其於修身齊家、禆益於國之事一無所有。……將陋習編為萬世之戒，自常人之夫婦，以及僧道尼番、醫巫星相……，其周詳備全，如親身眼前勍視歷經之彰也。誠可謂是書于四奇書之尤奇者矣。……因其立意為戒昭明，是以令其譯之。（《彙編》，頁 5-6）

可見譽為「尤奇」的原因乃在於全書內容無所不包，且又能達到「戒世」的目的，因此是有益國計民生的奇書，就令人翻譯流通了。重要的是，和素告戒讀者應以觀感戒懼的態度來閱讀：

觀是書者，將此百回以為百戒，夔然栗，怵然思，知反諸己而恐有如是者，斯可謂不負是書之意也。倘於情濃處銷然動意，不堪者略為效法，大則至於身亡家敗，小則亦不免搆疾而見惡於人也。可不慎歟！可不慎歟！至若厭其污穢而不觀，乃以觀是書為釋悶，無識之人者，何足道哉！（同上）[18]

文中極力排拒讀者以「銷然動意」、「效法」、「釋悶」的閱讀態度，無非是要說明了任何沈溺情色描寫、魂銷動意的閱讀都是錯誤的、不被鼓勵的，在此可見東吳弄珠客的

---

[18] 「可不慎歟」以下文字略有不通，劉厚生譯〈滿文譯本金瓶梅序〉較為清楚：「至若不懼觀污穢淫靡之詞者，誠屬無稟賦之人，不足道也。」收入朱一玄，《金瓶梅資料匯編》，頁 356-357。

影響，幾乎規範了後人的閱讀方向。這些序跋一致強調了讀者應把握《金瓶梅》作者警戒世人的意旨，不論要戒的內容是什麼，「懲戒」的主題總是有裨乎風俗教化、世道人心，序跋作者們正是以此維護了《金瓶梅》的「正典」性地位。

二、張評本的詮釋與影響

張竹坡，字道深，安徽銅城人。康熙三十四年（1695），張竹坡本著「使天下人共賞文字之美」、「憫作者之苦心，新同志之耳目」之宗旨，在二十六歲那年寫下了十餘萬言的評論文字，張竹坡繼承、發展了前人的理論觀點、美學韻味，就《金瓶梅》的創作與閱讀、主題、結構、人物及藝術技巧各方面，進行深入而系統的分析。包括〈第一奇書凡例〉、〈第一奇書非淫書論〉、〈竹坡閒話〉、〈寓意說〉、〈苦笑說〉、〈冷熱金針〉、〈金瓶梅讀法〉、〈雜錄小引〉、〈第一奇書趣談〉九篇專論文字，以及回首總評、眉批、旁批等。由於張竹坡評點《金瓶梅》的時代正值統治階層嚴禁淫詞小說的康熙朝，為了替自己找到刊行、評點《金瓶梅》的正當理由，他必須把《金瓶梅》評得與世人心中的原本截然不同，也就是通過評點製造該書並非淫書的效果[19]。他說：「我的《金瓶梅》上洗淫亂而存孝悌，變帳簿以做文章，……直使《金瓶梅》一書冰消瓦解」（〈第一奇書非淫書論〉），可見他意圖從思想內容與藝術形式兩方面改造《金瓶梅》的「淫書」形象，使其符合倫理化美學之目的。那麼他是如何改造《金瓶梅》的呢？

首先，有鑑於世人將《金瓶梅》目為「淫書」、「大帳簿」，張竹坡訴諸《史記》「發憤著書」的美學傳統，宣稱《金瓶梅》是仁人志士、孝子悌弟的「作穢言以洩憤」的寓言，聯繫作品的實際內容出發，推測作者可能有的心境、情感狀態，乃是道德淪常全面崩潰下，孝子仁人無法一伸其孝弟忠信之志的人倫悲痛，負才淪落、身污途窮的遭遇，以及緣自黑暗社會現實的憤懣，也即作者是在心中感慨、憤懣無法渲洩的情況下才選擇以淫詞穢語的方式洩憤，同時這種洩憤的方式不能真正得到解決，因此有了孟玉樓「含酸抱阮」的自喻形象。作者的創作手法也與洩憤有關，正因為心中有不能言說的憤懣，故在創作上選擇了「寓言」的方式，《金瓶梅》乃在某種寓意為前提、指導之下，「依山點石，借海揚波」寫成的大書。另一方面，張竹坡指出《金瓶梅》以現實生活中的「情理」、「人情」為本進行藝術創作的方式，總結了世情小說的創作特色，企圖借著美學傳統抬高《金瓶梅》的地位與價值。

其次，在閱讀策略上，張竹坡認為作者預設的讀者是天下的「錦繡才子」，因此閱讀的準備包括了道德、文學及審美的素養，才能審美地閱讀。而閱讀的方向則是依循「妙

19　康正果，《重審風月鑑──性與中國古典文學》，頁336-337。

文」與「史公文字」的鑑賞路徑，也即「把他當文章看」（妙文），而不是停留在「事實」（淫事）的層面，如此就會發現《金瓶梅》具備了「史公文字」的文筆之妙。在具體的原則方法，諸如宏觀與微觀並重，意即要有觀照全局的眼光，不可只看淫處，要在細微處體會作者的藝術匠心；掌握立言用意，指的是把握《金瓶梅》做為一部「史公文字」的微言大義，方不被表面文字瞞過；想像與移情，指的是置身於作品的具體情境、揣摩體會的審美過程，設置有利閱讀的環境氛圍，以便閱讀時激發情感，達到宣洩的目的等。最後是領悟文法之妙，考慮到讀者應試的需要，評點的目的之一便是揭示文法之妙，以裨才子學得做文之法。

其三，在主題寓意方面，張竹坡站在開闊的視野之上理解《金瓶梅》可能有的主題意涵。一方面在崇禎本揭示的「懲創」、「色空」、「明悟」主題之上做了進一步的發揮，從「懲創」說出發，《金瓶梅》是一部「懲人的書」、「改過的書」，並援用朱子「善者起發人之善心，惡者懲創人之逆志」（〈第一奇書非淫書論〉）的解釋來替「誨淫」辯；從「色空」思想出發，《金瓶梅》是一部「獨罪財色」的炎涼書，作者意欲告戒世人「財不中用」、「色欲無益」；從「明悟」主題來看，《金瓶梅》是「專教人空」的「出世的書」。一方面另闢蹊徑，從理學視野出發，認為《金瓶梅》是一部「體天道以立言」的「理書」、「道書」，小說中「句句是性理之談」，讀者只要用心體悟、深省，「便可於淫欲世界中悟聖賢學問」；從「苦孝說」出發，乃作者「為孝悌說法於濁世」之書。在詮釋方法上，張竹坡不單透過作品具體的人物、情節、語言來闡發主旨，更以人名、地名、物名為符號，索隱背後可能蘊藏的意義，張竹坡把《金瓶梅》看成一部充滿寓意、象徵的「寓言」，闡發了有關生命與道德、色與空、縱欲與死亡、勸懲與救贖的種種寓意，大大地豐富了文本的意蘊。

其四，關於人物的分析，張竹坡基本上訴諸儒家道德理性評判人物，確立了善惡美醜對立的人像畫廊，舉凡治家愚闇、不知禮義、貪淫陷溺、淫浪敗德、虛偽奸險都是張竹坡極力批判的，他所推崇的是孝子仁人、正人義士、安命待時、守禮遠害的善人形象。張竹坡對女性的批評尤其嚴苛，缺乏應有的同情，不僅將女性比喻為「花刀」、「色劍」，更指責女性的魅力為淫浪敗德，對正經好人吳月娘更是百般挑剔，攻訐其為書中第一惡人，獨推舉孟玉樓為風韻嫣然的「絕世美人」。又由於張竹坡企圖將全書人物納入勸善懲惡的寓意架構之中，遂假定作者以春秋之筆褒貶人物，因此西門慶、吳月娘、潘金蓮都是作者深惡之人，孟玉樓、王杏庵是作者經濟學問自喻，李安是正人義士、中流砥柱、韓愛姐是針砭世人的改過形象等。在人物的審美意蘊上，張竹坡認為形象本身雖然是醜惡的，作者寫人的技巧卻活跳紙上，令人稱奇，如白描追魂攝影、犯而不犯、用筆因人而異、從一個人心中討出一個人的情理，在人物關係中表現人物等技巧。

其五，在藝術結構的探求上，張竹坡以房屋做比喻：「讀人的文字，卻要如拆房屋，使某梁某柱的筍，皆一一散開在我眼中也。」舉凡大關鍵、大照應、大章法、發脈結穴之處，皆為之析出。首先從大處著眼，審視《金瓶梅》的大結構，指出《金瓶梅》「千百人總合一傳」，以「冷熱金針」為結構模式的特點。其次是情節結構的藝術方面，張竹坡認為《金瓶梅》是「血脈貫通」渾然一體的藝術結構，作者的神妙全在於穿插伏線的技巧，即縱向結構上以「草蛇灰線」、「脈伏千里」相聯繫，橫向結構上以「趁窩和泥」、「穿插」、「入筍」拓寬生活容量的技巧，而小說除了細密謹嚴的結構之外，還應當有變化的美感，即情節的起伏頓挫、委迤曲折，以及冷熱對照、忙閑交錯所構成情境氛圍的轉變。此外如細節、環境，張竹坡亦頗有會心之見，他指出《金瓶梅》的細節達到了真實細密的境地，所謂「瑣瑣處俱是異樣紋錦」、「碟兒碗兒，一一記之，似真有其事」，細節使人品賞不盡，美感盡在於細節的真實呈現，而這些現實生活的細緻刻劃實則有賴於一個適切的環境設置，如西門慶及其妻妾住房的安排，此一立架之處正是人物的衝突、情節得以開展的條件，猶如「唱戲必先立一臺」，而後始能盡情演出。

綜合上述，張竹坡從創作到閱讀，以及關於主題寓意、章法結構、人物形象的藝術分析，不但將讀者引向「妙文」的鑑賞角度，從思想內容上徹底改造了原書的形象，使《金瓶梅》擺脫了淫書的罪名，為《金瓶梅》的合法流傳做出了貢獻。儘管他的批評存在著某些侷限，有些看法甚至顯得牽強，難以令人接受[20]，但張竹坡評本的流行畢竟是不爭的事實，自康熙至乾隆年間，出現了各種版本的《第一奇書》[21]，滿文本《金瓶梅》以張評本為底本翻譯而成[22]，張評本成為流傳最廣的典範性文本。謝頤《批評第一奇書金瓶梅·序》：「今經張子竹坡一批，不特照出作者金針之細，兼使其粉膩香濃，皆如狐窮秦鏡，怪窘溫犀，無不洞鑒原形。」（《彙編》，頁4）肯定了張竹坡的評點。重要的是，張評本做為一種典範性文本，使讀者能夠將《金瓶梅》與其他藝術性不高的豔情小說區別開來，例如劉廷璣《在園雜誌》中評論道：

> 若深切人情世務，無如《金瓶梅》，真稱奇書，欲要止淫，以淫說法，欲要破迷，引迷入悟。其中家常日用，應酬世務，姦詐貪狡，諸惡皆作，果報昭然。而文心細如牛毛繭絲，凡寫一人，始終口吻酷肖到底，掩卷讀之，但道數語，便能默會為何人。結構鋪張，針線縝密，一字不漏，又豈尋常筆墨可到者。（《彙編》，頁253）

---

20 例如以人名符號為主的寓意申說，參看本書第六章第三節「主題論——生命與道德的勸懲」。
21 如茲堂本、影松軒本、本衙藏本、崇經堂本等，胡文彬，《金瓶梅書錄》，頁76-81。
22 同註12引書，頁204-205。

其中關於《金瓶梅》藝術的分析，明顯地來自張竹坡評點，因此便能理解，何以像劉廷璣這樣身為顯宦、地道的正統文人，在表示奉行禁毀諭旨的同時，卻大力褒揚《金瓶梅》為「奇書」，將之與其他才子佳人、豔情小說區分開來，正因為張評本的「正典」性質，影響了劉廷璣對《金瓶梅》藝術價值的把握，如同他肯定金聖嘆批《水滸傳》是「異樣花團錦簇文字」一樣，都是透過典範性文本領略「奇書」審美價值的例子。觀鑑我齋《兒女英雄傳·序》亦說：「《金瓶梅》亦幸遇……竹坡讀而批之……中人以下乃獲領解耳。」（《彙編》，頁292）張竹坡的評點受到了多人的肯定。有清一代的讀者，或是透過張評本而閱讀、接受《金瓶梅》，或在張竹坡評點的啟示下而進行創作，如乾隆年間李斗（畫舫中人）自云《奇酸記傳奇》的寫作靈感來自〈苦笑說〉[23]，隨緣下士編、寄旅散人評點的《林蘭香》，不論從該書的寫作方式，或者是評點者運用的術語、觀點來看，都可見他們閱讀的是張評本[24]，道光年間訥音居士閱讀《第一奇書》後寫下《三續金瓶梅》，從其〈自序〉、〈小引〉的內容來看，明顯接受了張竹坡對《金瓶梅》主題所做的闡釋[25]。張評本的風行，說明其為《金瓶梅》的「正典化」地位做出了偉大貢獻。

第三節　小說批評的眾聲喧嘩

在《金瓶梅》的「正典化」過程中，一直有一些來自其他小說批評家的聲音，質疑著《金瓶梅》的正典性地位，這些異質的聲音正是構成《金瓶梅》批評「眾聲喧嘩」（Heteroglossia）的根本原因[26]。這些聲音包括了《金瓶梅》續書作者、才子佳人小說《林蘭香》、世情小說《儒林外史》和《歧路燈》的序跋、《紅樓夢》及其續書的讀者等。他們之間大多數不以《金瓶梅》為評論重點，甚至是抱著抑彼揚己的心態評價《金瓶梅》，卻都是以「小說批評家」的身分或多或少透露了對《金瓶梅》的「異質性」看法，其間

23　畫舫中人的《奇酸記·跋》：「採張竹坡之批評，補王鳳洲之野史」，〈楔子〉又說：「張竹坡做出一篇苦笑說的文字，教我們演出奇酸記的戲文。」同註2引書，頁21、264。

24　張俊，〈論林蘭香與紅樓夢——兼談聯結金瓶梅與紅樓夢的鏈環〉，《明清小說論叢》第五集，頁63、74-75。

25　如《三續金瓶梅·自序》引張竹坡「最真者，莫若倫常，最假者，莫如財色」之語，又，〈三續金瓶梅·小引〉：「令其事事如意，為財色說法。一可悅人耳目，引領細觀，再看財色，始終是真是假」，見陳慶浩編，《思無邪匯寶》第34冊，頁35-37，頁36-37。

26　此處借用巴赫汀「眾聲喧嘩」（Heteroglossia）的觀念，指的是小說中出現的主體，都具有獨特的、不與他人話語融合的聲音。由於每一個主體意識型態的立場和觀點不同，因而在彼此相互衝撞、質詢、對話和交流的過程中構成了「眾聲喧嘩」，參看劉康，《對話的喧囂——巴赫汀文化理論述評》，頁181-196。

議論紛呈,可謂眾聲喧嘩。茲分述如下:

一、未完的夢——續書作者的解讀

　　續書是中國小說史上的重要現象,幾乎享有盛名的小說都有續書,續書作者在閱讀原著之後,或因意猶未盡,或因不滿原作之結局,遂依據自己的期待而進行改編、演繹,因此他們對原著的普遍看法是傾向否定、不認同。例如丁耀亢《續金瓶梅》第一回自敘作書緣由:

> 單表這《金瓶梅》一部小說,原是替世人說法,畫出那貪色圖財、縱慾喪身、宣淫現報的一幅行樂圖。……只因眾生妄想結成,世界生下一點色身……。看到翡翠軒、葡萄架一折就要動火,看到加官生子、煙火樓臺、花攢錦簇、歌舞淫奢,也就不顧那鶼鶼賢烈、油盡燈枯之病。……眼見得這部書反做了導慾宣淫話本,……我今為眾生說法,因這佛經上說的因果輪迴,都是戒人為惡,勸人為善,就編這部《金瓶梅》講出陰曹報應,現世輪回。緊接這一百回編起,使這看書的人知道,陽有王法,陰有鬼神,這西門大官人不是好學的。(《彙編》,頁238)

看來丁耀亢的解釋是,《金瓶梅》並沒有達成「以淫止淫」、「為世人說法」的目的,原因就在於讀者的不善讀,使《金瓶梅》反而成了「導欲宣淫」的話本,因此他要以精嚴的「因果報應」故事,讓人曉得「西門大官人不是好學的」,避免讀者沈溺在閱讀的愉悅之中[27]。康熙年間署名四橋居士的《新鐫古本三世報隔簾花影·序》[28]:

> 從古以來,福善禍淫之理,天固不爽毫釐,……《金瓶梅》一書雖係空言,但觀西門平生所為,淫蕩無節,蠻橫已極,宜乎及身即受慘變,乃享厚福以終?至其報復,亦不過妻散財亡,家門零落而止,似乎天道悠遠,所報不足以蔽其辜,此《隔簾花影》四十八卷所以正續兩編而作也。(《彙編》,頁17)

四橋居士深信善惡自有報應,因此《金瓶梅》的結局在他看來就是不徹底,於是續書中極力描寫人情的惡薄,感應的分明,以見「無人不報,無事不報」。四橋居士的看法,與晚明薛岡「西門慶當受顯戮,不應使其病死」(《天爵堂筆餘》,《彙編》,頁235)的質

27　胡曉真,〈續金瓶梅——丁耀亢閱讀金瓶梅〉,《中外文學》(第23卷第10期),頁92-94。

28　現代學者普遍認為四橋居士即《隔簾花影》的作者,見孫楷第,《中國通俗小說書目》,頁143。又:孟瑤,《中國小說史》(下),頁457。

疑相近，共同反映了中國人渴望「善有善報，惡有惡報」的傳統心理願望[29]，然而究竟如何才算報應分明，體現了「詩的正義」？清代也有人不滿四橋居士的續作，如道光年間訥音居士的《三續金瓶梅·自序》：

> 查西門慶，雖有武植等人命幾案，其惡在潘金蓮、王婆、陳敬濟、苗青四人，罪而當誅。看西門慶、春梅，不過淫欲過度，利心太重，若至挖眼、下油窩，三世之報，人皆以錯就錯，不肯改惡從善，故又引回數人，假捏金字、屏字、幻造一事。……補其不足，論其有餘[30]。

訥音居士認為《隔簾花影》對西門慶等人的處理太過嚴苛，因此寫西門慶浪子回頭，立地成佛，以此勸人改惡從善。〈小引〉又論及著書緣由：

> 書內金、瓶之事，敘至八十七回之多，獨梅花只作得十三回，似有如無，可見作者神疲意懶，草草了結，大殺風景。……法前文筆意，反講快樂之事，令其事事如意，為財色說法。（《三續金瓶梅·小引》）

從《三續金瓶梅》極力補寫原著沒有說完的故事，讓西門慶死後七年復活回家，與吳月娘、孝哥團聚，又娶復活的春梅、藍如玉、馮金寶等為妾，官復原職，家業比前更盛來看，訥音居士是更為期待「大團圓」結局的讀者，因此《金瓶梅》餘味無窮的結局，自是「草草了結，大殺風景」的遺憾。大抵續書作者都強調《金瓶梅》某方面的不完美、缺憾，以為自己續書的正當理由。因此《金瓶梅》對他們來說是一個可以繼續填寫的「未完的夢」。

二、濃豔妖淫——主題與風格之爭

當推崇《金瓶梅》為「奇書」的批評家們眾口一辭地強調「戒世」義旨同時，也有一些小說序跋沿續晚明的「誨淫」的論調來攻訐《金瓶梅》，特別是受到《金瓶梅》影響的幾部小說，如《林蘭香》、《儒林外史》、《歧路燈》等[31]，他們為了抬高所序小說的價值，一方面宣稱自己有《金瓶梅》藝術之長，一方面強調自己沒有《金瓶梅》的「淫褻」，表現出抑彼揚己的傾向，例如閑齋老人的《儒林外史·序》：

29　李忠昌，《古代小說續書漫話》，頁296。

30　本章所引《三續金瓶梅》序文，均引自陳慶浩編，《思無邪匯寶》第34冊，頁35-37。

31　參看陳美林，〈試論金瓶梅對儒林外史和歧路燈的影響〉，《金瓶梅研究》第三集，頁20-21。陸大偉，〈金瓶梅與林蘭香〉，《明清小說論叢》第一集，頁152、153。

《水滸》、《金瓶梅》，誨盜誨淫，久干例禁，乃言者津津誇其章法之奇，用筆之妙，且謂其摹寫人物事故，即家常日用米鹽瑣屑，皆各窮神盡相，畫工化工合為一手，從來稗官無出其右者。嗚呼！其未見《儒林外史》一書乎？……篇中所載之人不可枚舉，而其人之性情心術，一一活現紙上。讀之者，無論是何人品，無不可取以自鏡。傳云：「善者，感發人之善心，惡者，懲創人之逸志。」是書有焉。甚矣！有《水滸》、《金瓶梅》之筆之才，而非若《水滸》、《金瓶》之致為風俗人心之害也。（《彙編》，頁 259）

閑齋老人一開始就先質疑四大奇書，接著強調《儒林外史》有《金瓶梅》之筆之才，意即章法之奇、用筆之妙、寫人的窮神盡相、活靈活現都達到了《金瓶梅》的水準，但卻沒有「誨淫」的缺點，因此勝過《金瓶梅》。序文引朱子「善者，感發人之善心，惡者，懲創人之逸志」的觀點，也正是張竹坡及小說序跋作者們一再引用來辯護的，何以相同的立場、出發點，卻一褒一貶，得出不同的結論？同樣以「誨淫」攻擊《金瓶梅》的尚有李綠園的《歧路燈·自序》：

若夫《金瓶梅》，誨淫之書也。亡友張揖東曰：此不過道其事之所曾經，與其意之所欲試者耳，而三家村冬烘學究，動曰此左國史遷之文也。余謂不通左史，何能讀此，既通左史，何必讀此？……此不過驅幼學於夭札，而速之以蒿里歌耳。
（《彙編》，頁 257-258）

李綠園本是個道學家，主張文學創作要「道性情，裨名教」[32]，他非但抨擊《金瓶梅》不是有益世道人心之作，更在小說《歧路燈》中現身說法，第十一回寫譚孝移因為塾師教其子弟拿《金瓶梅》給他看，一時疾火攻心，昏倒在地，終於一病不起，以此表示對誨淫之書的深惡痛絕[33]。如此看來，李綠園斥責《金瓶梅》誨淫是自然的事，但若連四大奇書都一併看不上眼，就不免有點厚此薄彼了。可見序跋作者抱著以己之長攻人之短，往往很難平心靜氣評論其他小說。

某些小說序跋在褒貶之時流露了關於主題、風格的看法，例如題為隨緣下士編、寄旅散人評的才子佳人小說《林蘭香》，卷首變變子序云：

近世小說，膾炙人口者，曰《三國志》，曰《水滸傳》，曰《西遊記》，曰《金瓶梅》，皆各擅其奇，以自成一家。……有《金瓶》之粉膩而未及於妖淫，是蓋

32　陳美林，同註 31 引書，頁 27-28。

33　陳萬益，〈賈寶玉的意淫和情不情——脂評探微之一〉，《中外文學》（12 卷第 9 期），頁 16。

集四家之奇以自成為一家一奇者也。（《彙編》，頁268）

原來鑾夔子推崇四大奇書是為了推銷《林蘭香》的價值，而「妖淫」顯然是《金瓶梅》的缺憾，寄旅散人評春晼重遊舊居道：「看春晼在東一所一段，比春梅遊舊家池館何如？一淫一貞，既不足以相似，而淒愴悲涼，亦復過之。」[34]（五十八回眉批）兩人都強調了《金瓶梅》的「淫」。看法類似的尚有戲筆主人《繡像忠烈傳·序》：

> 文字無關風教者，雖炳燿藝林，膾炙人口，皆為苟作。……《西遊》、《金瓶梅》專工虛妄，且妖豔靡曼之語，眙人耳目。在賢者知探其用意用筆，不肖者只看其妖仙冶蕩。是醒世之書，反為酣嬉之具矣。（《彙編》，頁267）

戲筆主人稱賞的是宣揚忠孝節義的歷史小說，因此《西遊記》寫神魔、《金瓶梅》寫淫浪敗德的生活自然是「妖仙冶蕩」之作。值得注意的是「妖淫」、「妖豔靡曼」、「妖仙冶蕩」這些評價，也可以在其他肯定《金瓶梅》為奇書的批評中找到，如最早欣欣子就提到有人批評《金瓶梅》「氣含脂粉」，有柔豔之風，清代紫髯狂客評《金瓶梅》有「或極快，或極豔」之語，張竹坡稱《金瓶梅》為「一部淫情豔語」，書中女性人物是「濃豔妖淫」（第四回行批）、「妖淫之物」（〈雜錄小引〉），謝頤《批評第一奇書金瓶梅·敘》更將《金瓶梅》和描寫性愛、靈怪的小說《豔異編》相比較：

> 今經張子竹坡一批，……兼使其粉膩香濃，皆如狐窮秦境，……然後知《豔異》亦淫，以其異而不顯其豔，《金瓶》亦豔，以其不異則止覺其淫。（《彙編》，頁4）

可見以《金瓶梅》為「濃豔妖淫」的看法由已久，小說向來是處在正統文學的邊緣性文類，以女性與性愛為描寫對象的《金瓶梅》，在主張小說應有益風教的小說批評家看來自是非正統的異端，然而「豔」與「淫」仍不失為一種對《金瓶梅》題材風格特色的看法。

在「誨淫」、「戒淫」之外，是否還有其他的聲音？真正能自出機杼，看見《金瓶梅》作者悲憫世人旨意的，當推張潮的《幽夢影》，其云：

> 《水滸傳》是一部怒書，《西遊記》是一部悟書，《金瓶梅》是一部哀書。（《彙編》，頁251）

張潮對三部小說都是欣賞的，但並不像「奇書」論者那樣以世道人心為重點，反而從作

34　同註24引文，頁63、74-75。

者情感出發，一語點破《金瓶梅》作者「全身心地感悟生命真切悲歡」[35]的情感本質，雖屬隻字片語，卻予人更多省思空間。

三、未知孰家生動──紅學家的意見

紅學家是這時期較能平心公允評價《金瓶梅》的讀者，有些本身就是《金瓶梅》的愛好者，甚至是仔細地閱讀了《金瓶梅》。他們不約而同地指出《紅樓夢》向《金瓶梅》學習、借鑑之處：

> 寫個個皆到，全無安逸之筆，深得《金瓶》壺奧。（《脂硯齋重評石頭記》庚辰本第十三回「賈珍笑問價值幾何」眉批，《彙編》，頁 258）

> 書本脫胎於《金瓶梅》，而褻嫚之詞，淘汰至盡。中間寫情寫景，無些點牙後慧。非特青出於藍，直是蟬蛻於穢。（諸聯《紅樓夢評》，《彙編》，頁 268）

> 此書從《金瓶梅》脫胎，妙在割頭換像而出之。彼以話淫，此以意淫也。（張其信《紅樓夢偶評》，《彙編》，頁 280）

> 《紅樓夢》一書，……大略規仿吾家鳳洲先生所撰《金瓶梅》，而較有含蓄，不甚著跡，足饜讀者之目。（蘭皋居士《綺樓重夢·楔子》，《彙編》，頁 266）

雖然曹雪芹本人未留下評論《金瓶梅》的隻字片語，但《紅樓夢》受《金瓶梅》影響已是紅學家公認的事實。然從紅學家一致推崇《紅樓夢》善於學習、創新的藝術成就來看，他們顯然更為欣賞《紅樓夢》含蓄蘊藉的寫作風格，所謂「蟬蛻於穢」、「割頭換像」正是對《金瓶梅》淫穢描寫的詬病，周春就急於將《紅樓夢》和《金瓶梅》劃清界限：

> 此書發乎情，止乎禮義，頗得風人之旨，慎勿以《金瓶梅》、《玉嬌梨》一例視之。（《紅樓夢約評》，《彙編》，頁 265）

可見從題材風格而言，《金瓶梅》的「淫穢」描寫始終左右、影響著人們對它的藝術評價。不過這種貶抑《金瓶梅》的傾向似乎在藝術技巧比較中得到了平衡，例如脂硯齋：

> 此段與《金瓶梅》內西門慶、應伯爵在李桂姐家飲酒一回對看，不知孰家生動活潑？（甲戌本二十八回薛蟠說酒令一段眉批，《彙編》，頁 258）

35　王彪，〈無所指歸的文化悲涼──論金瓶梅的思想矛盾與主題的終極指向〉，《文學遺產》（1993年第 4 期），頁 115。

奇極之文，極趣之文。《金瓶梅》中有云把忘八的臉打綠了，已奇之至，此云剩
忘八，豈不更奇。（庚辰本六十六回「只怕連貓兒狗兒都不干淨，我不做這剩忘八」句批，
同上）

脂硯齋的批語充滿向四大奇書經典挑戰、媲美的意味，所謂「不知孰家生動活潑」？依
脂硯齋之意，自然是肯定《紅樓夢》「青出於藍」的成就，但同時也將問題留給讀者，
證明兩者的藝術優劣難分軒輊。陳其泰的比較可見《紅樓夢》含蓄蘊藉的筆法深得人心，
如《紅樓夢》第七回「送宮花賈璉戲熙鳳」，寫周瑞家送宮花到鳳姐處，「只見小丫頭
豐兒坐在房門檻兒上，見周瑞家的來了，連忙的擺手兒」，接著寫道：「只聽那邊一陣
笑聲，卻是賈璉的聲音，接著房門響，平兒拿著大銅盆出來」，陳其泰分別批道：

藉送花與秘戲，截然兩事，全不相干，特借送花人眼中看出耳。若用直筆便是《金
瓶梅》文字矣。（《桐花鳳閣評紅樓夢》第七回眉批，《彙編》，頁270）

一筆而其事已悉，真李龍眼白描法也。《金瓶梅》亦用此法者。潘金蓮入房見春
梅耳少一環，在床上腳踏上覓得是也。（同上）

從批語內容來看，脂硯齋、陳其泰必曾仔細閱讀過《金瓶梅》，否則斷不能對《金瓶梅》
的細節如此熟悉，而他們將二書仔細對照的閱讀正好說明了《金瓶梅》的正典性地位。
哈斯寶也是《金瓶梅》的閱讀者、愛好者，他針對二書以人物預示命運的藝術手法比較
道：

我讀《金瓶梅》，讀到給眾人相面，鑒定終生的那一回，總是贊賞不已。現在一
讀本回，才知道那種贊賞委實過分了。《金瓶梅》中預言結局，是一人歷數眾人，
而《紅樓夢》中則是各自道出自己的結局。教他人道出，哪如自己說出？《金瓶
梅》中的預言浮淺，《紅樓夢》中的預言深邃，所以此工彼拙。（《新譯紅樓夢回
批》第九回回評，《彙編》，頁270）

哈斯寶僅憑部分情節而論定此工彼拙，似嫌粗略，事實上《金瓶梅》已有自家道出結局
的技法，張竹坡已經詳為指出[36]，哈斯寶閱讀了張評本何以沒能注意[37]？或許此處不認

---

36 關於二十一回酒令的用意，張竹坡批道：「將諸人後文，俱用行令時自己說出，如金蓮之偷敬濟，
　　瓶兒之死孽，玉樓之歸李衙內，月娘之於後文吳典恩，西門之於一部金瓶……雪娥之於來旺，以
　　及受辱為娼，皆一一照出，或隱或現，而昧昧者乃以為六人行酒令。」
37 從哈斯寶的《新譯紅樓夢回批》卷首抄錄了張竹坡冷熱真假的文字來看，當是讀過張評本的。參看
　　王汝梅，《金瓶梅探索》，頁84-85。

同張竹坡也說不定。此外有人認為《紅樓夢》在感染力上，比《金瓶梅》達到了更深而複雜的程度，例如張新之〈紅樓夢讀法〉：

> 《紅樓》一書，不惟膾炙人口，亦且鐫刻人心，移易性情，較《金瓶梅》尤造孽，以讀者但知正面，不知反面也。（《彙編》，頁 269）

張文虎也有類似的看法：「《紅樓夢》實出《金瓶梅》，陷溺人心則有過之」（《儒林外史評》），可惜未能進一步論述。綜合上述，紅學家是較能從文本的細節、場面、語言描寫各方面，比較兩者藝術優劣的一群讀者，從他們的評論中可見此時讀者審美趣味的轉向，同樣是寫人情世態的小說，《紅樓夢》含蓄蘊藉的新風格似乎獲得更多讀者的會心，但在評點家的細密閱讀之中，《金瓶梅》與《紅樓夢》的藝術優劣仍是「未知孰家生動活潑」，留有迴旋的空間。

第四節　文龍的閱讀與批評

　　《金瓶梅》在清代後期的評論趨於沈寂，僅有光緒年間文龍的評本，此實因張竹坡評點建立的典範性地位，後人難以超越，遂將重心轉移到新問世的小說名著之上，如《聊齋誌異》、《儒林外史》、《紅樓夢》等。當時為《聊齋誌異》評點的，先後有十餘家之多，較著名的有光緒十七年問世的馮鎮巒評本、道光三年和道光二十二年的何守奇、但明倫評本。《儒林外史》有咸豐同治年間的黃小田抄評本、同治十三年的《齊省堂增訂儒林外史》評本，尤其光緒年間張文虎集結了一批欣賞和批評《儒林外史》的研究群體，大大推動了《儒林外史》的傳播[38]。《紅樓夢》的評點尤為熱門，創作、傳抄時期即有脂硯齋的評點，其後有王希廉、張新之、姚燮、陳其泰、哈斯寶等人的評點，總計自乾隆末年以迄晚清，光是評論或考證《紅樓夢》的專著就有二、三十餘種之多，遑論其他筆記、雜論、題詠中洋洋大觀蔚為紅學的著作[39]。反觀此時期《金瓶梅》的評論，除了文龍一家之外，僅有紅學家偶爾論及，此外便是執政者的禁毀行動、衛道人士的誨淫論調，以及筆記中掇拾舊說、考證軼聞，殊無足觀，可見隨著《聊齋誌異》、《儒林外史》、《紅樓夢》名著之問世，新作品的創新風格給讀者帶來耳目一新的感受，同樣

---

[38] 譚帆，〈清代後期小說評點塵談——論近代小說創作思想對傳統的返歸〉，《明清小說研究》（2001年第3期），頁102。

[39] 據一粟《古典文學研究資料：紅樓夢卷》所列，自乾隆到民初，專門評論或考證《紅樓夢》的專著達三十五種之多。

是人情寫實小說，新作「蟬蛻於穢」、「青出於藍」的蘊藉風格，相較於《金瓶梅》不避淫穢的寫作方式，更能吸引讀者的目光。此時《金瓶梅》的讀者或許不在少數，但卻鮮有人願意像評論《紅樓夢》、《儒林外史》那樣耗費數十年心血加以批評，即以文龍而論，他的閱讀和評點《金瓶梅》都是在很偶然的情況下進行的，文龍自述從友人那兒得到《金瓶梅》[40]，之後在為官生涯之餘評點了《金瓶梅》，換句話說，若非這位熱心的友人，文龍可能與《金瓶梅》擦身而過。《金瓶梅》的「淫穢」之名，不但使出版家裹足、衛道人士焚毀之，而稍涉小說者，又因流傳不廣、禁毀的影響，以訛傳訛之情況甚多[41]，因此我們有理由說，若非光緒年間文龍評本的發現，這段《金瓶梅》詮評史恐怕更加空白了。

文龍的《金瓶梅》評點是一部手抄本，沒有公開刊行過，因此過去從未為人知曉，直到一九八五年始為金學家劉輝發現，披露於世。總計有回評、眉批、旁批六萬餘言，對《金瓶梅》的閱讀、主題、結構、人物形象作了多方面的評論，是繼張竹坡之後最重要的評點文字。一方面，由於文龍評點直接寫在張竹坡的在茲堂刊本之上，且不少見解係針對張竹坡而發，因此形成一種微妙的對話關係，是《金瓶梅》批評史上相當特殊的現象。一方面，文龍將小說評點看成一種個體的消閒和感情的需求，文人自賞的心態濃厚[42]，因此對《金瓶梅》的整體評價有褒有貶，不作人云亦云，觀其在評點中屢以「無甚深意」、「不耐看」、「不必看」表明其接受態度，實屬有限度的推薦，一反前代文人對《金瓶梅》推崇備至的看法[43]，更接近真實的接受紀錄。文龍評點大要如下：

一、關於《金瓶梅》的閱讀，對大多數批評家來說，《金瓶梅》的淫穢描寫始終是個棘手的問題，文龍和其他衛道人士一樣，從維繫世道人心的實用觀點出發，擔憂《金瓶梅》帶給讀者消極的影響，因此語帶保留地說「究竟不宜看」，因為人性是容易沈淪的：「無其事尚難防其心，有其書即思效其人，故曰不宜看」。既然「不宜看」文龍又何以批之？蓋因不能真正杜絕讀者的閱讀，故批書提醒世人，因此為了防止錯誤及危險

40　據文龍自述與《金瓶梅》的因緣：「幼年既聞有此書，然未嘗一寓目也。直至咸豐六年，在昌邑縣公幹勾留，住李會堂廣文學署，縱覽一遍，過此則如浮雲旋散，逝水東流。嗣聞原板劈燒，已成廣陵散矣。在安慶書肆中，偶遇一部，索價五元，以其昂貴之。邵少堯少尹，知予有閒書癖，多方購求，竟獲此種，交黃僕寄來。」轉引自劉輝，《金瓶梅論集》，頁264。

41　例如弁山樵子《紅樓夢發微緒言》、夢生《小說叢話》、龔普《意外緣序》都誤認金聖嘆為《金瓶梅》評點者，同註2引書，頁334、335、351。

42　文人自賞型的評點，無明確功利性、目的性，純然表現為對作品的喜愛，是政事之餘的休閒，是閒讀之時的享受。譚帆，〈論中國古代小說評點之類型〉，《文學遺產》（1999年第4期），頁85。

43　崇禎本、張竹坡都對《金瓶梅》推崇備至，雖然張竹坡對讀者的條件提出了一些限定，又說過「《金瓶梅》切不可令婦女看見」的話，但整體上是肯定讚揚的。

的閱讀，文龍提出了諄諄告誡，(一)是要具備道德意識，即觀感戒懼之心、羞惡之心，而非心生效法，向反面人物認同，(二)是整體觀照、冷眼旁觀、理性反省的精神，(三)是將閱讀《金瓶梅》視為道德實踐的過程，讀者從閱讀中獲得經驗教訓，並在日常生活中觸類而推之、印證之；(四)是讀者身份的限定，文龍認為年少之人血氣方剛不宜閱讀，但娶妻生子的中年人、閱歷深、見解不俗的人則不妨一閱，頗類今日的電影分級制度。

二、題材與主旨，關於《金瓶梅》為何而作？作者何以選擇不合道德禮教的淫穢題材來寫作？文龍的詮釋路線不出傳統「發憤著書」、「有感而發」的說法，他認為作者是「嫉世病俗」、有所感憤才寫作此書的，其意在揭露現實社會的罪惡，而非導欲宣淫。其次是《金瓶梅》究竟是不是「淫書」之問題，文龍提出了兩面性看法，他認為：「《金瓶梅》淫書也，亦戒淫書也。……觀其筆墨，無非淫語淫事，……。但究其根源，實戒淫書也。……是在會看不會看而已」（第一回總評）。意即就題材而言《金瓶梅》是「淫書」，但作者旨在戒淫。那麼《金瓶梅》是寫給誰看的？張竹坡說《金瓶梅》是寫給「千百世錦繡才子」看的「異樣妙文」，文龍卻認為作者預設的讀者是那些「富貴有類乎西門，清閑有類乎西門」（十三回總評）的人，讀者應當「以武松為法」、「以西門慶為戒」，才算是掌握了作者本旨，《金瓶梅》便不是淫書，反之則否。

三、人物的評論，文龍依據的不外儒家倫理道德，他以極高的道德標準，天理、良知、王法等教條，衡量著書中人物的是非善惡，甚至出之以最鄙夷的言詞（淫蟲、賤貨、男女苟合、鳥獸摯尾），強烈譴責著人性的罪惡。文龍固守倫理教條的程度比張竹坡有過之而無不及，且流露出極端頑固的女禍思想，他一反張竹坡拔高孟玉樓、春梅，而深惡吳月娘的做法，以孟玉樓為老奸之辣貨，大力推崇三從四德、溫柔貞節、不淫不妒的正經婦人——吳月娘、李嬌兒等人，而對潘金蓮、李瓶兒則以「蛇蝎」、「妖精」、「禍水」、「賤貨」、「淫蟲」等言辭大加攻伐，甚至有「以鐵籠籠之」的說法，在以倫理為評判人物唯一標準情況下，凡是不合倫理規範、封建禮法的情感、欲望與行為都是罪不容赦的，文龍以此強力捍衛理義自持的道德世界，不帶一絲寬容，更遑論對人物的同情與悲憫。在人物形象塑造上，文龍著重人物形象的藝術性，他認為《金瓶梅》所塑造的人物已達到「各還他一個本來面目」、「一人有一人身份」的個性化境地，且都是現實生活中隨時可發現的人物，極具普遍性意義。而如反面人物西門慶，人格雖然醜陋卑下，但其藝術形象卻活在人們口中、目中、心中，「與日月同不朽」，具有永恆的生命力。

四、在結構佈局上，文龍著重的是作品有無遵循「因果報應」的結構模式，體現「詩的正義」，他認為作者對西門慶、潘金蓮、陳敬濟等人的結局描寫，伸張了正義、大快人心，是結構緊嚴的表現。此外作者某些情節描寫的不自然與缺失，文龍也一一指出，

但整體而言肯定作者在結構上的藝術表現。

　　綜上所述，文龍的評點雖然發現較晚，目前也沒有任何有關文龍評本流傳的記錄，但無論在內容形式、美學觀點都與批評傳統有所傳承，尤其文龍作為一個小說「讀者」，其意圖指導「讀者」的心態十分顯豁，故仍可繫之小說批評史的傳承脈絡之中[44]，考察其意義與價值。

　　文龍評點的時代清光緒年間，當時小說評點的重心集中在《聊齋誌異》、《儒林外史》、《紅樓夢》，文龍何以選擇《金瓶梅》來評點？從文龍「確有此等人，確有此等事，且遍天下皆是此等人，皆是此等事」（六十三回總評）的感嘆來看，《金瓶梅》對清末的讀者來說仍然是年輕的，誠如鄭振鐸說的：「在《金瓶梅》裡所反映的是一個真實的中國社會，這社會到了現在，似還不曾成為過去」，「它所表現的社會是那末根深蒂固的生活著，這幾乎是每一縣都可以見得到一個普遍的社會的縮影」[45]。文龍身處清王朝末期，政治社會更為腐朽，故能照見《金瓶梅》反映社會的藝術成就，就此一層面而言，文龍的批評幾乎預示了清末民初關注《金瓶梅》社會現實性的詮釋方向。

　　其次，文龍對《金瓶梅》詮釋，除了在人物評價上與張竹坡形成對話之外，其觀念和方法也明顯與傳統有所承續，如對閱讀的限制與指導、「戒淫」義旨的闡述、藝術技巧的分析、因果報應結構模式的思考等，某些觀點更反映了正統文人、衛道人士對《金瓶梅》具有潛在危險的集體焦慮，如認為《金瓶梅》根本是淫穢不可閱讀、沒有寫作的價值、年少之人不宜閱讀《金瓶梅》、主張以其他小說取代《金瓶梅》等，都可在衛道人士中找到相同的觀點（包括清末民初某些保守人士的見解）。文龍評本的貢獻乃在於，以具體的評點方式提供了各種避免淫邪的正確的閱讀方法，落實了所謂「以淫止淫」的閱讀策略，使《金瓶梅》變成「修身養性」、「為人處世」的教科書，從而免於誘壞身心性命的「淫書」罪名。

44　陳翠英，〈閱讀與批評：文龍評《金瓶梅》〉，《臺大中文學報》（2001 年 12 月），頁 8。

45　鄭振鐸，〈談金瓶梅詞話〉，《名家解讀金瓶梅》，頁 12、21。

第四章　清末民初的《金瓶梅》批評

　　中國在清末民初的這段時期[1]，無論是政治、社會、思想文化各方面都處於劇變的時刻。一方面，在西學的衝擊下，小說的批評迎向新的局面，西洋小說、文學理論的譯介，提供了不同於傳統的參照對象、批評觀念和方法，而新的思想、觀念的輸入，更影響了《金瓶梅》主旨思想的詮釋，一方面，在梁啟超、胡適、陳獨秀等人倡導的文學革命影響下，掀起了對古典小說思想內容的全面檢討，在以小說為改良社會、啟蒙救國工具之訴求下，論者對小說的思想內容有了新的期待，《金瓶梅》的社會作用、文學地位成為討論的中心課題。當然其中不無沿續傳統的部分，如指斥《金瓶梅》致為風俗人心之害的「誨淫」論調，將之刪改點竄成符合自己理想的潔本、偽托本，或是沿襲傳統美學思維、批評形式來評價《金瓶梅》等。

第一節　西學衝擊下的研究

　　自晚清「西學東漸」以來，有關小說的改革與評價始終受到西方的影響，此時《金瓶梅》詮釋的重點有四：一是在中西小說的比較中重新認識《金瓶梅》，二是以新的小說觀念、術語名詞替《金瓶梅》平反，三是以當時新思想、新知識詮釋《金瓶梅》，四是運用「文學史」意識重估《金瓶梅》的地位。

一、與西洋小說比較

　　中國小說在晚清第一次被納入世界文學中討論，《金瓶梅》亦不例外。當時由於西洋翻譯小說的輸入，小說批評家習慣將中國小說與西洋小說相比較，論中西小說之異同優劣，例如王鍾麒〈中國歷代小說史論〉：

> 萃西洋小說數十種，問有一焉能如《金瓶梅》、《紅樓夢》冊數之眾者乎？曰無

1　本章所謂「清末民初」的年限，以 1902 年梁啟超的「小說界革命」為始，以 1919 年前後陳獨秀、胡適等人的「新文化運動」為迄，在實際討論中則以「晚清」、「民初」區分前後兩階段之不同。

有也。且西人小說所言者，舉一人一事，而吾國小說所言者，率數人數事，此吾國小說界之足以自豪者也。[2]

雖然王鍾麒對西洋小說「一人一事」認識的謬誤，但流露出其以中國小說自豪，發揚傳統小說價值之用心，而不似梁啟超、嚴復的全盤否定古典小說。王文濡則是透過西方小說的比較，重新發現《金瓶梅》描摹下流社會的可貴，他在《南社小說集》的〈贅語〉（1917 年）中說道：

> 小說以敘述下流社會情況為最難著筆。非身入其中，深知其事者，斷不能憑空結撰，摹繪盡致，此文人學士之所短，而舊小說如《金瓶梅》等書，所以曠世不一見也。西人亦然，小說名家如林，而工於此道者，在英則有迭更司，在美則有馬克吐溫，在法則有查拉，在俄則有杜瑾納夫。前後相望，不過數人，數人之撰著，又皆膾炙人口，其如難能可貴則一也。（《彙編》，頁 327）

解弢《小說話》（1919 年）也注意將《金瓶梅》與狄更斯小說比較：

> 吾國昔無社會小說，故於貧家狀況，多未述及，……餘則《紅樓》之王狗家，《金瓶梅》之常峙節家而已。反觀迭更司之書，則真可謂窮極色相。（《彙編》，頁 353）

王文濡、解弢強調小說描寫「下流社會」、「貧家」的觀點值得重視，雖然早在晚明欣欣子即指出《金瓶梅》「寄意於時俗」的特點，但並不分辨不同階層的描寫對象[3]。晚清隨著時代的進步，大量描繪下等社會的西方小說的輸入，以及林紓等人的宣揚[4]，在社會上產生了一定的影響，遂能注意到《金瓶梅》描摹下層社會的獨特價值。

二、以「社會小說」平反

晚清小說批評家流行替古典小說貼上新標籤，所謂「以西例律我國小說」[5]，《水滸傳》被冠以「政治小說」、「虛無黨之小說」、「社會主義之小說」，《紅樓夢》是「種

---

2 原載 1907 年《月月小說》第 1 卷第 11 期，轉引自黃霖《金瓶梅資料彙編》，頁 317。按：本章所引評論資料凡轉引自該書者，一律於引文後以括弧註明「《彙編》」、頁數，原載於期刊、雜誌者則加註篇章之原始出處，不另作註。

3 黃霖、韓同文選注，《中國歷代小說論著選》（下），頁 471-472。

4 林紓在他為狄更斯小說寫的序跋中，一再重複強調「掃蕩名士美人之局，專為下等社會寫照」、「敘家常平淡之事」、「特敘家常至瑣至屑無奇之事跡」等寫實主義特點，對當時影響甚大。參看葉朗，《中國小說美學》，頁 333-335。

5 同註 3 引書，頁 69。

族小說」、「倫理小說」、「哲學小說」、「社會小說」，這些流行的分類標籤代表對小說的肯定讚揚，而且同一本小說所標上的名稱越多似乎就越偉大[6]，以《金瓶梅》而言，有「家庭小說」（黃人〈明人章回小說〉）、「極端厭世觀之小說」（王鍾麒〈論小說與改良社會之關係〉）、「社會小說」、「純乎語言之小說」（狄葆賢《小說叢話》）等類型標籤，其中尤以「社會小說」最具代表性，狄葆賢在《小說叢話》中說道：

> 《金瓶梅》一書，……描寫當時之社會情狀，略見一斑。……可以徵當時小人女子之情狀，人心思想之程度，真正一社會小說，不得以淫書目之。（原載 1904 年《新小說》第 8 期，收入《彙編》，頁 303）

「社會小說」的定義狄葆賢並未加以解釋，然以「社會小說」替《金瓶梅》「淫書」之名平反，確實令人耳目一新，較能引起人們重視，達到維護小說價值的目的。曼殊〈小說叢話〉也說：

> 《金瓶梅》之聲價，當不下於《水滸》、《紅樓》，此論小說者所評為淫書之祖宗者也。余昔讀之，盡數卷，猶覺毫無趣味，心竊惑之。後乃改其法，認為一種社會之書以讀之，始知盛名之下，必無虛也。……至於《金瓶梅》，吾固不能謂為非淫書，然其奧妙，絕非在寫淫之筆。蓋此書的是描寫下等婦人社會之書也。（同上，頁 305）

曼殊強調《金瓶梅》的價值不在「寫淫」，而在「社會題材」的寫作，然而不論是「社會小說」、「社會之書」都代表一種新的理解方式與內容預期，即對《金瓶梅》的社會現實性，以及描寫對象的階層性的關注。同時也透過「社會小說」的評價，重新賦予了《金瓶梅》一種積極的意義與價值，雖然「吾固不能謂為非淫書，然其奧妙，絕非在寫淫之筆」，仍不免「瑕不掩瑜」之意，但至少說明晚清時期小說審美標準的轉變，小說價值在於能否真實反映社會現實，符合當時政治、社會改革的潮流，淫穢與否並非評價的重點。

三、以今律古

在強調小說改革社會的前提下，論者紛紛以當時新思想詮釋《金瓶梅》創作動機，如王鍾麒〈中國三大小說家論贊〉一文不但繼承清代以來的發憤著書說，更注入了自己改革社會、關注現實的理想，來闡釋作者的情感思想：

6　夏志清，〈新小說的提倡者：嚴復與梁啟超〉，《人的文學》，頁 82-83。

若王氏之《金瓶梅》。元美生長華閥,抱奇才、不可一世,乃因與楊仲芳結納之故,致為嚴嵩所忌,戮及其親,深極哀痛,無所發其憤。彼以為中國之人物、之社會,皆至污極賤,貪鄙淫穢,靡所不至其極,於是而作是書。蓋其心目中,固無一人能少有價值者。彼其記西門慶,則言富人之淫惡也,記潘金蓮,則傷女界之穢亂,記花子虛、李瓶兒,則悲友道之衰微也,記宋蕙蓮,則哀讒佞之為禍也;記蔡太師,則痛仕途黑暗,賄賂公行也。嗟乎!嗟乎!天下有過人之才人,遭際濁世,把彌天之怨,不得不流而為厭世主義,又從而摹繪之,使並世者之惡德,不能少自諱匿者,是則王氏著書之苦心也。(原載 1908 年《月月小說》第 2 卷第 2 期,收入《彙編》,頁 318)

王氏有感於當時小說界「不善讀」小說,誤以中國小說誨淫誨盜,因此藉著當時的新思想,重新詮釋了《金瓶梅》揭露惡社會的動機。所謂「痛社會之混濁」、「厭世主義」等思想,都是晚清接觸西方後產生的的新思想,此種強調作者對社會的各種哀憤之情,正體現了晚清以新思想詮釋古代小說的風尚[7]。當時「以今律古」的尚有王文濡,其〈小說談〉云:

俗本專寫西門之淫濫,原本專寫西門之貪酷,其納賄害人各事,按諸正史,一一皆可指實,非憑虛臆造者。⋯⋯且所指尤不止於此者。明代君主之專制,政府之萬惡,觸類抒寫,淋漓盡致,使讀者知西門之所以亡家,即有明之所以亡國也。人第見其父死非罪,切齒嚴氏,特作是書為口誅筆伐之舉,以報其陷父之仇,而不知其深思慮遠,逆料危亡之不遠,而有此沈摯迫切託詞隱意之警告,其愛國之心,憂時之計,一篇之中,三致意焉。(原載 1915 年《香艷雜誌》第 9 期,收入《彙編》,頁 326)

姑不論王文濡對《金瓶梅》的刪改、偽造,以及「按諸正史,一一皆可指實」之類的謬誤認知,其宣稱作者抒寫「君主之專制,政府之萬惡」、「愛國之心,憂時之計」,實與文本所寫不合,《金瓶梅》固然有指斥貪贓枉法、窮奢極欲的內容,卻未必有反專制、愛國家的思想,王文濡不顧作品實際內容,以當時新思想強為解釋,固然有穿鑿附會之嫌,卻也是當時小說界普遍期待小說表現愛國民主思想的反映。

7　黃錦珠,《晚清時期小說觀念之轉變》,頁 174-175。

四、寫入文學史

　　在正統文學觀念裡，小說戲曲向來不登大雅之堂，對小說的研究以評點、筆記、序跋、雜論的形式為主，還談不上有嚴格意義的小說史著作，晚清隨著西方文學觀念、翻譯小說的輸入，促使中國學者自覺地把「小說史」作為重要的學術課題[8]。最早將《金瓶梅》納入小說史的是王鍾麒，由於王氏研究歷代小說是立足現實，目的是為了「振興吾國小說」，「以救國民」[9]，因此他對歷代小說的歸納也著眼於小說與政治、社會現實的關係，其〈中國歷代小說史論〉（1907 年）一文，將《金瓶梅》與《紅樓夢》、《儒林外史》同歸為「痛社會之混濁」的發憤之作：

> 或描寫社會之污穢、濁亂、貪酷、淫媒諸現狀，而以刻毒之筆出之，如《金瓶梅》之寫淫，……讀諸書者，或且訾古人以淫冶輕薄導世，不知其人作此書時，皆深極哀痛，血透紙背而成者也，其源出於太史公諸傳。（原載 1907 年《月月小說》第 1 卷第 11 期，收入《彙編》，頁 316-317）

　　王鍾麒意圖追溯《金瓶梅》等小說的文學源流，已經有文學史意識。而同時有黃人的《中國文學史》（1909 年），在「近世文學」中專設「明人章回小說」一節，把《金瓶梅》列為「家庭小說」，聲稱在章回小說中可以發掘出一時代社會風俗之變遷，人情之滋灉、輿論之向背，著眼的也是小說與社會的關係。王鍾麒、黃人的立論雖然不夠全面，但比起當時文學史著作仍把小說視為「誨淫誨盜」的見解，實屬不凡識見。如林傳甲於一九〇四年出版的《中國文學史》，在第十六章「元人文體為詞曲說部所紊」中批評笹川種郎《支那文學史》（1898 年）專章討論《水滸傳》、《金瓶梅》、《西廂記》、《紅樓夢》等小說戲曲，是「識見污下，與中國下等社會無異」[10]，仍保有小說戲曲誨淫誨盜的見解，謝无量一九一八年出版的《中國大文學史》則以「平話之作，明一代最盛，然率不著撰人及作者之時，故莫能詳也」[11]一語帶過，失之過簡，因此王鍾麒、黃人將《金瓶梅》納入小說史、文學史的做法，實已為後來魯迅、鄭振鐸等人撰寫文學史開了先路。

8　陳平原，《小說史：理論與實踐》，頁 88。
9　同註 1 引書，頁 608-611。
10　同註 1 引書，頁 783-784。
11　謝无量，《中國大文學史》，頁 593-594。

第二節 文學革命思潮中的反省

清末民初時期影響小說的文學革命主要有二,一是梁啟超倡導的「小說界革命」,一是胡適、陳獨秀等人領導的「新文學運動」,他們的大前提是以小說充當改良社會、轉移風氣、救國啟蒙的工具,在此前提之下,掀起對舊有小說思想內容的檢討與批判,由於大多數抱著革新政治、圖存救亡、啟蒙國民的強烈願望,因此具有強烈的現實性、政治性,尤重小說的社會作用,並重新思考反省《金瓶梅》的文學定立。

一、期待啟蒙的文學

從梁啟超的「小說救國」、黃小配兄弟的「小說造時勢」,到陳獨秀、錢玄同等人對青年理想讀物的探討,充分顯現民初知識分子對小說政治現實性的關注,他們共同期待於小說的是改良社會、啟蒙社會的價值。因此大部分主張輸入西洋新文學或是創作新小說,以便因應改良社會、救國起弊的時代要求。如箸夫認為「開智普及之法」應以「改良戲本為先」,因為戲劇於社會人心風俗影響甚大,因此主張在內容上淘汰和改良舊戲曲中「寇盜、神怪、男女數端」,代之以能「起尚武合群之觀念,抱愛國保種之思想」的作品[12],他在〈論開智普及之法首以改良戲本為先〉中說道:

> 《西廂》、《金瓶梅》,非幽期密約、褻淫穢稽之事?在深識明達者流,固知當日作者,不過假托附會,因事寓言,藉他人酒杯,澆自己壘塊,亦視為逢場作戲,過眼雲煙已耳。而閭閻市儈,鄉曲愚氓,目不知書,先入為主,所見所聞,祇有此數。……錮蔽智慧,阻過進化,非此階之屬乎?(原載 1905 年《芝罘報》第 7 期,收入《彙編》,頁 321)

很顯然地,箸夫認為《金瓶梅》所寫只是「幽期密約」、「褻淫穢稽」一類的事,無關「開智普及」、「喚起國民」的理想,因此應該被陶汰。吳趼人〈雜說〉對小說批評中「不善讀」的說法提出質疑,他認為人們不易領悟《金瓶梅》懲淫之旨,「是豈獨不善讀書而已耶?毋亦道德缺乏之過耶?社會如是,捉筆為小說者當如何其慎之又慎也。」(原載 1906 年《月月小說》第 3 卷第 6 號,收入《彙編》,頁 322)吳趼人的話引人深思,「在一個道德缺乏的社會裏,這類作品更容易被人與污穢的社會現象掛起鉤來,受到指責與禁毀,從而把它有價值的部分也給淹沒了」[13],因此小說家更應謹慎創作,當時小說界中意識

---

12 同註 1 引書,頁 688。

13 蔡國梁,〈明人清人今人評金瓶梅〉,《明清小說探幽》,頁 284。

到道德教育重要的並不在少數，如黃小配等人就力主翻譯西方小說以為轉移社會風氣、促成社會進化之助，黃小配〈小說風尚之進步以翻譯說部為風氣之先〉一文說道：

> 吾國小說……《紅樓夢》、《金瓶梅》、《閱微草堂》、《聊齋誌異》，五光十色，美不勝收。……自西風東漸以來，一切政治習尚自顧皆成錮陋，方不得不舍此短以從彼長，……則固以譯書為引渡新風之始也。（原載 1908 年三月《中外小說林》第 2 年第 4 期，收入《彙編》，頁 323）

黃小配並未如梁啟超等人的全盤否定古典小說，視為「誨淫誨盜」、「群治腐敗之總根源」，反倒是在總體上肯定其藝術價值，只是在改革社會的當務之急下，舊有小說的知識已不敷使用，故應以翻譯小說為首要。到了民初，晚清改革社會的精神進一步發展，胡適、陳獨秀等人領導的文學革命，對舊有文學進行思想內容的革命，強調文學的啟蒙、救治人心、拯救國家的作用，胡適在〈文學改良芻議〉中提出文學必須「言之有物」，即有「高遠之思想，真摯之情感」的主張[14]。陳獨秀〈文學革命論〉確立了以「明瞭的、通俗的社會文學」作為啟蒙手段的方向[15]。在《新青年》這份新文學運動的雜誌中，胡適、陳獨秀、錢玄同等人展開了對古典小說的討論，他們秉持文學革命的觀點，普遍認為古典小說應退居歷史的地位，在「文學史」的範圍裡研究，而不宜做為社會啟蒙之工具。如錢玄同〈答胡適之〉：

> 從青年良好讀物上面著想，實在可以說，中國小說沒有一部應該讀的。……不但《金瓶梅》流弊甚大，就是《紅樓》、《水滸》亦非青年所宜讀。吾見青年讀了《紅樓》、《水滸》，不知其一為實寫腐敗之家庭，一為實寫凶暴之政府，而乃自命為寶玉、武松，因此專務狎邪以為情，專務拆梢以為勇者甚多。……中國今日以前的小說，都該退居到歷史的地位。從今以後，要講有價值的小說，第一步是譯，第二步是新做。（原載 1918 年正月《新青年》第 4 卷第 1 號，收入《彙編》，頁 347-348）

錢玄同反對青年閱讀古典小說的理由，乃因期待讀者注意小說對政治、社會黑暗現實的針砭、揭露，而非向書中主人公產生負面的認同（狎邪、拆梢）所致。一生致力古典小說考證的胡適也有類似的看法，其〈答錢玄同〉云：

14　胡適的〈文學改良芻議〉發表於 1917 年，轉引自《中國新文學大系·文學論爭集》〈導言〉，頁 28。

15　陳思和認為，陳獨秀在〈文學革命論〉中提出的「三大主義」，只有「社會文學」含有啟蒙的意思，「國民文學」、「寫實文學」分別指新文學的性質、創作方法，參看陳思和，《中國新文學整體觀》，頁 47-48。

> 我以為今日中國人所謂男女情愛，尚全是獸性的肉慾。今日正宜力排《金瓶梅》
> 一類之書，一面積極譯著高尚的言情之作，五十年後，或稍有轉移風氣之希望。
> （同上，頁 343）

胡適扶立了元明以來的小說戲曲為文學正宗，卻不滿小說思想內容的陳舊[16]，因此他的
白話文學雖包括了《金瓶梅》在內，也只是就語言形式而論，完全不涉及思想藝術。吳
趼人、錢玄同、胡適等人關心小說對青年的影響，著眼的是攸關整個國家復興衰亡的啟
蒙教育，而明清時期的小說批評家維護或反對小說，則是以小說對個別讀者潛移默化的
作用為考量，兩者顯然不同[17]。

二、《金瓶梅》作何美感？

　　五四新文學革命運動掀起了對古典小說的思考與反省，究竟《金瓶梅》應如何定位，
有無文學價值？雖然錢玄同、陳獨秀一致認為中國小說不是理想的青年啟蒙讀物，在否
定之餘又認為淫穢之描寫是可以原諒的文學缺點態度，態度顯得游移反轉，陳獨秀〈答
胡適〉：

> 足下及玄同先生盛稱《水滸》、《紅樓》等為古今說部第一，而均不及《金瓶梅》
> 何耶？此書描寫惡社會，真如禹鼎鑄奸，無微不至，……。以其描寫淫態而棄之
> 耶？則《水滸》、《紅樓》又焉能免？即名曲如《西廂記》、《牡丹亭》，以吾
> 迂腐之眼觀之，亦非青年良好讀物，此乃吾國文學缺點之一。（原載 1917 年 6 月《新
> 青年》第 3 卷第 4 期，收入《彙編》，頁 342）

陳獨秀肯定《金瓶梅》刻劃惡社會的成就，與晚清強調小說社會現實性的精神相一致，
然其不加區別地談論「淫穢」描寫，實亦未能正視性描寫在不同小說中的意義及價值，
錢玄同〈寄胡適之〉亦有類似的看法：

> 《金瓶梅》一書，斷不可與一切專談淫猥之書同日而語。此書為一種驕奢淫佚、不
> 知禮義廉恥之腐敗社會寫照。……徒以描寫淫穢太甚，終不免有「淫書」之目。……
> 然仔細想來，其實喜描淫穢，為中國古人之一種通病。遠之如《左傳》，詳述上

16　胡適肯定《金瓶梅》、《西遊記》、《紅樓夢》等為白話文學的正宗，對其思想內容則普遍不滿：
　　「我們一面誇讚這些舊小說的文學工具（白話），一面也不能不承認他們的思想內容實在不高明，
　　夠不上人的文學。」同註 14 引書，頁 21、30。
17　同註 6 引書，頁 79。

烝、下報、旁淫，悖禮逆倫，極人世野蠻之奇觀，……。即《水滸》、《紅樓》中，又何嘗無描寫此類語言，特不如《金瓶梅》之甚耳。故若拋棄一切世俗見解，專用文學的眼光去觀察，則《金瓶梅》之位置，固亦在第一流也。……《金瓶梅》自是十六世紀中葉有價值之文學。（原載 1917 年《新青年》第 3 卷 6 期，收入《彙編》，頁 346-347）

可以肯定的是兩人都對《金瓶梅》的文學價值充分肯定，然而一方面又大力批判了古代小說作者的思想見解不及外國高明，錢玄同〈與陳獨秀書〉：

外國小說家拿小說看做一種神聖的學問，或則自己思想見解很高，以具體的觀念，寫一理想的世界或者拿很透闢的眼光去觀察現在社會，……意境既很高超，文筆也極乾淨。……《金瓶梅》雖具刻劃惡社會的本領，然而描寫淫褻，太不成話，若是勉強替他辯護，說做書的人下筆的時候自己沒有存著肉麻的冥想，恐怕這話總是說不圓的。（同上，頁 344）

在〈寄胡適之〉信中更指出文學家應負起社會道德教化之責：

惟往昔道德未進化，獸性肉欲猶極強烈時，文學家不務撰理想高尚之小說以高尚人類之道德，而益為之推波助瀾，刻畫描摹，形容盡致，……致社會道德未能增進，而血氣未定之少年尤受其毒，此則不能不謂前世文學家理想之幼稚矣。（同上，頁 346-347）

所謂「理想」，當是指作者思想、道德意識而言[18]，錢玄同以性描寫為「淫褻」、不道德，其實都是道學家的看法。唯陳獨秀、錢玄同主張將文學研究與青年讀書區分開來，則不失為有益有見解，陳獨秀〈答錢玄同〉：

喜歡文學的人，對於歷代的文學，都應該去切實研究一番才是。（就是極淫猥的小說彈詞，也有研究的價值。）至於普通青年讀物，自以時人譯著為宜。……專門研究文學和普通青年讀書，截然是兩件事，不能並為一談也。（同上，頁 342-343）

由於新文學運動的宗旨在思想內容的革新，因此《金瓶梅》既然不能充當喚醒國民、開導民智的文學，亦非青年理想的啟蒙教科書，最好的辦法就是退回「文學史」當中去，

18　呂思勉《小說叢話》：「理想者，小說之質也。……然則理想如何而能高尚乎？曰是則視人之道德為進退。凡人之道德心富者，理想亦必高，道德心缺乏者，理想亦必低。」是理想即思想、道德意識。同註 3 引書，頁 399。

留給喜歡文學的人去研究。大概只有胡適是完全否定《金瓶梅》的,他在〈答錢玄同〉信中:

> 先生與獨秀先生所論《金瓶梅》諸語,我殊不敢贊成。……此種書即以文學的眼光讀之,亦殊無價值。合則?文學之一要素,在於美感。請問先生讀《金瓶梅》作何美感?(原載 1918 年《新青年》第 4 卷第 1 號,收入《彙編》,頁 343)

胡適對《金瓶梅》的低貶,或許是文學須有「高遠之思想」的反映,相形之下明顯是個人的偏見,這可從胡適致力於十三種古典小說考證[19],創立了小說研究的新範式,獨獨缺《金瓶梅》考證可見一斑。

第三節　傳統的沿續與發展

自一九〇三年梁啟超等在《新小說》上發表《小說叢話》之後,「小說話」這一形式的小說論著猶如異軍突起,風起雲湧,盛況空前,此種形式相對於傳統隨文依附的小說評點,已大不相同,單獨刊登或連載在雜誌上,實為當時「形式最新穎的小說、戲曲的評述隨筆」[20],但其中某些論者的小說觀念、美學思維卻沿續著傳統的路子,以夢生《小說叢話》為例,他的評論登載在《雅言》第一卷第七期上,不論在審美觀念、術語、批評方式上都與傳統評點派相近,這類新瓶裝舊酒的批評有兩種,一是就《金瓶梅》藝術性探討,如人物形象、章法結構、語言、風格、讀法等,不離傳統評點、序跋、筆記關注的範圍,如黃人《小說小話》、夢生《小說叢話》、姚錫鈞的《稗乘譚雋》、解弢《小說話》,都是這個脈絡的代表。一是沿續傳統「誨淫」論調,全盤否定《金瓶梅》的價值,如葉小鳳的《小說雜論》、冥飛等人的《古今小說評林》,以及王文濡因無法接受所謂的「淫穢」內容而刪節、偽託的「古本」、「真本」等。

一、傳統小說批評餘緒

在強調小說社會作用的觀點之外,黃人是較能回歸小說藝術價值的批評家,其〈小說小話〉專論古典小說的藝術美:

> 小說之描寫人物,當如鏡中取影,妍媸好醜令觀者自知。最忌攙入作者論斷,……

19　易竹賢輯,《胡適論中國古典小說》,頁 1-2。
20　阿英,《晚清文學叢鈔:小說戲曲研究卷》〈敘例〉,頁 1。

《金瓶梅》之寫淫，……并不下一前提語，而其人之性質、身份，若優若劣，雖婦孺亦能辨之，真如對鏡者之無遁形也。（原載 1907-1908 年《小說林》第 1 卷至 9 卷，收入《彙編》，頁 311）

黃人注重以形象、而非說教與議論來表現的見解，也可以在傳統小說美學中找到淵源，如臥閑草堂本《儒林外史》回評云：「直書其事，不加斷語，其是非自見」[21]，便是主張以形象來表現。黃人又認為小說人物的塑造應有理想，但又不能脫離現實生活、過求完善，也就是要掌握人物的「分際」：

古來無真正完全之人格，小說雖屬理想，亦自有分際，若過求完善，便屬拙筆。……彼《金瓶梅》之主人翁人格，可謂極下矣，而其書歷今數百年，輒令人嘆賞不置。（同上，頁 312）

這和脂硯齋反對「惡則無往不惡，美則無一不美」不近情理的形象，主張「真正美人方有一陋處」的美學見解十分類似[22]。黃人較獨特的地方是有關《金瓶梅》結局的看法：

語云：「神龍見首不見尾」。龍非無尾，一使人見，則失其神矣。此作文之秘訣也。我國小說家能通此旨者，如《水滸傳》，……如《石頭記》，……如《金瓶梅》（書實不全，卷末建醮託生一回，荒率無致，大約即《續金瓶梅》者為之。中間亦原缺二回，見《顧曲雜言》）……皆不完全，非殘缺也，殘缺其章回，正以完全其精神也。（同上）

黃人認為小說結局要達到「神龍見首不見尾」，才能「完全其精神」，而《金瓶梅》雖不以喜劇收場，最後的建醮託生仍舊達到另一種型態的圓滿，反而是失神的表現，可見黃人講究的是令讀者低迴不已的審美效果[23]，已和傳統主張因果報應大團圓結局的思維有所不同。曼殊〈小說叢話〉注意到小說回目之妙：

回目之工拙，於全書之價值與讀者之感情最有關係。……吾見小說中，其回目之最佳者，莫如《金瓶梅》。（原載 1904 年《新小說》第 8 期，收入《彙編》，頁 305-306）

可惜曼殊的論述過於簡略，這方面倒是張竹坡的看法較為具體，他在讀法八：「《金瓶》一百回，到底俱是兩對章法，……以目中二事為條幹，逐回細玩即知」，已經注意指引

21　黃霖、韓同文選注，《中國歷代小說論著選》（上），頁 471-472。

22　同註 4 引書，頁 277-287、327-329。

23　同註 7 引書，頁 233-235。

讀者在回目的對照中領悟其含義,如第一回的「熱結」、「冷遇」在結構上起的意義等[24]。狄葆賢十分讚賞《金瓶梅》的語言藝術,他在〈小說新語〉中比較了《西廂記》、《紅樓夢》與《金瓶梅》語言之差異:

> 《西廂》者,乃文字小說,《水滸》、《紅樓》,乃文字兼語言之小說,至《金瓶》則純乎語言之小說,文字積習,蕩除淨盡,讀其文者,如見其人,如聆其語,不知此時為看小說,幾疑身入其中矣。此其故,則在每句中無絲毫文字痕跡也。(原載 1911 年《小說時報》第 9 期,收入《彙編》,頁 304)

平子替《金瓶梅》貼上「語言之小說」的標籤,不過是當時流行風尚,其內涵不出傳統注重語言明白曉暢、生動傳神的美學趣味。此外,沿襲前人的批評形式,抒發一己閱讀心得的,則有夢生的《小說叢話》,無論是評點的形式、語氣都明顯看出張竹坡的影響,估舉數則:

> 世間最美最佳之小說,能有幾部?……前人既經評過,又何勞我之再評?不知人生百年,有如一場春夢。我既引為樂事,前人雖先我為之,我又何必不為?我之所評者,自我心中扒剔而出,我既不認我抄襲前人,又不認前人與我暗合,我自與我排憂解悶耳。
>
> 《金瓶梅》以絕世妙文,以受誤讀者之厄,致不能公行於世。誤讀《金瓶》者,真罪過不小。
>
> 寫淫逸最甚者,莫甚於金蓮,作者深惡而痛絕之,比之狗彘不若也。以狗彘不若者,而西門偏好之,明西門之不得列於人類也。《春秋》之筆嚴矣。(原載 1914 年《雅言》第 1 卷第 7 期,收入《彙編》,頁 336-340)

夢生是真正欣賞、肯定《金瓶梅》價值之人,但他的批評零碎缺乏新意,如「妙文」、「深惡」的觀念沿襲張竹坡的審美思維,總地來說成就有限。解弢雖曾注意將《金瓶梅》與狄更司小說比較,但他的《小說話》更接近張潮《幽夢影》、金聖嘆批《西廂記》的意味[25]:

> 有以禪諭書法者,吾則以禪諭小說:《儒林外史》,如來禪也,《金瓶梅》,苦

24　林崗,《明清之際小說評點學之研究》,頁 158-160。

25　張潮《幽夢影》:「《水滸》是一部怒書,《西遊記》是一部悟書,《金瓶梅》是一部哀書」。同註 2 引書,頁 251。金聖嘆《西廂記讀法》有《西廂記》須焚香、掃地、對雪、對花讀之的說法,見陳德芳校點,《金聖嘆評西廂記》,頁 22-23。

薩禪也；《綠野仙蹤》，祖師禪也，至《紅樓》，則兼有之矣。（《彙編》，頁 353）

《水滸》當於廣廳大夏，臥竹床，搖葵扇而讀之；《紅樓》，當明窗淨几，焚香供花而讀之；《金瓶梅》當臥錦帳繡幃中讀之。（同上）

姚錫鈞的《稗乘譚雋》則沿續紅學家的思路，將《金瓶梅》與《紅樓夢》相比較，其中論述兩者風格異同頗有適切之見：

《金瓶》一變而為細筆，狀閭閻市井難狀之形，故為雋上。《石頭記》則直為工筆矣。……《石頭》多詞曲，《金瓶》多小曲，《石頭記》繪閥閱大家，《金瓶梅》寫市井編戶，各有所當也。（《彙編》，頁 332）

姚錫鈞能夠注意到《金瓶梅》與《紅樓夢》在表現手法、詞曲運用的不同，乃因應各自表現對象的不同，可見是仔細閱讀後的會心之見，並非泛泛之論。

二、誨淫論述面面觀

中國傳統觀念裡，大抵有兩種事是能做不能說的，「一是帝王統治的權術，另一就是床第之事，即兩性生活。『床第之言不逾閾』，更不用說形諸筆墨了」[26]。因此文學中「淫穢」之事的描寫向來頗受非議。早在晚明就有「誨淫」、「壞人心術」的譏評，到了清代，衛道人士更大聲疾呼「淫書」不可聽、說、讀、寫，甚至出現了「稱揚其文筆之美」亦不可的論調，部分小說批評家也以此攻擊《金瓶梅》，時至民初，「誨淫」的罵罵仍然不變，理由是內容淫穢，有害風化，此派人物以葉小鳳、《古今小說評林》的作者冥飛、箬超等人為代表[27]。葉小鳳的《小說雜論》論述小說與歷史的區別、人物形象塑造、小說創作一系問題，頗具見地，《古今小說評林》評述了幾十部古今小說，唯獨對《金瓶梅》持否定態度，理由和衛道人士並無不同，其餘論《紅樓夢》、《儒林外史》、《水滸傳》的文字大抵持平[28]，這和歷代譏評《金瓶梅》為「淫藝」、「妖淫」的小說序跋、紅學家們一脈相承，茲分述如下：

（一）重申教化立場

26　包遵信，〈色情的溫床和愛情的土壤——金瓶梅和十日談的比較〉，收入方銘，《金瓶梅資料匯錄》，頁 435。

27　《古今小說評林》由民權出版部於 1919 年 5 月 1 日出版，由冥飛、箬超、玄父、海鳴、太冷生五人分別撰述，共評述了幾十部古今小說。同註 3 引書，頁 486-487。

28　一粟編，《古典文學研究資料：紅樓夢卷》，頁 633-652；朱一玄、劉毓忱編，《儒林外史研究資料彙編》，頁 465-469。

　　視《金瓶梅》誨淫的看法到了民初似乎更為劇烈，冥飛：「醜穢不可言狀」，箸超視為「淫書之尤」，他們著眼於世道人心、倫理教化的立場，以「淫穢」描寫而全盤否定《金瓶梅》——包括作者意圖、內容題材、藝術價值、社會作用等。冥飛認為男女之事根本沒有寫作的價值：

> 男女之事，世界上人類有不可免之事，亦人人所能知能行之事，實在用不著作者做書以示人。乃今作者居然做出此一部之《金瓶梅》，則是作者必有其所以忍俊不禁之原故。今觀其書，不過為姦夫西門慶、淫婦潘金蓮，延長數年之生命，以暢遂其淫慾而已。然則作者之費筆費墨、費紙費光陰，無非為奸夫淫婦出一番心力。作者於此可謂一錢不值也。（《古今小說評林》，收入《彙編》，頁 358-359）

冥飛進一步質疑作者的動機，認為《水滸傳》作者有批判社會黑暗、人性醜惡之正大動機[29]，而《金瓶梅》只是竊取《水滸傳》「五字訣」、「十分光之妙文」的狗尾續貂之作，作者是淫書始作俑者，其所以選擇負面題材，無非是想用這部書誘使人變為禽獸：

> 今作者偏有取於罪惡重大之西門慶與潘金蓮，苟非作者淫凶之性，與之俱化，亦必作者惟恐世人之不淫凶，而必欲牽率之以同歸於惡獸之類。（同上，頁 359）

以壞人心術、導欲宣淫指責《金瓶梅》及其作者的想法[30]，由來已久，冥飛無異重彈傳統誨淫論調，對衛道人士來說，「淫書」既無寫作的價值，當然也沒有閱讀的必要，故反對一切將《金瓶梅》拔高、讚美之舉動，甚至是將書名詳列之行為也應禁止，譬如解弢《小說話》中評定《金瓶梅》與《西遊》、《封神》、《品花》、《隋唐演義》同列為乙等，箸超：「以《金瓶梅》之荒謬，而堂堂列於乙等第三！」（同上，頁 364）理由仍是一貫的教化立場：

> 右之者謂為意主懲戒。信是言也，則不妨弒父以教人孝，殺妻以教人義，名教何在？……淫媟小說，雖流傳已久，古時士子犯禁錮，有嚴父兄在，非經傳不讀，非子史不觀，故其為害於童年尚淺。比年士子之求學，全得自由，此種淫媟之書，其毒乃甚於鴉片。……不詳舉書名，以免讀予書者癡想。（同上，頁 362）

29　原文如下：「《水滸》之寫西門慶、潘金蓮也，謂破落戶之交通官府，無惡不作而寫之者也，……為虔婆惡鴇之引誘婦女犯奸而寫之者也，為豪俠之士殺人報仇而寫之者也。」同註 2 引書，頁 359。

30　例如笠舫《文昌帝君諭禁淫書天律證註》：「以身列士林而負異才者，奈何驅迫人群盡入禽獸一路，禍天下而害世教，莫甚於此。」同註 2 引書，頁 293-294。

此與同治年間質疑丁日昌詳開應毀書目，反給有心人士按圖索驥的憂心相同[31]，尤其到了清末民初，隨著教育風氣開放，青年學子有自由接觸各種書籍的管道，主張對「淫書」加以管制的呼聲也愈大。有人認為，《金瓶梅》名著的聲譽太大，影響力不可同日而語，就算無法禁止，也應事先聲明其為「淫書」，以使年輕子弟知警，就如當今電影分級制標明保護級、限制級，以免使讀者誤闖禁區，如葉小鳳就認為在文章上的稱揚之外，應考慮行世的影響，《小說雜論》：

> 《金瓶梅》群許為名著，實淫書也。辯之者謂其能曲寫宋時口諺及下流社會賤鄙之行，雖極寫錦襦玉食之華，而骨格神態之間，自然市俗。然此文章之事，未審此書行世之影響也。……由是而《金瓶梅》之流毒，其誤盡人間年少可知矣。然此固不諱其為淫書者，被導淫之名，有父母師長示戒於子弟，故為害猶小，若不居淫書之名，假西國愛情之說以導一般少年於踰規越矩之境者，則其罪為尤大矣。（《彙編》，頁356）

因為相信不諱為「淫書」的恫嚇效果，因此聲明《金瓶梅》為「淫書」的做法就成為維繫風俗教化的不二法門，也難怪歷代「淫書」之罵名不絕於耳了。

(二)提出取代方案

有鑑於部分論者津津誇口《金瓶梅》語言文字的傳神、反映社會生活的深刻，《古今小說評林》諸公頗不以為然，有人甚至建議以其他同類型但不甚淫藝的小說取代之，如《紅樓夢》、《兒女英雄傳》、《綠野仙蹤》等。據箸超所言，當時有主張以《紅樓夢》取代《金瓶梅》為經典者：

> 湘西曾子松喬，建議四大奇書斥《金瓶梅》而進《紅樓夢》。以文字言之，曹雪芹以詞人之筆，寫兒女瑣事，直如鏤月穿雲，團花簇錦，無《金瓶梅》之穢藝，有《西廂記》之溫柔，中國言情小說，可稱極軌。（《古今小說評林》，《彙編》，頁362）

曾松喬的建議顯得草率，蓋「四大奇書」有其時代的特殊意義，不是隨便拿《紅樓夢》就能取代的，而箸超的看法和清代紅學家貶抑《金瓶梅》理由並無不同，大抵是著眼於「穢藝」，箸超接著又說：

---

31 孔另境《中國小說史料》引《譚瀛室隨筆》：「少年子弟，雖嗜閱淫豔小說，奈未知其名，亦無從遍覓。今列舉如此詳備，盡可按圖而索，是不翅示讀淫書者以提要焉，夫亦未免多此一舉矣！」（頁263）

> 中國有極有經緯之小說,而不為社會所注意者,《綠野仙蹤》是也。其淫褻不比
> 《金瓶梅》之繁而討厭,而描寫各種社會,幾乎萬象畢收,且行文亦大氣盤旋,能
> 始終不懈。……吾甚不解好淫褻者,何以棄《綠野仙蹤》而取《金瓶梅》?(同
> 上,頁 364)

箸超僅著眼於小說反映社會的價值,自然有取於《綠野仙蹤》,而其以《金瓶梅》的淫
褻「繁而討厭」則和文龍「一味淫濫」的看法相近,也和清初以來一些貶抑《金瓶梅》
的小說序跋作者不謀而合,《綠野仙蹤》與《林蘭香》、《儒林外史》等小說都受到《金
瓶梅》的啟益與影響[32],它們都擅於向《金瓶梅》描摹世態人情的藝術特長學習,以致
於不能接受「淫穢」的讀者寧可選取這些後起的「世情小說」來閱讀。冥飛也認為《金
瓶梅》人物語言的藝術不足為奇:

> 今之人贊頌《金瓶梅》者,以為作者能描寫下流口吻,此亦何奇之有?《兒女英
> 雄傳》中,對於北方市井無賴口吻,亦寫之不一寫矣。夫描寫各種人口吻,乃是
> 作小說者應有之知識與筆力,安得以之推崇淫凶之作者?(同上,頁 359)

因《金瓶梅》寫淫穢便全盤否定其他價值,在《古今小說評林》諸公幾乎是一致的,《金
瓶梅》果真毫無「美感」,抑是讀者的心理問題?張竹坡:「淫者自見其為淫耳」,冥
飛等人對書中男女之事的觀感是:「有如孝子慈孫之稱述祖訓者然,使人翻閱一過,有
如春日行街市中,處處見有野狗覓偶也。」箸超也說:「如癡漢遊街,赤條條一絲不掛
矣。」清人文龍也說:「但觀其事,只男女苟合四字而已」(十三回總評)、「但賭一群
鳥獸孳尾而已」(一百回總評),其實正坐實了「淫者見淫」的說法。

(三)刪改與偽託

　　在一九三二年詞話本《金瓶梅》被發現之前,在中國流傳的除了崇禎本、張評本之
外,此外就是坊間的刪改、偽託本了,他們多半以「真本」、「古本」為號召,並聲稱
「原本」並無穢語,今本乃偽託羼入之「俗本」[33],如一九一六年存寶齋印行的《繪圖真
本金瓶梅》,書首〈提要〉:

> 此與列禁書之俗本全異,係揚州馬氏小玲瓏山館藏本。……得此而知俗本之偽托,

32　蔡國梁,〈評綠野仙蹤的寫實成就〉,同註 13 引書,頁 85-86。

33　據黃霖的考證,王文濡 1915 年在《香艷雜誌》上發表〈小說談〉,披露自己發現了《金瓶梅》「原
　　本」。王文濡於 1914 年冬編《香艷雜誌》,附有王曇考證四則的所謂《真本金瓶梅》或《古本金
　　瓶梅》首先於此披露,書前的序文、提要、考證文字內容大致相同,文字上有出入,足見此本《金
　　瓶梅》及其提要、考證均為王文濡筆之偽作。同註 2 引書,頁 11、325-327。

洵無價值之可言矣。向列禁書，以俗本之多穢語，今雅馴微妙乃爾，始見元美之本來面目矣。（《彙編》，頁8）

王曇的〈古本金瓶梅考證〉也持此說：

曾聞前輩趙甌北先生云：《金瓶》一書，為王元美所作，余嘗見其原本（隨園老人曾有此本），不似流傳之俗本，鋪張床笫之穢語。……本忠孝而作此書，而顧以淫書目之，此誤於俗本，而不觀原本之故也。（原載1915年《香艷雜誌》第9期，收入《彙編》，頁9-10）

據學者考證，所謂的《古本金瓶梅》實由張竹坡《第一奇書》刪改而成，文中不獨淫詞褻語刪除盡淨，且刪改原書情節，如第二回改為「永福寺高僧詳夢，大和樓義弟贈言」，第三、四回改為「花子虛大鬧李院子，應伯爵暗訪王茶坊」、「游地府卓二姐歸陰，聽道情應伯爵受罵」。「私語翡翠軒」、「醉鬧葡萄架」為全書最膾炙人口者，古本對「西門慶愛瓶兒好白屁股兒」亦認為不妥，改作「你這身上好白哩」，投肉壺改為西門慶將茉莉花兒輕輕的向婦人耳朵內攪了攪，成為名副其實的潔本，失卻原本之面目[34]。

王文濡偽托本竄改《金瓶梅》固然不當，但說明他對《金瓶梅》既愛又恨的心理，無法接受性描寫，但又肯定其「描寫下等社會情事」的藝術成就，因此編造出自己心目中理想的《金瓶梅》，——沒有淫詞穢語的潔本來取代原本。王文濡的刪改與偽造《金瓶梅》，在當代有朱星的「原本無穢語說」與之呼應，認為今本中的穢語是後人加上去的，《金瓶梅詞話》是無恥書賈大加偽撰的，因而成為蒙詬的主要口實[35]。王文濡對《金瓶梅》的刪節，說明了人們對《金瓶梅》「性描寫」感到困擾，明乎此也就能解釋何以學術界多次出版的評點本都是潔本[36]，潔本與全本並不是版本學上的概念，它只是人們對《金瓶梅》的內容進行取捨的一種流傳方式而已[37]，其目的是為了免於壞人心術，然不論是刪節或是偽託，都說明了中國讀者對《金瓶梅》既愛又恨的情結，即使是五四新文化運動的成員中，持「誨淫」論調的亦多，如考證中國古典小說甚有成績的胡適之，尚且認為《金瓶梅》毫無「美感」可言，陳獨秀、錢玄同無不把中國文學中有關性描寫視為文學缺點、中國人的通病。《古今小說評林》諸公對《紅樓夢》推崇備至，卻痛罵

34　姚靈犀，〈金瓶梅版本之異同〉，收入《金瓶梅評注》，頁221-223。

35　參看朱星〈金瓶梅的版本問題〉，收入《名家解讀金瓶梅》，頁470-472。

36　鄭振鐸就出版了供一般讀者閱讀的潔本，1992年山東齊魯書社出版了張竹坡的《第一奇書金瓶梅》、1998年中華書局出版的《金瓶梅：會校會評本》也都是潔本。

37　戴雲波，〈潔本與全本〉，收入《經典書話：金瓶梅說》，頁404-406。

《金瓶梅》，其中原因就是「談性色變」的文化心理做祟。中國人對性事諱莫如深，即使是民初西學東漸，思想上漸趨開放的時代，「淫書」論仍強大而頑固存在著！「性」是中國人的沈重包袱，「誨淫」仍是人們心中的難解的結。

第五章 《新刻繡像批評金瓶梅》批評體系

晚明崇禎年間（1628-1644）刊行的《新刻繡像批評金瓶梅》（以下簡稱崇禎本）[1]，是《金瓶梅》首次有評點的本子，由於改寫者、評點者均未署名，因此截至目前為止，誰為此書寫定作評仍然沒有確切的答案[2]，近來有部分學者注意到崇禎本在小說批評史上承先啟後的地位，探討其中蘊含的美學觀念、理論思維，但全面的探討還不多，本章首先探討崇禎本在藝術形式上的演進，即進行增刪修訂之後的崇禎本與原詞話本的藝術風貌有何不同？以便與崇禎本的評點相對照，觀察兩者有無聯繫之處，其次就題材、主題、人物、情節、語言各方面考察崇禎本評點對《金瓶梅》的詮釋，及其與時代精神相呼應之處，最後總結崇禎本評點特色與成就。

第一節 崇禎本的形式特色與藝術風貌

《新刻繡像批評金瓶梅》，共二十卷，每回均附有插圖兩幅、眉批、旁批，書首保留了東吳弄珠客的序，此外未見其他任何序跋，將現存的《新刻繡像批評金瓶梅》（以下簡

1　學者根據小說內容避明崇禎帝朱由檢諱，改「由」為「繇」，改「檢」為「簡」，以及插圖上刻工的署名，劉應祖、劉啟先、黃子立、黃汝耀等，皆為活躍在天啟、崇禎年間的新安（徽州）木刻名手，推定為崇禎年間刊行，王汝梅，《新刻繡像批評金瓶梅·前言》，頁2。又，本章所引崇禎本原文及評點資料，一律以王汝梅、齊煙點校之《新刻繡像批評金瓶梅》為主，下文同此只註回數，不另作註。

2　鄭振鐸根據崇禎本的插圖皆出於當時新安名手，以及詞話本山東土白改為淺顯國語的情況，斷定為杭州文人所作，見〈談金瓶梅詞話〉，收入《名家解讀金瓶梅》，頁25-27。劉輝根據崇禎本後有「回道人」題詞，考證改寫、評點者皆為李漁（1611-1680），見《金瓶梅論集》，頁102-108；黃霖的根據是「東吳弄珠客」的署名與馮夢龍字猶龍的關聯，以及評點的形式、批評情趣與馮夢龍相近，推測為馮夢龍（1574-1646）或者與馮夢龍思想情趣相近的文人所為，見〈新刻繡像金瓶梅評點初探〉，《金瓶梅研究》，頁67-68。諸家的推測或許不無道理，然在目前證據不足的情況下，崇禎本的改寫、評點者暫且存疑。

稱崇禎本）與明萬曆年間的《金瓶梅詞話》（以下簡稱詞話本）相比較，不論是回目、情節、人物、結構都經過一番潤飾修改、加工整理，而崇禎本據以增刪潤飾的版本正是詞話本[3]，因此學者推論刊行時代當在崇禎年間。一般來說，崇禎本在藝術上高於原本，是更為成熟的本子，也是張評本據以改易、評點的祖本，有承上啟下之作用。本文為了重構崇禎本評點的批評體系，自當緊密結合評點者所依賴的文本，畢竟經過改動後的崇禎本，其所呈現的藝術風貌與意涵都與詞話本不同，過去不少學者在研究《金瓶梅》時並未著意於此[4]，誠如某位學者所說，崇禎本與詞話本實為「兩部《金瓶梅》，兩種文學」[5]，因此考察崇禎本的形製特色、內容風格與詞話本之差異實有必要。

　　依據劉輝的歸納，崇禎本對詞話本所做的改動之處約有五點：首先，改變原詞話本的說唱特色，使之更加符合小說的體裁要求，對可唱韻文進行徹底刪削，數量不下三分之二，又大量刊落轉錄或照抄他人之作；其二，變依傍《水滸傳》而獨立成篇，在結構上予以改造，不從景陽崗武松打虎寫起，變為玉皇廟西門慶熱結十兄弟，與最後一回永福寺作結相映照，渾然一體。其三，在情節、人物上修補原詞話本的明顯破綻；其四，對回目、回首詩詞作了統一加工，其五，全部行文作了潤飾，去其瑣碎重復，顯得更加整潔[6]。上述的歸納頗能說明崇禎本在藝術性上高出詞話本許多。其中尤須注意的是插圖的增加、回目及回首詩詞的改變，蓋這些刪改牽涉到崇禎本整體風貌的改變，也影響著評點者的審美判斷，以下分別討論其風格變異：

一、插圖的增加

　　小說、戲曲有插圖乃明清特殊文化現象，出版家為了書籍的銷售，往往配上精美的插圖以提高藝術品的審美價值[7]。崇禎本的問世就反映了這樣的審美文化，正如書名「新刻繡像批評金瓶梅」所強調的，這是一本融合新的版本、精美插圖，外加文人的批抹的全新的藝術品。從插圖中所錄的題詞來看，這些插圖不是為詞話本而作，乃是根據崇禎

3　崇禎本在版刻上保留了詞話本的殘存因素，如部分卷首題作「新刻繡像批點金瓶梅詞話卷之九」、「新刻金瓶梅詞話之七」，同註 1 引書，頁 10。

4　自 1932 年《金瓶梅詞話》在山西被發現後，學者對詞話本的探求熱烈，認為詞話本正文齊全，所引歌曲詩詞完整，更接近小說的原貌，卻相對忽略了崇禎本在藝術形式上更臻完善，以及有清一代流傳、討論的大多為張評本（也就是崇禎本）的事實。參看劉輝，同註 2 引書，頁 283。

5　陳遼，〈兩部金瓶梅，兩種文學〉，《金瓶梅的藝術世界》，頁 55。

6　劉輝，同註 2 引書，頁 100。

7　李茂增，《宋元明清的版畫藝術》，頁 58。

本新改動後的回目繪製的[8]。中國傳統小說的回目通常由兩行押韻的句子組成，插圖就按照回目所提示的故事情節作畫，並將回目重錄在書頁折疊處作為題詞，插圖作為文字的輔佐配合，其功用在替該回的文字內容做形象化的說明，裨使讀者有神情如對、確切可感的畫面可以聯想與想像[9]。有時插圖、回目的共同加強了某一種主題、氛圍。尤其，插圖經常透過一扇大窗，向人們赤裸裸地展示生活圖景；或是撤去發生故事的房間正面的一堵牆，透過打開的圓窗描繪性愛場面；或是透過睡夢者腦中釋放出來的氣去表現夢中幻景[10]，此種窗戶洞開的剖圖式技巧，有助於展現原本不易表達的心理活動，連最私密的性愛活動，也伴隨著文本的描寫，在插圖中赤裸裸地呈現著，因此在插圖的輔佐配合之下，在審美效果上達到相合無間、相輔相成的效果，使崇禎本具有較高的藝術價值。

二、回目的改動

傳統小說的回目如題目，具有揭示主題、反映該回的重要內容之作用，通常為情節的高潮或熱鬧所在，仔細考察崇禎本的目回，當可發現用意所在。除了形式趨於整齊之外，人的情感和情欲被推到了第一線，尤其女性的重要性被提高了。詞話本原有回目紊亂不堪，以西門慶、吳月娘為主的居多，到了崇禎本，則易客位為主位，回目中出現女性的比例增加，如潘金蓮、宋蕙蓮、李瓶兒、龐春梅、林太太、賁四嫂、如意兒都標為回目重心，充分反映小說以女性為主的特質。其次是將原來詞話本反映家庭生活、社會事件的回目，改成以男女間的情事為主，如第四十八回「曾御史參劾提刑官，蔡太師奏請七件事」，崇禎本改為「弄私情戲贈一枝桃，走捷徑探歸七件事」。第五十一回「月娘聽演金剛科，桂姐躲在西門宅」，崇禎本改為「打貓兒金蓮品玉，鬥葉子敬濟輸金」。第五十九回「西門慶摔死雪獅子，李瓶兒痛哭官哥兒」，崇禎本改為「西門慶露陽驚愛月，李瓶兒睹物哭官哥」等[11]。在這些回目當中，有很多是攸關西門慶官場生活、家庭佛教活動的，到了崇禎本則突出人的情感、情欲問題，值得注意的是本來僅是穿插其中的潘金蓮、陳敬濟私情故事被標成回目[12]，甚至有些回目直接以「露陽」、「燒陰戶」、

8　此可從今傳世的詞話本皆無插圖證明，參看韓南（Patrick Hanan），〈金瓶梅版本及素材來源研究〉，收入《金瓶梅及其他》，頁16。

9　胡萬川，〈明清小說的版畫與插圖〉，《中外文學》（第16卷第12期），頁37-46。

10　李福清，《李福清論中國古典小說》，頁168-170。

11　類似的例子尚有第39、53、57、59、61、65、73、74、78、86、93、97回。

12　除了48回之外，如39回「西門慶玉皇廟打醮，吳月娘聽僧尼說經」改成「寄法名官哥穿道服，散生日敬濟拜冤家」、53回「吳月娘承歡求子息，李瓶兒酬願保兒童」改成「潘金蓮驚散幽歡，吳月娘拜求子息」、57回「道長老募修永福寺，薛姑子勸舍陀羅經」改成「開緣簿千金喜捨，戲雕欄一笑回嗔」等，可見改寫者有意突出私情描寫。

「品玉」、「偎玉」等與性有關的「穢語」為題,這使得原本在詞話中便已津津樂道的性事描寫,再度得到了加強與渲染[13]。此外,崇禎本刪去了詞話本回目中對女性貶抑的字眼「淫婦」,例如第五回「淫婦藥鴆武大郎」改為「飲鴆藥武大遭殃」、第四回「淫婦背武大偷奸」改為「赴巫山潘氏幽歡」,而其將「偷奸」易以「幽歡」,則與第二十二回改「西門慶私淫來旺婦」為「蕙蓮兒偷期蒙愛」同意,均可見改寫者對情欲的肯定,對私情的同情,甚至是熱情的歌頌著。

三、回首詩詞的比較

配合回目的改動,崇禎本在回首詩詞上也做了大幅度的修改,除了第五、七、十四、十六、二十四、三十九、四十二、五十一回相同之外,其餘皆不相同。原來詞話本中所引以詩為多,且大多是攸關人生哲理、道德訓誡的教誨詩、格言詩比較多,這些否定人生欲望、鼓吹道家人生哲學的詩,不僅與《金瓶梅》中人欲橫流的描寫有很大的矛盾,有些甚至與內容無甚關係,因此這些人生教誨的詩,到了崇禎本大半被刪去,改以吟詠人的情感欲望的詩詞為主,並儘量選用與章回內容相吻合的詩詞了[14]。這些刪去的道德教誨詩中,有一部分是宣揚女色害人的戒色詩,特別是挪用《水滸傳》情節的章回,如第一、三、四、六、九回,崇禎本全換上吟詠女性或情感的詩詞。整體來說,吟詠人的情感,特別是女性閨中情的詞增多了,以第二十二回「蕙蓮偷期蒙愛,春梅姐正色閑邪」為例,詞話本的引詩是:

> 巧厭多勞拙厭閑,善嫌懦弱惡嫌頑。富遭嫉妒貧遭辱,勤怕貪鄙儉怕慳。觸事不分皆笑拙,見機而作又疑奸。思量那件合人意,為人難做做人難。

這首詩無非感嘆做人難做之處世道理,在內容上與偷情之關係不大,且於第七十三回「潘金蓮不憤憶吹簫」中再度出現,可見詞話本在詩詞選取上的含混。崇禎本分別改為:

> 今宵何夕?月痕初照。等閑間一見猶難,平白地兩邊湊巧。向燈前見他,向燈前見他,一似夢中來到。何曾心料,他怕人瞧。驚臉兒紅還白,熱心兒火樣燒。(桂枝香)

> 喚多情,憶多情,誰把多情喚我名,喚名人可憎。 為多情,轉多情,恐向多情心不平,休教情重輕。(長相思)

---

13 詞話本回目有關性的已不在少數,參看張國風,《金瓶梅描繪的世俗人間》,頁 2-3。
14 荒木猛,〈關於崇禎本金瓶梅各回的篇頭詩詞〉,《金瓶梅研究》第四集,頁 211-213。

前首分明吟詠宋蕙蓮與西門慶的歡會；後者描繪潘金蓮的不平情緒，兩者皆切合人物的心情內容。詞話本的詩詞以戒色、處世哲理、人生訓誨為主，在崇禎本則為表現人的情態、情感、情欲的詩詞取代，舉凡美人、佳人、男寵、歡會、游賞、春情、私情、閨怨、閨情、相思、離情、傷往成了詩中常見的主題[15]，因著回首詩詞的不同，崇禎本的整體風格也從道德教訓的轉為抒情的、陰柔的，使得原先由回目、插圖相合無間所召喚的對情色的鑑賞、情欲的肯定，在詩詞的渲染之下，又再度得到相輔相成的強調。崇禎本以情感的吟詠、情欲的表現取代人生教誨詩詞的審美取向，不但使詩詞的情調與內容較為相稱，也體現了時代精神，即晚明以湯顯祖、馮夢龍為代表的，以真情取代道德規範，追求個人思想情感的肯定與解放，鼓吹愛慾合一的愛情至上的新情色觀[16]。這正說明崇禎本的改寫者意圖掙脫《水滸傳》的包袱，將《金瓶梅》改頭換面，注入時代的精神，使《金瓶梅》成為真正獨立的小說，特別是做為一部「世情小說」的面貌出現。

四、內容上的改動

　　崇禎本在內容上，除了刪削大量說唱文字、修補詞話本缺漏之外，最主要的改動是第一回，將原來因襲《水滸傳》的武松打虎故事大加壓縮，改由應伯爵口中道出，直接把西門慶熱結十兄弟、簾下遇潘金蓮作為主線人物推出，另外又把宋江在清風寨義釋吳月娘的描寫全部刪去（八十四回），顯見改寫者意欲擺脫《水滸傳》的影響，使《金瓶梅》成為一部真正獨立的小說。這部分的改動除了藝術上的需要外，主要是因為改寫者認為，無須對梁山英雄武松、宋江大加歌頌[17]，而原先《水滸傳》中對女色的貶抑當然也做了改動，最值得注意的改寫者對潘金蓮的態度，除了前述回首詩詞捨棄「戒色」詩之外，在正文的「有詩為證」中減少敘述者對她的譴責、貶抑，如第一回刪去「可怪金蓮用意深，包藏淫行蕩春心。武松正大原難犯，耿耿清名抵萬金。」當然也刪去了對武松的歌頌，又如作者於武松拒絕潘金蓮色誘後，有詩：「貪淫無恥壞綱常，潑賤誄心太不良」，崇禎本改為：「落花有意隨流水，流水無情戀落花」，寄予了一定的同情，類似這類敘述者直接譴責女色的詩句、文字大部分得到了刪改[18]。

　　其次是有關潘金蓮與陳敬濟私情的改寫，上文曾論及回目反映改寫者有意突出兩人

15　同註 14 引書，頁 213-219。

16　鄭培凱，〈天地正義僅見於婦女：明清的情色意識與貞淫問題〉，《當代》第 17 期，頁 63-64。

17　同註 5 引書。

18　這類的例子可參看秦修容整理的《金瓶梅：會評會校本》（下）「金瓶梅校勘記」。又：此處所引詞話本文字內容根據《繡像金瓶梅》（雪山圖書公司），該版本乃依據故宮博物院藏萬曆丁巳年刊刻之《新刻金瓶梅詞話》重新排印的本子。

私情，這在詞話本有「陋儒補以入刻」的五十三回、五十四回更是如此[19]，改寫者將過分露骨的描寫逕行刪去，以美化私情：

> 經濟口裡只故叫親親，下面單裙子內，卻似火燒的一條硬鐵，隔了衣服只顧挺將進來。那金蓮也不由人，把身子一聳，那話兒都隔了衣服，熱烘烘對著了。金蓮政忍不過，用手掀開經濟裙子，用力捏著陽物。經濟慌不迭的，替金蓮扯下褲腰來，劃的一聲，卻扯下一個裙襉兒。……自家扯下褲腰，剛露出牝口，一腿翹在欄杆上，就把經濟陽物塞進牝口。（詞話本）

> 敬濟那裡肯放，便用手去解他褲帶。金蓮猶半推半就，早被敬濟一扯扯斷。……敬濟再三央求道：「我那前世的親娘，要敬濟的心肝煮湯吃，我也肯割出來。沒奈何，只要今番成就成就。」敬濟口裡說著，腰下那話已是硬幫幫的露出來，朝著金蓮單裙只顧插。金蓮雙桃頰紅潮，情動久了。初還假做不肯，及被敬濟纛垂教曹觸著，就禁不的把手去摸，敬濟便趁勢一手掀開金蓮裙子，儘力往內一插，不覺沒頭露腦。（崇禎本）

比較上述兩段文字可發現，詞話本的文字直露粗率，改寫者除了加以潤飾、美化之外，更將潘金蓮的主動迎合改為佯推故就、情不自禁[20]，可見改寫者對女性的愛惜。又如第八十二回描寫陳、潘二人偷情的文字，崇禎本幾乎全部保留了，只刪去「原來婦人做作如此，若有人看見，只說他照鏡勻臉，通麼不顯其事。其淫蠱顯然通無廉恥」一段譴責女性、貶抑私情的文字，凡此都說明改寫者認同、肯定情欲，甚至流露出欣賞、歌頌的態度。

五、評點形式與特色

　　《金瓶梅》正式刊行於萬曆四十五年（1617），直到崇禎年間才出現了評點本，雖然評點者的真實姓名無法確知，但從現今所傳崇禎本皆帶有評點來看，評點應該是寫於該版本首次印行之時[21]。從評點只有眉批、旁批、圈點，而無回評的簡短形式來看，屬於早期評點形態。總地來說，較專注於細節描寫，缺乏整體性的把握[22]，評點者隨文點撥，

19　有關這兩回的真偽可參看潘承玉，《金瓶梅新證》，頁1-37。

20　評點者對這段描寫批道：「寫佯推故就，字字銷魂」，可見評點者、改寫者情趣十分相近，或者即是同一人。

21　浦安迪，〈瑕中之瑜──論崇禎本金瓶梅的評注〉，收入《金瓶梅西方論文集》，頁300-301。

22　劉勇強，〈金瓶梅本文與接受分析〉，《北京大學學報》（1996年第4期），頁73-75。

在會心之處提出自己的看法，隨閱隨批，如果在閱讀《金瓶梅》時對照這些眉批、旁批，不難發現評點者的審美眼光和高明的藝術鑑賞力，讀者能在評點者的引導下，深刻地感受到小說的審美意蘊和思想內涵，這位評點者可以稱得上是「以審美眼光對《金瓶梅》進行審視的第一人」[23]。舉凡作書大意、情節結構的技巧、題材的世俗化、語言的市井化、口語化、人物形象的藝術、人物的性格心理，崇禎本評點都有極精到的分析。

崇禎本評點最大的特色是以「人情」體驗著作品的描寫，對人的情感欲望有深切的同情和理解，如西門慶在孟玉樓生日宴會上想起李瓶兒，禁不住流下激淚，評點者批道：「遍插茱萸少一人，那得不悲？」（七十三回眉批）陳敬濟被趕出西門慶家後，在異鄉與韓愛姐母女相逢，彼此相視之中情意不在言表，評點者批道：「當此不動情，非人。」（九十八回眉批）肯定了人物情感欲望的流洩。特別是那些被指為淫穢的描寫，評點者往往流連駐足一番，像個窺淫癖的讀者，流露出某種程度的浸淫。第二回寫到潘金蓮滿口兒叫：「叔叔，怎的肉果兒也不揀一箸？」這原是充滿挑逗暗示的語句，評點者特意將話挑明：「還有肉捲兒哩！」[24]又如第二十七回歷來公認最淫穢的情節，評點者以「好摹寫」、「異想」、「妙」之詞稱讚之，並對書中情色描寫表現某種情緒上的認同，第五十二回寫潘金蓮把「那白生生腿兒橫抱膝上」，評點者：「那得不愛？」第七十九回西門慶收到王六兒送來的行房之物，評點者又說：「雖明知為送死之具，使我當之亦不得不愛。」由此可見評點者並不諱言情色對人的誘惑，甚至是十分認同這類的描寫，這和崇禎本在改寫後整體突出人的情感欲望的精神是一致的，因此改寫者、評點者很可能就是同一人。

總地來說崇禎本的評點內容是豐富的，涉及多方面的美學問題，在天頭地腳的精研細讀中，可見崇禎本在社會政治、人情世態的批評之外，更多的是對小說藝術美的揭示，其評點較有見解地闡發了《金瓶梅》的思想意義和藝術特色，崇禎本評點的部分理論觀點、美學韻味就直接影響了張竹坡的評點[25]，可視為張竹坡美學批評之先導。

第二節　主題論——刺世、戒世、醒世

主題是文學作品的要素之一，意指「一部文學作品的創作宗旨和它的中心思想」，也可以說是「作者對人物和事件的詮釋」，是「體現在整個作品中對生活的深刻而又融

---

[23] 齊魯青，〈明代金瓶梅批評論〉，《內蒙古大學學報》（1994年第1期），頁97-983。
[24] 蔡一鵬，〈論張竹坡評點金瓶梅的道德理性思維方式〉，《文學遺產》（1993年第4期），頁113。
[25] 張竹坡評點承襲崇禎本之處，參看浦安迪，同註21引書，頁301-302。

貫統一的觀點」[26]。因此,掌握了主題便有助於對作品整體意義的把握,主題尤其可視為進入小說世界的一把鑰匙,對一部長期背負惡諡的《金瓶梅》來說,更顯得有其必要性。《金瓶梅》究竟是什麼樣的書?有沒有正確嚴肅的主題?其道德意義何在?自問世以來即有不同的意見,或以為旨在懲戒,有益於世;或以為旨在宣淫,應當焚毀。其中主張「淫書」、「穢書」的說法更是起自傳抄時代,持此說者即意味此書不但內容淫穢,除了導欲宣淫,別無其他價值。為了釐清「淫書」論之內涵,有必要考察「淫書」一詞之定義,大約相當於西方文學的 pornography,依據 Karl Beckson、Arthur Ganz 合著的 *Literary Terms: A Dictionary* 的說明:

> 所謂地道的淫書,旨在挑撥讀者的性慾幻想,卻排除了人類所關切的其他事項,所以描述的是情慾的烏托邦,其中的經驗,全不涉及人性的各種衝突或人類努力的失敗。因此,其中人物的生理衝動,得到直接與完全的滿足,卻無情感、精神或道德上的後果。在這種世界裡,刺激讀者性幻想的,是幾無間斷的,逗人的宏麗情慾意象、無窮的性活動的詳盡描繪,和完美快感的生動敘述。……在文學裡,想像力要能透露人類情況的基本真理,而在淫書裡,幻想的主要功能則是挑逗,乃至代替性地滿足人們的情欲[27]。

淫書以挑逗、刺激讀者的性幻想,此外別無意義,在文學價值上是負面的評價,早在《金瓶梅詞話》問世之際就有論者提出辯護,欣欣子辯說:「關繫世道風化,懲戒善惡,滌慮洗心,無不小補」。東吳弄珠客在承認「穢書」的前提下,肯定作者取《檮杌》「紀惡以為戒」之意,「懲戒世人」是維護《金瓶梅》合法存在的共同理由。崇禎本作為重新修訂刊行的評點本,勢必對該書的性質與主題做一說明,書首雖無任何序文表明刊印之意圖,但從評點者字裡行間不斷提醒讀者注意作者微意、為世人說法之處,或是向讀者揭示作書大意、一部本旨的情形來看,評點者面對《金瓶梅》義旨不明、價值被貶斥的窘況,極欲為之辯護的用心。重要的是,評點者注意到《金瓶梅》的道德勸戒意義之外,尚指出作者精神在描摹世態人情,揭穿世情之假面,作品的結構佈局體現著因果循環、善惡報應之倫理意義,以及無常、色空、明悟諸多哲理思想,從而駁斥了「淫書」論的觀點。茲分述如下:

26　徐岱,《小說敘事學》,頁 126、132。
27　轉引自侯健,〈金瓶梅論〉,《金瓶梅詞話注釋》(一),頁 2-3。

一、描寫世情，盡其情偽

《金瓶梅》在晚明的出現，最為引人注意的乃是題材與創作的新變，即由英雄傳奇、歷史演義、神仙鬼怪轉向現實生活中世態人情的描摹和揭露，現代學者魯迅把《金瓶梅》列入「世情書」並給予高度評價，他指出：「就文辭與意象以觀《金瓶梅》，則不外描寫世情，盡其情偽」[28]，其實這些觀念早在崇禎本就提出來了。崇禎本的評點首先注意到《金瓶梅》旨在描寫世態人情的特點：

> 摹寫輾轉處，正是人情之所必至，此作者之精神所在也，若詆其繁而欲損一字者，不善讀書者也。（第二回眉批）

> 此書一味要打破世情，故不論事之大小冷熱，凡世情所有，便一筆刺入。（五十二回眉批）

這其實就是做為一部「世情小說」的創作特色，即作者描寫現實生活中不拘大小的、普遍存在、必然會有的世態人情，並把各種世情的假面揭穿給讀者看，正是魯迅所謂「描寫世情，盡其情偽」之意。因此評點者經常圍繞「世情」的概念來評價作品，如「一部炎涼景況」、「說得世情冰冷」、「一篇世情語」、「寫出炎涼世態」、「世情大都如此」、「世情即是道理」、「世情冷暖」（第一、九、三十五、六十四、七十一、九十五回批語）等[29]，自然就比「淫書」一詞更能涵蓋這樣一部廣泛包容人生的小說，後來張竹坡加以沿用，稱《金瓶梅》為「炎涼之書」、「世情書」[30]。評點者又進一步指出，小說的美感價值就在於作者善於洞察人情之幽微，撕下世人的虛偽面紗：

> 問答語默惱笑，字字俱從人情微細幽冷處逼出，故活潑如生。（第八回眉批）

> 此書妙在處處破敗，寫出世情之假。（二十回眉批）

正因為作者把潘金蓮盤問玳安的對話寫得十分細膩，因此貼近生活的真實感（第八回），而西門慶目睹包占的妓女李桂姐私接客人，爭鋒毀院憤而離去，就把妓女的虛情假義的假面全然揭穿了（二十回），蓋《金瓶梅》的內容無非日常生活起居、飲食宴筵、社會交往、喜喪禮義、男女情事等等，再平凡不過的俗人俗事俗情而已，此等世俗生活的描寫意義，正在於作者以微細的心思、批判與揭露的態度，使其可憫、可笑、可憎之面目無

28　魯迅，《中國小說史略》，收入《魯迅小說史論文集——中國小說史略及其他》，頁162。

29　袁震宇、劉明今，《明代文學批評史》，頁806-807。

30　黃霖，同註2引書，頁69-70。

不畢肖地呈現在讀者眼前，從而獲得了審美的愉悅，也即「世情書」之創作宗旨所在。

二、勸善懲惡

中國小說在進入自覺創作時刻開始，就相當自然而圓熟地確立了倫理性與教育性[31]，因此作品的意義很大程度往倫理教化、世道人心思考也就不足為怪。小說批評家每以「懲惡揚善」、「有益世道人心」來確立作品的宗旨，從而賦予小說一定的社會價值。如欣欣子序的「懲戒善惡，滌慮洗心，不無小補」，弄珠客的「為世戒，非為世勸」都以「懲戒」為《金瓶梅》的主旨大意所在，崇禎本評點繼承了上述的觀點，認為作者大旨在勸善懲惡，具體地說即「紀惡以為戒」、「旌美以勸善」二端。

(一)紀惡以為戒

崇禎本承繼前人「懲戒」的說法，認為作者透過天理循環、善惡報應的模式來達到勸善懲惡目的[32]，但在紀誰之惡以為戒則與前人不同。弄珠客認為《金瓶梅》主要以潘金蓮、李瓶兒、龐春梅三女性的死亡來懲戒，而崇禎本則認為，作者懲戒的主要對象是男性，如貪淫的西門慶，作者的警告義旨具體表現在「二八佳人體似酥，腰間仗劍斬愚夫，雖然不見人頭落，暗裡教君骨髓枯」一詩中，評點者批道：

> 以起詩作結，作者大意所在。（七十九回眉批）

這首戒色詩曾在第一回出現，西門慶貪慾喪命時又再度出現，傳達的是女色的致命危險，而不是女人縱慾後果，即作者意欲藉西門慶的貪欲喪命傳達戒色的旨意。當然「戒色」只是「懲惡」的一環，更重要的以「惡有惡報」來傳達「懲創」之意，如九十回來旺盜拐孫雪娥，被捉贓在官，「路上行人口似飛」，傳得眾人皆知，評點者批道：

> 凡西門慶壞事必盛為播揚者，以其作書懲創之大意故耳。（九十回眉批）

西門慶死後不久，眾人議論西門慶的一段話，評點者認為是「作書大意」：

> 西門慶家小老婆，如今也嫁人了。當初這廝在日，專一違天害理，貪財好色，姦
> 騙人家妻女。今日死了，老婆帶的東西，嫁人的嫁人，拐帶的拐帶，養漢的養漢，
> 做賊的做賊，都野雞毛兒零撏了。常言三十年遠報，而今眼下就報了。（九十一回）

這段評論說的是「現世報」，即人自身的善惡因果規定著自身的命運，且今世善惡之業

31　胡邦煒著，《古老心靈的回音——中國古典小說的文化心理學闡釋》，頁 165。
32　魏崇新，〈金瓶梅的宗教意識與深層結構〉，《中國古代、近代文學研究》（1992 年 9 月）頁 204。

今世得受報應，以此而論，西門慶吞下過量春藥而死，亦是「因果循環」（七十九回眉批）的結果，即西門慶以砒霜毒死武大，己亦因吃藥而死；西門慶死後家業零落、妻妾離心離德，乃是生前「於家無所不淫」（七十四回眉批）、「無情以繫心」（二十六回眉批）之必然結果，屬徹底的現世報。其他報應的例子是忘恩負義之徒遭受惡報，如陳敬濟、楊光彥等人冤冤相報，是「算人自算，害人自害」（九十八回眉批）、「反復循環」之理的最好注腳。而李三、黃四、來保等人命運結局的安排，說明《金瓶梅》體現了「惡行必敗」的天理，因而絕非「淫書」：

> 李三、黃四，瓦罐不離井上破，來保背主盜財，皆人事天理所必敗者，故節上生枝，詳完此案，知此則知《金瓶梅》非淫書也。（九十七回眉批）

可見評點者在此根據的是中國傳統的善惡報應思想[33]，認為天能按照人的善惡施以禍福，如李三、黃四盜拐財物，來保背主欺恩，按理就應遭受拿在監裡追贓、家產盡絕的惡果，作者不忘交代諸人的惡有惡報，正說明了《金瓶梅》不是淫書，而是著眼於現世的報應，給生命一種警惕教訓的警世之書。

（二）旌美以勸善

「紀惡以為戒」的反面，則是「旌美以勸善」[34]，即表彰、贊頌正面人物、美好的情操，以勸勉人們知所遵循愛慕，評點者注意到某些次要角色結局的處理，往往暗示著作者意圖：

> 迎兒愚蠢極矣，所遭窮苦至矣。而究竟不失嫁為人妻，作者拈完此案，不無微意。（八十八回眉批）

> 聖人云：或安而行之，或勉強而行之，及其成功則一，翠屏、愛姐之謂也。然傳中於愛姐收拾獨詳，豈亦有取於其勉強而之於自然歟？所謂放下屠刀，立地證佛，信然，信然。（一百回眉批）

評點者認為關於迎兒結局的安排別有用意，此一「微意」究竟是指什麼？或許就是「善

33　中國傳統有所謂「福善禍淫」之天道思想，如《易傳》曰：「積善之家，必有餘慶；積不善之家，必有餘殃。」王充《論衡・禍虛篇》也記載了當時人們對福福善惡報應的看法，參看業露華，《中國佛教倫理思想》，頁 95-96。

34　「旌美」一詞出自李公佐〈謝小娥傳〉：「如小娥，足以儆天下逆道亂常之心，足以觀天下貞夫孝婦之節。……知善不錄，非春秋之義也，故作傳以旌美之。」參看劉良明，《中國小說理論批評史》，頁 61-62。

有善報」，當陳敬濟聞知潘金蓮為武松所殺時，交待了迎兒嫁為人妻的結局，不正是暗示愚蠢如秋菊也能有好結局，而聰明如潘金蓮卻連嫁為人妻都不能嗎？至於韓愛姐結局的安排，則有「旌美以勸善」的作用。韓愛姐為傳中不重要的角色，作者卻大費周章去刻劃風塵女守節，正是暗示著人只要一心向善，「放下屠刀」，便能「立地成佛」，韓愛姐、葛翠屏無疑是作者表彰、贊揚的對象，為的是勸勉《金瓶梅》裡沈淪墮落的女性們。

三、了悟與解脫

作為一部傑出的長篇小說，懲戒不應是《金瓶梅》唯一的主題，更應有對人類整體生命的哲理性思考。畢竟全書將近四、五百人上場，其人物與行動理應具有人類集體命運的象徵意涵，方能使作品獲得一整體性的意義，譬如明清小說中常見的因果、色空、宿命觀念，都不同程度使小說獲得一完整性存在[35]。《金瓶梅》在因果報應的倫理性懲戒之外，是否也透露出人生如夢的色空思想，抑或是其他人生哲理？從崇禎本的實際批評來看，評點者以佛教哲理把握《金瓶梅》的主題意涵，將小說視為促人醒悟的禪宗棒喝、佛陀說法，如西門慶服過量春藥而死，評點者：「因果循環，讀者猛省」；七十九回西門慶死時作者議論道：「看官聽說，一己精神有限，天下色欲無窮。又曰：「嗜欲深者，其生機淺」，評點者批道：「此菩提棒喝，須省！須省！」（七十九回眉批）顯然認為《金瓶梅》創作主旨在「省悟」世人，而此一意旨就隱藏在孝哥的法名之中，在一百回普靜禪師給孝哥起了法名「明悟」，評點者在此批道：「一部本旨」（一百回夾批），既然《金瓶梅》的本旨是「明悟」，那麼作者究竟要讀者「明悟」什麼道理呢？是色欲傷身的警戒，還是天理循環、因果報應之理？細按崇禎本的評語，除了「天理循環」、「因果報應」之外，作品還暗示了人世無常、盛極必衰、諸色俱空之理，以及從聲色的虛幻中醒悟、消解一切冤仇才是人生解脫之道等意涵。

(一)無常、色空

《金瓶梅》的色空觀念，在開卷伊始就反復作了交待，例如崇禎本第一回的開頭刪去了詞話本酒色財氣的箴言，改以一首吟詠人生情境的詩開頭：

> 豪華去後行人絕，簫箏不響歌喉咽。雄劍無威光彩沈，寶琴零落金星滅。玉階寂寞墜秋露，月照當時歌舞處。當時歌舞人不回，化為今日西陵灰。

35 陳維昭，〈因果、色空、宿命觀念與明清長篇小說的敘事模式〉，《華南師範大學學報》（1989年第4期），頁61。

這首詩暗示了豪華散盡、人生如夢的主題，崇禎本眉批：「一部炎涼景況，盡此數語中」，指出該詩道盡了人生終歸空無之大旨。接下來一段話頭大抵論述世人沈溺「酒色財氣」之中無法看破的悲哀，極力宣揚財色無法伴人長存，一切「如夢幻泡影，如電復如露」的色空觀念，暗示世人盲目追逐財色之慾望，到頭來「一件也用不著」，只不過落得「一場春夢」。評點者把這段文字看做「生公說法，石應首肯」，又說：「說得世情冰冷，須從蒲團面壁十年才辨」，顯然認為這段話頭宣說的「無常」、「色空」正是作者要世人省悟的哲理。

再從書中人物的命運來看，評點者警覺到作品貫串著浮生若夢、繁華無常的主題暗示，不時在字裡行間流露這樣的感嘆[36]，並進一步提醒讀者用心體味，方能了悟作者旨意所在。例如老太監在慶官哥滿月酒的場合中，點唱「嘆浮生有如一夢裡」一曲，評點者認為此曲「嘆盡西門慶一生事業」，讀者「細心玩味自見」（三十一回眉批）。又如第九十八回翟氏勢敗後，韓愛姐一家流落湖州，在碼頭上與昔日西門家女婿陳敬濟相逢，寫盡人世的興衰無常，評點者批道：「善讀書者此書片刻可了，至此遂有隔世之感。」（九十八回眉批）可見《金瓶梅》傳達了人世的興衰無常之感慨，而只有善讀書者，才能領悟此點。評點者以佛教的「無常」、「色空」觀念把握小說的主題，在一定程度上豐富了《金瓶梅》的哲理意蘊。

(二)解脫之道

上文提及《金瓶梅》結局體現了「天理循環」、「因果報應」之理，然而作者對人物來世的安排並未依循徹底的因果報應模式，反而以普靜禪師「薦拔幽魂，解釋宿冤」收場，這樣的結局頗堪玩味，普靜師對眾魂說道：「你等眾生，冤冤相報，不肯解脫，何日是了？汝當諦聽吾言，隨方托化去罷」，隨後口唸解冤偈：「勸爾莫結冤，冤深難解結。……我見結冤人，盡被冤磨折，我今此懺悔，各把性悟徹。……汝當各托生，再勿將冤結」，崇禎本於此眉批道：

> 楞嚴耶？法華耶？大悲耶？亦復如是觀。讀此書而以為淫者、穢者，無目者也。
> （一百回眉批）

評點者在此將《金瓶梅》比擬為佛教經典，認為小說傳達了重要的思想意義，即冤衍的消解方是人生解脫之道，從而駁斥了「淫書論」。接著普靜老師薦拔群冤，通過小玉的

36　西門慶死後，李桂姐和王三官仍舊往來，當年為此爭鋒毀院的西門慶已莫可奈何，評點者感嘆道：「爭氣一場，此時安在？」（八十回眉批）韓道國曾倚翟謙之勢欺凌西門慶，最後也面臨失勢無依的困境，評點者又說：「道國此時翟氏之勢安在，西門之財安在？」（一百回眉批）。

眼中,將全書主要人物的罪惡下場,以及蒙法師薦拔後獲得投胎轉世的結果一一展示一
番。評點者批道:

> 試看全傳收此一段中,清清皎皎,如琉璃光明,映徹萬象。所謂芥子納須彌,亦
> 作如是觀。(一百回眉批)

所謂「芥子納須彌」,意即在結局描寫中體現出整部小說創作主旨之說法[37],此一結局
的描寫體現了什麼樣的旨意?是諸人再世輪迴的「因果報應」?還是不再冤冤相報的「解
脫之道」?琉璃世界是以恩怨的消解為根底的,細按諸人投胎的安排,恐怕不只是天理
循環、因果報應所能涵蓋,因為惡如西門慶的再世是往富戶沈通家為次子,潘金蓮往東
京城內黎家為女,孫雪娥往東京城外貧民姚家為女,西門大姐往東京城外與番役鍾貴為
女……,有如「現實人生貧富尊卑的再次輪迴」,西門慶做了那麼多惡,卻沒有下地獄,
潘金蓮、李瓶兒、陳敬濟也未得到懲罰,永遠倒楣的似乎只是像孫雪娥、西門大姐這樣
的人,顯然報應得不徹底[38]。這是否意味著個人罪衍的消解,以及再世輪迴之後,彼此
的命運各不相干,不再冤冤相報?俗語云:「冤家可解不可結」,而《金瓶梅》的人生
其實充滿了冤冤相報、爭鋒惹氣的過程。潘金蓮常說的「和這兩個淫婦冤仇結得有海深」
(第十二回);瓶兒病危時子虛夢中來糾纏(六十二回);西門慶臨死前,看見武大、子虛
在他跟前討債(七十九回);雪娥公報私仇,建議發賣金蓮(八十六回);春梅羞辱雪娥,
報了當年之仇(九十四回),因此普靜師薦拔群冤卻教眾人以恩怨消解為前提,才能度脫
苦海,托生來世,所謂「各將性徹悟」、「莫將冤仇結」,不正是「明悟」的內涵?誠
如魯迅所說:「種業留遺,累世如一,出離之道,惟在明悟。」[39]「明悟」是笑笑生對
讀者提出的人生解脫之道。

四、無情以繫心

　　《金瓶梅》的主題只是道德懲戒、人生無常的了悟而已?作者對一夫多妻制的質疑崇
禎本是否也發現了?成功的小說家總是透過人物傳達他想讓讀者看的東西,讓人物的聲
音暗示主題,達到主題所需要的複調效果[40]。因此潘金蓮為了西門慶收藏宋蕙蓮一隻鞋
而起的一番話,評點者認為是大意所在:

37　同註 29 引書,頁 805。
38　王彪,〈無所指歸的文化悲涼——論金瓶梅的思想矛盾及主題的終極指向〉,《文學遺產》(1993
　　年第 4 期),頁 107、111。
39　同註 28 引書,頁 164。
40　同註 26 引書,頁 134。

你沒這箇心，你就睹了誓。淫婦死的不知往那去了，你還留著他鞋做甚麼？早晚有省，好思想他。正經俺每和你怎一場，你也沒怎箇心兒，還要人和你一心一計哩！

評點者批道：「到此方結出大意。」（二十八回眉批）在這裡，潘金蓮的「正經俺每」不就是「妻妾們」？顯然評點者認為作者有意通過潘金蓮的話傳達某種主題：西門慶對別人（妻妾）無情，卻要求別人對他有情。事實上，作者不只一次讓潘金蓮指責西門慶的貪淫無情，最典型的例子是七十二回：「你那吃著碗裡看著鍋裡的心兒，你說我不知道？想著你和來旺兒媳婦子蜜調油也似的，把我來就不理了。落後李瓶兒生了孩子，見我如同烏眼雞一般……你就是那風裡楊花，滾上滾下，如今又興起如意兒賊歪剌骨來了。」（七十二回）潘金蓮作為書中主要女性人物，他的話其實部分可以視為妻妾共同心聲。因此我們有理由相信，作者意欲藉潘金蓮之口質疑一夫多妻制度下兩性情感上的不平等。

第三節　人物論──倫理與美感的雙重觀照

在古典小說的長廊裡，人物始終是讀者和評論家關注的焦點[41]，人們閱讀小說後留下深刻印象的總是人物而非情節。早在謝肇淛就注意《金瓶梅》刻劃人物的「人鬼萬殊」、「面目各別」的特點，崇禎本評點尤以人物的分析著墨最多，舉凡簡單人物、複雜人物都是評點關注所在[42]，總計評點涉及的人物有九十餘人之多，包含了大小官員、丈夫妻妾、商賈、妓女、奴僕、樂工、和尚、道士、醫生、幫閑、媒婆、光棍等各色人物，實為《金瓶梅》人物品鑒的典範。崇禎本評點對人物的分析相當深刻而廣泛，既兼顧人物性格的各個側面，又能深入人物複雜的內心活動，展現更多的靈性[43]。如指出潘金蓮出語狠辣、俏心毒口、愛小便宜、慣於聽籠察壁等弱點，又稱美其「當機圓活」、「媚甚，嬌甚」、「慧心巧舌」的一面，批評春梅「器小暴戾」、「潑皮無賴」，也看到她「心高志大」、「不卑不亢」、「胸襟氣概自不同」、「知恩報恩」的一面，即使惡如西門慶，評點者亦認為作者並非把他寫得絕對的惡，指出「西門慶臨財往往有廉恥，有良心」，在資助朋友時「脫手相贈，全無吝色」[44]。尤其可貴的是，評點者超越倫理道德的束縛，以更大的同情和悲憫，觀照著人物的悲劇命運，從而達到普遍的倫理關懷。本文為了論述的方

41　同註 26 引書，頁 137。
42　依據 William Kenney 的劃分，陳迺臣譯，《小說的分析》，頁 30。
43　同註 24 引書，頁 114。
44　同註 1 引書，頁 14。

便,於第一部分討論崇禎本對人物的道德評判,第二部分討論崇禎本對人物之審美觀照,第三部分討論人物刻劃技巧。

一、人物評論

中國小說向來注重倫理教化,強調「勸善懲惡」的社會作用,所謂「紀惡以為戒」、「旌美以勸善」,總以「世道人心」為最終的考量。此一宗旨到了崇禎本則具體落實於字裡行間的評點,以實用的倫理教化原則,關注人性的真實面貌,舉凡人性的墮落、綱常的毀壞、道德的淪喪、世風的衰頹皆為之針砭,而最終歸結於褒貶人物之賢愚得失、貞淫善惡、禍福成敗之因,並進而指示何者為修身齊家之道、安身立命的準則,何者為敗家亡身、禍害社會之根源,實為一深具倫理道德關懷的批評方式。

崇禎本評論人物的基本原則不外儒家倫理思想,而其具體方向有三:一從維繫傳統禮教秩序(主要為家庭倫理)出發,追究個人應遵循的責任與義務,包括治家責任、尊卑上下之禮、等級名分、禮法的奉行等。二從普遍人性的認識上著眼,以「善善惡惡」的教化立場,贊頌善良美好的人格德操,指斥人性中的凶相與醜態,從而起到影響、規範人們行動的教育作用,使觀者知所愛慕遵循、觀感戒懼。一方面也兼顧人物性格之複雜,不做單一絕對化的評價。畢竟人性的善惡都不是絕對的,再邪惡無情的人也有良心乍現的一面,好人也有缺點、好人也會行惡事。因此所謂好人、壞人、善人、惡人的區分都只是相對的,善、惡都只是人心中一點常情,人物性格的複雜正在於美醜交錯,善惡並陳,如此方是真實可感的人物形象。評點者既努力發掘人性中向善的力量,即人之所以為人之良知良能,亦不忘發掘人性中為惡的根源,其理念接近李贄的「凡古所稱為大君子者,有時攻其所短,而所稱為小人不足齒者,有時不沒其所長」[45]。凡屬善良美好的人格德操,如好人好心、仁人君子、節烈、忠貞信義、特立獨行之人格皆為推舉,並點明其仁而愛人、溫柔寬恕、慈悲為懷、知恩報恩、認真信義之內涵,以為立身行事取法之本。凡屬自輕自賤、寡廉鮮恥、阿諛奉承的卑下人格、小人皆為不恥、鄙薄,並一一揭示人性中貪婪淫佚、恃寵作驕、忘恩負義、趨炎附勢、滅倫敗紀等凶相醜態,稽其成敗禍福之理,並進而引出教訓、戒鑒之理,使聞知者足以儆戒,觀其處處以「可作有家冰鑒」、「欲娶妾者看樣」、「宜省」、「讀者猛省」可知。三是以同情與悲憫的角度,觀照人物的悲劇命運,打破倫理道德的束縛,擺落善惡是非的判斷,設身處地理解人物自身的處境、探究痛苦的根源,並對人物最終的命運寄予無限的哀惋。

(一)注重禮教規範的持守

45　袁中道,〈李溫陵傳〉,《珂雪齋前集》,頁853。

　　《金瓶梅》描繪了形形色色家反宅亂的亂象，如尊卑失序，夫綱不立，婢妾僭越，內外無別，長舌亂家，滅倫敗紀等，評點者將重點放在考察治家之成效上，因為在傳統家庭中，家長擔負著「綱維家政，統理大小」的重任，若治家不察，禮法不嚴，容易造成家反宅亂[46]，因此相對來說，評點者將家反宅亂的責任更多地歸咎於吳月娘、西門慶的治家不察，禮法不嚴，而不是譴責悖禮犯倫、敗壞綱紀的當事人。一方面，評點者也讚賞當家人在尊卑秩序的維持，以及家庭糾紛的處理得當。當然，任何奉行禮教規範的行為都是評點所讚賞的，尤其關乎個人立身行事時，更不得不承認禮教規範的重要。

1.治家不察，貽禍無窮

　　傳統禮教社會為了防止年輕男女發生逾軌的行為，強調內外有別，以免釀成淫亂。小說寫到陳敬濟初來時，「非呼喚不敢進入中堂」（十八回），吃住均在外面，可見男女之大防極為嚴格，崇禎本對此極為重視，由春梅與陳敬濟同飲的批評，可見一斑：

> 便是親姑表兄妹亦不宜入幕同飲如此。（九十七回眉批）

西門慶宅裡發生的大小通奸事件，評點者認為全是當家人疏於防範所致。當家人明知男女有別，卻疏於防範，致使偷情事件一再發生，甚至不可收拾：

> 此何物？豈可置之閨人左右？西門慶元自疏略。（十二回眉批）

> 人人皆知防嫌，及到其時，偏信心，偏托大，不知何故？（二十四回眉批）

> 既至親不妨，何又慌避如此，情實皆月娘自開。（十八回眉批）

> 當日以至親令敬濟得出入閨闥者，月娘也。今日釀成淫亂，卻棄出在外，並飲食殊無節次，安得不變恩為仇也。（八十五回眉批）

評點者把潘金蓮與琴童、陳敬濟偷情的責任歸咎於西門慶的疏忽，以及吳月娘的「始作俑者」、「引狼入室」（十八回眉批），這和作者在第十八回的議論：「月娘托以兒輩，放言樣不老實女婿在家，自家的事卻看不見。」基本上並無不同。評點者認為吳月娘身為當家人，卻在西門慶不在家時輕率地將陳敬濟引進妻妾圈，與女眷同榻而食，給了陳敬濟接近潘金蓮的機會，自此二人種下情根，一發不可收拾，無論如何難辭其咎。對雪娥、來旺之私情，評點者的責難亦同：

46　趙興勤，〈傳統家庭倫理與金瓶梅的家反宅亂〉，《中國古代、近代文學研究》（1992 年 9 月），頁 214。

> 月娘一味以誠心待人，雖不失為好人，然禍亂皆此好人釀成也。世亦何貴有此好
> 人哉。（九十回眉批）

蓋無論行事的動機是出於無心或善意，一旦行為後果不堪收拾，如女婿與丈母亂倫、來
旺盜拐雪娥都是不容辭其咎的過失，必得追究[47]。這在吳月娘遠赴泰山燒香一事上，受
到更嚴厲的譴責：

> 托家緣幼子與一班異心之人，而遠出燒香，月娘殊亦愚而多事。（八十四回眉批）

> 月娘寡婦耳，家中安坐猶恐生事，況遠出乎？曰大哭，自不好深咎，其自取也。
> （八十五回眉批）

雖然吳月娘遠出燒香是為了還願，動機不可謂不善，但因關係到家族的安危，其所托非
人，顯然缺乏當家人的識見與智慧，理應受到批判。此外，評點者對西門慶、吳月娘幾
度放任尼姑行走家中無所不為，亦時有指斥：

> 西門慶平日最鄙薄姑子，今日忽自接來，所謂愚人易惑。（五十三回眉批）

> 如此功德，能免罪過足矣。三姑六婆處心設慮，大抵如是。讀此可作有家冰鑒。
> （六十八回眉批）

蓋因僧尼亂家為當時社會常態，故評點者指出當家人的愚闇易惑，以為治家之鑒。

2.尊卑上下，宜家之理

《金瓶梅》描寫的西門慶家，是個綱常紊亂的世界，仗勢著主人的寵愛而盛氣凌人、
「沒大沒小」所在多有，評點者並未指責夫綱不立、姬妾胡行的亂象，反而稱讚西門慶的
調停善法，不亂尊卑上下之分：

> 西門慶於家可謂無所不淫。然月娘與金蓮合氣，雖愛金蓮終以月娘為重。金蓮與
> 如意合氣，如意縱不敵金蓮，然使之陪禮亦可免耳。而西門慶必不免，可謂不亂
> 上下之分。今人不如者多矣。（七十四回眉批）

潘金蓮為了圖壬子日懷胎，不顧尊卑禮數，走到吳月娘房裡叫西門慶前去她房裡過夜，
此時吳月娘干預道：

> 我偏不要你去，我還和你說話哩！……強汗世界，巴巴走來我屋裡硬來叫你。沒

---

47 類似的指責尚有周守備招待陳敬濟，以致與春梅舊情復燃一事，參看98回眉批。

廉恥的行貨子，只你是他的老婆，別人不是他的老婆？……就吃他在前邊攔住了，從東京回來，通影邊兒不進後邊歇一夜兒，叫人怎麼不惱？那冷灶著一把火，熱灶著一把兒才好。（七十五回）

對於吳月娘以性的控制來遏止潘金蓮把攔漢子的行為，從而維護自己和家庭的道德規矩[48]，評點者批道：

月娘雖一時憤激之言，然一段宜家道理。金蓮小不忍則亂大謀，可惜！可戒！（七十五回眉批）

顯然認同吳月娘維護家庭禮法秩序是合情合理，畢竟禮教秩序是不可侵犯，個人只有在禮教秩序許可範圍下行動，才是安身立命之道，評點者由是惋惜著潘金蓮的「硬氣」、「急態亦急心」（七十五回眉批），從而輸掉了整個人生，發為戒世之音。不單妻妾間，主子和奴才間也是有一套禮儀，不可逾越。因此當西門慶與如意兒私通，失道悖禮，而引來潘金蓮責問：「莫非你與他一舖長遠睡？惹得那兩個丫頭也羞恥！無故只是睡那一回兒，還放他另睡去？」（七十五回）的干涉時，評點者批道：

一片妒心，卻是十分正理。（七十五回眉批）

可見，宜家道理所在，即便是出於嫉妒的抗議行為也是值得贊許的。

3.禮法的奉行

在個人遵循禮教規範行事方面，評點者顯得相當寬容，即使是不合禮的婚姻形式，如潘金蓮鴆夫趁漢、李瓶兒迎奸轉嫁，亦未見嚴厲的批評，只不過在一場潘金蓮與吳月娘的爭吵中，吳月娘訓斥道：「我當初是女兒填房嫁她，不是趁來的老婆。那賊沒廉恥趁漢精便浪，俺每真材實料，不浪」，評點者批道：

月娘亦屬牽強，然相罵到此，不得不搬出矣。故凡人腳根要硬。（七十五回夾批）

吳月娘未免過分了點，可是一旦涉及立身行事的根本，評點者也不免認同依循禮法規範的重要，以其影響為人處世的立足點，鴆夫趁漢總是不及明媒正娶來得光明正大，難免在爭吵中成為別人攻擊的口實。既然評點者對禮法的重要如此深信不移，因此春梅貴為夫人後，對昔日的主人吳月娘、吳大妗子行磕頭之禮，絲毫不敢怠慢，就得到評點者的贊許：

48　張國星，〈性、人物、審美——金瓶梅談片〉，收入《名家解讀金瓶梅》，頁273。

此時人刮目春梅矣，猶不改常作態，大是可兒。（八十九回眉批）

所謂「尊卑上下，自然之理」，春梅對這套禮儀是身體力行、恪守不移的。而如雪娥、來旺，不顧彼此的身分就偕同私奔，則是愚蠢的行為：

所筭亦是，既有此筭，何不秉明月娘，擇一夫嫁之為正大也。（九十回眉批）

私奔乃千古才子佳人偶為奇事，豈愚夫愚婦所可效也？雪娥來旺宜其敗也。（九十二回眉批）

同樣是養漢、偷情，雪娥與來旺並沒有得到評點者的同情，反而譏其為「愚蠢」、「宜乎其敗」，只因一個是主子之妾，一個是奴才身分，門不當戶不對的私奔不被當時人們所認同，自然受到了更嚴厲的批判。

(二)推崇善良美好的人格德操

東吳弄珠客曾指出作者借西門慶、應伯爵、諸淫婦以描畫世之大淨、小丑、醜婆淨婆的看法[49]，似乎書中並無一好人，全是世俗中猥瑣卑下的市井小人，集人性之惡的大成。評點者並未全盤否定《金瓶梅》的人物，而是認為書中不乏好人，甚至具備仁人君子的德操，即使奸夫淫婦亦有「真情」流露的時刻，小人也有良心發現的時候，絕對大奸大惡之人實在沒有。評點者在狠心無情的潘金蓮身上看到了「至性終在」（八十五回眉批）、尚有「羞惡之心」（八十五回眉批）；韓道國處義利之間「良心何嘗不在？」貪戾如西門慶者，「臨財往往有廉恥、有良心。」（六十七回眉批）無恥如應伯爵者，在取與之間「尚有恥」（四十六回眉批）。這些惡人在幾微之間並未泯滅人的「良知良能」，何況性格善良寬厚的「好人」？以是評點者在揭示人性美醜善惡的同時，無不極力發現人自身「善」的閃光，凡是有一言一行足以稱頌，皆為之推舉：

1.明哲保身

《金瓶梅》的人物鮮有立心志誠，不為財色所迷，反省自身所做所為的。如潘金蓮、王婆，一為淫迷，一為利昏，走上了滅亡之路，而宋蕙蓮貪圖微利，不知自重，最後自縊身死。即如李安，面對春梅以利誘之，也難免猶豫，一片昏暗世界中，唯有李安之母明察事理，對子曉以全身遠害之理，方使禍不及身，全身而退，可謂明哲保身，深諳處世之道，宜乎為「一流人物」：

此母當與王陵徐庶之母異出同歸。明以殉國，智以保身，是一流人物。（一百回眉批）

49　見〈金瓶梅·序〉，收入黃霖，《金瓶梅資料彙編》，頁2-3。

2.忠貞信義

在以利益為前提的人際關係中，「勢敗奴欺主」、「失勢掉臂去」的現象層出不窮，當初受過西門慶好處的，如應伯爵、來保、韓道國、李三、黃四等人，西門慶死後紛紛背主欺恩、做出不仁不義的事，以真誠、信義相對待者實寥寥無幾。評點者對這類道義之友致上最高的讚美，如苗員外一諾千金，送歌童到西門慶家，可謂「認真信義」（五十五回眉批）；何千戶在西門慶死時助一臂之力是「古道相知」（七十九回眉批）。蔡狀元被列為讀書人的典範，只因西門慶周濟他，便有始有終，重義氣、尚信譽，評點者將他們與古代俠義之士相比美：

> 知罃無後而豫讓為之死，千古義之。如蔡生于西門，古道相處，畢竟讀書人與眾不同。（八十回眉批）

那位不肯隨李三背叛西門慶的春鴻也是「好人」；最難得的是一生忠貞不渝的傅夥計，直到死前不聞有忘恩負義之事，評點者贊道：

> 傅夥計至死如一，亦小人中之難得者也。（九十五眉批）

3.節烈女子

在禮教失序、淫亂不當一回事的《金瓶梅》世界中，能夠以貞節自許的人物，實寥寥無幾。就道德範疇而言，「貞節」為女性專有的美德[50]，「淫佚」則為七出之一，可見「淫」的負面形象。書中女性如潘金蓮、李瓶兒、龐春梅、宋蕙蓮之道德形象都在「淫婦」之屬[51]，算得上「貞婦」的，大概只有吳月娘與韓愛姐。吳月娘身為西門慶的正妻，其地位比眾妾自是不同，但在風月、姿色皆不及其他妻妾的情況下，使得她在性事上不做過度的追求，面對來保三番兩次的調戲能以禮自持，遇上強人殷天錫堅貞不屈地完節而歸，即使夢中唾罵雲裡守的話，都可證明吳月娘的道德勇氣著實可嘉，評點者肯定吳月娘嚴辭抗拒的行動，並隱隱透露出對潘金蓮的褒貶：

> 來保之無禮不必論，使金蓮當此，不知又作何狀？月娘亦可謂貞婦人矣。（八十一回眉批）

> 此雖夢語，非節氣人罵不出。（一百回眉批）

50　陳筱芳，《春秋婚姻禮俗與社會倫理》，頁 118。

51　相關評語可參看第 13、22、73、87 回（潘金蓮）；13、19、70 回（李瓶兒）；73、100 回（龐春梅）；22、25、26 回（宋蕙蓮）。

又如葛翠屏、韓愛姐，兩人在陳敬濟死後，清茶淡飯，守貞度日，評點者將二人相提並論道：

> 聖人云：或安而行之，或勉強而行之，及其成功則一，翠屏、愛姐之謂也。……所謂放下屠刀，立地證佛，信然，信然。（一百回眉批）

可見評點者所崇敬之人物，「不必問其如何形成此人格，人格之可貴者，唯在其有此可貴處，見有此可貴處即愛之、敬之，而心悅誠服之。」[52]尤其是韓愛姐之行為，與陳敬濟不過是露水夫妻，聽聞陳敬濟慘死則哭倒在地，可謂「貞心」（九十九回眉批）；爾後又要求替陳敬濟守節，雖於禮法無據，卻表現出誓死靡它的真情，此種因真情而生的貞烈，與依循傳統規範勉強而行的貞節已有所不同，馮夢龍《情史·情貞》所云：「自來忠孝節烈之事，從道理上做者必勉強，從至情上出者必真切」[53]，評點者在此讚嘆的正是來自真情的貞節，儘管守節的對象是如此狂悖薄劣，守節的舉動是如此激烈「割髮毀目，出家為尼姑，誓不再配他人」，評點者仍不改讚賞的態度：

> 難得，難得，對此不自愧者，世有幾人？（一百回眉批）

再如「淫婦」宋蕙蓮，評點者亦發掘到她不貞之下隱藏的高貴品質。當她聽說來旺遭人暗算、被遞解原籍徐州家去後，放聲大哭，懸梁自縊。事後雖被救起，此事所表現的卻是「烈婦」精神。當她看出西門慶施用毒計要屈殺來旺之時，她覺得「她自己以及仁心的原則都給完全背棄了」[54]，因而要以死明志。雖然評點者一再強調蕙蓮的「非貞節」，卻對其死節給予較高的評價：

> 蕙蓮既為蔣聰報仇，又為來旺死節，雖淫，過金蓮，瓶兒遠矣。（二十六回眉批）

評點者所推許的並不是為夫殉死的「烈」，而是她心中的不忍人之心、對天理原則的堅持，然其為此一原則而犧牲的精神，實與「烈婦」精神並無不同。

4.仁人君子之德

嚴格說起來《金瓶梅》所寫都不是完美的人性，似乎離「仁人君子」甚遠，評點者卻認為書中不乏具備仁愛、寬恕精神的「好人」，如吳月娘、李瓶兒、孟玉樓、吳銀兒等皆屬「好人」形象之一，評點者常以「好人」、「好心」「婆心」、「醇厚」、「厚

52 唐君毅，《中國文化之精神價值》，頁414。
53 鄭培凱，〈天地正義僅見於婦女——明清的情色意識與貞淫問題〉《當代》16期，1987年8月。
54 孫述宇，《金瓶梅的藝術》，頁42。

道」指稱她們的為人處世[55]。尤以吳月娘最受評點者的推崇：

> 月娘非不信，只一味解紛息爭耳。（十二回眉批）

> 真心實愛。處處寫出月娘根心生色，一片菩提熱念。（四十八回眉批）

> 如此留心，誰人得到？吾謂月娘去蝀斯之化不遠。（四十八回眉批）

> 語出至誠，不可看作尋常討好。（五十七回眉批）

> 月娘之怨自愛出，與金蓮不同。（六十二回夾批）

評點者認為吳月娘對潘金蓮私僕一事所表現的態度，是出自「寬容」之心，而對西門慶、李瓶兒母子所流露的關心、呵護，乃至是抱怨，都是出自真心實愛的動機，體現了「仁者愛人」的慈悲精神，與事事出於妒恨之潘金蓮不同。評點者又透過人物間的比較突顯他們的寬厚善良：

> 又急急挽回，是瓶兒之為人，若金蓮，則定要來旺去矣。（二十回眉批）

> 月娘菩薩也，瓶兒佛也，使他人當此，不知又變出多少牛鬼神蛇矣。（四十三回眉批）

> 銀兒、瓶兒，兩個好人；桂姐、金蓮，一對辣子。（四十五回眉批）

> 瓶兒、月娘，一對婆心。月娘可敬，瓶兒可憐。（六十一回眉批）

從上述幾則評語來看，「好人」形象的特點是待人處世的善良寬厚、富有同情心，評點者又以「佛」、「菩薩」喻之，自是暗示其心胸「仁慈」，有佛菩薩的悲憫心。不論是「真心實愛」，或者是「寬恕」與「慈悲」都是仁者才有的行為，雖然她們之中不乏缺陷，如吳月娘也曾做過「為狠輕薄」春梅的事，李瓶兒背叛了花子虛，顯得無情無義，但相較之下，評點者仍是肯定她們的善良仁慈。

再看升為守備夫人的春梅，評點者一方面批評她對付孫雪娥表現的「狠毒」、「潑皮無賴」（九十四回眉批），卻也不抹殺她的長處。尤其是春梅對兩位主子（吳月娘、潘金蓮）的態度，展現了一般人少有的氣度和義氣。她聽見潘金蓮死了，整哭了三四天，既出資埋葬了主子，又到永福寺祭弔，感念昔日抬舉之恩，表現了相當高的義氣。貴為夫

55　相關評點參見第 30、43、67、72、76、81（吳月娘）；13、19、20、43、45、61（李瓶兒）；第 75、86 回（孟玉樓）。

人後，對昔日「為狠輕薄」她的主子也能寬容起來，不念舊惡，幫助吳月娘教訓負心的吳典恩，此種舉動已近乎「君子」的所做所為，雖然評點者分析春梅性格變「寬厚」的原因是「出谷喬遷」[56]，幫助吳月娘只是利用地位之便，所謂「春梅落得做君子，吳典恩枉了做小人。」（九十五回眉批）大體上肯定春梅的義行：

> 春梅自忘金蓮不得，然如春梅而忘金蓮者多矣，則春梅一段感恩圖報之懷，夫豈易及。（八十七回眉批）

> 語語知恩報恩，自令結怨人內愧。（八十九回眉批）

> 春梅不念舊惡，一說便肯，亦自可人。（九十五回眉批）

5.特立獨行

在一片屈己奉承、博取主子歡心的風氣中，自輕自賤的卑下人格中，評點者獨推許丫頭春梅的特立獨行，認為他「不卑不亢」（十一回夾批）、「自負不卑」（二十二回夾批）、「心高氣硬」（七十五回眉批）、「胸襟氣概自不同」（八十五回眉批），從而一生的結果也比別人不同。對於春梅這種志大氣傲、不同流俗的氣勢，評點者始終流露欣賞態度：

> 試看春梅神情意致，口角間露一種驕心傲骨，後來結果已見一斑。（三十四回眉批）

> 春梅局外，不解個中一種熱癢私情，宜乎有此。然而心高氣傲，言下定生平。（七十五回眉批）

觀其不顧西門慶和李瓶兒正在吃酒，就數落起西門慶沒有派人去接潘金蓮，確乎有一種傲骨天生、不肯阿諛取世的品格（三十四回）；而她勸潘金蓮不要為西門慶、如意兒私會的小事斤斤計較的一番話（七十五回），更可看出她高人一等的志趣和追求。此種志大氣傲，並不是那些僅僅依附於他人、甘心為奴的人所能有，試看吳神仙相命後，她對西門慶說的話：「常言道海水不可斗量，……莫不長遠在你家做奴才吧」，說明她出人頭地的渴望，評點者以「春梅心眼自寬，非一味說大話」（二十九回眉批）解釋之，對照如意兒「小媳婦情願不出爹家門」的心聲，春梅心眼中確乎有一份「志在千里」的企求。因此有一回她抱怨自己穿得像「燒糊卷兒」似的就不肯出門，而向西門慶多要一件大紅白綾襖的行為，就不能以貪婪視之，而是要求地位特殊的表現[57]，評點者：

---

56 第97回眉批分析陳敬濟、春梅對待月娘之態度：「春梅自厚，敬濟自薄，然春梅出谷喬遷，富貴緣此而起，故易厚。敬濟流離辛苦備嘗之矣，自不得不追恨而薄之矣。」
57 牧惠，《金瓶風月話》，頁80。

春梅意見往往高人一頭，可見人品成於居，養者其後，而立志貴早。（四十一回眉批）

評點者在此著眼的無非是春梅因為「自尊自貴」，終於鶴立雞群的奮鬥歷程，由此提醒讀者立志的重要。若說春梅嫁守備、當上正室夫人不過是運氣好，恐怕評點者不會同意，因為春梅的心志和抱負，幾乎是貫徹始終，直到離開西門慶家那一刻。觀其「不垂別淚」、「頭也不回，跟定薛嫂，揚長出門決裂而去」（八十五回）的堅毅表現，確乎有著不同常人的志氣，評點者以男性的意志和堅忍推許之，激賞之情溢於言表：

形影相依，一朝散失，最苦事也。而春梅能不作兒女悲戀之態，雖是安慰金蓮一片苦心，然亦可謂英雄堅忍之力者矣。（八十五回眉批）

(三)指斥人性的凶相醜態

在評點者看來，《金瓶梅》固然有好人善行，但佔絕大多數的仍是小人、不完美的人性形象。至於大奸大惡的人實在沒有，即使邪惡如西門慶、潘金蓮，評點者亦未進行嚴厲的道德譴責，他甚至懷疑潘金蓮是否真如作者所寫的那麼壞[58]。評點者對人性的醜惡的指陳，間或有出自「一念之差」的謬誤[59]，絕大多數都是一般人習以為常的惡習、人性中普遍存在的醜惡，或屬人性欲念之惡，或為言行的乖謬、人格的墮落，或為一社會道德風氣的反映，這些凶相醜態未必全是小人才有，有時賢淑如吳月娘、孟玉樓亦不能免，何況是小人、惡人？而崇禎本關懷重點，乃因這些凶相醜惡多半具有普遍性、現實性[60]，它們或者攸關個人身家性命，有悖安身立命之理，或者有損自身人格的完整、社會善良的風氣，故評點者一一拈出，使讀者知所戒懼。

1.貪財好色

《金瓶梅》卷首以「酒色財氣」概括了人生欲望的追求，四者之中又以財色為最，觀西門慶、潘金蓮、龐春梅皆死於「色欲」，可知色的利害；王婆死於「財欲」、諸人皆為了「利」字而恩將仇報，可知財的利害。評點者承認「色欲」是人性中最大的致命傷，因而在承認色欲對人的誘惑之外[61]，更就西門慶本性中「德不勝色」（二十一回眉批）、

58　評點者曾替潘金蓮辯護：「陰毒人必不以口嘴傷人，金蓮一味口嘴傷人，畢竟還淺，吾故辯其蓄貓陰害官哥為未必然也。」（39 回眉批）

59　如潘金蓮、李瓶兒之流，皆曾因心中一念之惡做出不義之事，參看第 16、29、58 回眉批，而陳敬濟流離辛苦則是因心中惡念太多，參看第 88、99 回眉批。

60　最著名的例子如第 88 回眉批：「寫敬濟不孝處刺骨，然此等不孝中人上下皆有之，讀者不可徒笑敬濟而不自省。」

61　關於王六兒以巧語、同心結籠絡西門慶，評點者分別批道：「口角甜甚，巧語撩人，豈能不惑」（三十七回眉批）、「雖明知為送死之具，使我當之亦不得不愛」（79 回眉批）。

「一味好淫」（七十回夾批）的痴迷向讀者揭示：

> 不丟開，寫出貪心。（第十回眉批）

> 丟甜桃尋苦李，淫心何邪如此？想亦妾不如婢，婢不如偷之意。（六十七回眉批）

> 提春花凡四五遍，不論有意無意，是真是戲，而一片好玩貪念已可想見。（六十七回眉批）

可見西門慶的「貪淫好色」自始便在言行舉動中展露無遺，而臨死前瘋狂追求性放縱，心中仍想著何千戶娘子藍氏，心搖不已，坐實了「一犯貪痴，便是殺身之兆」（七十九回眉批）的論評。同樣的，評點者認為潘金蓮、龐春梅的死皆與其貪淫好色之本性有關，春梅「人生在世，且風流了一日是一日」的名言，實已開「貪欲而死」（八十五回眉批）之兆，加上後來貴為夫人的驕奢生活的推波助瀾，所謂「飯飽思淫欲」，終死在周義身上。而潘金蓮雖「於財色二者無所不愛」（七十八回眉批），但最後之所以慘死正是吃了情欲的虧，所謂「為淫迷」、「只以為已往之事，不深思矣」（八十七回眉批），蓋因潘金蓮將所有的力量專注於性的籠絡、情欲的放縱[62]，宜乎死於淫。

不獨是色，財之誘惑力亦大，評點者對人的貪欲往往戰勝良心有深刻的認識，他對韓道國拐財遠遁一事批道：「處義利之間再籌計不得，一籌計便利重於義。」（八十一回眉批）因此他認為吳典恩的欺凌吳月娘、尼姑勸人為善的佛法教義背後，盡是為了利：

> 吹毛求疵處，非必欲恩將仇報，只一味貪利情急，故不覺耳。（九十五回眉批）

> 一味貪利，卻夾佛法果報出之，說得似惡鬼，似羅剎，又似活菩薩，此輩可笑可憎，莫不畢見。（七十三回眉批）

可見評點者對「貪利」之徒的憎恨，最可悲的是「貪利不畏禍」（八十七回眉批）的王婆，為了貪圖武松的一百兩銀子，而命喪黃泉，正所謂「為利昏」，與潘金蓮「為淫迷」正好是一對為財色而死的例子。

2.逞口舌之能

《金瓶梅》中家庭成員的紛爭往往因「口舌」而起，如孫雪娥與春梅間的仇恨是「禍從此一戲罵起」（十一回眉批），吳月娘與潘金蓮的紛爭是「家庭老婆舌頭有所不免」（十

62　關於潘金蓮以「搽白粉」、「白綾帶」、遞酒磕頭籠絡西門慶，評點者分別批道：「偏是這些留心」（29回眉批）、「修身為學肯如此，何患不造其極」（73回眉批）、「專在此處用功夫」（78回眉批）。

八回眉批），其餘挑撥、搬嘴、學舌、讒言、惡口、潑婦罵街更是家常便飯，潘金蓮一向最具「巧舌」，卻也因嘴尖舌快而招尤；吳月娘待人善良，不免有失言的時候，可見審慎說話之重要。評點者於此頗多關注：

> 蕙蓮只灶上要茶一語，遂使生平所做一齊傾出，況士行乎。（二十四回眉批）

> 金蓮揸愛，恆以取愛尖利，亦以招尤，讀此可惕然於三緘之銘。（四十一回眉批）

> 語云：言多必失，任伯爵乖人巧嘴亦要說差，況不如伯爵者乎？此作者微意，若執伯爵不如此，便失之矣。（五十四回眉批）

> 月娘從未罵人，止罵王六兒幾句便招怨失事。可見越是好人，越行惡事不得。（八十一回眉批）

因為不論是習慣性的，或是偶然的言行失措，都可能造成生活中無法彌補的損失，故從應物處世的立場而言，嘴尖舌快、多言、妄言皆非應有之態度。畢竟光憑「巧舌」、「利嘴」，終非「安身立命」之本，對此評點者有深沈的感嘆：「金蓮何等慧心巧舌，到英雄手中都用不著」、「到此時任王婆利嘴，亦難支吾」（八十七回眉批），口舌之能並不能挽救任何的罪行！至於那些以「口舌」為武器，挑唆離間、欲置人於死地，或是憑藉「利嘴」文過是非，則為評點者亟予批判的惡德：

> 說出許多未然之想，說得事事可慮，金蓮口嘴殊可畏。（二十六回眉批）

> 一邊捨經，而一邊人死，似再難言因果矣。薛姑反以人死為捨經之報，說得有源有委，利嘴之可畏如此，尼僧之利嘴如此。（五十九回眉批）

3.恃寵作驕

在中國古代，人們很早就認識到言行是為人的關鍵，所謂：「言行，君子之樞機，樞機之發，榮辱之主也」（《周易·繫辭》）[63]，評點者從個人修養與禍福命運的關係出發，歸結諸人取禍之因，對人性中輕薄驕縱、倚勢凌人一一予以批判：

> 小器易盈，敘此一段以為后不得其死張本。當與春梅參看，庶不失作者之意。（二十六回眉批）

> 春梅舉止大家，終有後福，故士不可不先樹品。（四十六回眉批）

---

63 同註34引書，頁73。

評點者提醒讀者將春梅、宋蕙蓮參看，因為二人同為奴才，春梅貴為夫人，蕙蓮卻受辱而死，其中緣故正是因為宋蕙蓮忘其所以地驕矜輕狂、行為隨便，不珍惜毛羽，注定了她不得其死的命運，而春梅不卑不亢、審慎小心，因而結果不同。再如西門大姐之潑悍、如意兒之怙寵輕狂、以下犯上，以及潘金蓮與吳月娘抗爭，亦無非是有所倚恃的緣故：

> 大姐既無容又無情，又徒以父母之勢降伏其夫，豈婦道哉？後之不得其死，有由然哉！（五十一回眉批）

> 如意若知局，此時便直轉口，何得更出抵觸之言？蓋乍得主人寵，驕心正盛，未經磨鍊，不能一時卒平耳。（七十二回）

> 金蓮只好倚漢子之勢撒潑，到此便氣懦，任人奈何不能發一語，不如春梅多矣。（七十五回眉批）

大抵評點者的關注點在立身行事，故認為怙寵輕狂、倚勢凌人，不但是懦弱的表現，也是日後不得其死的原因。潘金蓮、西門大姐皆依附於人、無獨立意志，故在西門慶死後二人頓失替他做主的人，在這方面諸人皆不如春梅之氣概，結果亦不如也。

4.小人行徑

相對於「君子」而言，小人是負面的道德評價。他們之中或者背信棄義、恩將仇報；或者利欲薰心、谿壑無底；或者懷妒藏奸、得理不饒人，不一而足。如西門慶在楊戩案後不知收斂，又出來走動，可謂「小人而無忌憚」（十八回眉批），生子加官後更顯出「小人負且乘光景」（三十回眉批）；潘金蓮「把自家長技冤人，固是小人度君子之腹」（五十八回眉批）；玳安議論潘金蓮、李瓶兒之優劣是「一味懷惠藏怒」、「語語從私起見」（六十四回眉批）；應伯爵「只一事不相聞，便轉口打破局」（六十七回眉批）；王婆子前來領走金蓮時「不肯讓人一刻，全人半點，當下劈面便來」（八十六回眉批），凡是孔子所貶斥的小人習性，均能在此中逐一印證，足見「小人」之多。評點者尤為憤恨的是令人「髮指牙碎」的忘恩負義之事，如應伯爵、韓道國夫婦之流在西門慶死後恩將仇報，做出許多不義之事，評點者對這類勢利小人表達了強烈的憎恨：

> 吾安得抽魚腸，斷若人之舌而碎其首！（八十回眉批）

> 僥西門慶之幸而得竊太師之勢，轉欲倚太師之勢而壓西門慶，小心腸盡如此！（八十一回眉批）

> 為利不多，圖奉承有限，何苦定要攛奪春鴻去？此不失其小人之為小人也。（八

十七回眉批）

5.趨炎附勢

《金瓶梅》描述世人建立在財勢之上的人際關係，尤以「得勢疊肩來，失勢掉臂去」
（第一回）最能說明古今所同然的炎涼惡態，而「趨炎附勢」正是此中現象之一，評點者
對此有一定的理解和同情：

> 當勢利時一種親愛情景，亦易動人，故舉世慕勢利。（五十五回眉批）

> 數語糧豔，幾垂天下之涎。以灌夫之意氣而猶以丞相過竇嬰為榮，免此見，則士
> 之怪人薰灼者有幾，何況伯爵？（六十五回眉批）

節操之士尚且欽慕富貴，何況是市井小人應伯爵？西門慶尚與蔡狀元談及翟管家時「彼
此以稱雲峰為榮」（三十六回眉批），勢利所及，就連翟雲峰家送來的馬，也能令西門慶
「說得口角津津榮幸」（三十八回眉批），一頭尋常的鮮豬，只因出自宋大巡，便「視為上
品異味」（五十二回眉批），難怪評點者要感嘆究竟是人情之常，抑是勢利惡風了，當然，
最需批判的其實是人情的冷暖：

> 月娘前何倨而後恭？人情乎？勢利乎？君子乎？小人乎？思之可笑。（八十九回眉批）

> 月娘口角津津，只以誤遇為幸，認親為榮，與簪為厚，全不以賣為愧，亦大可笑。
> （九十回眉批）

> 昔逐出門惟恐不去，今聞其來，便疑為不可望之事，世情冷暖先月娘起，他尚何
> 尤。（九十五回眉批）

吳月娘的行為，其實是那個社會的人之常情，人情皆欽慕富貴、有地位的人，輕視、怠
慢低賤的人，人情的冷暖意謂人與人之間的情義全隨權勢的有無而消長，得勢富貴則人
人趨奉；一旦失勢，一切都變得冷酷無情[64]。評點者批判的除了虛偽的人情，恐怕還有
吳月娘的不良示範作用。

6.寡廉鮮恥

有德、有地位之人尚且趨附勢利，下層的女子、小人為了追逐利益而喪失人格者就
更多了。例如應伯爵的阿諛奉承，幾到了無所不至、自輕自賤的地步，但評點者並未強
烈譴責此種行為，反而有「涉世不得不然之情」（七十二回眉批）的理解，畢竟應伯爵還

64　張國風，《金瓶梅所描繪的世俗人間》，頁33。

不是最無恥的，他多少還有一點自尊心，雖然窮，生活狼狽，但不像韓道國那樣把妻子獻給西門慶，討得些小便宜[65]。至於那些圍繞在西門慶身邊曲意奉承的女性們，就更令人同情了，她們之所以屈身忍辱，殆不為恥，或因為生存所迫，或為了固寵，總是身不由己，評點者對此沒有太多責備，反而十分諒解：

> 冀且有嚐之者，況溺乎？吾以此為金蓮解嘲，可乎？（七十二回眉批）

> 合著寵利，丈夫吮癰舐痔者多矣，況婦人女子乎！大廷廣眾中寡廉喪恥者多矣，況閨闥房幃乎！莫訝，莫笑。（七十五回眉批）

女性卑屈自身的原因非盡得已，故往往替她們「解嘲」，辯說連讀書知禮、國家柱石的士大夫都無恥至極，又何必苛責小女子？尚流露出一定的同情。但對韓道國縱婦賣淫，不以為恥，則出之以嘲諷、挖苦，似褒實貶：

> 老婆偷人，難得道國亦不氣苦，予嘗謂好色甚于好財，觀此則好財又甚于好色矣。（三十八回眉批）

> 道國十分大雅，此著似乎不必。（六十一回眉批）

> 下此一語，別不說出緣故，兩下心照，道國固是解人。（六十一回眉批）

(四)對女性的同情與哀惋

　　崇禎本評點者基於倫理關懷，發為世道人心之針砭，同時又不為道德束縛，對於人物的悲劇命運有深刻的理解與同情，書中寫了眾多主要人物的悲歡離合、痛苦與死亡，尤以女性的處境最為難堪可憐，笑笑生：「為人莫作婦人身，百年苦樂由他人」（十二回）、「世間好物不堅牢，彩雲易散琉璃碎」（二十六回）、「堪悼金蓮誠可憐」（一百回），可見一斑，評點者於此心有戚戚，因而能拋棄因果報應的思考模式、三從四德的道德教條，以極大的同情，觀照女性的處境與命運，可說最富同情與悲憫的倫理關懷。

　　評點者對女性悲劇命運的理解，大抵由個人自身性格與所處環境著眼，認為潘金蓮、李瓶兒一強一弱，前者生性多疑、專一聽籬察壁、爭強好妒，後者寬容忍讓、性格溫柔，仁慈醇厚，性格完全不同，所遭受的痛苦卻都與性格有關。評點者批道：

> 偏來聽，偏聽見說她，多心人常受此氣。（二十三回眉批）

65　霍現俊，《金瓶梅新解》，頁147。

若無心竟走何妨，一有心便告難如此，可見身世之難皆心所造。（五十一回眉批）

瓶兒性實愚不能辨，非能辨而有不辨之妙。所以往往受金蓮之累也。（五十一回眉批）

瓶兒受累處，只是一味要做好人。所謂不怒人必自忍也。（六十二回眉批）

只因潘金蓮有著比別人旺盛的心思、欲望（有心、多心），使得她隨時注意周圍人的一舉一動，結果卻總是打聽到別人對自己難堪的批駁（二十三回）；她的心思隨時注意西門慶的一舉一動，並隨之而起舞，終至招來別人的非議（五十一回），評點者覺察到過度的心識活動是潘金蓮氣惱的來源，因此他欣賞孟玉樓無爭無黨、自然隨份的行事風格：「沒心人多少快活」（十一回夾批）。而李瓶兒之死固然是有愧於花子虛的結果[66]，但也是他性格的必然悲劇，因為性格醇厚、老實的李瓶兒，不像潑悍的潘金蓮採取發洩報復的途徑，而是採取退避性的反應，壓抑自己的情感和欲望，造成內心的鬱悶和痛苦；對潘金蓮的中傷，始終採取息事寧人的忍讓態度，長期將痛苦咽在肚裡、敢怒不敢言，終於使她帶著心理的重負死去[67]，可以說，評點者是深入人物的性格、心理去了解女性的悲劇根源。

再者，女性悲劇與其社會處境習習相關，一夫多妻制度下，妻妾情感欲求長期不能滿足，多人分割西門慶情感領域的結果，勢必引起爭風吃醋、怨聲載道，難免有人被置於冷落的境地，評點者觀察到嫉妒的不只是潘金蓮一個，例如吳月娘就不滿西門慶那樣悲痛李瓶兒的死去，評點者：「不平則鳴，月娘且然，何況金蓮？」（六十二回眉批）而看似最坦然面對此一命運的孟玉樓，其實也是「所處似高而其心實非坦然」（九十一回眉批）。即使擅寵一時的李瓶兒，在面臨生死之際，也明白此一客觀情勢下，西門慶的愛並非恆久專一，評點者：

西門慶捨此則彼，微瓶兒則金蓮寵極矣。瓶兒蓋心知之而心傷之。往潘六兒那邊去一語，固瓶兒不忍聞不欲聞者。宜乎瓶兒之不起也。（六十一回眉批）

評點者由此處境掌握李瓶兒獲沈痾不起之由，未將矛頭指向潘金蓮的攻擊、中傷。蓋潘金蓮同是此一制度下的犧牲品，所遭痛苦甚至較李瓶兒尤烈，因為李瓶兒溫柔有財有貌、又生了兒子，西門慶雖有「捨此則彼」的時候，終其一生的寵愛都勝過潘金蓮，反之潘金蓮一生都為怙寵而爭，評點者同情的是正常夫妻對情感的渴望：

66　評點者認為李瓶兒「無非無儀」卻罹天折，與她對花子虛的負罪感有關，參看第 62 回眉批。
67　魏崇新，〈金瓶梅藝術簡論〉，《徐州師範學院學報》（1989 年第 1 期），頁 3。

語雖酸甚，臉雖皮甚，情自可憐。（三十八回眉批）

人只知隔越相思之苦，孰知眼前相思之苦，人只知野合相思之苦，孰知閨閫夫妻相思之苦尤甚。可勝嘆息。（三十八回眉批）

潘金蓮的苦情當然是一夫多妻制所造成，一方面又有隨著固寵而來的屈辱，她必須答應西門慶剪髮的要求（十二回）、接受性的懲罰（六十一回），評點者惋惜道：

焚琴煮鶴且不可，況剪美人之髮乎！剪而相贈猶不可，況因氣相逼乎，為之痛惜！（十二回眉批）

金蓮明知其從六兒個中來，不得不哑；西門慶亦知金蓮知其從六兒個中來，而使之不敢不哑。十分妙用，金蓮入其範圍矣。（六十一回眉批）

評點者痛惜的是女性在夫權的威赫下，不得不然的處境，潘金蓮為了分得一夕之愛，必須把身上搽的白光膩滑，評點者批道：「婦人邀寵亦不易」（二十九回夾批），就連討取些微物質利益，也得透過性的交易，評點者：「以金蓮之取索一物，但乘歡樂之際開口，可悲可嘆！」（七十四回眉批）最可悲的是孫雪娥者，過著有名無實的夫妻生活，西門慶難得進他房裡，卻只是「教他打腿捏身上，捏了半夜」，遑論魚水之歡，評點者：「苦惱如雪娥者不得歡娛而反勞碌」（七十八回眉批），流露一定的同情。不單是情感分配的不均，在子嗣為重的社會環境下，潘金蓮的失寵自不在話下，故其種種行為悖謬：嫉妒、摳如意兒之腹、把攔漢子都變得可以理解，這也是為什麼評點者要惋惜「金蓮小不忍則亂大謀」（七十三回眉批），當潘金蓮與陳敬濟偷出私孩子，又歎惋：「世上偏有此顛倒事，真是造化弄人」（八十五回眉批）的緣故，當評點者設身處地理解人物自身的性格與命運時，就會多一點寬容，少些許苛責，代之以同情與悲憫觀照人物的命運。

死亡誠然是最大的不幸，然最令人感到不忍的莫過於「不應得之不幸」[68]，如李瓶兒在眾人口中是個「好性兒，有仁義的姐姐」，深得大家的喜愛，最後卻受盡折磨而死，較西門慶、龐春梅、陳敬濟諸人為慘，評點者充滿不忍與憐惜：

明知為子虛之報，而猶憐惜，不忍讀。甚矣，情色之奪理也。（六十回眉批）

語語恐其過情，又心心慮其不及情，臨危人一段身死無主，不敢以凤昔自信心肠，真足使人痛哭。（六十二回眉批）

68　亞里斯多德：「哀憐起於不應得之不幸」，姚一葦譯註，《詩學箋註》第13章，頁108。

> **語語是托孤囑遺，卻又語語是貪生戀世，酸酸楚楚，不忍多讀。**（六十二回眉批）

評點者在此不再以果報的懲罰來審視死亡，而是哀憐著李瓶兒為孽報所苦、嗚嗚咽咽哭到天明的悲涼心境，以及人在臨死前的恐懼與不安、對生命的無限依戀。至於潘金蓮之死，評點者以一貫同情的立場，嘆道：「比馬嵬更慘」（八十七回夾批），甚至陷入了矛盾的心理：

> **讀至此，不敢生悲，不忍稱快，然而心實惻惻難言哉。**（八十七回眉批）

至此評點者已沒有拍手稱快的道德快感，亦無從悲傷，在作者看來，潘金蓮的結局是她罪惡一生的報償，所謂「世間一命還一命，報應分明在眼前」（八十七回），然而評點者展示的卻是全然不同的觀照，潘金蓮之死引發的是惻怛不忍之情，而吳月娘的結局亦未能使人感到慶幸，評點者批道：

> **讀至此，使人哭不得笑不得，吾為月娘孤苦伶仃，肝腸數斷，為西門慶度脫苦海，則眉眼欲舒，看者著眼。**（一百回眉批）

死亡誠然是最大的不幸，可守寡的淒涼又情何以堪？反不如西門慶有個美好的來世。評點者關於人物命運的思考，至此已超越因果報應的天理，亦足證果報無法解釋所有人物的命運[69]，唯有以更大的同情與悲憫，才能觀照生命的悲苦。

二、人物審美論

　　崇禎本評點者的審美目光集中在人物形象所傳達出的妙趣與風流韻致，尤其是個性化的人物形象上，如潘金蓮、李瓶兒、龐春梅、應伯爵、西門慶、吳月娘等人，評點者以極濃厚的興趣對這些藝術形象進行了較為全面的分析[70]。評點者捨棄了嚴格的倫理道德規範，以「情」的角度重新觀照人物的情感、欲望，推崇風流而有情的形象，以「至情」、「深情」、「痴情」、「情種」、「情婦人」稱許他們；捨棄了「萬惡淫為首」、「女人是禍水」的倫理偏見，對書中的女子與小人，採取欣賞與讚嘆的態度，欣賞著女性的魅力、聰明靈巧的心思、嫵媚動人的情態，呼之為「美人」、「可人」；對人格卑下、可鄙可恨的勢利小人，如幫閑、媒婆等人物也能從審美的角度，欣賞其特殊才能，或譽

---

[69] 評點者曾多次對因果報應「天理」之有無表示質疑，如 99 回評陳敬濟之死：「敬濟生平狂悖薄劣，死未罄辜，而有愛姐、翠屏為之誓死靡他。涼德受美報，天下事儘多不可解者如此。」100 回評春梅：「以統制之忠赤而受春梅淫穢之毒，謂有天理歟？然而此等事世間正少？」

[70] 同註 23 引文，頁 99。

為「女隋何」、「清客之祖」，或譬為「曼倩一流人物」，展現人物審美的多元化。

(一)情的品鑒

情是晚明文學思潮的核心議題，各對謳歌至情、深情、真情的文學作品蔚為潮流，著名的如馮夢龍編選以男女私情為主的民歌集《掛枝兒》、《山歌》、具有典範意義的《情史》；湯顯祖在《牡丹亭》中標舉杜麗娘為有情人的典型，有云：「情不知何所起，一往而深，生者可以死，死可以生」，對情給予了最高的禮讚。當時以情為品鑒的專書也多，「情痴」、「情種」、「有情人」成為最時髦的詞語[71]。評點者身處在晚明尊情思潮，從禮法的束縛中解放出來，以「情」觀照芸芸眾生，品賞著人們情性的多元表現：

1.無情、不及情

在《金瓶梅》的情感世界中，金錢、權勢、利益決定著人與人之間的關係，不單朋友、夫婦、男女之間亦充斥著假情假義、虛偽與冷酷，在禮法、利害關係的考量下，已無「情義」可言，評點者批判了無情的世態：

> 瓶兒何等待老馮，老馮別有頭路，則一味虛混，此輩之無情不足取如此。（三十七回眉批）

> 老馮只講自家心事，所謂下愚不及情。（六十二回眉批）

> 席終賓主不交一言，寫出勢分所臨，元無情義，徒以套禮尊拱而已。（六十五回眉批）

> 玉樓、金蓮素稱莫逆，一到此際，含酸帶刺有無限低徊。可見利害一切于已，交情知愛又落第二義矣。（七十五回眉批）

老馮只以利益為考量，全不顧主子的恩情（三十七回），即使在主子病危時，亦不露一點悲傷之情，反而忙著撒謊掩飾自己，所謂「不及情」，指的是那種對情感世界中的喜怒哀樂，表現得很遲鈍、死板、麻木，雖然面臨外在的刺激卻沒有什麼特別的情緒反應的人[72]，老馮正是此一類型的人。西門慶宴請黃太尉，徒具形式，不見交情（六十五回）；孟玉樓和金蓮素稱莫逆，一旦涉及寵利，友誼便失去了純度（七十五），都說了「情」的虛而不實，即使像常時節這樣的柴米夫妻，亦是「轉念方想到情義」（五十五回眉批），談不上有恩愛的情感，真實的夫妻尚且如此，那些建立在利益、肉體關係上男男女女，其間的「情感」就更令人懷疑了，評點者於此別有會心：

71　陳萬益，〈馮夢龍情教說試論〉，《晚明小品與明季文人生活》，頁 165-183

72　林麗真，〈魏晉人論情的幾種面向〉，《語文、情性、義理——中國文學的多層面探討國際學術會議論文集》，頁 639。

深情人必冷，瓶兒太濃太熱，豈深於情者哉？故一疏即歇，作者之意微矣。（十七回眉批）

詞愈親，則情愈疏，人多不悟。（二十六回眉批）

在看似親密的言語行為中，卻是情感的不真摯。評點者指出，不管是真夫妻或假夫妻，西門慶與眾多女性都只有淫欲而無情，西門慶貪戀桂姐姿色，約半月不曾來家，是「元不及情」（十六回眉批）；西門慶對宋蕙蓮的感情是「純以利動之」（二十二回眉批），宋蕙蓮的死只換來「恁箇拙婦，原來沒福」一句話，顯見「無情以繫心」（二十六回眉批）。即使是最鍾愛的李瓶兒，也隨時有「交情掃地」（十六回眉批）的可能。同時，西門慶的妻妾或姣婦也是無情於西門慶，而瓶兒思念西門慶致病，「一醫便好，情淺可知」（十七回眉批）。潘金蓮為了西門慶偷情的醋話被評為「為淫也，非為情也」（二十二回眉批）；孟玉樓從西門家改嫁時，到西門慶靈前拜辭，一點眼淚也沒有，評點者：「玉樓辭靈不哭，情盡矣」（九十一回眉批）。評點者在此揭示的是兩性間情感的無情與冷漠，儘管有真假夫妻之別，其無真情則一也。

2.至情、痴情、情種

有論者以為西門慶這種把女性當作玩物，以玩弄的、淫虐的心理追逐女色，沒有任何平等互愛、真實專注的感情，只能是個淫棍，絕不是什麼情種[73]，崇禎本的評點者卻認為，西門慶與眾多女性固然是只有淫欲而無真情，可也在某些時刻表現了難能可貴的真情、至情，特別是他對李瓶兒生死不渝的情感，評點者始終以「情」理解之：

臨死生禍福之際，情生情減，初意轉念，脈脈可思，思之欲哭。（六十二回眉批）

李瓶兒的死讓西門慶產生了悲痛的感情，悲哀萬分，抓著死人的臉那等哭叫：「寧可教我西門慶死了罷。我也不久活於世了，平白活著做甚麼？」後來又不時地睹物思人，感傷哀嘆，表現的是真誠的傷痛、思念和不捨，是不尋常的際遇中迸發出來的「至情」。評點者：「情從何生，一往而深。」（七十二回眉批）此語是是對「至情」的肯定，雖然西門慶不久就「愛烏及屋」，又刮刺上如意兒：「你到好白淨皮肉兒，與你娘一般樣兒。我摟你就如同摟著他一般。」評點者：

提起瓶兒，愛中著想，熱處餘情，當亦情種。（七十五回眉批）

在此評點者並沒有因為西門慶的淫縱生活而有所否定，他把西門慶看做是一個知冷知

73　石鐘揚，《性格的命運——中國古典小說審美論》，頁119。

熱，有情有義的男子漢。同樣的，婚後的展現了溫柔的真情，病亡之後，她的鬼魂來到夢中和西門慶幽歡，深情綿延至死後，評點者指出「瓶兒之情，死後方深」（六十七回眉批），並且是不顧一切、負罪的痴情：

> 以瓶兒之事，死見子虛于地下，方且慚愧謝罪，改過不遑，乃猶眷眷西門慶，與子虛為仇如此，可見淫婦人一種痴情，雖鬼神亦無如之何矣。（六十二回眉批）

尤其兩人在生死之際的對話，更令人感到眷戀不已之深情，評點者：

> 生者方痛死者不已，而死者殷殷以生者為念，一段彌留眷戀情態，摹寫殆盡。（六十二回眉批）

這種一往一復的用情，是臨危中剝落了利害，出於內心的情感，接近現代意義的愛情，因此評點者以「情痴」、「情種」推許之。西門慶的真情還表現在聽見李瓶兒生下孩子之時，「慌忙洗手，天地祖先位下滿爐降香，告許一百二十分清醮，要祈子母平安，臨盆有慶，坐草無虞。」評點者讚道：

> 似一毫無味，卻是至情，何物文人刻劃至此。（三十回眉批）

西門慶本人並無虔誠宗教信仰，甚至說過褻瀆佛祖的話[74]，但此刻的許願焚香拜斗，展現的是市井小民喜獲麟兒的真誠。此外，情不限於兩性之間，兄弟、朋友間有時亦展現了高貴的至情，如武松，侯林兒等人：

> 只到此時方大哭，寫出豪傑堅忍真至性情，與兒女子不同。（第九回眉批）

> 不意此等形象卻風流有情，觀人難哉！（九十六回眉批）

評點者曾給武松「鹵莽」、「道學」之譏評，卻不妨礙其有「真至性情」之流露，此種至情表現在武松祭弔其兄慘死的放聲大哭中，而非殺嫂祭兄的報仇行動中，足見評點者推崇的是充滿真情的英雄，體現了晚明文人以有情審視英雄的審美趣味[75]。侯林兒乃陳敬濟昔日冷鋪中的友伴，生的「阿兜眼，掃帚眉，料綽口，三鬚鬍子，面上紫肉橫生」，

---

74 第57回，西門慶：「咱聞那佛祖西天，也止不過要黃金鋪地，陰司十殿，也止不過要些楮鏹營求。咱只消儘這家私廣為善事，就使強姦了妲娥，和姦了織女，拐了許飛瓊，盜了西王母的女兒，也不減我潑天富貴。」

75 晚明文人如陳繼儒、鍾惺等人對英雄的評論都注重有情、真情的一面，參看郭英德，《痴情與幻夢》，頁87。

一副凶神惡煞的樣子，評點者認為他路見不平，拔刀相助，展現了友情的極致，亦給予「風流有情」之稱美。

3.淫婦人、情婦人

潘金蓮是三大淫婦之一，評點者卻以「淫婦人、情婦人」（七十三回眉批）評價之，對她和陳敬濟的私情充滿了同情，肯定其間有溫柔相許的真情：

> 金蓮從未受此軟款溫存，敬濟似為西門慶補遺。（八十六回眉批）

作者將兩人的花園幽會描寫得放蕩而熱烈、粗鄙而大膽，充滿民間文學之趣味。評點者對其敢愛敢罵的舉止、情緒，給予「情真意切」的讚美：

> 罵得狠甚，卻又情真。（十九回眉批）

> 調處亦是當情。只一桃花圈，出自金蓮手便饒風韻！（四十八回眉批）

> 柔情一牽，便不約而至。（五十二回眉批）

> 真情露矣。（五十三回夾批）

即便是在兩人性挑逗的場合中，評點者亦未從社會道德的立場譴責其淫穢，而是肯定其情感的自然真摯。八十二回作者寫陳敬濟打窗眼將那話舒過來，潘金蓮為了掩人耳目，向腰裡摸出一面青銅小鏡兒，放在窗櫺上假裝勻臉，一面用朱唇吮咂那話。評點者批道：

> 此想更奇，情真意切，便有許多急智。（八十二回眉批）

令人費解的是，評點者既以潘金蓮種種亂倫悖亂的行為給予「淫」、「淫婦人」之批判，又何來「真情」可言，甚至稱潘金蓮為「情婦人」、「淫婦人」？可見評點者認為潘金蓮不只是淫婦，也是個多情人，「淫」與「情」並不是對立不相容的，這可從評點者對潘金蓮「品簫」的評語得證：

> 他人只蠢蠢然知快活而已，到金蓮便有許多鑑賞評品。妙人！妙人！（五十一回眉批）

可見「淫婦人」並非僅是道德形象之意義，在評點者的系統裡，早已躍升為一具美學意義之形象，代表著評點者對「好風月」女性的欣賞[76]，是與「真情」並行不悖的。這也

---

[76] 西門慶物色女性的標準之一就是「好風月」，依康正果的解釋，女人在床上逢迎男人的情趣感叫「枕上好風月」，《重審風月鑑——性與中國古典文學》，頁12。

正是為什麼評點者既責之以「淫」，又以「真情」角度肯定的緣故。男女私情固然有違道德原則，就「情」的角度來觀照，都是「奇緣」（第二回夾批）、「天緣」（四十八回眉批），任何打情罵俏、勾挑的行為，都是真情流露。無論調情的對象是武松、陳敬濟，評點者都是以所謂「人情」來體驗這些描寫的，因此對於武松不為潘金蓮勾挑所動，評點者斥之為：「真正道學」、「此人意致太冷」、「忒魯莽」、「粗極」、「殺風景」（第二回夾批）、「如此人世上卻無。吾正怪其不近人情」（第二回眉批），顯然對武松的「正人君子」作風報以冷嘲熱，可見其對「假道學」的厭惡。

由此可見，評點者顯然擺脫了僅僅把人看作道德的人（貞婦、奸夫淫婦）之單一思維，更把人看作有血有肉活生生的有情人[77]，所以潘金蓮既是「淫婦人」更是「情婦人」，李瓶兒負罪的愛是「痴情」，西門慶對妻妾們有「不及情」的一面，也有深情不已足為「情種」的時候，都因其表現了情的極致而受到評點者的推許，此種揄揚「至情」、「深情」、「痴情」，以「真心」、「真情」取代「假道學」，正是晚明尊情思潮的具體表現。

(一)女性美的鑑賞

晚明文人「美色當愛」、「好色不一定敗德」、「美人非禍水」的論調，影響了評點者閱讀女性美的角度[78]。無論是天花藏主人的「美色當愛也，美色而不愛，非人情也」[79]，或是張潮的「美人遇美人，必無惜美之意。我願來世托生為絕代佳人，一反其局而後快」[80]，都說明了晚明文人愛惜「美色」、「美人」成癖成痴的態度。此種以審美眼光觀照女性美的態度，也反映在評點者的字裡行間。評點者不僅處處流露讚賞之情，呈現某種程度的沈浸與耽溺，更有意強調女性之間未必總是爭風吃醋，亦有相互憐惜、愛賞的時候。例如李瓶兒向西門慶稱潘金蓮和玉樓「兩個天生的打扮，也不相兩個姊妹，只相一個娘兒生的一般」。評點者云：「有我見猶憐之意」（十六回眉批）。吳月娘責備潘金蓮諸般都好，就是有些孩子氣，評點者的詮釋是：「妒之若怪，愛之最嫣」（十四回眉批）。凡此種種都是評點者對女性美的一種認同、愛賞，希望不分性別，都能愛之護之賞之悅之，成全「美色當愛」的人情理想。究竟女性美包含那些內容呢？在傳統父系文化社會中，女性美取決於博得男性審美愉悅的程度，它意味著一種帶有性誘惑、令人銷魂的美[81]，面對誘人的美色，評點者流露出某種程度的沈浸：

77　陳伯海，《近四百年中國文學思潮史》，頁 87。

78　同註 77 引書，頁 76。

79　同註 78。

80　語見張潮，《幽夢影》，頁 71。

81　傅正明，〈波蘭的薩福——辛波絲卡的愛之詩琴〉，《當代》第 129 期，頁 94。

描出動人處，令人魂消。（第二回夾批）

又是一種銷魂。（二十七回夾批）

寫得花光鬢影，蕩人心魄。（二十八回眉批）

那得不愛？（五十二回夾批）

讀者心癢，況當局歟？（九十八回眉批）

然而「美色」畢竟只是《金瓶梅》女性的一隅，評點者顯然不限於「美色」的耽溺，而往往能撥開愛慾的迷霧，注意到女性細膩的內心世界、獨特的才情與智慧、迷人的情態、青春的活力，這也正是女性一己生命、個性表露之所在，畢竟《金瓶梅》的女性除了本能的美色之外，更是一群有著自己心思、意志、充滿生命力的女人，談女性美的鑑賞，自然包含女性的心靈才智、情態之美，茲分述如下：

1.心靈才智

《金瓶梅》的女性，說穿了不過是一群整天把心思花在爭風吃醋、聽籬察壁瑣事之上的世俗女性，若說有什麼才情智慧，亦不過是小巧的狡黠、敏銳的感覺、細微的心思，再加上一張鋒利的快嘴，何以評點者動輒以「美人俏心」、「美人心性」嘖嘖稱美？殊不知正是這些心靈才智才使她們成為一己獨特的存在，展現了與眾不同的個性之美。評點者一再讚美她們的靈心巧舌，「慧心所照，如見肺肝」（六十一回眉批）、「慧心處可愛」（七十三回夾批）。例如第二十七回寫潘金蓮躡足潛聽幽歡之事，在評點者看來是「寫出美人俏心」（二十七回眉批），而潘金蓮答應替西門慶遮掩奸情，與之約法三章，卻盡是些雞零狗碎之事，評點者：「三件事俱帶孩子氣，妙不失美人心性」（十三回眉批）；而孟玉樓擅於揣測別人曖昧私事的「私心微眼」，則被推許為聰慧、穎悟：

揣度處如見肺肝，玉樓亦有此私心微眼。可見美人未有不聰慧者也。（二十一回眉批）

玉樓因針線之細而想及道士有老婆，金蓮又因老婆一語想及尼姑有漢子。一層深一層，二美人何等穎悟。（三十九回眉批）

李嬌兒老滯貨，玉樓便心眼不同。（七十三回眉批）

潘金蓮、孟玉樓都是聰明的女人，往往一眼就能看穿別人的心思，只不過孟玉樓較為深沈謹慎，不肯輕易說出來，潘金蓮則心直口快，將她的「慧心」、「俏心」全用來注視西門慶和其他女性的關係，甚而發為諷笑、毒罵，評點者云：

一味嘴不饒人，使人愛，使人憎。（二十回眉批）

字字道破，不管李瓶兒羞死，俏心毒口，可愛可畏。（二十七回眉批）

自家心事只信口說出，慧甚，巧甚。（四十回眉批）

金蓮心眼俱慧，開口便著人痛癢。無論諷笑，雖毒罵亦勝于不痛不癢而一味奉承也。（六十七回眉批）

西門慶的一舉一動、心思都在她的掌握之中，看見西門慶笑著往外走就知他和李瓶兒前嫌盡釋；聽西門慶點唱「憶吹簫，玉人何處也」、眼睛泛紅歪在床上，就知他思念李瓶兒。她也會藉著「佳期重會」譏諷吳月娘不是正經相會，或是藉巧言妙語傳達自己的心聲、一語道破別人的心事，雖然心直口快，難免傷人，令人又愛又恨，但往往是那張鋒利的快嘴說出了事實的真相，說出了別人心裡想著卻不肯說出來的話，在某種情況下就是真心話，自然勝於奉承之流[82]。何況，潘金蓮的利嘴在無利害的場合中幽默風趣，變成「妙語」、「妙舌」，常能給嚴肅的家庭氣氛帶來生命力、化解僵局，使紛爭結束於歡笑中，甚至在觸怒西門慶時，也能憑一番妙舌，使西門慶「呵呵笑了」，評點者獨推潘金蓮為第一可人：

是戲語卻是本題，非金蓮不敢說，亦說不出，妙舌可想。（二十一回眉批）

金蓮頗有膽氣。（二十六回夾批）

非金蓮即無解釋。（七十四回夾批）

數語崛強中實含軟媚，認真處微帶戲謔，非有二十分奇妒，二十分呆膽，二十分伶心利口，不能當機圓活如此。金蓮真可人也。（四十三回眉批）

提出月娘做主，不獨題目正大，得樹敵之意，自使西門慶惱不得。（七十三回眉批）

畢竟女性長期禁閉在無聊空虛的生活中，婚姻束縛了女子的行動，使之動輒得咎，阻礙她與社會的接觸，唯一反抗的形式便是語言，口舌是女性唯一能做的向自我處境、生命的抗議的形式[83]，潘金蓮靠的不只是妙舌，更是機鋒圓利、「假作喬哭」，方能化解西

---

[82] 同註57引書，頁60。

[83] 西蒙波娃：「女性行為，在許多方面，都是抗議的形式。」「當眼淚不足以表示反抗時，她便採取無理取鬧，……女人像個小孩，任性作象徵性的胡鬧」，《第二性》（第二卷：處境），頁238-240。

門慶的怒氣、乃至隨著惹惱西門慶而來的一頓打罵。由此可知，評點者所激賞的女性，並不只是待具「美色」而已，小巧慧黠、當機圓活、妙舌利口、再帶些孩子氣才是評點者真正欣賞的「女性美」。因為潘金蓮、孟玉樓其實都不是最美的，藍氏和林太太都比他們美，作者有意把女性塑造成德行上不完美，但卻聰明伶俐、機智圓活、具備靈心巧舌的「美人」，比起吳月娘、李瓶兒，評點者卻不欣賞她們的心靈表現，吳月娘是「老實」的正經人，李瓶兒是「迂而可笑」、「始終無一巧言」的「愚」「淺」之人[84]，論美感的欣賞是遠不及孟玉樓、潘金蓮伶俐形象所能召喚的審美效果。

2.情態之美

除了心靈才智的慧巧之外，這群生命力（心思、意志）旺盛的女性，也展現了種種風流的姿態於閒適的生活中。評點者每能於舉手投足、言談笑語、行走起坐、待人接物中欣賞女性的情態、丰姿。潘金蓮一出場作者透過吳月娘之眼寫道：「水晶盤內走明珠，紅杏枝頭籠曉日」，評點者評為「圓活豔麗」（第九回眉批），又說她：「嬌態可人」（十九回夾批）、「開口便嬌」（二十七回夾批）、「媚甚，嬌甚」（二十九回夾批）；李瓶兒立在穿廊下是「悄悄冥冥」（十三回夾批），孟玉樓是「舉止俏甚」（第七回夾批）、「寫心事帶出媚態」（三十回夾批），妓女鄭愛月兒也有「媚極」（五十八回眉批）的一面。最不具女性魅力的大概是吳月娘，二十一回的一首詩描述吳月娘道：「粉妝玉琢銀盆臉」，評點者給予「不韻」的評語。大概正妻都是最沒有女人味的[85]，所以談到女性情態的欣賞沒有吳月娘的份。最具代表性的是潘金蓮，每當她一出場，或是滿頭戴滿鮮花（十八回、十九回）；或是手拈桃花兒（四十八回）；或是伸手摘花兒（二十七、五十一、五十二回）；或是輕移蓮步，悄悄走來窗下覷聽（二十七回），總與其他妻妾不同。下棋輸了，將棋子撲了一地，向西門慶撒嬌弄痴（十一回）；西門慶請她送花去給孟玉樓，她去處也要掐個尖兒，絲毫不肯讓步（二十七回）；吳神仙相命時，她笑嘻嘻不肯過來。（二十九回）評點者讚美道：

金蓮撒嬌弄痴，事事俱堪入畫，每閱一過，輒令人魂銷半晌。（十一回眉批）

金蓮往往以媚勝。（十九回夾批）

悄悄冥冥，寫出美人行徑，自與蕙蓮之兩三步一溜天壤矣。（二十三回眉批）

84　評李瓶兒的老實、愚、淺之語見第 16、17、19、51 回夾批、眉批；評月娘「老實」之語見第 39、89 回夾批。

85　鄭明娳，〈古典小說中的婦女群像〉，收入《貪嗔痴愛——從古典小說看中國女性》，頁 3。

> 金蓮之麗情嬌致，愈出愈奇，真可謂一種風流千種態，使人玩之不能釋手，掩卷不能去心。（二十七回眉批）

> 到她便有許多韻致，自令人改觀。（二十九回眉批）

> 意致便別。韻甚，媚甚。（四十八回眉批）

由此可見評點者對女性情態、風韻的嘖嘖稱賞，不因她們曾有悖倫亂禮的行為而使之喪失觀照審美的資格，而其圍繞「媚」、「嫣」、「嬌」、「俏」等審美概念觀照女性美[86]，則接近李漁《閒情偶寄》的審美趣味。李漁論人體美首重「媚態」，認為女子的媚態比起恣色更能動人，有了媚態，能使「美者愈美，豔者愈豔」，徒有恣色而無媚態只是泥塑美人[87]。評點者對女性風流情態的欣賞讚歎，正表現了晚明閒賞美學的極致，即便是書中次要的女性角色，評點者也沒有忘記注意她的美麗。例如春梅，評點者憐愛其歪在西門慶腳邊睡覺的模樣：「究竟是丫頭情景，人多異之，吾且憐之。」（七十三回眉批）宋蕙蓮在評點者眼中是個「不脫小家子口氣」（二十三回夾批）、「行動是個媳婦子」（二十三回眉批），缺乏教養的家人媳婦，但整體態度也是嗟賞的。作者有意在打秋千、元宵放花炮的情節中刻劃她的美麗動人：

> 這蕙蓮手挽綵繩，身子站的直屢屢的，腳跐定下邊畫板，也不用人推送，那鞦韆飛起在半天雲裡，然後忽地飛將下來，端的卻是飛仙一般，甚可人愛。（二十五回）

評點者大概也注意到作者對女性動人體態的刻劃，發出「殊亦可人」（二十五回夾批）的讚嘆。

(三)小人物的禮贊

　　《金瓶梅》以描寫女子與小人為主，這些小人多半為依附在西門慶家的奴僕、小廝、幫閑、三姑六婆一類人物。從道德角度看，他們多半猥瑣卑俗，人格卑下，不值一提，他們唯利是圖、阿諛奉承、狠心利嘴、無所不至，但做為藝術形象卻各自有其獨特的價值，是《金瓶梅》「人像畫廊」[88]中不可或缺的角色，所謂「小人小術，何嘗無次第」（十二回眉批），評點者懷著審美的態度，將目光集中在幾個刻畫得妙趣橫生、活靈活現

86　有關潘金蓮「媚」的評語，參看第 4、14、18、27、29、48 等回的眉批。

87　李漁：「尤物足以移人。尤物維何？媚態是已……態之為物，不特能使美者愈美，豔者愈豔，且能使老者少而孃者妍，無情之事變為有情，使人暗受籠絡而不覺者。」《閒情偶寄》，頁 107。

88　王文興將《紅樓夢》歸類為「人像畫廊」（gallery of characters）：「在人像畫廊裡，事情不重要，重要的是人物」，參看康來新，《石頭渡海——紅樓夢散論》，頁 31。

的市井人物，欣賞他們幫嫖貼食、阿諛奉承的本領、見景生情的湊趣、能言善道的嘴上功夫。即以頭號幫閑應伯爵來說，他的幫閑本領十分高超，出類拔萃，謝希大、白來創都遠不及他伶俐機變。評點者鄙薄應伯爵的忘恩背義的作為，然對其插科打諢、拍馬溜鬚，善博豪門一笑的不凡才能，卻給予相當多的肯定和欣賞。「幫閑」的哲學以取樂別人為主，應伯爵天生幽默，又會說俏皮話，戲謔、湊趣的本事高人一等，總是使西門慶「笑的要不的」，身負如此才能，也算得上是市井圈子中的一位「才人」吧[89]。評點者以「古今清客之祖」、「有戰國說士之風」、「當行法家」、「老篾之尤」稱譽之，都說明了評點者對「才人」的愛賞，並非一味採取道德批判的態度。甚至肯定幫閑這類人物生存之必要，評點者在分析西門慶獨與他交厚的原因時道：

> 雖一味奉承，卻說得壯膽，且句句都打在心坎上，故西門慶獨與伯爵交厚。（十六回眉批）

> 伯爵差排揹勒處，節節多端，然正中主人之好，此其所以莫逆也。（三十五回眉批）

> 先伸情，後論理，末復以從厚一議，安頓其情，語自醒人，非溺愛伯爵而私其聽也。（三十六回眉批）

> 贊處妙在深一層，方暢其賣弄之意，富貴人家自少此輩不得。（七十三回眉批）

這說明了應伯爵的成功不是沒有原因，見多識廣，又善於辭令，總是能夠選擇最貼切的語言，說得恰到好處，既取悅了主子，又不露痕跡，因此得到了西門慶的信賴，有時還充當「諍友」解決了實際生活的苦惱，不能一概否定[90]。有時為了趨奉主子，不惜放倒自己、裝矮子、吹捧西門慶來取樂別人：「你看這小淫婦兒，原來只認的他家漢子，倒把客人不著在意裡」。「俺每是後娘養的，只認的你爹，與他磕頭，望著俺每只一拜。」應伯爵的幫閑像是在扮演一齣笑鬧劇，帶給主子們歡樂的趣味，正是清客本色：

> 一到伯爵開口，諛則似莊，謔便帶韻，應是古今清客之主。（六十八回眉批）

> 句句自道，句句譽著大老官，的是老篾之尤。（六十八回眉批）

幫閑有時看似「幫忙」，其實骨子裡是「幫己」，這類幫閑手段更能見出嘴上功夫：

89　邱勝威，《解讀金瓶梅》，頁167。
90　同註65引書，頁142。

> 先只奉承，暢其歡心，心一歡，便容易打入，絕妙騙法。（三十一回眉批）

> 見景生情，一步一步打入，頗有戰國說士之風。（七十二回眉批）

應伯爵到西門慶跟前求情時，總要先行奉承、討喜一番，或是先以別的話題試探西門慶的口氣，再婉轉地進入實質性問題，最終達到「幫己」的目的，其機變伶俐足當「戰國說士」。應伯爵的不凡之處尚不止此，在陪伴別人享樂嬉戲、消遣人生的同時，也會藉著插科打諢諷刺別人、針砭世情，使自己維持於不敗之地：

> 搶白得尖，奉承得巧，伯爵殊有竅。（五十二回眉批）

> 不獨韻趣，伯爵真能自占地位。（五十七回眉批）

試看應伯爵回答西門慶的話：「哥，你不知道，佛經上第一重的是心施，第二法施，第三才是財施。難道我從旁攛掇的，不當個心施？」（五十七回）簡直在笑鬧中把西門慶給比下去了，明明是沒錢施捨，但靠著嘴皮的吹噓美化，掩飾了自己的窮酸，維持了起碼的自尊。同樣憑一張巧嘴討生活的是媒婆一類人物，如薛嫂、王婆、文嫂等人。評點者對三姑六婆的勢利貪婪，但卻肯定她們能言善道的本事：

> 進言之巧，立說之妙，一毫不露本意，而寬為之地，是女隋何。（六十九回眉批）

> 兩下未同而言，真難啟齒，文嫂就中點撥，的的能人。（六十九回眉批）

> 薛婆數語不抹殺敬濟，又勸慰春梅，暗暗與月娘銷怨。使君言之，不過如此，安可以媒人嘴薄之。（九十七回眉批）

文嫂為了湊合西門慶與林太太，一見面並不明講來意，只是暗示一條使王三官收心的門路，才漸漸地說到西門慶（六十九回）；及至兩人見了面，又用「說人情」這一冠冕堂皇的理由化解偷情的尷尬（六十九回），可謂深諳心理戰術、機智無比；而薛嫂圓滑乖覺、調解人事的功夫亦非常人能有，評點者從美感的角度肯定了她們不凡的技藝。此外，人物言談的滑稽、措辭的美妙亦吸引了評點者的目光：

> 莫說金蓮，只王婆齒頰亦使人心醉。（第二回眉批）

> 王婆妙舌，應是曼倩一流人。（第六回眉批）

> 此等滑稽，何減曼倩，不可以其小傳忽之。（第二十三回眉批）

評點者對王婆心計之狠毒十分厭惡[91]，卻頗為欣賞她的妙舌，如王婆向西門慶自道抱腰收小、做馬泊六的本事（第二回），或是與潘姥姥母女的應答如流（第六回），都表現了她為人詼諧風趣的一面，而平安識破蕙蓮和西門慶的私情後，嘲諷戲謔的一番話就更顯滑稽之趣：「我聽見五娘教你醃螃蟹，說你會劈的好腿兒。嗔道五娘使你門道看著賣簸箕的，說你會呫得好舌頭。」平安的話語句句雙關，正是市井人物言談的特色。其他如書童，亦伶牙利齒，一句「小的不孝順娘再孝順誰？」便見「措辭之妙」（三十四回眉批）；奴僕玳安以善於察言觀色、懂得主子心理成為西門慶貼身僕役，評點者說他「善辭」（十九回）、「湊趣」（三十七回）。再看王六兒大罵劉二的話：「是那裡少死的賊殺才，無事來老娘屋裏放屁。老娘不是耐驚耐怕兒的人！」在潑婦罵街式的語言中展現了何等氣勢，評點者：「罵搗鬼的英風猶在。」足見崇禎本評點者是如何熱切地欣賞著市井人物豐富多樣的生命情態。

三、人物刻畫

　　人物刻劃又叫做「性格描寫」，乃指作家通過人物的思緒與活動，情節與對話，建立起該人物的與眾不同性格之技法[92]。人物刻劃的成功與否往往是作品藝術成就的決定關鍵，早在抄本時代，謝肇淛即高度評價了《金瓶梅》人物刻劃的肖貌傳神[93]，到了崇禎本評點，則進一步以「逼真」、「酷肖」、「寫生」、「如畫」、「如聞如睹」、「活現」、「傳神」、「入骨三分」、「鬚眉俱動」等批語，一一點明人物形象描寫成功之處，並總結人物刻劃的各種原則與技巧，引領讀者欣賞作品中「宛如聞聲見色」（九十七回眉批）的真實生動、活靈活現的人物形象。一般說來，人物形象塑造的基本方法大抵從人物外貌、語言、動作入手，茲分述如下：

(一)人物的外貌

　　人物的外貌，包括長相、衣著、妝扮等方面，往往標示著人物的身份、地位，同時也暗示了人物的品格、性情和文化修養。例如潘金蓮第一次在西門慶出場時，由吳月娘眼中所見刻劃她的相貌：「眉似初春柳葉，常含著雨恨雲愁；臉如三月桃花，每帶著風情月意。……論風流，如水晶盤內走明珠；語態度，似紅杏枝頭籠曉月。」自是暗示了

91　評點者在第五回王婆唆使潘金蓮用砒霜毒死武大時，有「老奸可剮」、「可殺」、「劊子手無此毒腸，老奸百剮不足贖」之憤恨，一百回普靜師薦拔群冤時，獨未提及王婆投胎之處，評點者批道：「諸鬼俱來，而王婆老狗不至，想墮阿鼻地獄矣」。可見其對王婆之深惡痛絕。

92　趙滋蕃，《文學原理》，頁 243。

93　謝肇淛〈金瓶梅・跋〉：「妍媸老少，人鬼萬殊，不徒肖其貌，且並其神傳之。」同註 49 引書，頁 3。

潘金蓮饒具風月的性情以及「圓活豔麗」（第九回夾批）的體態。像這類外貌描寫多半出現在主要人物出場時，以期給讀者一初步印象，若要深刻描繪人物性格，則必須結合語言動作的表現，評點者在論及人物外貌時並未刻意劃分外貌、動作，往往是就人物整個的外現姿態立論，例又如玉簪兒是李衙內房中丫頭，作者描寫她的成精作怪，先是寫她「頭上打著盤頭揸髻，用手帕苫蓋，周圍勒銷金箍兒，假充作鬏髻，身上穿一件怪綠喬紅裙襖，腳上穿著雙撥船樣四個眼的剪絨鞋」，被李衙內呵斥一頓後，「趕著玉樓也不叫娘，只你也我也，無人處，一屁股就在玉樓床上坐下。……」評點者分析了玉簪兒成怪的諸方面：

> 寫怪奴怪態，不獨言語怪，衣裳怪，形貌舉止怪，並聲影、氣味、心思、胎骨之怪，俱為摹出，真爐錘造物之手。（九十一回眉批）

在這裡作者並未詳細描繪玉簪兒的眉眼、身材，臉蛋等外部特徵，只以外貌的妝扮、衣著，便將玉簪兒古怪可笑的行徑揭示無遺，可見成功的外貌描寫對人物肖貌傳神所起的作用。

(二)人物的動作

古典小說歷來重視人物動作的描繪，一個細微的動作，往往是表現人物個性的神來之筆。小說第八回寫潘金蓮送給西門慶一隻並頭蓮瓣簪兒，西門慶一見滿心歡喜，「把婦人一手摟過，親了箇嘴」，說道：「怎知你有如此聰慧。」評點者批道：

> 寫喜有態，此時若說謝你等語，便淡而無味。（第八回眉批）

此時平淡的言語已不足表達西門慶的喜悅之情，不若一摟、一親嘴來得貼切。有時光憑一個動作不能描繪人物的性格，則須透過一系列的動作來加以呈顯、強化，例如描繪潘金蓮將身兒倚靠在樓上，「一徑把白綾襖袖子兒摟著，顯他那遍地金掏袖兒，露出那十指春蔥來，……將瓜子皮吐落在人身上」，如此就把「金蓮輕佻處，曲曲摹盡。」（十五回眉批）評點者尤為讚賞的是作者透過動作寫出了同類型人物的細微差異，例如宋蕙蓮與潘金蓮同樣是慣擅風月、機變伶俐，但兩人的行動舉止有所不同，宋蕙蓮與西門慶調情時「一屁股坐在西門慶腿上」，事完後，「急伶俐兩三步就扠出來」，而潘金蓮的行動是「在房中摘去冠兒，輕移蓮步，悄悄走來竊聽」，評點者批道：

> 分明逞嬌態，卻寫得帶三分粗莽氣，妙甚。（二十三回眉批）

> 悄悄冥冥，寫出美人行徑，自與蕙蓮之「兩三步」、「一溜煙」天壤矣。（二十三回眉批）

同樣寫女性的嬌媚情態，宋蕙蓮略帶粗莽，行動不離「媳婦子」本色，因而與潘金蓮「悄悄冥冥」的美人韻致有所區別，形成各自獨特的性格魅力。

其次，人物的動作除了性格的因素之外，尚受心理、情感等因素的支配，故評點者認為人物的動作描繪皆應掌握特定情境下心理、情感的變化，也即符合人物心理、情感的實情或真相，例如第五十九回寫西門慶聽見潘金蓮的貓嚇壞了官哥，怒氣沖天地來到潘金蓮房中摔死了雪獅子。這時潘金蓮「坐在炕上風紋也不動，待西門慶出了門，口裡喃喃呐呐罵道：賊作死的強盜，把人妝出去殺了，才是好漢！……」評點者批道：

> 西門慶正在氣頭上，不敢明嚷，不能暗忍。明嚷恐討沒趣，暗忍又恐人笑。等其去後咭咭刀刀作絮語，妙得其情。（五十八回眉批）

作者在此透過當面風紋也不動，背後卻謾罵這一行動特徵，傳達潘金蓮此刻心虛畏懼，但又不願在丫頭面前流露出來以招致她們譏笑的複雜心態[94]。像這樣充分掌握「情理」的描寫尚有許多，例如西門慶聽說潘金蓮與琴童有私後，不待審問清楚，就把琴童打逐出門，顯見不願追究、他對潘金蓮的容忍（十二回）；吳月娘深信佛法，直到睡上床還追問王姑子：「後來五祖長大後，怎生成正果？」（三十九回）；春梅到西門慶靈前祭拜，燒了紙，「落了幾點眼淚」，自是符合她與西門慶「不深不淺」的情份（九十六回），評點者對這類行動描寫逕以「妙得其情」稱之。

（三）人物的語言

人物的語言，包括人物的對話、內心獨白與文章，都是表現人物性格的重要手段之一，成功的人物語言應能反映人物的性格、情感與心思，巧妙地傳達人物的精神風韻和內心世界，達到「能使讀者由說話看出人來」的效果[95]。例如李瓶兒向西門慶懇求道：「大官人沒奈何，不看僧面看佛面」則是「映帶瓶兒醇厚處」（十三回眉批）；潘金蓮看見西門慶觀戲而哭，說道：「他若唱的我淚出來，我纔筹他好戲子」則暗示了她「狠心無情」（六十三回眉批）的一面。有時作者對人物的神態舉止並未著一詞，讀者卻能透過語言看到他們的聲情姿態，例如李桂姐三番兩次辯稱自己未與王三官往來，西門慶說道：「那一遭兒沒出來見他，這一遭兒又沒出來見他，自家也說不過。」三兩句就把西門慶對李桂姐的「滿臉冷訕之色」（七十四回眉批）表露無遺。這些例子都說明了《金瓶梅》中人物語言描寫的生動傳神。

那麼作者如何透過人物的語言使個性躍然紙上的呢？評點者認為最重的是人物語言

94　張業敏，《金瓶梅的藝術美》，頁 110。

95　語見魯迅，〈看書瑣記〉，轉引自傅騰霄，《小說技巧》，頁 265。

的個格化，即人物的說話、談吐當切合人物的身份地位，並各自有其鮮明獨特的個性，所謂「人各一心，心各一口，各說各是，都為寫出」（五十一回眉批）、「口角各肖其人」（六十五回眉批），指的都是人物語言的個性化。例如來保到蔡太師府進獻生辰禮物，自稱是西門員外家人，引來門首官吏罵道：「賊少死野囚軍，你那裡便與你東門員外、西門員外？俺老爺當今一人之下，萬人之上，……誰敢在老爺府前這等稱呼？趁早靠後！」寫盡「權貴門前聲口」（三十回眉批）；潘金蓮生性聰明伶俐、淫佚善妒，因此評點者認為作者寫她「開口便是謊」（二十九回夾批）、「開口便夾酸帶妒」（二十九回眉批）、「出口便是一串」（三十五回夾批）都是很微妙的口角，符合她的性格特徵。再看西門慶向如意兒說的情話：「章四兒淫婦，你是誰的老婆？……你說是熊旺的老婆，今日屬了我的親達達了。」如此的粗鄙惡俗，自然也是市井財主才有的口角，評點者批道：

> 如此作情語，祇見其俗耳，有何妙處？然出自西門慶口中固妙。（七十八回眉批）

可見不論語言多麼粗俗淫鄙，只要切合人物的性格便是絕妙的語言。即使同一情境，性格不同，措辭談吐也應不同，例如李瓶兒溫柔憨厚、老實愚鈍，在與西門慶偷情私會的場合，卻先來一番客套酬謝感激的話，評點者：

> 此何時又作酬酢語，不幾迂而可笑。然此迂而可笑，正隱隱畫出瓶兒之為人，不然又一金蓮矣。（十三回眉批）

評點者認為李瓶兒此刻的言語，是她為人憨厚的標誌，也是她與眾不同之處，否則二人形象幾無可辨。值得注意的是，言語本應是心聲的反映，可是這種反應並不見得是完全直率、心口如一的，而以心口誤差的形式表現出來[96]。例如宋御史派人來叫準備酒席，迎接黃太尉，西門慶向伯爵抱怨說：「剛剛打發喪事出去了，又鑽出這等勾當來，教我手忙腳亂。」評點者批道：

> 分明快心事，卻作埋怨說，酷肖。（六十五回眉批）

此種表面上抱怨連連，骨子裡卻得意歡欣的情形，其實正酷肖西門慶詭譎狡詐的性格為人，比起「心口如一」的表現方式，更為深刻地揭示了人物的複雜性格。此外，書中人物的文章（如題詩、作曲）也可算是人物語言的表現之一，評點者認為人物的文章應酷肖其人的學識水平，如第三十九回寫西門慶替官哥寄名在玉皇廟，潘金蓮拿起道士送來的瑣片觀看，說道：「背面墜著他名字，吳什麼元？」棋童道：「此是他師父起的法名吳

96　周中明，《金瓶梅藝術論》，頁205。

應元。」金蓮道：「這是個應字。」評點者批道：

> 識字淺方傳金蓮之神，知此則知前後寄詞題詩未免墮小傳說也。（三十九回眉批）

評點者這一看法確實道出了作品中某些人物刻劃的缺失，以八十二回為例，潘金蓮苦等陳敬濟不遇後，在壁上題了一首詩道：「獨步書齋睡未醒，空勞神女下巫雲。襄王自是無情緒，辜負朝朝暮暮情。」此時潘金蓮的題詩，「全不似一個閨中婦人，倒儼然像能書善寫的飽學秀士」[97]，自然不如「識字淺」更能傳神。

(四)技法舉隅

　　如上所述，人物的外貌妝束、動作舉止、言語談吐都是對人物直接進行刻劃，此外評點者提及的人物刻劃技巧尚有環境映襯、細節描寫、虛筆側寫，以及「文家躲閃法」、「說一是兩之妙」、「畫龍點睛」、「借口寫出」、「借旁人口襯出」各種技法。由於環境、細節、虛寫都牽涉情節安排的技巧，為了論述的方便，這部分將列入本章第四節討論，這裡要談的是「文家躲閃法」以及借旁人口襯出的技法。

　　所謂「文家躲閃法」，小說第二十一回，西門慶在妓女李桂姐處爭風吃醋，大打出手後，發誓不再進麗春院，後來經不住應伯爵、謝希大兩人勸慰，勉強再去。小說避開西門慶與李桂姐之間彼此來往的直接描寫，卻寫應伯爵與李桂姐插科調笑，暗示西門慶與李前嫌盡釋[98]。對此，評點者指出：

> 此時最難置辯，故桂姐全不開口，只借伯爵戲笑語隱隱達情，此文家躲閃法。（二十一回眉批）

此法避難寫易，較好地解決了人物刻劃的難題。其次是借他人之口表出、襯出的技法，這類技法在《金瓶梅》中用得相當多[99]，乃指作者把對人物的評論、看法和意見，融合在人物的語言中，在一定的情景中，由人物之口自然而然道出的技法[100]，例如宋蕙蓮得知來旺被遞解回徐州原籍後，絕望地懸梁自縊，尋死不成後，反責備西門慶是「弄人的創子手，把人活埋慣了，害死人還看出殯的！……」賁四嫂對此評論道：「看不出他旺官娘子，原來也是個辣菜根子」，評點者批道：「借旁人口襯出」（二十六回夾批），賁四嫂不經意的一句話，其實給宋蕙蓮的性格刻上了一筆。有時人物幽微的心思、難以道

葉桂桐、宋培憲，〈論潘金蓮性格生成的文化因素〉，收入《金瓶梅研究》第三集，頁126。
98 同註29引書，頁810。
99 有些技法雖未立名目，但很明顯同屬此一技法，請參看第28、39、64、85、97等回的評論。
100 曹煒，《金瓶梅文學語言研究》，頁89。

出的心事,也可借別人之口點出,例如李瓶兒到西門家做客,席散後西門慶問:「我在那裡歇?」吳月娘道:「隨你那裡歇,再不你也跟了他一處去歇罷!」可見西門慶欲與李瓶兒共度良宵的心事,吳月娘是心知肚明(十四回);潘金蓮設宴祝賀西門慶與吳月娘的和好,卻支使丫頭唱「佳期重會」,以諷刺、挖苦吳月娘不是正經相會,這層用意由西門慶口中道出,暗示西門慶深知潘金蓮的城府心性(二十一回),評點者分別批道:

> 一腔心事借月娘口反點出,又韻又醒。(十四回眉批)

> 金蓮俏心微意,只到此時轉從西門口中表出,又深又冷,純是史遷之妙。(二十一回眉批)

這些透過人物相互間的對話,從側面揭露人物彼此心理的技法,比起作者直接跳出來議論、說明來得生動傳神,確實是人物刻劃藝術一大特色。

第四節　情節結構論——瑣碎中有無限煙波

西方學者浦安迪(Andrew, Plaks)曾說,中國傳統小說批評的特質,在於注重「段與段之間的細密關係」,即較細的組織結構「紋理」(texture),而非「結構」(structure)[101]。這觀點用在崇禎本評點頗為適切,評點者承襲了小說評點傳統的術語、美學觀念,如「伏脈」、「照應」、「針線」、「收煞」、「張本」、「脈絡」、「餘波」、「節上生枝」,揭示包括嚴密自然、天衣無縫、凌空駕奇、曲折瀠洄、冷熱變化、虛實掩映、忙閑交錯、沒要緊處畫出、閒處生情等美感特質。整體而言,評點者對情節佈局的體會多半屬在細微之處的藝術匠心,頗有袁中道「瑣碎中有無限煙波」[102]的審美視野。

一、嚴密自然,天衣無縫

中國古代文論家曾以縫衣喻結構,認為作品的結構之美正在謹嚴、縝密。劉勰曾說,結構安排正如「裁衣之待縫緝」,應當「彌綸一篇,使雜而不越」[103]。評點者承襲此一傳統觀念,往往以「線索之妙」、「脈絡照應」、「針密如蝨」、「一針不漏」、「針工匠斧」、「天衣無縫」等讚譽作者在情節過接、轉換上的自然無痕、線索埋伏的細密周到。

---

101 浦安迪,〈中國長篇小說的結構問題〉,《文學評論》第三集,頁57。
102 語見《遊居柿錄》,同註49引書,頁228。
103 俞汝捷,《小說二十四美》,頁145。

　　例如《金瓶梅》取材自《水滸傳》武大、武松、潘金蓮故事，崇禎本第一回改以西門慶為主線，如何將西門慶熱結十兄弟與武大一家的故事結合在一起，作者只用了一個「虎」穿針引線，先讓十兄弟在玉皇廟遊玩，看見趙元壇的伴當是一隻老虎，眾人談笑戲鬧中，再由吳道官口中提到近日清河縣吃老虎的虧，從而引出武松打虎、尋親哥嫂、潘金蓮的出身、勾挑武松等一連串的故事，評點者批道：「落脈無痕，手筆入化」（第一回眉批）。正是在人物的言談中自然地將不同脈絡情節編織到主線上。又如《金瓶梅》以西門慶一家的生活為中心，兼及當朝社會政治層面，作者如何將社會政治描寫編織在一起，就有賴於穿針引線的工夫，他寫西門慶「作事機深詭譎，又會放官吏債，就是朝中高、楊、童、蔡四大奸臣他也有門路與他浸潤」，評點者於此：「好針線」（第一回眉批）。正因為有了這條線索，後文西門慶賄賂權貴、交通官吏、擠身官場，乃至貪贓枉法、拜蔡太師為義子等情節便顯得合情入理，從而將觸角由家庭生活延伸至朝廷吏治、官場社會。即使在較細小的情節上，評點者也能看出作者的細針密線，例如二十七回潘金蓮醉鬧葡萄架之後，作者欲寫眾人對這件事的看法和舌頭，卻先讓潘金蓮、孟玉樓、李瓶兒三人一處納鞋，藉著討論鞋的款式引出「睡鞋」風波，評點者批道：

　　　　分明要說睡鞋，卻從平底、高底慢慢襯入，何等苦心細脈。（二十九回眉批）

其次，評點者注意到構成情節細密的技巧是伏筆、照應。原本一事件的發生、發展總有其來龍去脈、前因後果，小說描寫現實生活大大小小的事件難免頭緒紛繁、線索眾多，若能抓住生活中埋伏的因子，先來個伏筆，露個消息，對即將出現的人物、故事作一個提示，如此情節發展的來龍去脈就會顯得自然而不突兀[104]。第七十三回潘金蓮在門外聽人談話，玉簫探問：「姥姥怎的不見？」潘金蓮回答身上害疼往房裡去睡了，於是下文便有玉簫送果子與姥姥吃、秋菊因偷吃柑子挨打的一連串精彩情節，評點者批道：

　　　　欲為稍果子、打秋菊線索，偏在忙裏下針。寧與人指之為冗為淡，不與人見其神龍首尾，高文妙法，子長以下所無。（七十三回眉批）

玉簫不經意的一句話，其實是後文情節發展的線索。評點者尤為讚賞的是作者利用小道具作伏線的妙法。例如第五十一回西門慶與潘金蓮性愛場合中，旁邊蹲著一箇白獅子貓兒，「看見動旦，不知當做甚物件兒，撲向前，用爪兒來搣。」又如第八回孟玉樓「金勒馬嘶芳草地，玉樓人醉杏花天」的簪子首次亮相後，直到八十二回才再度出現，此時簪子忽從陳敬濟袖中掉出，惹來潘金蓮一連串的疑心、誤會，評點者分別批道：

---

104 貫文昭、徐召勛，《中國古典小說藝術欣賞》，頁217-223。

此處人只知其善生情色，作一回戲笑，不知已冷伏雪獅子之脈矣。非細心人，不許讀此。（五十一回眉批）

八回中便有此簪，只以為點綴之妙，孰知其伏冷脈至此，始悟高文絕無穿鑿之跡。（八十二回眉批）

在不經意的點染中，雪獅子的出現已預示了五十九回官哥悲劇的發生，因為官哥正是穿著紅衫「一動動的頑耍」，引來貓兒撲抓致死的；而孟玉樓的一根簪子，竟偶然成為後文陳敬濟、潘金蓮情海風波的因子，甚至是陳敬濟被陷嚴州的伏筆。至此讀者不得不佩服作者千里伏脈，又自然無斧鑿的技巧。

至於情節的照應，在全書中更是不勝枚舉，例如第六十八回作者特地描寫應伯爵「盔的新段帽，沈香色勺褶，粉底皂靴」，同回便有鄭愛月灌酒弄污新衣的照應，評點者批道：「作者針絲線腳，一毫不漏。」（六十八回眉批）這一毫不漏就代表情節的嚴密，不作任何無謂的筆墨，只要是有設伏或造成懸念的文字，後文中都應有照應。再如第七十回寫夏提刑得知自己調京升任指揮鹵簿時，「大半日無言，面容失色」，十分失望。進京後西門慶被太師府翟管家叫到一邊埋怨了一頓，說他把消息洩漏了，夏提刑找了有勢力的林真人出來講話，情願不升遷來京師管鹵簿，仍以指揮留任山東，若真是那樣，西門慶升官就無望了。西門慶解釋說：「並不曾對一人說，此公何以知之？」於是誰洩密便成了懸念。直到七十六回由畫童嘴裡得知，原來洩密的是西門慶請來幫忙的秀才溫葵軒，疑團至此澄清，懸念解除，評點者由是讚道：

一個疑團到此點出，有意無意之中，何等冷雋！（七十六回眉批）

評點者所讚賞的是，作者並非讓西門慶去追蹤洩密，而是藉著「畫童哭躲溫葵軒」這件事，無意之中揭露事件的真相，從而體現作者用筆的精密和結構的精巧。

二、出其不意，凌空駕奇

古典小說自「唐傳奇」以來即以情節的「奇」著稱，直到《金瓶梅》開始有了轉變。蓋《金瓶梅》以日常生活、世態人情為描寫對象，人、事皆為極平常之人、事，因此所謂的「奇」不再是傳奇性的情節，而是平凡中的「出奇制勝」，即人物言論舉止的出人意料、藝術構思的精巧新奇。佛斯特：「美感的出現常是也必須是出其不意的；奇詭（surprise）的情節最能配合她的風貌。」[105]評點者經常用「奇想」、「何等想頭」來概括

---

105 佛斯特，《小說面面觀》，頁 78。

《金瓶梅》情節藝術的出人意表，例如第八回潘金蓮因等西門慶不來，一股怒氣發洩到迎兒，一頓殺豬也似的毒打後，又叫迎兒：「你舒過臉來，等我掐你這皮臉兩下子」，評點者批道：

> 打罵迎兒已畫出一腔遷怒，又夾七夾八纏到武大身上，愛想、惱怒一時俱見，歇一晌又重掐兩下作餘怒，何等播弄，何等想頭。（第八回眉批）

在這裡寫潘金蓮的怒可謂推陳出新，不單寫遷怒，還寫出餘怒；類似的例子還有，第十五回讓潘金蓮「把磕了的瓜子皮兒都吐下來，落在人身上」，寫盡「賣風月」；第二十一回潘金蓮伸手摸見李瓶兒薰被的銀香毬兒，戲說出「李大姐生了彈了」，其實一語雙關，後文便有李瓶兒生子的情節。特別是作者於頻繁的偷窺描寫中，往往能出奇制勝，予人一新耳目的感覺，例如六十一回西門慶與王六兒行房，此類情節一再上演，除了女主角的不同之外，情節難免重複，但作者卻在諸人一一避開之後，特意安排胡秀無意中醒來起身觀看，使春情在不同人眼中照出，從而使書中頻率極高的偷窺有了新意，評點者批道：

> 道國與王經、玳安等收拾已過，此番光景，卻幻出胡秀以作波瀾。凌空駕奇，文心靈異如此。（六十一回眉批）

此外評點者也注意到作者營造緊張刺激的氣氛，隨後又加以緩解以製造驚奇感的技法，例如第十二回潘金蓮與琴童私通被發現後，西門慶鞭打拷問之下，眼看無可逃脫，潘金蓮情急中謊稱：「從木香棚下過，帶兒繫不牢，就抓落在地」，恰和琴童所供「花園中拾的」符合，終於逃過西門慶的毒打；第五十三回，潘金蓮與陳敬濟雲雨被打斷後，接著西門慶進房來摸著，潘金蓮以笑而不答瞞過，評點者：

> 先做萬分不可解之勢，忽一語解之，令讀者驚喜無定。（十二回眉批）

> 曖昧處偏識破，卻又當面瞞過，寫得奇險驚人。（五十三回眉批）

這兩段情節都寫得奇險驚人，讀者正是在一緊一鬆的情緒中，獲得了極大的審美享受。而其中最耐人尋味的關鍵就在潘金蓮的供詞與琴童相符，此事純屬巧合，而非事先知會，評點者批道：「可可合著，妙。若先知會，便無味矣。」（十二回夾批）指的就是作者善用巧合來使情節的發展出人意外的藝術匠心。

三、曲折瀠洄，情致悠然

　　中國美學中有所謂：「文似看山不喜平」，平鋪直敘索然寡味，只有波瀾起伏、絕處生出的情節，方能產生極大的感染力[106]。評點者每以「不板」、「絕不枯澀」、「絕不平鋪直敘」、「別生枝葉」來讚美《金瓶梅》情節起伏之美。所謂曲折有致的情節，主要是指一段情節描寫中富有詳略、深淺的層次變化；或是通過延宕，擱置，或間阻事件的發展，以成波瀾起伏、變化莫測的情節結構；或是利用生活中的偶然性因素以達到變生疑雲的情節。例如第一回敘十兄弟出身，就被認為敘得「錯綜變化」（第一回眉批），先是詳敘應伯爵、謝希大幫閑本事，祝實念、孫天化、吳典恩等人則簡略帶過，結尾講到白賚光，讓他自己解說名號由來，引出「白魚躍入武王舟」、「周有大賚，于湯有光」的典故，既符合各人在書中情節輕重的比例，也使十兄弟出身的描述，極富變化而不沈悶重複，評點者批道：

　　　　磊落寫來，於結處獨以此段瀠洄，便覺鬚眉生動。（第一回眉批）

又如八十三回「秋菊含憤泄幽情」，作者並非一次就讓她看清楚陳敬濟、潘金蓮、龐春梅的奸情，而是先讓秋菊「打窗眼看見一人披著紅臥單，從房中出去了」，心中疑惑道：「恰似陳姐夫一般，原來夜夜和我娘睡」，評點者於此批道：「先看得模模糊糊，妙」。其次讓秋菊在中秋夜睃見三人賞月飲酒、下棋，「晚夕貪睡失曉，至茶時前後還未起來，頗露圭角」，第三次才讓她在大月亮地裡，「見房中掌著明晃晃燈燭，三個人吃的大醉，都光赤著身子，正做得好。」評點者：

　　　　秋菊看凡三遍，至此方明。雖沒要緊，亦有淺深。（八十三回眉批）

如此讓奸情在秋菊眼中逐步披露的過程，既符合秋菊性格的濁蠢，也使情節有深淺層次的變化，引人入勝。其次是以間阻、延宕的方式，使情節發展受阻，文情紆迴曲折的手法，如第五十八回西門慶正要與鄭愛月兒說體己話，卻冒出應伯爵從中攪和；第五十九回西門慶到鄭愛月兒家，讀者已經事先了然於胸，吳月娘等人在猜不著西門慶蹤跡的情況下，叫來不經事的春鴻拷問，卻只得了個模模糊糊的描述，評點者批道：

　　　　顯然便說有何情致？插入伯爵，文情文趣悠然不盡。（五十八回眉批）

　　　　若玳安一口說破，有何趣味？妙在令春鴻隱隱約約畫個影子，似是而實非。涵養

---

106 同註 104 引書，頁 167。

文情，真如生龍活虎。（五十九回眉批）

這些情節都避免了一筆到底、直率無味的描寫，因而趣味無窮。再者，利用生活中的偶然性事件，或是人物的心理，製造矛盾衝突，使情感平地起風波，變生疑雲，也能達到文情變幻的效果。如八十二回陳敬濟與潘金蓮的歡會中夾寫潘金蓮的誤會、疑心，既符合情人間忽愛忽惱的情節，又起到曲折變化的作用：

歡會多矣，又疑惱酸醋一番，文情變幻炫人。（八十二回眉批）

四、情境與氛圍

小說情節的演進，除了起伏變化之外，更要有節奏氛圍的變化，往往不同情調、氣氛的情節轉換便產生了節奏感。中國傳統的小說批講究急與緩、忙與閑、熱與冷、剛與柔等交錯的形式，從而產生一種節奏感和韻律感的情節模式[107]。評點者在論及的有冷與熱、虛與實、寓諧于莊等節奏形式：

(一)冷熱變化

冷熱在小說的結構佈局中起了很大作用，宋代羅燁《醉翁談錄》論及小說結構特點說：「冷淡處提掇得有家數，熱鬧處敷衍得越久長」，意謂交代背景等冷淡處敘述得乾淨俐落，處於高潮熱鬧段落就要著力刻劃、充分渲染，使故事峰巒起伏、錯落有致[108]。可見「冷熱」考慮的是讀者的心理，冷熱相間才能產生錯落之美感。評點者著眼於此，特別注意到熱鬧中以冷案穿插、點染的情節模式，畢竟《金瓶梅》的主線以西門慶一家富貴繁華的享樂生活為主，妻妾們的爭風吃醋為副，可謂新奇熱鬧，但並非所有人事都恆處於熱鬧之處，游離於主線故事、人物的描寫，即評點者所謂「冷案」。例如第六十五回寫李瓶兒喪禮盛極一時，眾官來弔唁，百忙中偏插入黃主事欲去拜會尚柳塘之事、賁四嫂女兒定與人家，買了兩個盒兒來磕頭不起眼之事，評點者批道：

熱鬧中不廢冷案，文情如空谷幽蘭，芳香自吐。（六十五回眉批）

亦是冷案，似乎可省，然細觀首尾，方知其妙。（六十五回眉批）

就全書佈局而言，新奇熱鬧中以冷案穿插，既能增加情節錯落的美感，亦往往更接近冷熱錯雜的人生實相。因此即使如賁四嫂來磕頭之事亦顯得有其必要，何況此處是後文西

---

107 孫遜、孫菊園編，《中國古典小說美學資料匯粹》，頁 208。
108 同註 34 引書，頁 77-78。

門慶與之偷情的重要伏筆。更重要的是，評點者認為「冷案」描寫的微妙之處就在點到為止，不多做渲染，例如沒時運的李嬌兒，多半是在李桂姐的描寫中映照出來，鴇兒說道：「我家與姐夫是快刀斬不斷之親戚」，再一次暗示李嬌兒是妓院出身、她與李桂姐的親戚關係，評點者：

> 又映李嬌兒，文情深冷之至。（十五回眉批）

又如西門慶死後，應伯爵的故事早已成小而冷的情節，故他的死訊由春梅口中偶然道出，的是「忽完冷案」（九十七回夾批）。此種在不經意處點染的技法，為《金瓶梅》營造了冷熱交替的氣氛。

(二)虛實掩映

在文學創作中，把對某人某事的直接描摹當作實寫，而把通過相關的人或事的暗示、映襯、對照來「折射」出其人其事的手法當作虛寫。巧妙的虛寫雖是不寫之寫，無象之象，卻可以借有限表現無限，喚起想像填補空白，給讀者留下思考、回味的無限境地，使作品達到錯落有致、虛實相間的藝術效果[109]。例如同樣是主線人物，潘金蓮的受寵、淫行在書中大都被直接描寫，而春梅之受寵，則由潘金蓮「叫春梅遞茶與他吃寫出」（十二回眉批），她的淫行，則由潘金蓮眼中所見頭巾上扯，耳墜子不見了一隻寫出（七十三回眉批），評點者批道：

> 西門慶愛春梅，往往在冷處摹寫。（十二回眉批）

> 西門慶與春梅狂淫情態，只暗暗摹寫。（七十三回眉批）

在此評點者相當準確地指出作者描寫春梅的一貫手法，此外，同樣是寫主僕偷情，西門慶與宋蕙蓮是正面地詳寫，而來旺與孫雪娥則側面虛寫道：「這來旺兒私己帶了些人事，悄悄送了孫雪娥兩方綾汗巾、兩隻裝花膝褲，兩匣杭州粉，二十個胭脂」，評點者批道：

> 雪娥與來旺私情，絕不露一語，只脈脈畫個影子，有意到筆不到之妙。（二十五回眉批）

所謂「意到筆不到」即是肯定作者以虛寫醸造的含蓄蘊藉之美，既能避免重複累贅，也見出作品空靈變化之美。

(三)寓諧于莊

---

[109] 金健人，《小說結構美學》，頁272-273。

所謂「寓諧于莊」，指的是作者在嚴肅、悲沈的情節中插入一小段頗為詼諧可笑的描寫，讓人體味到作者對情節中人的嘲弄和諷刺之技法[110]。例如第八回潘金蓮詢問西門慶：「奴與你的簪兒那裡去了？」西門慶謊稱跌下馬時不見了，這時王婆在旁插口道：「大娘子休怪！大官人，他離城四十里見蜜蜂兒拉屎，出門交獺象絆了一交，原來覷遠不覷近。」評點者批道：

> 專在插科打諢處討趣。（第八回眉批）

指出作者專以戲謔性的文字引起「趣味」，這種插科打諢的描寫，其實和「閑筆」很類似，所謂閑筆，乃指用點綴、穿插的手段，打破描寫的單一性，使不同的節奏，不同的氣氛互相交織，從而加強生活情景的空間感和真實感，產生意趣[111]，評點者所拈出的戲謔文字亦有同樣的作用：

> 忙中又著此一段諧語，令人失笑，一味弄筆。（十七回眉批）

> 忽想到山洞中，又作一段嬉笑，令人絕倒。（二十三回眉批）

> 寫夢境幽冷有致，卻又帶夢遺，發一笑。文心遊戲處絕不為筆墨束縛。（七十一回眉批）

第十七回李瓶兒延請蔣竹山看病，在問病中提及夫主得傷寒病去逝，蔣竹山問道：「曾吃誰的藥來？」分明是對蔣竹山「人死問病」（十七回夾批）的嘲諷；第二十三回西門慶央潘金蓮打點雪洞，以便與宋蕙蓮私會，潘金蓮奚落他：「他是養你的娘？你是王祥，寒冬臘月行孝順，在那石頭床上臥冰哩！」第七十一回寫西門慶在何家夢李瓶兒與之歡好，本為傷心悽迷之景，卻寫醒來夢遺之事。這些諧謔性文字的穿插，都點綴了原本單一的節奏氛圍，而具有喜劇性效果。

五、細節描寫

《金瓶梅》的題材以平凡瑣細著稱，評點者對此欣賞得入迷，他以文本細讀的方式，一一欣賞著書中的細節描寫，舉凡趕狗、叫貓、湊份子、燒豬頭、拿皮襖、閑扯淡之類的瑣事，瓜仁、牛奶子、勉子鈴、白綾帶、簪子、睡鞋之類的器用食物，都是作者藝術匠心所在。所謂「閑處都韻」（第一回夾批）、「絕平處皆有奇思，極俗事亦有畫意」（六

---

110 同註 94 引書，頁 129-130。
111 葉朗，《中國小說美學》，頁 239。

十五回眉批），正是作者閑中著筆，在器用食物上點染生發、沒要緊處畫出人物心理，共同才完成了世情小說的美感。茲分述如下：

(一)都從閒處生情

第二回寫到西門慶問潘金蓮是誰的老婆，王婆回說是「縣前賣熟食的」，西門慶道：「莫不是賣棗糕徐三的老婆」，評點者批道：「都從閒處生情」（第二回批），肯定了作者從家常對話中生發、點染情節，又如第十三回寫西門慶等候隔牆的李瓶兒請他，「良久，只聽得那邊趕狗關門。少頃，只見丫鬟迎春黑影裡扒著牆，推叫貓」，評點者批道：

> 趕狗叫貓，俗事一經點染，覺竹聲花影，無此韻致。（十三回眉批）

趕狗叫貓是再平凡不過的俗事，經過作者的藝術化處理卻渲染出偷期幽會的氣氛，比起「竹聲花影」卻更予人貼近世俗生活的感受。

(二)器用食物

《金瓶梅》成功地描繪了平凡人的日常生活，很大程度構築在飲食衣服擺飾等物質生活的細膩描寫之上，評點者的審美識見正在於洞悉作者於「器用食物」的經營和用心，例如潘金蓮替西門慶脫白綾襖時，從袖子裏滑浪吊出的「勉子鈴」，為兩人的歡情做了點染，評點者批道：「偏有許多生發」、「只在無意中點染」（十六回眉批），而西門慶請白賚光吃的四碟小菜、一碟煎麵筋、一碟燒肉則是「寫出炎涼世態，使人欲涕欲哭」（三十五回眉批）。又如二十一回潘金蓮與孟玉樓商議湊份子、安排酒席慶賀，說好每人出五錢，最後李瓶兒出了一兩，孫雪娥拿一枝三錢七分的銀簪子，李嬌兒只拿了四錢八分，小說圍繞在諸人所出銀子輕重上描寫，卻連帶刻劃了李瓶兒的憨厚大方、孫雪娥的寒酸，李嬌兒的奸滑，以及潘金蓮和孟玉樓對李嬌兒的一段舌頭，評點者：

> 只一銀子輕重，不知作多少波瀾，奇思妙筆。（二十一回眉批）

可見這類描寫看似煩瑣，卻是小說技藝不可或缺的一環，或為表現人物性格之筆，或為生發情節之筆，或只是點染生活氣氛而已，不論作用為何都有奇趣韻味可供賞玩。

(三)偏在沒要緊處畫出

評點者對細節的體會尚在於「沒要緊」觀念之提出，此一觀念始自劉辰翁的《世說新語》評點，指無關緊要的軼事、細節，是小說技藝重要的一環[112]，在評點者看來，作者的藝術匠心體現在「沒要緊」的細節：

---

112 楊玉成，〈劉辰翁：閱讀專家〉，《國文學誌》第三期，頁229。

沒要沒緊，俱文人玩世心思所寄。（十二回眉批）

二人不說話合氣情景，偏在沒要緊處畫出。（二十回眉批）

偏在沒要緊處弄巧，一味文心細冷。（二十二回眉批）

沒一些要緊，說來卻是婦人極要緊心事，專從冷處摹情，使人不測。（二十三回眉批）

這些表面看來無意義、無關緊要的情節，卻往往是刻劃人物性格之筆，或是情節發展的線索，例如西門慶吩咐玳安：「前邊各項銀子，叫傅二叔討討，等我到家籌帳」，「你桂姨那一套衣服，稍來不曾？」表露了西門慶的「財主」、「大老官」身份（十二回）；吳月娘聽到平安說：「小的回爹，只說娘使他有勾當去了」，便罵道：「怪奴才，隨你怎麼回去！」表示兩人仍在合氣（二十回）；西門慶教拿酒菜與李銘吃，下文便有吃醉酒調戲春梅之事（二十二回）；潘金蓮、孟玉樓商量教豬頭燒好後拿到前邊來，以免讓孫雪娥、李嬌兒看見，雖是雞毛蒜皮之事，則暗示了妻妾們的親疏關係（二十三回）。這些家常的對話、尋常的舉動，極為細緻深刻地畫出了世俗生活人情心理，予人真實細密的感受。

六、環境與景色描寫

小說主要是寫人，但人並不是在真空裡生活的，必須創造一個具體可感的環境，從而使得人物的活動真實可信[113]。評點者認為小說場景的佈設、景色描寫都應和人物習習相關，不能游離於故事情節之外，一則用以烘托人物的身份、性格，乃至表現其生活情狀，一則與人物的心情、思緒相映，達到情景交融的境界。例如評點者認為西門慶居家「純是市井暴發戶景象」（五十五回眉批），第四十九回，作者透過賣春藥的胡僧眼中所見，描寫西門慶家廳堂的擺設是：「門上掛的是龜背紋蝦鬚織抹綠珠簾，地下鋪獅子滾繡毬絨毛線毯，正當中放一張蜻蜓腿、螳螂肚、肥皂色起楞的桌子，桌子上安著縧環樣須彌座大理石屏風。周圍擺的都是泥鰍頭楠木靶腫剙的交椅，兩壁掛的畫都是紫竹桿兒綾邊，瑪瑙軸頭。」評點者批道：

讀此書者於器用食物，皆病其贅，試潛心細讀數遍，方知其非贅也。（四十九回眉批）

這些煩瑣的場景描述正是為了襯托主人——使用春藥者的生活何等奢靡，格調何等庸俗

---

113 同註 111 引書，頁 104-105。

而寫，絕非贅筆[114]。三十七回西門慶和王六兒調情，王六兒房間的陳設是：「正面紙門兒，廂的坑床，挂著四扇各樣顏色綾段剪貼的張生遇鶯鶯蜂花香的吊屏兒，桌上揀妝、鏡架、盒罐、錫器家活堆滿，地下插著棒兒香。」評點者：「寫景酷肖」，意謂這樣的描寫十分傳神地表現了王六兒的精神風韻，不僅充滿一個夥計老婆的俗氣和小家子氣，又暗示了她招蜂惹蝶的淫亂生活[115]。

至於景色描寫與人物情緒相呼應的則有，第八十三回陳敬濟正欲前去向潘金蓮解釋，不想到黃昏時分，天色一陣陰黑來，窗外簌簌下起雨來的景色描寫，正好襯托陳敬濟此刻愁悶的心情，評點者：「絕有生色」（八十三回夾批），肯定這段描寫達到情景交融。又如九十六回寫春梅遊舊家池館，但見「樓上丟著些折桌壞凳破椅子，下邊房都空鎖著，地下草長的荒荒的。」襯托出西門慶死後，樹倒猢孫散的冷落，評點者批道：「燕去巢空，一片荒涼情境，那能不傷心墮淚。」（九十六回眉批）說明了此刻的景色刻劃和人物情感起到相互滲透的作用。

第五節　語言論——如飲天漿拔鯨牙

文學是語言的藝術，成功的文學作品總是和它善於創造和運用語言藝術密切關聯，落實到小說這種文學樣式，則與作家用什麼語言把人物寫活、把故事寫得生動感人上面。早在詞話本《金瓶梅》問世之初，欣欣子序已注意到語言的「語句新奇，膾炙人口」、「洞洞然易曉」等特點。崇禎本評點者著意於此，不僅透過語言揣摩人物的感情和風姿，在會心之處做各種語言的鑑賞[116]，如常時節向西門慶借貸時的哀求是「苦語」，西門慶希望李瓶兒起死回生的一番話是「痴心語」等等，更就語言運用的藝術，分析其藝術美，如語言的俚俗、滑稽、傳神、蘊藉、獨創之美等。

一、俚俗之美

《金瓶梅》大量採用方言俗語、諺語、歇後語、淫詞穢語，這些口語化的語言，有著形象、生動、自然、不假雕飾、充滿活力的特色，共同描繪了《金瓶梅》的世俗社會。正如欣欣子序所指出的「語涉俚俗」、「市井之常談，閨房之瑣語」，崇禎本的評點者

---

114 同註 29 引書，頁 807。

115 嘯馬，《中國古典小說人物審美論》，頁 227。

116 這類摘句式的鑑賞，總計有氣妒語、薄情語、快意語、深心語、苦語、痴心語、懷慚之語、急情苦語、痴語、誇語、傷心語、情至語等，參看第 17、19、23、56、62、76、83、86、89、91、97 等回的評語。

並未看不起這些「俚俗」的語言，反而肯定俗語的運用「語俗而真」（第三回眉批）、「語俗，留之可入俗眼」（第四回眉批）、「俚得妙」（十五回夾批）、「用方言處，不減引經」（三十九回眉批）、「俚而有別致」（八十五回眉批），並從真趣的角度加以欣賞：

> 混語似可解不可解，解來卻妙。（第八回眉批）

> 方言隱語，含譏帶諷，如枝頭小鳥啾啾，雖不解其奇，嬌婉自可聽也。（第三十二回眉批）

第八回玳安回答潘金蓮的話：「六姨，自吃你賣粉團的撞見了敲板兒蠻子叫冤屈——麻飯肌胆的帳。」一句歇後語，就把潘金蓮再三囑托、嘮叨不休的形象，以及玳安油滑、詼諧的口吻和不耐煩的神態刻劃得躍然紙上[117]。第三十二回鄭愛香罵應伯爵：「不要理這望江南巴山虎兒，汗東山斜汶布」的話，就比「王八汗邪」的直言謾罵，其感情色彩要強烈得多，更讓人產生一種痛快淋漓的感覺[118]，這原是山東方言，崇禎本的評點者雖不解其意，卻感受到語言的韻律美感，因此備加欣賞。《金瓶梅》類似此種運用俗語的例子不少，幾已成為市井人物描情達意的主要工具之一。例如吳月娘以「狗吃熱屎，原道是個香甜的」（五十七回）比喻西門慶的人品；潘金蓮用「盆兒罐兒都有耳朵」（十一回）比喻隔牆有耳，不便說出，又用「還是箇水泡，與閻羅王合養在這裡的」（五十七回）形容官哥兒生死未卜；文嫂用「出籠兒的鵪鶉兒，也是箇快鬥的」（六十九回）比喻西門慶的性能力，這些都是生動活潑的語言，予人妙趣橫生的美感。正因為小說所寫主要是一些市井俗人和下等社會女子的生活，而不避鄙俚俗正是市井人物語言的重要表現之一[119]，所謂「戲謔得俚言，方是俗人口中戲謔」（九十六回眉批）。故評點者對這類語言皆從「妙」、「趣」的角度欣賞之。

二、滑稽之美

滑稽係指語言之俳諧、便捷與通俗，可發人一笑者，常見的有淫褻、機智、幽默、諷刺、弔詭等審美形式[120]。尤其《金瓶梅》中市井俗人以說淫詞打趣他人者甚多，隨時隨地都能謅上那麼一兩句，例如西門慶到鄭愛月兒家喝酒，命人請吳銀兒過來，鄭愛月兒吩咐說：「他若不來，你就說我到明日就不和他做夥計了。」應伯爵便打趣道：「我

---

117 周中明，《中國小說的藝術》，頁283。
118 孫遜、詹丹，《金瓶梅概說》，頁72。
119 同註100引書，頁14-15。
120 姚一葦，《美的範疇論》，頁230-238。

倒好笑，你兩個原來是販毯的夥計」（六十八回），粗鄙中包含嘲諷與戲謔，又不無機智的成分，故評點者批道「妙」；又如平安識破宋蕙蓮與西門慶私會之事，笑他「昨日一夜不來家」，宋蕙蓮推說大清早往五娘房裡去，平安兒馬上說道：「我聽見五娘教你醃螃蟹，說你會劈的好腿兒。嗔道五娘使你門首看著賣簸箕的，說你會咂得好舌頭。」評點者批道：

> 此等滑稽，何減曼倩，不可以其小傳忽之。（二十三回眉批）

取笑嘲諷向是市井中人物的特色，平安的話並未撕破宋蕙蓮的謊言，只繞著「五娘」大做文章，卻語語刺中她與西門慶昨夜的偷情，一語雙關、謔而不虐，因此令人感到有趣。

最令人感到滑稽可笑的是在較嚴肅的場合中插入的一兩句戲謔性的言辭，即所謂「埋怨中帶戲謔」（二十六回眉批）的語言，例如宋蕙蓮埋怨西門慶：「你乾淨是箇毬子心腸——滾上滾下，燈草拐棒兒——原拄不定把。你到明日蓋箇廟하，立起箇棋杆來，就是箇誑神爺。」這一系列的比喻，既反映了西門慶心猿意馬、靠不住、撒謊騙人的性格，又把宋蕙蓮既要埋怨，又柔情討好的可笑神態揭露出來[121]。類似的例子尚有潘金蓮數落西門慶花心：「你就是那風裡楊花，滾上滾下，如今又興起如意兒賊搖剌骨來了。」（七十二回）又說：「你這爛桃行貨子，荳芽菜——有甚正條綑兒也怎的？老娘如今也賊了些兒了」（七十二回）這類詼諧有趣、比喻成串的語言，極為精妙活畫出了人物的性格和形象，評點者分別批道：「每讀至此，令人笑不自制」（七十二回眉批）、「出語諧甚，任愁時亦破愁為喜」（七十二回眉批）肯定這類言辭的喜劇性效果。

在俗語成篇中忽然引用經典雅言、也能產生不協調的滑稽之美。如描寫潘金蓮與西門慶新試白綾帶之後，二人體倦「相與枕籍于床上，不知東方之既白。」評點者讚賞語言運用之妙：「用得好蘇文」（七十三回眉批）如意兒與西門慶私會之夜「其聲遠聆數室」。評點者云：「忽作文語，妙。」（六十七回眉批）都是肯定通俗中穿插雅言所產生的滑稽效果。

三、傳神之美

「傳神」原為中國繪畫之術語，明清小說中引入評點，指透過語言文字的描述，生動地傳達人物的神態風韻的技巧。崇禎本評點者一再推崇作者的「傳神」之筆，例如第四回寫西門慶將簪子插在潘金蓮頭上，「婦人除下來袖了，恐怕到家武大看見生疑」，評點者：「作者傳神處宜玩。」指的就是細微動作傳達了潘金蓮既心虛又謹慎的神態。有

---

121 同註 117 引書，頁 278。

時一句話也能把人的性格刻畫淋漓盡致，例如楊姑楊聽薛嫂說門外有個財主要來說親，
婆子聽見便道「哎呀，保山，你如何不先來說聲！」一句話就把婆子「只指望要幾兩銀
子」的高興心情活現了出來，評點者批道：「傳神」。最妙的是一字傳神的境地，例如
張四見說不動婦人，到吃他搶白了幾句，好無顏色，吃了兩盞清茶起身去了，評點者：
「一清字傳冷落之神，令人絕倒」（第七回眉批），把張四自討沒趣、受人冷落的情勢都刻
畫出來了。這些描寫都是以極精簡的語言傳達人物的內在精神風韻，接近「白描」的手
法。而所謂「白描」指的是以最簡煉的筆墨，不加渲染烘托勾勒出鮮明生動的形象的技
巧[122]，崇禎本有時以「白描」評論描寫傳神之處，例如玉簫替西門慶聯絡宋蕙蓮，作者
寫道：「玉簫遞了個眼色與他，向他手上捏了一把，那婆娘就知其意」。只用一個眼神
一個動作就達到傳神的效果，何等簡潔，故評點者：「純是白描」（二十三回夾批）。此
外，有些描寫評點者雖未以白描、傳神稱之，卻體現白描傳神之美，例如描寫李瓶兒、
潘金蓮等人吃酒嬉笑的情景：「吃的婦人眉黛低橫、秋波斜視……月娘看他二人吃得餳
成一塊，言頗涉邪。」評點者批道：

> 一低字一斜字，寫出女人醉態。飲酒中不序一語，只用餳成一塊十一字包括，而
> 當時嬉笑狎昵情景宛然，人知其煩，不知其簡之妙如此。（十四回眉批）

有時簡單的幾句話就能把人物神態呈現，由李瓶兒喪禮結束後的情景，透過潘金蓮眼中
所見描述道：「只見靈前燈兒也沒了，大棚裏丟的桌椅橫三豎四，沒一個人兒」，評點
者：

> 寫亂，寫懈，寫辛苦，只兩語，宛然。（六十五回眉批）

作者並未正面描寫眾人的神態舉止、言談動作，只就環境背景做三言兩語的描繪，就把
眾人忙亂一夜、辛苦疲累的情景都寫得逼真活現。

四、蘊藉之美

　　含蓄蘊藉向來是中國文學傳統之一，姜白石：「語貴含蓄」，蘇東坡也說；「言有
盡而意無窮，天下之至言也。」[123]小說作為敘事性文類之一，亦強調語言的容量，務使
一字一句中包含無限情景，意即語言不只是表情達意的工具而已，更應使讀者有玩味、
想像的空間。尤其《金瓶梅》以描摹世態人情著稱，在極平常的閒話家常、三言兩語中，

---

[122] 黃霖，同註 2 引書，頁 74。
[123] 鄭頤壽主編，《文藝修辭學》，頁 388。

都應能體現人的情感、性格氣度，乃至背後的世態人情：

> 「我去罷」，「不坐了」二語，不獨留戀不肯出門，且有許多追悔先回不坐之意在其中，下語微妙。（三十七回眉批）

> 此家常閒話，似無深意，然非老婆作主人家，決無此語。（五十一回眉批）

西門慶與王六兒初相識便留戀不捨的情致，作者並沒有太多的心理刻劃，只以出門時三句臨別對話「我去罷」、「再坐坐」、「不坐了」，就把西門慶當時心動留戀又難以啟齒的情感表露無遺，筆墨可謂簡淨之至。又如王六兒叫韓道國招呼來保：「你好老實，桌兒不穩，你也撒撒兒，讓保叔坐，只相沒事的人兒一般。」（五十一回）反映了王六兒當家做主的氣度。有時人物的個性和思想感情、心理是很複雜、微妙的，往往不是有什麼就說什麼，不免採用種種迂迴曲折的說話方式[124]，例如西門慶想收用春梅，卻不好明講，他向潘金蓮說道：「隔壁花二哥房裡到有兩箇好丫頭，今日送花來的是小丫頭。還有一個也有春梅年紀，也是花二哥收用過了。……誰知這花二哥年紀小小的，房裡恁般用人！」評點者：

> 攀枝扯葉，語語含卻語語露，何物文人摹畫至此。（第十四眉批）

由此可見語言的含蓄蘊藉並非要寫得晦澀難懂，而是要使讀者心領神會言外之意，文中西門慶雖未明講收春梅之用意，但話中的貪心垂涎、不直截卻昭然若揭，因此聰明的潘金蓮一聽就懂，讀者自然也明白。

五、獨創之美

有學者認為，《金瓶梅》的性描寫以直露赤裸佔大多數，缺乏幽美的意象[125]，但身處晚明的崇禎本評點者並未詬病，反而認為其中不乏創新之處，例如潘金蓮與西門慶的床笫私語：「你這廝！頭裡那等頭睜睜，股睜睜，把人奈何昏昏的，這咱你推風症裝佯死兒。」（二十八回）「你在誰人跟前試了新，這回剩了些殘軍敗將纏來我這屋裏來了，俺每是雌剩鬢髮合的？」（五十一回）評點者分別批道：

> 分明穢語，閱來但見風騷，不見其穢，化腐朽為神奇也。（二十八回眉批）

---

124 同註 96 引書，頁 256。
125 李建中，《瓶中審醜──金瓶梅色之批判》，頁 155。

　　妙語，聞所未聞。（五十一回眉批）

則是肯定這些描寫的創新之處，以擬人化的口吻，使用比喻和修飾語來加以美化原本不
堪說出口的話，比起赤裸的描寫要來得含蓄有味。此外是打破了人物語言的成規，以一
種獨特的形式營造效果的例子，例如玳安送禮到李瓶兒家：「娘多上覆，爹也上覆二娘，
不多些微禮，送二娘賞人」。玳安的話看似重複囉嗦，其實增添對話的活潑生動，充滿
了韻律感，也顯示其人的乖覺圓滑。評點者：

　　下語絕有弄頭，連而曰爹娘上覆，便文心死矣。（十五回眉批）

可見作者在人物對話上的靈活多變，最能體現人物語言創新的是潘金蓮的口角，所謂「出
口便是一串」（三十三回夾批），特別是潘金蓮向孟玉樓抱怨那一段對話，一口氣說了將
近七、八百言，形成有如漢人大賦鋪張繁麗的美感。事件的起頭是潘金蓮、如意兒爭吵，
孟玉樓上前來調解，潘金蓮對著孟玉樓訴說自己的委屈，數落對方種種不是，分析事件
的前因後果，評議諸人的是非，連帶死了的李瓶兒、宋蕙蓮，活著的西門慶、吳月娘，
一個不漏地加以指責，接著又披露如意兒的獨家新聞，最後以「人但開口，就說不是了」
一語結束。評點者讚道：

　　金蓮一口敘七八百言，縷淺入深，節上生枝，竟無歇口處，而其中自為起伏，自
　　為頓挫，不緊不慢，不閒不忙，似亂似整，若斷若續，細心玩之，竟是一篇漢人
　　絕妙大文字。（七十二回眉批）

原本長篇大論地讓人物說話在創作中是犯忌的[126]，作者卻讓潘金蓮洋洋灑灑一口氣講了
七八百言，創下一個人連貫講話的最高紀錄，姑不論其內容，僅就語言的韻律與節奏而
論，起伏頓挫，鋪張排比，酣暢淋漓，恐怕古典小說中難以找出第二例，堪為說話藝術
的典範。

第六節　小結：世情小說的美學

　　《金瓶梅》是晚明社會思潮、審美觀念激變的產物，當時以李贄、湯顯祖、公安三袁、
馮夢龍為代表的文化思潮，肯定人的情感和欲望，倡言穿衣吃飯即是人情物理，文學中
呼吁表現童心、獨抒性靈、以真心真情取代假道學，這股對人情物欲的合理正視，影響

---

[126] 同註89引書，頁96。

所及，章回小說也由對道德人生的理性觀照，轉為注重世俗人生的感性顯現[127]，《金瓶梅》對人欲的渲染和真實再現，就是此一思想文化背景下的產物。然而此一成就主要是由崇禎本來完成，在歷經了回目、插圖、引詩、內容各方面的增刪改定，包括削弱詞話本對女性及其情欲的貶抑、譴責，對私情的美化與寬容，形成了「崇禎本」以突顯人的情感、欲望為主的「世情小說」，使《金瓶梅》擺脫《水滸傳》的影響，成為真正獨立的小說。

而崇禎本評點者在改寫、增刪所形成的藝術形式之上所做的評點，也充分體現這樣的精神，即追求個性、自我，肯定至性、人情的時代思潮。評點者以獨特的審美視野、敏銳的藝術眼光較好地呈現了《金瓶梅》的藝術魅力所在，特別是《金瓶梅》做為一部「世情小說」的美感所在，它擺脫了那種單純依據倫理道德判斷的方式，代之以人情體驗作品中的描寫，提供給讀者一種新的閱讀角度，即以審美觀照的態度，看待一個以普通人的生活為表現重點的小說，發掘小說值得玩味的地方，包括《金瓶梅》主要在描寫什麼？作者如何寫人物的性格與心理？如何寫日常生活世態人情？《金瓶梅》的美感與價值究竟何在？讀者應如何欣賞「語涉俚俗，氣含脂粉」的《金瓶梅》？這種種有關美學的問題都不同程度地談到了，因此崇禎本的評點堪稱世情小說的美學。茲分述如下：

一、「世情」觀念的提出

崇禎本首先拈出「世情」的概念評價《金瓶梅》，所謂「世情」乃指現實生活中的世態人情，義近於普通人的日常生活，評點者肯定作者旨在描摹「世情」，即生活中不論大小冷熱的「必至之情」、「人情之所必至」，所謂「此書一味要打破世情，故不論事之大小冷熱，凡世情所有，便一筆刺入」，「此書妙在處處破敗，寫出世情之假」，小說的美感就在於描摹、刻劃與揭穿世情的假面，這種重「世情」的審美取向實在是晚明文學思潮的產物，如張岱要求傳奇作者注意寫「布帛菽粟」，天花才子《快心編·凡例》：「皆從世情上寫來」，馮夢龍的批評文字也持同樣見解[128]。《金瓶梅》取材市井社會中普通人的日常生活，存在的是日常生活中大大小小的俗人俗事、世道人心、世情道理，評點者以「世情」、「人情」一類的概念來掌握《金瓶梅》的題材、創作特點，比欣欣子的「寄意於時俗」更清楚地闡釋了《金瓶梅》的本質。對評點者來說，《金瓶梅》作為一部「同步反映現實生活」[129]的作品，不但是真實可信的，而其奧妙就在於作

---

127 宋克夫，《宋明理學與章回小說》，頁 122-123。

128 同註 29 引書，頁 806-807。

129 陳美林，〈試論金瓶梅對儒林外史和歧路燈的影響〉，《金瓶梅研究》第三集，頁 20-21。

者善體人情之幽微，把平常人的感情、神態、行為、舉止都寫得「妙得其情」，故能絕妙群書，像吳月娘先前發賣春梅麼威嚴、強硬，後來還到富貴的春梅又如此謙卑，這樣的「前倨後恭」是人情還是勢利的表現？春梅昔日為人奴，後來卻貴為夫人，是僭越抑是人情之常？評點者對這類荒謬的世態人情描寫流連不已，玩味、思索之餘更流露了無限的感慨，這表示作者對世態人情的描寫達到了極致，因此引起評點者的共鳴，也可見崇禎本的評點已掌握到以「世情小說」的眼光來閱讀《金瓶梅》。

二、人物品鑒的新典範

人物始終為評點關注焦點，評點者獨具特色的是對人物的審美觀照，特別是書中佔大部分的「女子」與「小人」。崇禎本固然有基於倫理道德針砭人物，對政治的黑暗、道德的淪喪、人心不古的社會現象進行理性的批判。然其關注焦點是人性的真實面貌，日常生活中自然人性的流露。依崇禎本的觀點，大奸大惡的人實在沒有，都是不完美的世俗中人，因為每個人都是「不完美」，由是評點者並不輕易抹煞人性中的一念之仁、真心、真情，在奸夫淫婦身上看到了至性真情，如潘金蓮聽其母安葬妥當時流下眼淚、西門慶聽見孩子生下來時焚香拜斗，韓愛姐割髮毀目的舉動；在好人身上看到了嫉妒與刻薄，如吳月娘的為狠輕薄春梅，既然人性的善惡美醜都不是絕對的，也不分階級身分，因此他給予宋蕙蓮、龐春梅等丫環僕婦高過其他人的評價。因為是俗人，並未採取士大夫的高標準，也不固守僵化的倫理道德，而是以「人情」體驗著書中的人情事理，考慮人的具體處境，於是潘金蓮種種悖謬的行為，春梅對昔日主子的寬容、陳敬濟對丈母的忌恨，在崇禎本看來都是可以理解的，嫉妒由於情感分配不均，寬容與忌恨乃因兩人所處之境遇不同：「春梅出谷喬遷，富貴緣此而起，故易厚。敬濟流離辛苦備嘗之矣，自不得不追恨而薄之矣。」崇禎本對人性、人情的真相表現了極大的興趣和驚人的洞察力，也正是這些人性、人情的真相共同成為世情小說值得玩味的地方。

由於評點者對人性的真相的認識，對於聖人所謂「近之則不遜，遠之則怨」的「女子」與「小人」就處處流露同情和讚美了，同情是因為他們的處境堪憐，同屬於下層社會人物，讚美是因為他們自身顯現了市井人物的生命活力。依據儒家人格理想，妾婦的吞精喝溺、曲意奉承，小人的寡廉鮮恥、拍馬幫閒、趨炎附勢，都是極為猥瑣卑下的行為，評點者沒有太多的苛責，而是認為節操之士尚且不能免，何況是女子與小人？對於人物的可笑又可悲的難堪境遇，評點者沒有士大夫的優越感，而是以最大的同情和悲憫觀照人生的悲苦，為偶然的失誤造成生活上無法彌補的損失而歎惋，為命運對人生的嘲諷（守寡的淒涼）而惻怛，在幫閒身上看到同情共感之心而給予「免死狐悲，物傷其類」的評價。評點者尤具特色的是對女性悲劇命運的理解與同情，他洞悉女性悲劇命運的成

因，或是因為一己的性格、過度的心識活動，或是肇因於身不由己的社會環境（一夫多妻制、嗣續觀念），皆有其堪憐之處，因此對書中人物的死亡，沒有拍手稱快、罪有應得的慶幸，而是油然生起悲憫之心。

女子與人固然處境堪憐，卻都是生命的真相，就如同他們在生命過程中表現的活潑的生命情態，也都是生命的真相，雖然他們沒甚麼教養、人品也不高，卻不乏一己之個性、才能、智慧，如潘金蓮、宋蕙蓮、龐春梅等「淫婦」，女性本能的美嫵媚、聰慧、青春、活力並不缺少，她們都是有心思、欲望、自己的生活追求的真實的人，在一個強調個性、自我、人性、人情的時代中，做為有情感、欲望的人遠比道德的人更能體現豐富活潑的生命情態，此種專注沈醉情感欲求的人謂為「痴」、「癖」，張岱：「人無癖不可與交，以其無深情」，袁宏道也多次強調，人須有「殊癖」，「癖」又與「痴」相近，張潮《幽夢影》：「情必近於痴而始真」，指的都是鮮明的個性[130]，因此評點者能欣賞潘金蓮的嫉妒、一味搜求詆毀的心性，稱其為「邪心痴妒」、「痴甚」，讚美她「撒嬌弄痴，事事俱堪入畫」，對於李瓶兒的「痴心」、「痴情」，春梅的「驕心做作」、「心高氣傲」，應伯爵的湊趣、幫閑、玳安的機伶善辭、媒婆的能言善道，評點者皆能熱切地欣賞他們的生命情態，因為從藝術審美角度而言，都共同體現了鮮明的個性，都是真實的人。正因為評點者不受倫理道德之束縛，能以多元的角度觀照書中人物，故其解讀後的人物形象也最為複雜豐富，堪為人物品鑒的新典範。

三、細節的藝術與審美

袁中道稱讚《金瓶梅》「瑣碎中有無限煙波」（《遊居柿錄》），道出了《金瓶梅》的藝術性所在。崇禎本承襲了這一美學命題，並落實在具體的評點中，首先指出《金瓶梅》的美感在於細節，書中對細節的細膩鋪陳乃是最值得玩味的：「讀此書者於器用食物，皆病其贅，試潛心細讀數遍，方知其非贅也。」（四十九回眉批）「問答語默惱笑，字字俱從人情微細幽冷處逗出，故活潑如生。」（第八回眉批）故於情節的結構、並不著意追求大起大落、驚險萬變的情節模式，而是細心體會作者對現實世界人情事理的鋪陳，並將之一一揭示給讀者看。評點者欣賞作者在細節處的匠心——善於利用銀子、甸鈴之類的小物件生發情節，如何以一隻鞋子、簪子穿針引線而又自然無痕的技巧，舉凡一句家常的對話，一個尋常的動作，乃至器用食物的鋪陳，都可以是刻畫世俗生活、人情心

---

130 同註77引書，頁76-77。

理，乃至是情節發展的重要之筆人。民初學者有以《金瓶梅》細節讀來可厭者[131]，對評點者來說，這些看似「沒要緊」的枝微末節並不可厭，因為正是它們構築了《金瓶梅》的現實世界，細節的鋪陳便是世情小說的特色，使人有貼近生活、真實可親的感覺，因此是耐人尋味的，評點者認為，真實人生中小而冷的事不易寫好[132]，特別是透過小事表現人生的實相，就要別具功力了，因此他稱讚作者「專從冷處摹情」、「偏在沒要緊處畫出」、「閑處生情」的藝術技巧，在燒豬頭、湊分子、給茶食這類世俗瑣事的描繪中看出不凡的意味，姚錫均曾說：「《金瓶》一變而為細筆，狀閨閣市井難狀之形，故為雋上」（《禪乘譚雋》），究竟如何狀難狀之形，這一層奧妙還是崇禎本揭發得最透徹，他看出作者如何以暗筆寫春梅與西門慶之淫（耳墜子不見了一隻），寫雪娥與來旺之私情，如何發現作者把生活中重複上演的事件，寫得各各不同，如歡情中的攪和、偷窺、偷情寫得各有深淺，趣味盎然，如何把潘金蓮的遷怒、餘怒寫得出奇制勝。崇禎本對於這些細小情節藝術匠心的揭示與鑑賞，都指向一種世俗生活的審美，而這也正是「世情小說」耐人尋味的地方。

四、語言與世俗之美

晚明文人對世俗生活的普遍關注，作家們貼近市井生活，創作上取材於市井，形成以世俗生活為審美觀照對象的文學潮流，李贄：「市井小夫，身履是事，口說便是事。作生意者但說生意，力田作者但說力田，鑿鑿有味，真有德者之言，令人聽之忘厭倦矣。」[133]宣告了一個世俗化美感的到來，而《金瓶梅》的世俗化存在語言世界當中[134]。欣欣子曾指出《金瓶梅》的語言特點是「市井之常談，閨房之瑣語」，讀起來「如餤天漿而拔鯨牙，洞洞然易曉」，能給人暢懷的感受，崇禎本對這一美學判斷做了具體的揭示，不僅在家常口頭語中，揣摩人物的感情和風姿，更意欲展示給讀者，作者用什麼語言把俗人俗事寫活了，如何讓人物在說話、對話中顯示自身的性格。評點者以為，小說所寫盡是市井俗人，因此說話不避鄙俗猥褻、未經修飾正是市井人物的特質，像西門慶對如意兒說的情話是那樣地粗俗，聰明美麗的潘金蓮滿口俚言俗諺、不避淫穢的床笫私語，應伯爵喜歡以淫詞打趣他人，媒婆們善用俚言俗諺來比喻，都體現了市井人物的語言本色，

---

131 陳獨秀〈答錢玄同〉：「《金瓶梅》、《紅樓夢》細細說飲食衣服裝飾擺設，實在討厭」，同註49引書，頁342。

132 夏增佑〈小說原理〉：「寫小事易，寫大事難。……《金瓶梅》、《紅樓夢》均不寫大事。」顯然是晚清小說家注重國家大事思想的反映，與崇禎本呈現不同的審美視野。同註49引書，頁302。

133 王齊洲，《四大奇書與中國大眾文化》，頁61。

134 同註23引文，頁101。

因此是妙趣韻致所在,所謂「口角逼真市井」、「出自西門慶口中固妙」,正是對人物語言個性化的讚美。評點者又進一步落實了欣欣子「語句新奇,膾炙人口」的觀點,指出作者如何打破了語言的陳規,以一種獨特的形式營造驚人的效果,如何以一字「清茶」傳達人情的冷暖,以一句話把人物的性格刻劃得淋漓盡致,如何用三言兩語把喪禮中眾人的忙亂、辛苦疲累表現得逼真活現,在極平常的家常閒話中體現人的性格心理、不便明言欲說還休的複雜情感。評點者對這類妙趣橫生、新奇獨創、傳神蘊藉的語言都欣賞得入迷,動輒以「妙」、「趣」、「趣絕」、「妙語」讚賞之,正反映了崇禎本以「世俗」、「世情」為美的審美態度,這又是「世情小說」魅力之一。

　　綜合上述,崇禎本評點不論是關於《金瓶梅》以世態人情為表現重點的描寫,或者是市井俗人個性情態的品鑑、生活細節、俚言俗諺的審美,都不同程度地把《金瓶梅》帶向「世情小說」的閱讀和審美,因此堪稱為「世情小說的美學」。

第六章 《皋鶴堂批評第一奇書金瓶梅》批評體系

張竹坡評點的《皋鶴堂批評第一奇書金瓶梅》，包括專論、回評、眉批共十餘萬字，為《金瓶梅》詮評史上最重要的環節之一。歷來不乏探討張竹坡評點的理論文字，但多集中於理論層次的探討，從中提煉出有理論價值的部分，而較少全面考察實際的批評狀況，其實張竹坡的批評體大精思，無論是關於小說的創作動機、主旨內涵、結構、人物、藝術技巧各方面均有精到的分析。本章首先考察張竹坡做為一個讀者、批評家的審美取向和詮釋重點，特別是有關主題寓意的闡釋，以及人物的評論方面，希望藉由本章的探討釐清張竹坡評點的體系，檢討其成敗得失，及其在詮評史上的意義與價值。

第一節 張竹坡及其《金瓶梅》評點

一、張竹坡生平及思想性情

張竹坡，名道深，竹坡是其號，徐州銅山人，生於康熙九年（1670），卒於康熙三十七年（1698），得年二十九歲。張竹坡來自詩禮簪纓之家，自幼聰穎絕倫，「甫能言笑，即解調聲，六歲輒賦小詩」（〈仲兄竹坡傳〉）[1]，頗受父親的鍾愛，八歲時以過目成誦的驚人記憶力，使同社盡為傾倒。少年的張竹坡，舞劍騎馬，壯志凌雲[2]，在父親欲其「早就科第」的期望下，很早就捐了監，十五歲那年開始了科舉考試之路，未料初試落第而歸，同年父親也因哭友過慟而病卒，這對生性孝友，志欲鵬飛的張竹坡來說是何等大的打擊！從此他失去了慈祥的父親，也失去了生活的依靠，內心更有一種未能於生前報答父親厚望的憾恨，因此終其一生，金陵鄉試，張竹坡場場必到，博取科第之志未曾稍懈。

1　以下所引張道淵，〈仲兄竹坡傳〉，均見王汝梅、侯忠義編，《金瓶梅資料匯編》，頁211-212。
2　撥悶三首之一：「我生柔弱類靜女，我志騰驤過於虎。……十五好劍兼好馬，廿歲文章遍都下。壯氣凌霄志拂雲，不說人間兒女話。」轉引自吳敢，《張竹坡與金瓶梅》，頁126。

十八歲那年，二困棘圍後，張竹坡寫下激情洋溢的〈烏思記〉抒發感慨：

> 余錢里人也。年十五而先嚴見背。屆今梧葉悲秋，梨花泣雨，三載于斯。……偶
> 見階前海榴映日，艾葉凌風，乃憶為屈大夫矢忠、曹娥盡孝之日也。嗟呼，三大
> 夫不必復論。彼曹娥者，一女子也。乃能逝長波，逐巨浪，貞魂不沒，終抱父尸
> 以出。矧予鬚眉男子，當失怙之後，乃不能一奮鵬飛，奉揚先烈，槁顏色，困
> 行役，尚何面目舒兩臂系五色續命絲哉[3]！

文章旨在思親，卻以忠臣孝女楷模自許，可見儒家價值觀念已內化為其人格重要層面，
明乎此也就不難理解為什麼他一再強調《金瓶梅》是仁人志士、孝子悌弟做出來的「奇
酸誌」了[4]。不幸的是，張竹坡始終未能在科舉場上一舉成名，「五困棘圍，不能博一第」
（〈仲兄竹坡傳〉），潦倒場屋達十、三四年之久。然而，功名的蹭蹬，並未稍減竹坡在詩
文方面的熱忱與才華，康熙三十二年冬，竹坡四度落榜後，北游長安詩社，與友人結社
會詩，長章短句，賦成百餘首，名震都門，被譽為竹坡才子，算是稍稍撫慰胸中的不平。

父親的早逝，加上數度應試不第，使得竹坡很早就飽嚐人情冷暖、世態炎涼，誠如
他自己所說：「至於人情反復，世事滄桑，若黃海之波，變幻不測，如青天之雲，起滅
無常。噫，予小子久如出林松杉，孤立於人世矣。」（〈烏思記〉）「少年結客不知悔，
黃金散去如流水。老大作客反依人，手無黃金辭不美。而今識得世人心，藍田緩種玉，
且去種黃金。」（〈撥悶三首之二〉）他將自己的愁悶寄情於詩酒、交遊、以及疏放不羈
的生活當中，吟詩寄愁、自我解嘲，並尋求另一種抒解鬱悶、窮愁的方式，即「借他人
酒杯澆自己塊壘」的批書事業。在二十六歲那年，張竹坡有感於世態炎涼，正好藉著《金
瓶梅》的評點，以一消胸中之愁悶。《第一奇書》刊成後，載之金陵，「遠近購求，才
名益振，四方名士之來白下者，日訪兄以數十計。兄性好交遊，雖居邸舍，而座上常滿。
日之所入，僅足以供揮霍」（〈仲兄竹坡傳〉），《金瓶梅》的刊刻使他享有一時之名，
也贏得了友情知己，第五次鄉試落第後，張竹坡旅居揚州、蘇州等地，結識了張潮等文
學家，並參與了《幽夢影》的評點。康熙三十七年春，他因堅欲用世之志，乃「一朝大
呼曰：大丈夫寧事此以羈吾身耶！遂將所刊棗梨，棄置於逆旅主人，罄身北上」（〈仲兄
竹坡傳〉），遇故友推薦，效力於永定河工次，原本治理河務是清政府大事之一，張竹坡
效力河幹不失為一個宦達的捷徑，不料張竹坡過度勞瘁，「晝則督理插畚，夜仍秉燭讀
書達旦」（〈仲兄竹坡傳〉），使原本已累弱的體質不堪承受，某日突然嘔血暴卒於永定

3　同註2引書，頁129。

4　蔡一鵬，〈論張竹坡評點金瓶梅的道德理性思維方式〉，《文學遺產》（1994年第5期），頁107。

河工次，僅僅活了二十九歲。

　　儘管張竹坡志節疏放，負才落拓，其性格中自有一分清明的思想，在〈治道〉一文中，他主張以禮樂教化拯救世道人心[5]；在他為張潮《幽夢影》所寫的評語中，可見其對當時吏治世風的批判，對士大夫的責任的認識，以及對道德學問的堅持，茲引《幽夢影》及其評語數則如下：

> 古之不傳於今者，嘯也，劍術也，彈棋也，打球也。（張竹坡曰：今之勝絕于古者，能吏也，猾棍也，無恥也。）

> 涉獵雖曰無用，猶勝於不通古今。清高固然可嘉，莫流於不識時務。（張竹坡曰：不合時宜則可，不達時務奚其可？）

> 一日之計種焦。一歲之計種竹。十年之計種柳。百年之計種松。（張竹坡曰：百世之計種德。）

> 無益之施捨，莫過於齋僧。無益之詩文，莫甚於祝壽。（張竹坡曰：無益之心思，莫過於憂貧。無益之學問莫過於務名。）

讀此數則，當可想見他心中的憤世不平，以及不務虛名，但求真才實學、立德立言的處世態度。另一方面，《幽夢影》的評語反映了張竹坡追求怡情適性、知己友情相伴的人生態度，更引數則說明如下：

> 賞花宜對佳人，醉月宜對韻人，映雪宜對高人。（張竹坡曰：聚花月雪於一時，合佳韻高為一人，吾當不賞而心醉矣。）

> 一歲諸節，當以上元為第一，中秋次之，五日九日又次之。（張竹坡曰：一歲當以我意暢日為佳節。）

> 讀書最樂，若讀史書則喜少怒多，究之怒處亦樂處也。（張竹坡曰：讀到喜怒俱忘，是大樂境。）

> 不獨誦其詩讀其書，是尚友古人，即觀其字畫。亦是尚友古人處。（張竹坡曰：能友字畫中之古人。則九原皆為之感泣矣。）

> 著得一部新書，便是千秋大業。注得一部古書，允為萬世宏功。（張竹坡曰：注書無難，天使人得安居無累，有可以注書之時與地為難耳。）

5　同註 2 引書，頁 127-128。

張竹坡貧病潦倒的人生際遇，並未減卻他年輕而敏感的藝術感性，賞花玩月、尚友古人、讀書著述，說明他生命中一份至情痴心，甚而發為生命的拼搏，據其弟所述，「兄讀書一目能十數行下，偶見其翻閱稗史，如水滸、金瓶等傳，快若敗葉翻風，咎影方移，而覽輒無遺矣。……兄立有羸形，而精神獨異乎眾，能數十晝夜目不交睫，不以為疲。」（〈仲兄竹坡傳〉）如此的奇情異趣、豐沛的感性、超強的意志力，正是他能於十數日之內，寫下洋洋灑灑十餘萬字評點文字的根本原因。他的《金瓶梅》評點與他的生命一樣酣暢淋漓，使我們深信確是「鍵戶旬有餘日」（〈仲兄竹坡傳〉）批出來的。

張竹坡短暫的一生，留下的著作除了少量詩文，〈十一草〉、〈烏思記〉、〈治道〉之外，最重要的莫過於他的評點文字——《金瓶梅》、《幽夢影》，以及《東游記》上少量的評點，而奠定他在文學史上不朽地位的正是《金瓶梅》。早在《金瓶梅》批成之際，即有化名謝頤者為之作序，肯定張竹坡「照出作者金針之細」的藝術成就[6]，稍後的劉廷璣也說：「可以繼武聖嘆，是懲是勸，一目了然」（《在園雜誌》）[7]，給予了極高的評價。儘管張氏族人對張竹坡評點《金瓶梅》一事諱莫如深，不願在公開場合提到他，甚至出之詆毀之辭[8]，但另一方面卻有不朽者在，誠如其弟張道淵所言，張竹坡的評點是「著書立說，已留身後之名」、「有不死者在」（〈仲兄竹坡傳〉），這只要從張竹坡評本的流傳即可證明，因為張竹坡刊行《金瓶梅》正值朝廷禁淫詞小說正厲之時，卻不因此影響其流傳、翻刻，就連康熙四十七年滿文本《金瓶梅》，亦以第一奇書為底本，有清一代各種不同版本的張評本相繼問世，總數近二十種，原來的詞話本、崇禎本幾乎不傳，可想見張評本受到了普遍的肯定與流傳[9]。

二、評刻《金瓶梅》之動機與抱負

張竹坡何以選擇了《金瓶梅》，而不是其他小說作為評點對象？是為現實生活所迫？還是有其他更高的美學目的？張竹坡曾坦言自己批書是為了救窮：「小子窮愁著書，亦書生常事。又非借此沽名，本因家無寸土，欲覓蠅頭以養生耳。」（〈第一奇書非淫書論〉）事實上依據張道淵〈仲兄竹坡傳〉之記載，張竹坡的評刻《金瓶梅》既非沽名釣譽，亦

6　關於謝頤的真名向來有二說，一說是張潮的化名，見劉輝，〈張評本謝頤序的作者及其影響〉，收入《金瓶梅論集》，頁248-250，一說是張竹坡的托名，見吳敢，〈張竹坡評本金瓶梅瑣考〉，同註2引書，頁110-112。

7　黃霖，《金瓶梅資料彙編》，頁225。

8　《清毅先生譜稿·族名錄》：「曾批《金瓶梅》小說，隱寓譏刺，直犯家諱，非第誤用其才也，早逝而後嗣不昌，豈無故歟？」吳敢，《中國小說戲曲論學集》，頁116。

9　劉輝，〈金瓶梅版本考〉，收入同註6引書，頁161-162。

非為了謀利，而是有更高尚的美學目的：

> 兄曾向余曰：「《金瓶》針線縝密，聖嘆既歿，世鮮知者，吾將拈而出之。遂鍵
> 戶旬有餘日而批成。或曰：『此稿貨之坊間，可獲重價。』兄曰：『吾豈謀利而
> 為之耶？吾將梓以問世，使天下人共賞文字之美，不亦可乎？』遂付剞劂。載之
> 金陵。遠近購求，才名益振，……日之所入，僅足以供揮霍。（〈仲兄竹坡傳〉）

可見張竹坡的評點著眼的是《金瓶梅》的美學價值，因而選擇己出資刊行的，並拒絕售
之書商謀利，最後販書所得亦揮霍一空，未曾解決實際生活上的問題，甚至淪落到「歿
後將刊板抵償夙逋於汪蒼孚」（劉廷璣《在園雜誌》）之境地。因此所謂救窮、養生云云，
固然有幾分實情，也可說是一種逃避有心人士攻擊的脫辭，真正促成他評點這樣一部「禁
書」、「淫書」的最大動機應是「喜其文」，欲「使天下人共賞文字之美」，這在〈竹
坡閒話〉中有更清楚的說明：

> 然則《金瓶梅》我又何以批之也哉？我喜其文之洋洋一百回，而千針萬線，同出
> 一絲，又千曲萬折，不露一線。……如此妙文，不為之遞出金針，不幾辜負作者
> 千秋苦心哉！（〈竹坡閒話〉）[10]

張竹坡發現了《金瓶梅》的藝術價值，不願才子之文被埋沒，故立心為之「遞出金針」，
所謂「予喜其文之整密，偶為當世同筆墨者閑中解頤」（〈第一奇書凡例〉）也是基於奇
文共欣賞的心理。再者，為炎涼所迫，藉批書以「消遣悶懷」：

> 迴來為窮愁所迫，炎涼所激，於難消遣時，恨不自撰一部世情書以排遣悶懷，幾
> 欲下筆，而前後結構，甚費經營，乃擱筆曰：我且將他人炎涼之書，其所以前後
> 經營者，細細算出，一者可消我悶懷，二者算出古人之書，亦可算我今又經營一
> 書。……然則我自做我之金瓶梅，我何暇與人批書哉。（〈竹坡閒話〉）

這段文字說明張竹坡選擇《金瓶梅》作為評點對象之原因，乃在《金瓶梅》是「世情書」，
描摹世態炎涼與其心境不謀而合，故借他人酒杯澆自己塊壘，排遣愁悶。近年發現新的
張評本，於〈寓意說〉後有一段文字為他本所無，頗能說明此段心路歷程[11]：

10　本章所引張竹坡《金瓶梅》評點文字均以秦修容整理之《會評會校本：金瓶梅》為主，下文同此只
　　註回數或篇名，不另作註。
11　王汝梅，〈大連館藏金瓶梅張評的新發現〉，收入《稗海新航：第三屆大連明清國際會議論文集》，
　　頁 210。

竹坡彭城人，十五而孤，于今十載，流離風塵，諸苦備歷，游倦歸來，向日所為
密邇知交，今日皆成陌路。細思床頭金盡之語，忽忽不樂。偶賭金瓶起手云：「親
朋白眼，面目含酸，便是凌雲志氣，分外消磨」，不禁為之淚落如豆，乃拍案曰：
有是哉，冷熱真假，不我欺也。乃發心于乙亥正月八日批起，至本月廿七日告成。

據此，則是小說中世態炎涼的感嘆，激起了他內心的共鳴，遂以批評代創作，在其評點
中暢抒自己的情懷，傾訴自己的社會理想。他在讀法八十六中的感慨：「奈何世人於一
本九族之親，乃漠然視之，且恨不排擠而去之，是何肺腑！」恐怕指的就是自己的家世。

　　綜上所述，可知張竹坡評點有著高尚的目的、嚴肅的態度，與最深刻的情感上的共
鳴，這就決定了他評點風格的與眾不同，既有關於小說藝術形式美的揭示，亦有他對世
態炎涼、冷熱真假的人際關係的批判，以及個人不加矯飾的真情流露，從而形成他個人
獨具一格的評點。

三、張評本的內容與特色

　　張竹坡評點的《金瓶梅》，題為「皋鶴堂批評第一奇書金瓶梅」，顯見他對該書之
推崇。卷首除了有謝頤的序，尚有〈第一奇書凡例〉、〈金瓶梅讀法〉、〈竹坡閒話〉、
〈冷熱金針〉、〈寓意說〉、〈苦孝說〉、〈第一奇書非淫書論〉、〈雜錄小引〉等多篇
文章，加上回評、眉批、夾批等，總計十餘萬言，蔚為大觀而自成體系，為繼金聖嘆評
《水滸傳》、毛宗崗評《三國演義》之後最重要的評點之一。他所據以評點的底本是晚明
崇禎年間刊行的《新刻繡像批評金瓶梅》（以下簡稱崇禎本），除了少數出於政治的考量
而改動之字句，大致保留崇禎本的原貌[12]。在評點的形式與內容思想上，則受到多方面
的啟示，以崇禎本為例，張竹坡不論在術語、理論觀點、美學韻味上都多少借鑑了崇禎
本，有些甚至是直接採用崇禎本的評點，或就崇禎本的理論觀點發揮為專篇論文[13]，但
這部分佔的比例不多，大多是另起爐灶之作。此外其他小說評點亦不無借鑑之處，如金
聖嘆、毛宗崗評點的方法與觀念，在張竹坡的評點中都有所反映[14]，特別是承襲金批《西
廂記》之處甚多[15]，但張竹坡繼承之外又有所發展與創新，除了讀法、回評、眉批和夾

12　王汝梅，《金瓶梅探索》，頁 59。

13　有關張竹坡沿襲崇禎本看法之處，參看浦安迪，〈瑕中之瑜──論崇禎本金瓶梅的評注〉，收入《金
　　瓶梅西方論文集》，頁 110。

14　借鑑毛宗崗評點《三國演義》之處，參看鄔國平、王鎮遠，《清代文學批評史》，頁 806-808。

15　最明顯的例子如〈讀第六才子書西廂記法〉以及〈驚艷〉、〈賴簡〉等折的評點，參看陳德芳校點，
　　《金聖嘆評西廂記》，頁 13-24、60-61、177-181。

批之外，張竹坡首創以專論形式論文，〈竹坡閒話〉闡述了《金瓶梅》的創作動機、批書動機，〈冷熱金針〉、〈寓意說〉、〈苦孝說〉、〈第一奇書非淫書論〉的主旨如篇名所示，這五篇文章可說是結構嚴謹的美學論文，專論之外的〈雜錄〉，開立了包括西門慶房屋、西門慶家人名數、西門慶家人媳婦、西門慶淫過婦女、潘金蓮淫過人目、藏春芙蓉鏡、第一奇書金瓶梅趣談等閱讀明細表，歷來評本附錄繁雜無過於此，亦顯見他在建構批評體系時，兼顧了閱讀的趣味性，實為一完整獨具特色的理論體系。

在評點的主導精神與方法上，張竹坡一再聲稱自己的評點是「我自做我之金瓶梅」，是在批書遣悶的同時，以再創作的熱情與精力投入此項工作的。所謂「我自做我之金瓶梅，我何暇與人批金瓶梅哉」（〈竹坡閒話〉），他在〈第一奇書非淫書論〉中又說：

> 予小子憫作者之苦心，新同志之耳目，其〈寓意說〉內，將一部奸夫淫婦，悉批作草木幻影，一部淫詞豔語，悉批作起伏奇文。至於以悌字起、孝字結，一片天命民彝，殷然慨惻，又以玉樓、杏庵照出作者學問經綸，使人一覽無復有前此之《金瓶》矣。……即云奉行禁止，小子非套翻原板，固我自做我的《金瓶梅》。我的《金瓶梅》上洗淫亂而存孝悌，變帳簿以作文章，直使《金瓶》一書冰消瓦解，則算小子劈《金瓶梅》原板亦何不可！（第一奇書非淫書論）

此種批評方式實為一種「審美再創造」，以評點對原作進行詮釋的同時，也將讀者導向道德理性思維之閱讀方向，所謂「批作草木幻影」、「上洗淫亂存孝悌」，直接否定淫穢描寫的存在，使《金瓶梅》在思想旨趣上變成一宣揚孝悌、性理的道書；而「批作起伏奇文」、「變帳簿以做文章」，則是引導讀者從文學美之角度看待作品的一切描寫，不專注於事實描寫而已。在小說批評史上，如此以強烈主體意識注入評點之特質，實屬罕見，這也正是張竹坡評點的個人特色所在。

其次，張評本流露了強烈的情感色彩，一方面是以作者的知音自許，惋惜：「千古的史筆，可惜令之老死床下，作稗官野史。悲夫，我當為之一哭。」所以他悉心體會著作者之用心，記載下會心自得之處：

> 作者純以神工鬼斧之筆行文，故曲曲折折，只令看者瞇目，而不令其窺彼金針之一度。吾故曰：「純是龍門文字」每於此等文字，使我悉心其中，曲曲折，為之出入其起盡，何異入五岳三鳥，盡覽奇勝？我心樂此，不為疲也。（讀法四十八）

這段話記錄了自己閱讀《金瓶梅》而獲得的審美愉悅，正因為如此會心、自得，他才發心要「使天下人共賞文字之美」，以金針度人自許；另一方面是閱讀作品時產生的情緒感觸，給他的評點帶來了激蕩的生命力，特別是有關孝親的情節，每每產生強烈的共鳴：

此處寫金蓮之不孝，又找磨鏡一回。總是作者為世之為人子者痛哭流涕，告說人老待子而生活，斷不可我圖快樂，置吾年老之親子于不問也。恐人不依，是用借潘姥姥數段，告如意兒等言，為人之有親者刺骨言之。苟有人心，誰能不眼淚盈把？我亦不能逐節細批，蓋讀此等文，不知何故，雙眼惟有淚出，不能再看文字矣。讀過一遍，一月兩月，心中忽忽不樂，不能釋然。（七十八回總評）

正是《金瓶梅》中有關孝親的描寫，觸動了張竹坡生命中未能克盡孝道的生命缺憾，因此在詮釋作者寓意之時，不期地投射了自己的身世遭遇、情緒感觸，也可見張竹坡選擇《金瓶梅》來評點的原因，乃在於它提供了一個可以抒發自己情緒感觸、排遣憂愁憤懣的文本，因此情感所至之處，往往酣暢淋漓，乃至涕然淚下，不能自已。

第二節　論《金瓶梅》之創作及閱讀

截至張竹坡的時代，有關作者創作意圖的猜測已有很多，或以為嘉靖大名士「指斥時事」而作；或以為紹興老儒記其家主人「淫蕩風月之事」；或以為金吾戚里門客「採摭日逐行事」成編；或以為王世貞為報父仇而作。這些說法大抵失之於偏，未能考慮全部的情節立論。有鑑於此，張竹坡另闢蹊徑，繼承「發憤著書」的美學傳統，從作品本身尋繹作者創作的動機，又以「寓言」、「情理」等觀念詮釋小說的創作手法，使《金瓶梅》成為一嚴肅的藝術創作，昭示了它的美學價值；一方面從閱讀策略著手，引導讀者欣賞《金瓶梅》的藝術之美，扭轉歷來閱讀之謬誤。

一、創作論——含冤洩憤的世情書

(一)創作動機——發憤著書說

關於《金瓶梅》的作者與著述動機，歷來傳聞甚多，尤以王世貞衛冤著書，替父報仇的說法最為流行[16]，不同的是，張竹坡並不執意於考究作者真實姓名、身分，亦不猜測書中所影射的人物：「作小說者，既不留名，以其各有寓意，或暗指某人而作。……且傳聞之說，大都穿鑿，不可深信。總之，作者無感慨，亦不必著書，……故別號東樓、

16　例如屠本畯《山林經濟籍》：「相傳嘉靖時，有人為陸都督炳誣奏，朝廷籍其家。其人沈冤，托之《金瓶梅》。」又康熙初年宋起鳳《稗說》：「世知四部稿為弇洲先生平生著作，不知《金瓶梅》一書，亦先生中年筆也。……弇洲痛父為嚴相嵩父子所排陷，中間錦衣衛陸炳陰謀慘，置於法。弇洲憤懣慰廢，乃成此書。」此二說或為張竹坡解釋作者創作的心境之所本。同註7引書，頁231、237。

小名慶兒之說，概置不問。即作書之人，亦止以作者稱之。」張竹坡關心的是作者的身世、經歷、思想感情，以及促成創作《金瓶梅》的心路歷程。在他看來，硬要坐實作者的姓名是不厚道的，但這並不表示他對這些傳說毫不相信，從他認定作者為「仁人志士」、「孝子悌弟」為了宣洩怨憤而著書的看法來看，張竹坡很可能從這些傳說得到了靈感，其云：

> 《金瓶梅》何為而有此書也哉？曰：此仁人志士，孝子悌弟，不得于時，上不能問諸天，下不能告諸人，悲憤嗚唈，而作穢言以泄其憤也。雖然，上既不可問諸天，下亦不能告諸人，雖作穢言以醜其仇，而吾所謂悲憤嗚唈者，未嘗便慊然於心，解頤而自快也。夫終不能一暢吾志，是其言愈毒，而心愈悲，所謂含酸抱阮以此，固知玉樓一人，作者之自喻也。……展轉以思，惟此不律，可以少泄吾憤，是用借西門氏發之。（〈竹坡閒話〉）

張竹坡由淫穢的文本中讀出了作者的「憤懣」之意，從而斷言《金瓶梅》是仁人志士、孝子悌弟洩憤之作，此說實緣自司馬遷的「發憤著書」理論，意謂傳世的上乘之作，其創作機緣來自作者的患難窮愁、憤激冤屈的心境，李贄第一個把「發憤著書」理論引入小說戲曲的創作論中，金聖嘆批《水滸傳》也指明作者是「怨毒著書」[17]，張竹坡繼承「發憤著書」的傳統，認定《金瓶梅》的作者遭逢了極大的痛苦冤屈，此一憤懣、痛苦的情感於現實生活中無法排解，只好選擇淫詞穢語來洩憤，如果不把「穢言」僅僅理解為「淫語」、「淫事」，而是指小說中所寫到的品質污穢的人物、生活事件、生活場景，那麼「作穢言以泄其憤」就意味著作者通過對反面角色、黑暗現實的刻畫，來否定一個該詛咒的時代，以直洩作者心中的積怨憤慨[18]。不同的是，張竹坡在「憤」之外又提出了「酸」的觀念，也即因心靈創傷長久無法痊合而醞成的心理壓抑狀態，此種酸痛感即使是借穢言的寫作也無法徹底消除，表現於作品，就有了「含酸抱阮」的孟玉樓形象，故孟玉樓乃作者之自喻[19]。然而憤懣、酸痛的來源為何？依〈竹坡閒話〉、〈苦孝說〉及回評所述，大約有如下三點：

1.人倫巨變之痛

根據上文所述，作者是不得於時、有憤懣、酸痛才著書洩憤的，具體地說就是道德倫常關係全面崩壞下，仁人志士、孝子悌弟無法一伸其孝弟、忠信之志的悲痛：

17　劉良明，《中國小說理論批評史》，頁 17-18。

18　陳昌恆，〈張竹坡評金瓶梅理論拾慧〉，《中南民族學院學報》（1986 年第 2 期），頁 132。

19　陳洪，《中國小說理論史》，頁 228-229。

閒嘗論之，天下最真者莫若倫常，最假者莫若財色。然而倫常之中如君臣、朋友、夫婦可合而成，若父子兄弟，如水同源，如木同本，流分枝引，莫不天成，乃竟有假父假子假兄弟之輩。噫，此而可假，孰不可假？將富貴而假者可真，貧賤真者亦假。富貴，熱也，熱則無不真。貧賤，冷也，冷則無不假。不謂冷熱二字，顛倒真假一至於此！……本以嗜慾故，遂迷財色，因財色故，遂成冷熱，因冷熱故，遂亂真假。因彼之假者，欲肆其趨承，使我之真者，皆遭其荼毒，所以此書獨罪財色也。……作者不幸，身遭其難，吐之不能，吞之不可，搔抓之不得，悲號無益，借此以自泄，其志可悲，其心可憫矣。故其開卷，即以冷熱為言，末又以真假為言。……然而吾之親父子已荼毒矣，則奈何，吾之親手足已飄零矣，則奈何？上誤吾之君，下辱吾之友，且殃及吾之同類，則奈何？是使吾欲孝已為不孝之人，欲弟而已為不弟之人，欲忠信而已放逐讒間於吾君吾友之側。……是憤已百二十分，酸又百二十分，不作《金瓶梅》又何以消遣哉！……此所以有《金瓶梅》也。（〈竹坡閒話〉）

由此看來，張竹坡以「倫常」為人生價值的核心，而「財色」顯然是造成倫常混亂、真假顛倒、冷熱無常等炎涼世情的罪魁禍首，作者則是倫常全面崩潰、道德淪喪社會下身遭其難、不能一伸其志的受害者，所謂「因彼之假者，欲肆其趨承，使我之真者，皆遭其荼毒」云云，指的不就是西門慶與蔡京等人貪贓枉法，致使清廉忠臣之士被誣害的事？而西門慶、潘金蓮、李瓶兒等人，為了一己情慾之私而枉顧倫常道德，導致了武大慘死、花子虛氣死、來旺兒發配異地等悲慘之事，不也是「深遭荼毒」（讀法八十四）的例證？若然，則張竹坡〈竹坡閒話〉的闡述其實深具普遍性意義。而〈苦孝說〉進一步論述道：

若夫親之血氣衰老，歸於大造，孝子有痛於中，是凡為人子所同，而非一人獨之奇冤也。至於生也不幸，其親為仇所算，……痛之不已，釀成奇酸，海枯石爛，其味深長。……故作《金瓶梅》者，一曰含酸，再曰抱阮，結曰幻化，且必曰幻化孝哥兒，作者之心其有餘痛乎！（〈苦孝說〉）

此說似依據王世貞報仇說而來，但並未指明仇人是誰，顯見張竹坡著重的是作者創作情感與心態的推測，初無意指實作者，而其內容闡釋親人的深仇、家庭的巨變，給作者心理造成了深痛的創傷（奇酸），也與〈竹坡閒話〉所述相符，此外又根據磨鏡、薦拔群冤等情節，反覆印證此說：

觀磨鏡文字，作者必有風水深悲，自為苦孝之人，而作此一回苦語，直結入一百回孝哥幻化，總是此生此世不能一伸其志於親，為無可奈何之血淚也。（五十八回

總評）

> 一部言盜、言淫、言殺、言孽，乃忽結以解冤、結冤。然則作者固自有沈冤莫伸，
> 上及其父母，下及其昆弟，有千秋莫解之冤，而提筆作此，以仇其所仇之人也。
> （一百回行批）

如果孤立來看，孝子沈冤莫伸的說法不免顯得片面而迂腐，但其強調作者的苦孝、奇酸、沈冤、復仇，可見張竹坡在一定程度上相信並採納了王世貞報父仇的傳說[20]，並結合了作品實際描寫，巧妙地逆求了作者可能的創作心態與情感。

2.身污途窮，牢騷滿腹

張竹坡既不考究作者的姓名生平，如何料定作者有身污窮途的經歷呢？主要的依據是關孟玉樓「含酸抱阮」的遭遇，推測作者是「身污途窮，所以著書」（第七回眉批）：

> 蓋作者必于世，亦有大不得已之事，如史公之下蠶室，孫子之刖雙足，乃一腔憤
> 懣，而作此書。言身已辱矣，惟存此牢騷不平之言于世，以為后有知心，當悲我
> 之辱身屈志，而負才淪落于污泥也。（第七回總評）

孟玉樓的嫁進或許有幾分受騙的感覺，心境上究竟如何作者並未實寫，張竹坡卻處處讀出了「含酸」之意[21]，在他看來，孟玉樓是高於眾妾之第一美人，卻嫁給不知風雅徒知好淫的西門慶為妾，倍受冷落，因此是作者「高才被屈，滿肚牢騷」（讀法十六）的象徵。而春梅由女奴貴為夫人的一段遭遇，則是作者「一腔炎涼痛恨發於筆端」（〈寓意說〉）：

> 夫必使梅花翻雪案，是又一部《離騷》無處發泄，所以著書立說之深意也。……
> 一部《金瓶梅》總是冷熱二字，而厭說韶華，無奈窮愁，又作者與今古有心人同
> 因此冷熱中之苦，今皆於一春梅發泄之，宜乎其下半部單寫春梅也。（第七回總評）

春梅心高志大，卻在西門家做奴才，就如志士仁人長期抑鬱不得志、飽嘗炎涼世態，渴望能有朝一日揚眉吐氣，因此春梅這一形象也是作者「牢騷滿腹」的象徵。

20　同註19引書，頁227。

21　崇禎本評點已有此看法，如第七回「半是成人半敗人」後夾批道：「含酸在此」，張竹坡更將「含酸」之意擴大到全書，例如揣測孟玉樓堅持欲嫁西門慶的心境道：「意曰我故做大，只我能容人便是，不料后卻為妾，所以后文含酸到地。」（第7回行批）第四十六回玉蕭、迎春、春梅、蘭香等人推舉向吳月娘提議參加宴會之人，張竹坡批道：「一推處為玉樓一哭。蓋月娘不如瓶兒正寵，故玉蕭推迎春。金蓮亦不如瓶兒正寵，然春梅則正寵，故迎春推春梅，若夫蘭香并無一人推，則玉樓之酸為何如？」蘭香是孟玉樓的丫環，張竹坡從中讀出了玉樓的「酸」。

3.對黑暗現實的憤懣

張竹坡認為作者之所以將筆觸延伸到官場、朝廷,乃是緣自對黑暗政治現實的不滿,而對某些反面角色之極力醜詆,則是因為作者心中對此種人十分厭惡,故藉著小說形象來批判、否定這些人[22],以抒發心中的怨憤:

> 作書者必大不得於時勢,方作寓言以垂世。今止言一家,不及天下國家,何以見怨之深而不能忘哉。故此回歷敘運艮峰之賞無謂,諸奸臣貪位慕祿,以一發胸中之恨也。(七十回總評)

> 再至林太太,吾不知作者之心有何千萬憤懣,而於潘金蓮發之,不但殺之、割之,而并其出身之處、教習之人,皆欲致之死地而方暢也。(讀法二十三)

> 作者直欲使此清河縣之西門氏冷到徹底,並無一人,雖屬寓言,然而其恨此等人,直使之千百年後永不復望一復燃之灰。吁,文人亦狠矣哉!(讀法八十七)

類似的說法尚見於三十六、五十五、六十五、六十六、九十五、九十六等回。綜合這些回評所述,作者深惡痛絕的對象包括了貪贓枉法的黑暗現實、交游之假(吳典恩、楊光彥)、趨奉權貴的假子(西門慶、蔡一泉)假女(李桂姐),以及吳月娘的權詐、潘金蓮之流的淫婦,因此不惜以揭露、醜詆、否定、批判的方式,發洩心中的憤怒,此即〈竹坡閒話〉「借西門氏發之」的真意。綜上所述,張竹坡皆從作品的形象出發,詮釋作者可能有的情感與怨憤,然而《金瓶梅》果真是仁人志士、孝子悌弟為了宣洩怨憤而作的小說?何以張竹坡與明清小說評點家如出一轍地強調「發憤著書」?如此的詮釋除了確保自己批評目的正大,拯救《金瓶梅》於淫褻閱讀之中[23],恐怕還有自己的情感投射其中,藉著「發憤著書」的美學傳統,一方面抬高《金瓶梅》的地位價值,一方面藉此發洩自己未能恪盡孝道的憾恨,對道德淪喪、黑暗現實的不滿情緒,乃至是寄託生平飽嘗世態炎涼、長期潦倒場屋、抑鬱不得時的怨憤。

(二)創作手法——寓言說、情理說

隨著《金瓶梅》的問世,批評家對其題材與創作手法已有了逐步的探討。最早如廿公稱《金瓶梅》是「世廟時一巨公寓言,蓋有所刺也」,欣欣子序則說:「寄意於時俗,蓋有謂也」[24],崇禎本評點指出作者旨在描摹人情、刻劃世情的藝術特點,這些說法指

---

22 葉朗,《中國小說美學》,頁 206。

23 Naifei, Ding. "Obscene things : the sexual politics in Jin Ping Mep", P.122-123.

24 同註 7 引書,頁 1-3。

出了小說的「寓言」性質，以及取材於現實生活、描摹世態人情為主的藝術特點，共同為張竹坡論《金瓶梅》的創作提供了有益的條件。張竹坡在前人的基礎上總結了《金瓶梅》的創作方法，認為《金瓶梅》既是一部「寓言」，勢必要「依山點石，借海揚波」，但又並非向壁虛構、全屬捏造，而是依據現實生活中的人情事理來生發、創作的「世情書」。茲分述如下：

1.寓言說——依山點石，借海揚波

將《金瓶梅》視為一部寓言，始於廿公的〈金瓶梅跋〉，欣欣子、弄珠客也提到《金瓶梅》寓有深意，但並未對「寓言」的創作方法予以具體闡發，直到張竹坡的〈寓意說〉才多方地闡述。「寓言」一詞最早見於《莊子》一書，指的是有所寄託之言，古代小說批評家所說的「寓言」，有時指那些寄託著深刻寓意，表現強烈批判的小說，有時指小說創作中的藝術虛構手法以及隱喻、象徵、諧音雙關等藝術技巧[25]，張竹坡評點中所謂的「寓言」則兼含兩者。張竹坡認為作者有不能言說之憤懣，故必須在創作手法上別出新裁：「夫作書者必大不得於時勢，方作寓言以垂世」（七十一回總評），可見他認為作者內在的情感思維，決定了托詞小說、借彼喻此的創作方式，他在〈寓意說〉中論述創作方法道：

> 稗官者，寓言也。其假捏一人，幻造一事，雖為風影之談，亦必依山點石，借海揚波。故金瓶一部，有名人物不下百數，為之尋端竟委，大半皆屬寓言。庶因物有名，托名擭事，以成此一百回曲曲折折之書。（〈寓意說〉）

這段話說明了小說雖然是虛構的，但必須「依山點石，借海揚波」。張竹坡以形象化的比喻說明作者的創作過程，頗值得玩味。石、波當是指假捏之人、幻造之事，那麼山、海究竟何指？山、海顯然是創作的根據，可以是某種思想、情境、或現實生活中的人事物，不一而足。因此張竹坡所謂的「寓言」，便是指作品在作者的某種情緒、寓意的指導下進行創作的構思，「因物有名、托名擭事」則是創作過程、方法的概括。物即物類，包括作品中涉及的器物、景物、人物等各種實體，名即名稱，指上述實體之名稱，事即小說情節，也即小說的構思乃以物類名稱為起點，通過自由聯想與邏輯推論來構設人物關係，編織故事情節[26]。就人物關係而論，西門慶、潘金蓮、王婆、武松、何九乃《水滸》中舊有人物，不需多作解釋，李瓶兒、春梅的形象由何而來？張竹坡提出：

25　皋于厚，〈論古代小說的寓言化特徵〉，《明清小說研究》（2000年2月），頁27。
26　同註19引書，頁232。

> 瓶因慶生。蓋云貪欲嗜惡，百骸枯盡，瓶之罄矣，特特撰出瓶兒，直令千古風流
> 人，同聲一哭。因瓶生情，則花瓶而子盧姓花，銀瓶而銀姐名銀。（〈寓意說〉）

張竹坡認為，李瓶兒的形象是因西門慶而來的——作者先有批判嗜欲之意，再以西門慶
為出發點，慶、罄同音，由罄（空的器皿）想到瓶，故寫一名為「瓶兒」的寵妾，由瓶想
到花瓶，故寫其夫「花子盧」。屏、瓶同音，因而想到屏風，由此帶出僕婦馮媽媽、蔣
竹山、吳銀兒、如意兒、藍氏娘子等一系列人物。再就故事情節而論：

> 至於梅，又因瓶而生。何則？瓶裏梅花，春光無幾。則瓶罄喻骨髓暗枯，瓶梅又
> 喻衰朽在即。梅雪不相下，故春梅寵而雪娥辱，春梅正位而雪娥愈辱。月為梅花
> 主人，故永福寺相逢，必云故主。而吳典恩之事，必用春梅裏事，冬梅為奇寒所
> 迫，至春吐氣，故不垂別淚，乃作者一腔炎涼痛恨發於筆端。（〈寓意說〉）

> 以雪娥為名者，見得與諸花不投而又獨與梅花作祟，故與春梅不合而受辱守備府，
> 是又作者深恨歲寒之凌冽，特特要使梅花翻案也。（第七回總評）

張竹坡認為春梅得名亦與瓶兒相關，由梅之名聯想到「梅雪爭春」，所以設計了孫雪娥
與春梅的矛盾衝突，由雪聯想到世情的炎涼，所以設計梅壓倒雪的情節，於是有孫雪娥
受辱守備府的一段故事。依據張竹坡的〈寓意說〉中所述，幾乎所有主要人物都可以透
過寓意關係網加以聯繫，而其間人物之生發關係如下[27]：

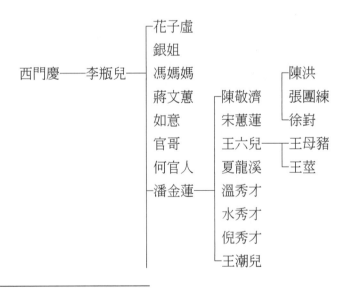

27　本表轉譯自單德興 "The self-ordained ideal reader: an iserian study of three shiao-shuo p'ing tien
    critics"（《自許的理想讀者：三位小說評點家的研究》）一文，頁149。

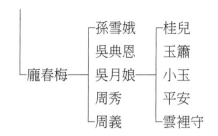

如上表所列，其實未能涵蓋全部人物，於是張竹坡又以其他生發方法解釋之，如孟玉樓是「作者經濟學問，色色自喻」，安忱、宋喬年是「因一事而生數人」，即為了寄寓「色欲傷生」而捏造之人，應伯爵等十兄弟們則是「因西門慶不肖而生出數名」，其他尚有「即物為名」、「隨手調笑」等方法，可見，張竹坡「因物有名，托名摭事」的創作方法，其要點乃在於作者的構思是以寓意為前提、指導的，而後經由命名、自由聯想與邏輯推論之法編織人物關係和情節，企圖以此將全部人物納入此一創作機制。張竹坡把所有人物都看成作者「顧意命名」（第七回總評）的創造，憑藉的只是同音或近音字間的聯想，其間的比附顯然太任意、主觀，近於穿鑿附會，然而如果考慮到張竹坡主要的目的在闡發《金瓶梅》蘊藏的寓意、微旨，此一「因物有名，托名摭事」的假定就顯得有其必要性和意義，唯有在此前提下，張竹坡才能一一「尋端竟委」地尋測小說中可能的寓意，建立一有聯繫的意義整體。

2.情理說——向人情中討結煞

「情理」、「人情」的概念早在張竹坡之前已有不少探討，例如葉晝稱讚《水滸傳》「妙處都在人情物理上」，李贄也提出「本情以造事」的觀念，都無非是強調要依據現實生活的情理進行藝術虛構[28]。崇禎本《金瓶梅》評點更進一步指出：「摹寫輾轉處，正是人情之所必至，此作者精神之所在也」（第二回眉批），「問答語默惱笑，俱從人情微細幽冷處逗出」（第八回眉批），張竹坡在前人理論基礎上總結道：「《金瓶》處處體貼人情天理」（讀法一〇二）、「其書凡有描寫，莫不各盡人情」（讀法六十一）、「其各盡人情，莫不各得天道」（讀法六十二），並進一步分析了以「情理」「人情」為依歸的創作：

> 做文章不過是情理二字，今做此一篇百回長文，亦只是情理二字。於一個人心中，討出一個人的情理，則一個人的傳得矣。……是故雖寫十百千人，皆如寫一人，而遂洋洋乎有此一百回大書也。（讀法四十三）

---

28 甯宗一，《中國小說學通論》，頁586-591。

自家作文，固當平心靜氣，向人情中討結煞，則自然成就我的妙文也。（第一回
總評）

所謂「情理」兼指生活邏輯、性格邏輯兩者，「做文章不過是情理二字」可理解為：小
說的情節、場景安排、人物描寫都應依據現實生活情理、人物性格的邏輯而生發[29]，「人
情」主要指人物的性格邏輯，「向人情中討結煞」則意謂小說創作應以人物性格邏輯為
出發點，與「於一個人心中，討出一個人的情理」涵義相近，實可以歸諸「情理」範疇
之下。以「情理」而論，李瓶兒生子後，潘金蓮一連串的懷妒爭風皆由憤而起：

此回小文，為下回憤深作引也。蓋金蓮之憤，何止此日起。然金蓮生日，西門乃
在玉皇廟宿。而玉皇廟卻是為瓶兒生子，則金蓮此夕已二十分不快。乃抱孩兒時，
月娘之言，西門之愛，俱如針刺眼，爭之不得，為無聊之極思，乃妝丫鬟以邀之
也。雖暫分一夕之愛，而憤已深矣，宜乎後文再奈不得也。文字無非情理，情理
便生出章法，豈是信手寫去者。（四十回總評）

在此潘金蓮妝丫鬟市愛、出語尖利、拿秋菊煞氣種種情節，乃至是後文謀害官哥、氣死
李瓶兒等，都是由潘金蓮內心的不憤、嫉妒來安排構思的，絕非信手編排。以「人情」
而論，十七回李瓶兒許嫁蔣竹山，此舉似與她前後對西門慶的貪戀相矛盾，張竹坡分析
個中緣由道：

其意本為淫耳，豈能為彼所偷之人割鼻截髮，誓死相守哉？故西門一有事，而竹
山之說已行，竹山一入室，瓶兒之意已中。然則其於西門，亦不過如斯，有何不
解之情哉！……是蓋又於人情中討出來，不特文字生法而已。（十七回總評）

張竹坡認為李瓶兒對西門慶的熱情只是淫欲使然，當西門慶不能滿足她的需求時，轉向
蔣竹山便是合乎邏輯的事情，又如宋蕙蓮對西門慶百般獻媚取寵，一心要嫁西門慶，何
以會不甘心來旺被發配出去，自縊尋死？張竹坡批道：

蕙蓮本意無情西門，不過結識家主為叨貼計耳，宜乎不甘心來旺之去也。文字俱
於人情深淺中一一討分曉，安得不妙。（二十六回總評）

此處「人情深淺」云云，正是指宋蕙蓮性格心理的微妙而言，作者把握住這些微妙處，

---

29 崔曉西，〈張竹坡在金瓶梅評點中的情理範疇及其在小說批評史上的地位〉，《浙江師大學報》（1996
年第 3 期），頁 6-8。

並由此而生發情節，於是作品中「不甘心」的情節便是合宜的了[30]。可見張竹坡對「人情」的獨到體會，在他看來，《金瓶梅》作者正是把握了人物的「人情深淺」、「一團神理」（七十五回行批），才能「各盡人情」（讀法六十二）、「將人情寫來活現」（七十五回行批），達到「似真有其事」（讀法六十三）的藝術境地，不論是「情理」或「人情」，經由張竹坡進一步的總結、闡述，較為清楚地揭示《金瓶梅》做為「世情小說」的美感價值所在。

二、閱讀論──給錦繡才子看的書

為了向世人證明《金瓶梅》是「妙文」而不是「淫書」，張竹坡在「發憤著書」說之外，又從藝術技巧比附《史記》，肯定《金瓶梅》不是「淫書」，不是「大帳簿」，而是作者嘔心瀝血寫給「錦繡才子」看的「妙文」、「史公文字」：

> 凡人謂《金瓶》是淫書者，想必伊止看其淫處也。若我看此書，純是一部史公文字。（讀法五十三）

> 《金瓶梅》寫奸夫淫婦、貪官惡僕、幫閒娼妓，皆其通身力量，通身解脫，通身智慧，嘔心嘔血，寫出異樣妙文也。今止因自己目無雙珠，遂悉令世間將此妙文目為淫書，置之高閣，使前人嘔心嘔血做這妙文，雖本自娛，實亦欲娛千百世之錦繡才子者，乃為俗人所掩，盡付流水，是謂人誤《金瓶》。（讀法八十二）

可見張竹坡認為《金瓶梅》描繪了醜，卻創造了藝術美──即自娛、娛千百世錦繡才子的「妙文」[31]，只因世人「不善讀」、「目無雙珠」、「止看其淫處」，遂使其審美價值淹沒不彰。為了向讀者推薦《金瓶梅》之審美價值，破除讀者「誤讀」的情況，張竹坡仿效金聖嘆〈讀第六才子書西廂記法〉[32]，撰寫〈金瓶梅讀法〉，揭示正確閱讀《金瓶梅》的態度和方法，回首的總評更是處處從閱讀著眼，提醒讀者在欣賞過程中注意一些容易被忽略的東西，點出其美感所在，以引領讀者獲得深入、細微的審美感受，屬於「向導」性質的批評[33]。以下就閱讀的準備、原則方法分述之：

30　同註 19 引書，頁 239-241。

31　羅德榮，〈張竹坡寫實理論的美學貢獻〉，《天津社會科學》（1995 年第 6 期），頁 93。

32　仔細對照〈讀第六才子書西廂記法〉和〈金瓶梅讀法〉，可發現張竹坡所受的影響，特別是讀法 2、3、6、22-24、51-57、61-69、80-81，同註 14 引書，頁 13-24。

33　譚帆，〈論我國古代文學批評的幾種主要模式〉，《華東師範大學學報》（1985 年第 4 期），頁 49-50。

(一)閱讀的準備

　　既然世人「不善讀」《金瓶梅》者多，那麼究竟讀者要具備什麼樣的條件、修養，才算做好閱讀的準備？從張竹坡對讀者的限定來看，讀者須具備一定的人格修養、文學修養及審美的心胸。張竹坡顯然意識到世人閱讀心態尚未調整，因此他稱那些不敢對人讀、或是避人偷看的讀者是「真正看淫書」（讀法五十六），而誤讀為「淫書」則是讀者人格修養缺乏的緣故：

> 今夫《金瓶》一書，作者亦是將《褰裳》、《風雨》、《蘀兮》、《子衿》諸詩細為摹仿耳。……不意世之看者，不以為懲勸之韋絃，反以為行樂之符節，所以目為淫書，不知淫者自見其為淫耳。（〈第一奇書非淫書論〉）

這觀點與佛家中「人有淫心，是生褻境」一語有異曲同工之妙。在張竹坡看來，《金瓶梅》的文本是固定的，但讀者的閱讀與接受卻是移動的，有「淫心」者只見其淫，以《金瓶梅》為「行樂之符節」，看不到作品所隱含的「勸懲」之意[34]，用張竹坡的比喻來說就是：「夫對人說賊，原以示戒，乃聽者反因學做賊之術，是非說賊者之過也。彼聽說賊者，本自為賊耳。」（讀法八十二）說到底就是讀者的道德修養決定了《金瓶梅》價值的實現。為此張竹坡進一步規範了《金瓶梅》的讀者應該排除婦女：

> 《金瓶梅》切不可令婦女看見。世有銷金帳底，淺斟低唱之下，念一回於妻妾聽者多多矣。不知男子中尚少知勸戒觀感之人，彼女子中能觀感者幾人哉？少有效法，奈何奈何？至於其文法筆法，又非女子中所能學，亦不必學。（讀法八十二）

張竹坡認為女子在道德修養上遜於男子，若在閱讀之後心生效法，則有變身為淫婦的可能，因而主張女子不可看《金瓶梅》，這看法流露出張竹坡對女性的偏見，何以見得女子中少知觀感之人？而其主張不必學習文法筆法，則流露出傳統「女子無才便是德」的保守觀念，且從根本上剝奪了女子審美閱讀「妙文」的可能。姑不論張竹坡個人的偏見，這段話至少說明張竹坡注意到「勸戒觀感」之心對閱讀《金瓶梅》的必要，也即主張具備一定的道德修養是為了抵制作品可能產生的消極作用。其次，張竹坡認為《金瓶梅》是作者寫來「娛千百世之錦繡才子」的書，因此排除了沒有文學修養的村夫俗子：

> 此書內雖包藏許多春色，卻一梨一朵、一瓣一瓣，費盡春工，當注之金瓶，流香

---

[34] 梅鵬程，〈我自做我之金瓶梅——張竹坡金瓶梅評點的審美觀照〉，《江漢論壇》（1996 年第 6 期），頁 71。

芝室，為千古錦繡才子作案頭佳玩，斷不可使村夫俗子作枕頭物也。（讀法一〇六）

《金瓶梅》必不可使不會做文的人讀，夫不會做文字人讀，則真有如俗云「讀了《金瓶梅》也」。會做文字的人讀《金瓶》，純是讀《史記》。（讀法八十一）

如此一來，能讀《金瓶梅》的讀者實在不多，但考慮到「村夫俗子」、「不會做文的人」都是缺乏文學修養的人，他們無從領略章法結構、藝術技巧之妙，《金瓶梅》似乎沒有閱讀的必要，否則恐怕有流於「不知所以喜之，第喜其淫逸」（讀法八十二）的危險。此外，張竹坡要求讀者在閱讀之前就做好精神的準備，也即培養一虛靜空明之心境：

讀《金瓶》，必須靜坐三月方可，否則眼光模糊，不能激射得到。（讀法七十二）

才不高，由於心粗，心粗由于氣浮。心粗則氣浮，氣愈浮則心愈粗。豈但做不出好文，並亦看不出好文。遇此等人切不可將《金瓶梅》與他讀。（讀法七十三）

之所以必須「靜坐三月」，大抵是為了讓「心粗氣浮」得到沈澱、淨化，以便達到胸無塵埃，心清如水般虛靜空明的心境，此一心境實即審美的心胸，它是創造力、生命力自由發揮的泉源[35]，而閱讀本身即屬再創造性質的精神活動，讀者唯有具備了審美的心胸，才有利於審美閱讀的進行。如上所述，張竹坡對讀者的規範雖然十分嚴厲，但正足以說明張竹坡主張以嚴肅的、審美的態度看待《金瓶梅》的閱讀，而非一漫不經心的娛樂而已。

(二)閱讀的原則與方法

由於張竹坡認定作者的《金瓶梅》是寫給「錦繡才子」看的「異樣妙文」，因此他的閱讀原則和方法以「妙文」和「史公文字」為方向，引領讀者欣賞小說的藝術技巧之美、掌握作者的立言命意。

1.當「文章」看

張竹坡評點《金瓶梅》的動機之一是「使天下人共賞文字之美」，因而論閱讀指導時著重的是如何審美地閱讀，他呼籲讀者應把《金瓶梅》當「文章」看，而非僅專注於「事實」描寫而已：

看《金瓶》，把它當事實看，便被他瞞過，必須把他當文章看，方不被他瞞過也。（讀法四十）

35　葉朗，《現代美學體系》，頁 193。

使看官不作西門的事讀，全以我此日文心，逆取他當日的妙筆，則勝如讀一部史記。乃無如開卷便止知看西門慶如何如何，全不知作者行文的一片苦心，……看官誤看了西門慶的《金瓶梅》，不知為作者的《金瓶》也。（讀法八十二）

所謂當「文章」看，意謂把《金瓶梅》視為一藝術創造，而當「事實」看，則是未能保持審美之距離，混淆了藝術創造與實際人生的分野，前者代表審美的態度，而後者則是專注於虛構故事的膚淺閱讀，舉例來說就是那些視《金瓶梅》為「西門之大帳簿」，或是「讀至陳敬濟弄一得雙，乃為西門慶大憤曰：何其剖其雙珠」（讀法八十二）的閱讀，而當「文章」看即「以我此日文心，逆取他當日的妙筆」、「多曲折於其文之起盡」（讀法三十六）的讀法，都是教人從藝術表現的層次揣摩作者的藝術匠心，以七十四回的品簫描寫為例，張竹坡批道：

上文品玉文中寫金蓮品法，是一氣寫出，用幾個「或」字將諸品法寫完。此回卻用兩段寫，中夾要皮襖一段，……臨了用「口口接著咽了」，便使一樣排蛙口、底琴弦、攪龜稜、臉偎、唇裏法，卻犯手寫來不見一毫重複，又是一篇絕世妙文。作者心孔，吾不知其幾百千竅，方能如此也。（七十四回總評）

張竹坡著意的是作者「犯而不犯」的絕世妙文，而不是潘金蓮「品玉」與「偎玉」的淫穢事跡，此即當「文章」看的意義。此外，張竹坡更主張讀者應以一種自己在「創作」的精神來閱讀，即「不如將他當自己才去經營的文章。我先將心與之曲折算出，夫而後謂之不能瞞我，方是不能瞞我也。」（讀法四十二）這些看法說明張竹坡關注的始終是如何審美地閱讀，以達到「共賞文字之美」的目標。

2.宏觀與微觀

在明清小說評點家中，金聖嘆較早注意到閱讀活動中整體與局部、宏觀與微觀並重的理論家[36]，張竹坡承襲金聖嘆的觀點，一方面強調仔細閱讀人物，以品味其細微處的重要，一方面勸告讀者採取整體性觀照，以把握《金瓶梅》的全篇要旨。看似矛盾，但鑒於小說創作本有多重現象，而評點家的責任正是引導讀者察覺作品的多重現象，這種貌似矛盾處就顯得合情合理[37]，因為《金瓶梅》長期被視為淫書，與大部分讀者「止看其淫處」有關，那麼強調全局把握的眼光就更為必要，張竹坡：

一百回是一回，必須放開眼光作一回讀，乃知其起盡處。（讀法三十八）

36　賴力行，《中國古代文學批評學》，頁 162-163。

37　Rolston, David ed., "How to read the Chinese novel", P.73.

《金瓶梅》不可零星看，如零星看，便止看其淫處也。故必盡數日之間，一氣看完，
方知作者起伏層次，貫通氣脈，為一線穿下來也。（讀法五十二）

之所以要做全局觀照，如此才能體會結構的完整、掌握全篇的旨意，若留連於「淫處」，
又如何能看到作者的勸懲大意？張竹坡除了提醒讀者注意一部總綱、大關鍵、大照應、
起結之處外，更注意到聯繫前後做對照式閱讀，例如全書最荒淫的性場景描寫「私語翡
翠軒」、「醉鬧葡萄架」，應與死亡、謀殺諸場景一同閱讀：

此文要與貪慾喪命一回對讀，見報總一般。（第五回總評）

比武大何如？看其翡翠軒、葡萄架諸樣，亦須看此等樣子。（七十九回行批）

如此前因後果全局觀照之下，讀者自然領悟作者的懲戒之旨——因果循環，縱慾帶來死
亡，而非浸淫於淫逸描寫而已。一方面，張竹坡認為《金瓶梅》特質是「隱大段精彩於
瑣碎之中」（〈第一奇書凡例〉）、「瑣瑣處皆是異樣紋錦，千萬休匆匆看過」（第二回總
評），讀者應當放慢腳步，細細咀嚼，方能玩味其藝術之美：

然思讀書之法，斷不可成片念過去。豈但讀文，即如讀《金瓶梅》小說，若連片
念去，便味如爵蠟，止見滿篇老婆舌頭而已，安能知其為妙文也哉！（讀法七十一）

在這裡張竹坡認識到《金瓶梅》對平凡世俗生活真實細膩的刻畫，如果不是「細玩」、
「細讀」是不可能領會作者文筆之妙、細節的美感。同時，讀者更應謹記每一重要細節，
才能持續進行閱讀，例如第九回西門慶偷娶潘金蓮後，作者特地描寫其居住環境，對於
這一細節，張竹坡批道：

此回金蓮歸花園內矣，須記清三間樓，一個院，一個獨角門，且是無人跡到之處。
記清，方許他往後讀。（第九回總評）

此處對潘金蓮居住環境的把握，為閱讀後文陳敬濟與之偷情的情節提供了條件，讀者因
之得以理解、體會人物活動的具體情境。

3.掌握立言用意

張竹坡評點尤重寓意的闡發，故他的閱讀指導亦以作者立言命意為重，他說：「作
文固難，看文猶難」（二十一回總評），又說：「看官每不肯於無字中想其用意，其妙意
安得出？」（二十四回總評）因此他主張讀者應穿透文字的表層意義，把握住作者未肯明
言的深層含義：

> 讀《金瓶》，當知其用意處，夫會得其處處所以用意處，方許他讀《金瓶梅》，
> 方許他自言讀文字也。（讀法七十）

例如西門慶是書中正經香火，不會看書的人往往只專就西門慶事蹟閱讀，那麼就會造成
誤讀，第七回西門慶娶孟玉樓為第三房，若是「粗心之人」，便「止看得西門慶又添一
妾之冤於千古」（總評第七回），不知作者借孟玉樓之角色，宣揚一種處世態度與人格理
想；又如宋蕙蓮與西門慶偷情事件，作者主意在批判潘金蓮之惡，而非單純描寫西門慶
的貪淫好色、亂倫敗德：

> 書內必寫蕙蓮，所以深潘金蓮之惡於無盡也；所以為後文妒瓶兒時，小試行道之
> 端也。……蓋作者為不知遠害者寫一樣子，若只隨手看去，便說西門慶又刮上一
> 家人媳婦子矣。夫西門慶殺夫奪妻，取其財，庇殺主之奴，賣朝廷之法，豈必於
> 此特特撰此一事以增其罪案哉？然則看官每為作者瞞過了也。（讀法五十一）

可見張竹坡企圖以《史記》的「春秋筆法」理解書中人物描寫，正如他自己所說，「若
我看此書，純是一部史公文字」（讀法五十三），又說：「會讀《金瓶梅》，純是讀《史
記》」，對於書中的淫詞穢語，張竹坡亦如是解釋道：

> 《金瓶梅》說淫話，止是金蓮與王六兒處多，其次則瓶兒，……至於百般無恥，十
> 分不堪，有桂姐、月兒不能出之於口者，皆自金蓮、六兒口中出之，其難堪為何
> 如？此作者深罪西門，見得如此狗彘乃偏喜之，真不是人也。（讀法五十一）

張竹坡著重說明，作者寫淫話的作用在深罪西門，即醜化、鞭撻西門慶，而不是毫無批
判地為寫淫蕩而寫淫蕩[38]，這就無異肯定淫詞穢語的合法存在。張竹坡正是藉著提醒讀
者注意作者在罪惡、淫亂描寫中寄託的褒貶大義，來移轉讀者的注意力，從而削減淫詞
穢語對讀者的刺激與衝擊的。

4.想像與移情

閱讀本身做為一種再創作的活動，其根本精神在讀者全身心的投入，因此張竹坡要
求讀者設身處地，思其所思，想其所想，置身於作品所創造的情境中去，化身為作品中
的人物，去體察、品味和思考[39]：

> 但願看官看金蓮、武二的文字時，將身即做金蓮，想至等武二來，如何用言語去

38　同註 17 引書，頁 212-213。

39　齊魯青，〈論張竹坡的金瓶梅批評〉，《內蒙古大學學報》（1995 第 1 期），頁 69。

勾引他，方得上道兒也。思之不得，用筆描之亦不得，然後看《金瓶梅》如何寫金蓮處，方知作者無一語不神妙難言。至看武大、武二文字，與王婆、西門慶文字，皆當作如是觀，然後作者之心血乃出，然後乃不負作者的心血。（第二回總評）

所謂「將身即做」，意即把自己想像成書中的潘金蓮，親自揣摩勾挑時應有的情感、神態，蓋唯有全身心地將情感投入其中，才能體會作者描寫人物的神妙。至於如何創造一個適當的環境氛圍來促進移情的產生，張竹坡仿金聖嘆評點《西廂記》形式[40]，提出了如下的看法：

　　讀《金瓶》，必須置唾壺於側，庶便於擊。（讀法九十四）

　　讀《金瓶》，必須列寶劍于右，或可劃空泄憤。（讀法九十五）

　　讀《金瓶》，必須懸明鏡於前，庶能圓滿照見。（讀法九十六）

　　讀《金瓶》，必須置大白于左，庶可痛飲，以消此世情之惡。（讀法九十七）

張竹坡認定《金瓶梅》是泄憤之作、世情書、性理之談，因此他在指導閱讀時，既注意到以寶劍、大白來抒發閱讀產生的憤激之情，也兼顧閱讀時可能興起的理性反思，可見張竹坡並非一味模仿前人的步子，而是依據《金瓶梅》特定內容思想做了相應的處理，對指導閱讀有一定的啟發性。

5.領悟文法之妙

　　與其他明清小說評點家一樣，張竹坡也重視藝術筆法的歸納，他強調：「《金瓶梅》一書「於作文之法，無所不備」（讀法五十），有心學文者只要留心白描、穿插、照應之處，就能寫一手好文字：

　　讀《金瓶》，當看其白描處，子弟能看其白描處，必能自做出異樣省力、巧妙文字也。（讀法六十四）

　　讀《金瓶》，當看其穿插處。子弟會得，便許他作花團錦簇、五色瞇人的文字。（讀法六十八）

類似這類筆法的提示點撥，散見在〈讀法〉、回評之中，如板定大章法、對鎖章法、趁

40　金聖嘆在其《西廂記》評點中，提出《西廂記》必須掃地讀之、焚香讀之、對雪讀之、對花讀之，以激發特定的精神情感，參看吳華，〈對金聖嘆小說理論的理論探討〉，《文藝理論研究》（1997年第 3 期），頁 14。

窩和泥、影喻脫卸法、顧盼照應伏線法、文字長蛇陣法、文字掩映之法、白描追魂攝影之筆等，這些藝術筆法的歸納，主要是做為創作指導之用，當然對拔高讀者鑒賞力，也提供了一定的助益。

綜合上述，張竹坡的閱讀策略基本上以「妙文」與「史公文字」為導向，因此評點中對藝術技巧的分析尤詳，希望讀者把注意力轉移到藝術表現的層次之上，欣賞作者用筆之妙，但只專注形式而不看「事實」的閱讀實際上又難以實現，張竹坡似乎意識到這點，因此他十分注重作品道德和勸懲性意義的闡釋，以便讀者掌握作者在淫欲表相背後所欲傳達的微言大義，期使從形式與意義兩方面徹底消解「淫情豔語」帶來的直接衝擊，避免「第喜其淫逸」的錯誤閱讀。

第三節　主題論——生命與道德的勸懲

有關《金瓶梅》主題的探討，自來停留在零星、點到為止的局面，到了張竹坡始有全面而系統的闡述，他認為書中的結構佈局、詞曲小令笑話、人物的姓名字號，都寄寓著作者的微言大義，除了在總評、眉批、行批中揭示主旨大意之外，更首創〈寓意說〉挖掘隱藏在字裡行間的深刻寓意，該說主要通過人名、物名、地名符號闡釋作品的微言大義，實屬自成一格之創見。因此本文為了論述的方便，於第一部分「主題闡釋」討論那些透過情節結構、詞曲小令、人物描寫闡發之整體性意義，如果報、色空、勸善懲惡、體天道以立言、為孝悌說法等。第二部分「寓意申說」討論張竹坡透過命名索解的有關生命與道德的意涵，然兩者關注的焦點實相互重疊、互為表裡，共同表述了張竹坡對主題思想的看法。

一、主題闡釋

與崇禎本評點相比較，張竹坡更為重視《金瓶梅》主題的開掘，這不僅因為「淫書」的惡諡仍然存在[41]，又正值清廷嚴禁淫詞小說的時代，張竹坡要評點並刊行這樣一部「淫書」，勢必對作品的主題思想做一番解釋和評價的功夫，以便徹底改造「淫書」的形象，因此一方面承襲前人觀點，強調《金瓶梅》體現了因果報應的天理、財色俱空的色空觀念、勸善懲惡之大義外，一方面另闢蹊徑，以理學思維審視《金瓶梅》的主題，認為《金瓶梅》「體天道以立言」（第一回、八十九回總評）、「理存乎其中」（五十九回總評）、「句

41　張竹坡說：「今有讀書者看《金瓶》，無論其父母、師傅禁止之，即其自己亦不敢對人讀」（讀法五十六），顯見當時讀者對淫書的普遍抵制。

句是性理之談」（一百回總評），因此《金瓶梅》應該被當成一部「理書」、「道書」來讀。此外依據〈竹坡閒話〉、〈苦笑說〉的說法，作者是遭遇人倫巨變之痛的孝子仁人，於是又有作者「為孝悌說法」之說，茲分述如下：

(一)報應不爽，財色無益

明清小說承襲話本小說形式，在卷首往往先來一段「入話」，概括全篇旨意。《金瓶梅》的第一回正文開始前，亦有類似的結構。作者首先以一首感嘆財色皆空的律詩[42]、以及描述女色利害的戒色詩做為開場白，接著便是關於財色誘人亦害人，倒不如削去六根清淨，參透了「空色世界」，得個清閒自在的議論。末了又概括說道：「只為當時有一個人家先前恁地富貴，到後來煞甚淒涼，權謀術智，一毫也用不著，親友兄弟，一個也靠不著……。內中又有幾個鬥寵爭強、迎奸賣俏的，……到後來不免尸橫燈影、血染空房，正是：善有善報，惡有惡報。天網恢恢，疏而不漏。」張竹坡把這段入話視為「一部大書總綱」（第一回行批），並認為其中體現了《金瓶梅》的主題指向：

> 開講處幾句話頭，乃一百回的主意。一部書總不出此幾句。（第一回總評）

> 上文一律、一絕、三成語，末復煞四句成語，見得癡人不悟，作孽於酒色財氣中，而天自處高聽卑，報應不爽也。是作者蓋深明天道以立言歟。《金剛經》四句，又一部結果的主意也。（同上）

如此看來，張竹坡企圖以「善有善報，惡有惡報」的「果報」思想、《金剛經》「如夢幻泡影，如電復如露」的「色空」觀念來把握全書主題，而以「色空」主題的闡發尤為張竹坡著意之處，他認為「此書獨罪財色」（〈竹坡閒話〉），因此評點中處處以「財色」並舉，申說主旨大意：

> 此回小小一篇文字，見色欲有悲傷之時，錢財無止足之處，為世人涕淚相告也。（六十回總評）

> 此回總結財色二字利害，故二八佳人一詩放於西門泄精之時，而積財積善之言，放於西門一死之時。西門臨死囑敬濟之言。寫盡癡人。而許多帳本。總示人以財不中用，死了帶不去也。（七十九回總評）

42　詩句原文如下：「豪華去後行人絕，簫箏不響歌喉咽。雄劍無威光彩沈，寶琴零落金星滅。玉階寂寞墜秋露，月照當時歌舞處。當時歌舞人不回，化為今日西陵灰」，張竹坡批道：「上解空去財，下解空去色。」認為該詩暗示了財色皆空之旨。

看他只用二人發放一部大題目，一曰售色，一曰盜財，是其一絲不亂處，是其大筆如椽處。（八十回總評）

不單是情節的安排，人物的語言也暗示了報應不爽、色欲無益的道理，如西門慶在武大飲鴆藥遭殃後，說過「我若負心，有如武大一般」的誓言，也暗示了報應、色空之理：

此蓋作者于此一篇地獄文字完，特特將七十九回一照，使看官知報應不爽，色欲無益，覺水滸用武松殺西門不如用金蓮殺之也。（第五回行批）

在此張竹坡主要是聯繫人物描寫、情節的安排探索作者對主題的暗示。此外為了清楚地揭示作者處處以果報不爽、財色無益來「警醒世人」（三十一回總評）的用意，又針對書名、曲名小令、姑子們宣卷的內容、禪師之話語，乃至是一再出現的明珠、燈影、夢境等具體意象，向讀者一一點撥作者點醒世人之意[43]。

(二) 勸善懲惡

古代小說理論家們為了提高小說的地位、消除世人的偏見，往往一致地強調小說有「勸善懲惡」之旨[44]，張竹坡亦不例外，他認為《金瓶梅》是一部「改過的書」（讀法七十八）、「懲人的書」（讀法一○五），並援引朱熹對孔子不刪鄭衛之詩的解釋：

詩云「以爾車來，以我賄遷」，此非瓶兒等輩乎？又云「子不我思，豈無他人」，此非金、梅等輩乎？「狂且狡童」，此非西門、敬濟等輩乎？乃先師手訂，文公細注，豈不曰此淫風也哉！所以云：「詩三百，一言以蔽之曰：思無邪」。注云：「詩有善有惡。善者起發人之善心，惡者懲創人之逸志。」聖賢著書立言之意，固招然于千古也。今夫《金瓶梅》一書作者，亦是將褰裳、風雨、籜兮、子衿諸詩細為摹仿耳。（〈第一奇書非淫書論〉）

張竹坡從情境、內容的相似，將《金瓶梅》與《詩經》聯繫起來立論，強調作者立言大意在起發善心，懲創逸志，更確切地說就是，《金瓶梅》雖然有淫穢、亂倫的描寫，然其目的在懲戒人心，而不論是勸或懲，目的都在「使人得其情性之正」[45]。那麼何者為善，何者為惡？在張竹坡看來，所謂善無非是體現孝悌、貞節等禮法規範的正面形象，

43　例如第31回老太監點唱「嘆浮生有如一夢」、61回有「四夢八空」之曲、67回薛姑子演說《黃氏女卷》有「功名蓋世，無非大夢一場，富貴驚人，難免無常二字」之語。另參看第100回普靜禪師點化吳月娘之語，以及第20、79、100回關於具體意象的討論。

44　吳聖昔，〈論勸善懲惡——明清小說理論研究之一〉，《古代文學理論研究》第12輯，頁280-281。

45　語出朱熹，《論語·為政篇》「思無邪」的註，《四書集註》，頁48。

所謂惡則大抵是「財色」主導之下的人性罪惡，如殺夫奪妻之行、售色盜財、縱欲無度、背恩負義等。前者以人物命運結果獨佳來勸勉，後者往往透過作惡者下場——因果報應、死亡來達到懲戒的目的。

1.善的感發

張竹坡說《金瓶梅》是部「改過的書」（讀法七十七），是否意謂著勸人「改過向善」、勉人從不孝、不悌、不貞之中改邪歸正？語云：「百善孝為先」、「萬惡淫為首」，張竹坡所謂的善，基本上不出封建倫理道德，但在整體上更傾向於強調作者勸人改過的精神[46]。例如寫到西門慶死時孝哥正好出生，張竹坡認為此一情節含意甚深：

> 作者幾許踟躕，乃以孝哥生於西門死之一刻，卒欲令其回頭受我度脫。總以聖賢心發菩薩願，欲天下無終諱過之人，人無不改之過也。夫人之既死，猶望其改過於來生。然則作者之待西門，何其忠厚慨惻，而勸勉於天下後世之人，何其殷殷不已也。（讀法二十六）

而此一勸勉世人精神又體現在對韓愛姐、孟玉樓、二搗鬼等人正面形象的描繪上，例如讓韓愛姐遇上陳敬濟便「之死靡它」，最後以娼女守節結束全書，其根本用意在「愧諸婦」（讀法十一）、「勸假夫妻中之少有良心者」（九十七回總評），二搗鬼在流離中成為韓愛姐母女緩急相濟之人，用意在「勸親兄弟中之全無良心者」（九十七回總評），最獨特的是孟玉樓形象的勸勉意義：

> 內中獨寫玉樓有結果，何也？蓋勸瓶兒、金蓮二婦也。言不幸所天不壽，自己雖不能守，亦且靜處金閨，令媒妁說合事成，雖不免扇墳之譏，然猶是孀婦常情，及嫁而紈扇多悲，亦須寬心忍耐，安於數命，此玉樓俏心腸高諸婦一著。（讀法二十八）

張竹坡認為孟玉樓結果獨佳，是作者對其依禮行事，安命待時處世態度的肯定，而非「守節」。可見張竹坡對孟玉樓守寡再醮的通融，如此便能理解，何以張竹坡在別處譏評韓愛姐是「守得不正經的節，且早年亦難清白」（讀法九十），此處又賦予韓愛姐形象以巨大的功能，既是能使淫婦們產生畏懼羞慚的有情女子形象，又是對寡廉鮮恥、不肯改過

---

46 此說與朱熹所言相近，朱熹在《詩集傳·序》中說道：「至於雅之變者，亦皆一時賢人君子，閔時病俗之所為，而聖人取之，其忠厚惻怛之心，陳善閉邪之意，尤非後世能言之士所能及之。此詩之為經，所以人事浹於下，天道備於上，而無一理之不具也。」（《詩經集註》，頁2）可見張竹坡對作者人格精神、創作宗旨的詮釋都受到朱熹的影響。

之人的勸勉。張竹坡雖然搬出「勸懲」的舊調,然其強調的其實已不再恪守傳統的「貞節」,而是韓愛姐之死靡它的真情,娼女改過悔非的向善之心,以及孟玉樓守禮待時的處世態度。

2.惡的懲創

張竹坡認為:「此書獨罪財色」(〈竹坡閒話〉),又說:「作者深恨交游之假,而作此書」(九十六回總評)。按他的理解,作者要譴責正是以財色為主導、真假顛倒的世態人情,例如西門慶與王六兒是「借色圖財」(讀法二十三)的假夫妻,陳敬濟、楊光彥是假兄弟,吳月娘與李桂姐是假父子等。那麼作者如何達到懲創的目的?最常見的方式是透過「因果報應」、死亡來懲戒,如西門慶生前貪財好色,死後不久立即有「潘金蓮售色赴東床,李嬌兒盜財歸麗院」之報(八十回);西門慶奸淫他人妻子,作者則讓其妻孫雪娥作娼,「以總張西門之報」(讀法十八);第九十五回寫吳典恩的忘恩負義,是因為「上文雖言伯爵背恩等情,卻未結言如何報應結煞,而亦未暢言其何以背恩,為世之假兄弟勸也。」因此特地寫其對吳月娘的欺凌,以為假兄弟警懼之資,最嚴厲的懲戒莫過於死亡,故而讓春梅的死於淫縱,則是與西門慶貪欲喪命同樣有著懲戒之作用:

> 結春梅,必使春梅如此死者,蓋欲與西門貪欲喪命一對作章法也。(第一百回行批)

綜上所述,張竹坡的詮釋實在是以傳統勸善懲惡思想為主,又融合了自己對《金瓶梅》以財色為主導的虛假人際關係的理解和批判,這就使《金瓶梅》接近一本有裨世道人心、警世的世情書。

(三)體天道以立言

張竹坡來自「簪纓世冑,鐘鼎名家」,又值程朱理學成為統治思想的時代,影響他以理學家的視野解讀《金瓶梅》[47],他說:「讀此書者,于此處深省之,便可于淫欲世界中,悟聖賢學問」(二十五回總評),此種深省、體悟的解讀方式,頗接近理學家的證道式批評法,即通過對作品的反復閱讀、涵泳,以體悟其中的大道、性理之學[48]。就這方面而言,既有純就故事情節闡發之體悟,亦有通過人名寓意比附成說之部分,以孟玉樓再嫁李衙內一段情節為例,張竹坡申說道:

> 寫玉簪之橫,見得我雖乾乾終日,尚有小人萋菲於下,設稍不謹,則又亡秦之續。故以接寫嚴州李衙內受辱,見憂心悄悄惟恐如斯時,以患難自儆,羞辱自惕,此

---

47 同註4引文,頁106-108。
48 顧易生、蔣凡、劉明今,《宋金元文學批評史》,頁761、780-787。

我之所以處得意者必如此也。設也稍自放逸，求棗強縣夫妻相守讀書，豈可得
哉？……至於嚴州，敬濟固以色迷，而玉樓實以名累。李衙內以利局人，即所以
害己。玉樓以計騙人，幾不保其身。吁！名利場中，酒色局內，觸處生危。十二
分欲抑，猶恐不免。君子乾乾終日，蓋以此哉。是故我云《金瓶》一書，體天道
以立言者也。（八十九回總評）

如上所述，張竹坡以道德理性閱讀孟玉樓生平遭遇，得出了個人如何乾乾終日、戒慎恐
懼、守禮遠害的處世之道，張竹坡稱之為「天道」，而不管「天道」也好，「聖賢學問」
也好，其實都指向安身立命之道[49]。何以張竹坡只圍繞在孟玉樓及其相關人物、情節之
上做闡釋？這當然與張竹坡堅信孟玉樓為作者自喻、寓意之人的說法不無關係，所謂「作
者寫玉樓，是具立身處世學問方寫得出來。寫一玉樓，又是教人處世入世之法」（第七回
總評），因此孟玉樓的一言一行均成為張竹坡破解主題的密碼，他甚至透過與孟玉樓相
關的人物、情節生發出一套性理之談：

何以寫李安哉？蓋作者雙結春梅、玉樓。寫春梅雖風光占盡，卻不如玉樓之淡漠
於真定之中而依理為安也。……夫幸而處亂世之中，不為市井所污，一旦明心見
理，得安於真定之天，以遠此趨炎之誚，則惟於理為依，是我之所安也。故玉樓
為杏之名，家於真定，不趨嚴州，而李安又往投之也。一篇淫欲之書，不知卻句
句是性理之談，真正道書也。世人自見為淫欲耳，今經予批後再看，便不是真正
道學不喜看之也。淫書云乎哉？（一百回總評）

細按這段評語，其背後思想似乎來自王陽明的學說[50]，張竹坡巧妙地利用了李安、嚴州、
真定等人名、地名符號比附成說，從而使《金瓶梅》成為饒具性理大義的「理書」、「道
書」，而非「淫欲之書」。張竹坡以道德理性的方式解讀《金瓶梅》，的確是前所未有，
除了對抗頑強的「淫書說」、為小說爭生存權之用意外，也提供了另一種閱讀《金瓶梅》
的方式，開啟《金瓶梅》主題詮釋的新方向。

（四）為孝弟說法

在洗刷「淫書」惡謚之動機下，張竹坡自云《金瓶梅》評點是「洗淫亂存孝悌」、

---

[49] 張竹坡評論來旺兒取禍之原由：「人情止知私于己而不肯忠恕也。……即肯忠恕于己失著之後，猶
可改過自新，庶幾免禍患于萬一。……深省之，便可于淫欲世界中，悟聖賢學問。」（二十五回總
評）可見聖賢學問指的是忠恕免禍之道。

[50] Shaun Kelley, Jahshan "Ritual in everyday experience and the commentator's art: Zhang Zhupo on the Jin
Ping Mei", P.67-68.

「使金瓶一書冰消瓦解」（〈第一奇書非淫書論〉），因此他詮釋主題的另一依據便是孝悌人倫。張竹坡根據作品中有關孝悌的情節得出「周貧磨鏡，所以勸孝也」（五十八回總評）、「此書繼《殺狗記》而作」（讀法一〇七）、「為孝悌說法」諸多主張，其中尤以一百回總評最為詳盡：

> 第一回弟兄哥嫂，以悌字起，一百回幻化孝哥，以孝字結，始悟此書，一部奸淫情事俱是孝子悌弟，窮途之淚。夫以孝悌起結之書，而謂之曰淫書，此人真是不孝悌。今而后三復斯義，方始作者以前千百年，以後千百年，諸為人子弟者，知作者為孝悌說法於濁世也。（一百回總評）

如此以孝悌人倫解讀《金瓶梅》的主題，每每被視為牽強附會，論者肯定其為「淫書」辯護的用心，卻不能苟同他所用的思想武器[51]，畢竟《金瓶梅》大量渲染了「家反宅亂」的道德生活，與《殺狗記》、《五倫全備記》等正面宣揚倫理道德的迥然不同[52]，然此說實與〈竹坡閒話〉、〈苦孝說〉中孝子著書的觀點一脈相承，反映了張竹坡「最真者莫若倫常」（〈竹坡閒話〉）人生價值觀的堅持，以及他思想中保守、迂腐的一面。

二、寓意申說

張竹坡論說《金瓶梅》寓意，可謂開風氣之先，他說：「金瓶一部有名人物，不下百數，為之尋端竟委，大半皆屬寓言」〈寓意說〉，又說「此書無一名不有深意」（八十回總評），從這見解出發，於是他將書中許多人名、地名、物名看作一系列暗示符號，通過破譯這些符號來追尋和說明小說的寓意所在[53]，這類探求幾乎遍佈全書的回前總評、眉批、旁批、行批之中，而以卷首〈金瓶梅寓意說〉為中心，集中論述了作品的微言大義。其索解的方法則是借助於傳統經學中因聲求義的諧韻雙關、諧韻添字、直陳詞義或是類比推理、自由聯想之法，來尋測作者的「命名之意」，或說明其人品性格、命運處境，或揭示其暗含的人生哲理。諧韻雙關通常用來索解否定性次要人物，如應伯爵諧「應白嚼」、常時節諧「常時借」、吳典恩諧「無點恩」等，一望可知其寓意；諧韻添字法用得最為普遍，在同音、音近或轉義的基礎上添加字詞，使原本拗口、艱澀的說解變為自圓其說。如「陳敬濟，陳者，舊也，敬者，莖也，濟同芰，即敗莖之芰荷」，

51　方正耀，《中國小說批評史略》，頁148；同註12引書，頁83。

52　趙興勤，〈傳統家庭倫理與金瓶梅的家反宅亂〉，《中國古代、近代文學研究》（1992年2月），頁213-214。

53　同註14引書，頁813。

又可得出「不能敬以濟此艱難」之意。自由聯想，如「杏者，幸也。幸我道全德立，且苟全性命於亂世之中也。」類比推理，由潘金蓮簪上「奴有並頭蓮」，以蓮自喻，得出孟玉樓簪上「玉樓人醉杏花天」，乃以杏花自喻之意。推求深層內涵，如在「陳敬濟者，敗莖之芰荷也」的觀點上進一步引申道：「蓋言金蓮之禍，不特自為禍以禍西門，即少有迷之者，亦必至於敗殘凋零如殘荷敗芰而後已也。」張竹坡將這套諧音——自由聯想——類比推論——挖掘深層內涵的批評模式推廣到全書[54]，得出了種種的寓意，舉凡一人、一事、一物、一地都有寄寓的可能，幾到了寓意無處不在的地步，開啟有清一代以索隱方法評點小說之風氣[55]。茲分述如下：

(一)風花雪月的寓言

張竹坡說：「寓意說內將一部奸夫淫婦悉批作草木幻影」（〈第一奇書非淫書論〉），說明了他的詮釋方向是以植物、花卉、自然界意象為主，即視《金瓶梅》為一「風花雪月」的寓言[56]，而四者中又以「花」為核心，故又有「一部群芳譜之寓言」[57]之說法：

> 夏延齡，實始終金蓮者也。蓋言蓮茂於夏，而龍溪有水，可以栽蓮，今夏已去而河空流，雖故址猶存，韶光不是，眼見芳菲全歇，惟殘枝敗葉，搖漾秋風，支持霜雪耳。故賁四嫂必姓葉，而帶水以戰情郎。且東京一回之後，惟踏雪訪月，而葉落空林，景物蕭條，是又有賁四嫂、林太太等事也。此處於瓶兒新死，即寫夏大人之去，言金蓮之不久也。用筆如此早瞞過千古看官。我今日觀之，乃知是一部群芳譜之寓言耳。（七十回總評）

張竹坡根據書中局部人物、情節興衰榮枯之描寫，推定作者寫夏延齡離去、賁四嫂帶水戰情郎、踏雪訪愛月等人事，只是表層假像，其深層含義是群芳的消息存亡——水枯蓮謝、芳菲全歇、葉落空林的象徵意涵，如此便形成以「風花雪月」為樞紐，「群芳」為核心的寓言圖式（表一），從而巧妙地將主要人物的興亡成敗、離合悲歡聯繫在一起，提出富於聯想力的解釋。張竹坡基本上是透過人名諧音之法，取得每一人物的對應意象，其次是從作品有關情節的暗示推論出來，例如孟玉樓為「杏花」的根據是一隻鑴有「玉

54　同註19引書，頁233。

55　特別是諸聯《紅樓評夢》、解盦居士《石頭臆說》、洪秋蕃《紅樓夢抉隱》等著作，均可見張竹坡的影響，詳見一粟編，《古典文學研究資料：紅樓夢卷》，頁117、184-196、238-242。

56　張竹坡根據46回西門慶教李銘唱「雪月風花共剪裁」一曲，得出「作者寫此一部書之樞紐」的觀點。另參看54回西門慶行「風花雪月」酒令、71回西門慶八角鎮遇風的行批。

57　張竹坡認為書中「群芳」喻指女性，54回西門慶教歌童唱「群芳綻錦鮮」之曲，此句後張竹坡批道：「須知諸人熱處已足，下即寫瓶兒死矣，故此點睛。」（行批）

表一：風花雪月

對應意象與形象本體			意象之屬性→性格與命運聯想	材料來源暨相關說明
風	玉簫、書童 徐對、張勝（巡風） 馮媽媽		蕭疏之風→瓶墜簪折，花事零落，散場之調 徐風晴和→殘芰少留；朔風利如刀→殘芰摧折 屏殘風冷→千古傷心	64 四回玉簫跪受三章約，書童私挂一帆風。 92 回陳敬濟被陷嚴州府，徐對相救 99 回陳敬濟遇張勝巡風被殺。 62 回瓶兒死，老馮失依靠。
花	瓶梅	金瓶梅	瓶裡梅花，春光無幾；無根之卉→喻韶華不久、衰朽在即	書名「金瓶梅」
	蓮芰荷	潘金蓮	蓮勝於五、六月間→為五娘，名六姐；蓮出污泥→不堪；潦倒污泥，取其潮濕→解渴王潮兒	第 8 回金蓮簪上有詩：「奴有並頭蓮，贈與君關鬢」；西門慶娶潘金蓮為五娘、15 回燈賦：「金蓮燈、玉樓燈」、「荷花燈、芙蓉燈」、60 回酒令「二擲並頭蓮，蓮溮戲彩鴛」。
		陳敬濟 張團練 陳洪	蓮葉落盡只餘敗莖→蓮之下場頭 荷盡已無擎雨蓋→蓮之下場頭 露冷蓮房墜粉紅→蓮之下場頭	86 回與敬濟奸情敗露被逐。92 回「栖栖芰荷枯」（張行評：明明說出敬濟之名。）
	芙蓉	李瓶兒	栽於正月、豔冶於中秋、搖落於九月→瓶兒生於正月，嫁以八月，病於重陽，死于十月。	第 10 回妻妾玩賞芙蓉亭、13 回卷首詞「繡面芙蓉一笑開」、15 回燈賦：「荷花燈、芙蓉燈」。（張旁評：金蓮、瓶兒合寫）。
	梅	龐春梅	雪裡歲寒臘底方開、傲骨流出、高人忠臣節婦美人，加一「春」字便爛熳不堪，為幽人歲寒友不肯置目其間→春梅淫死。	15 回燈賦「珠簾繪梅月之雙清」、72 回安忱送紅白梅花、60 回酒令「紅梅花對白梅花」、86 回春梅臉上羞得一紅一白。
	杏	孟玉樓	杏花必待三月→為三娘；日邊仙種、倚雲栽之→絕世美人；不爭春、待時而發→喻知時知命知天之人、一任炎涼世態均不能動之；果實梅酸杏甜→結果獨佳	第 7 回西門慶娶玉樓為三娘；簪上有詩：「玉樓人醉杏花天」。89 回引詩：「乍晴乍雨杏花天」（張旁評：出題）、90 回玳安在「杏花村」設酒席。（張行評：有玉樓在內）
	李	李嬌兒	李花最早→為二娘；桃李春風牆外枝→喻紅杏出牆	80 回李嬌兒與吳大舅有首尾、盜財歸麗院
	桂	李桂姐	桂生李上，不祥雜本；桂乃秋花→桂出則蓮彫；雪月世界，桂花飄零，有月無桂，喻寵衰	12 回金蓮受辱於梳攏桂姐之後；68 回後愛月兒取代李桂姐受寵、77 回西門慶踏雪訪愛月
	菊	秋菊	與蓮梅不同類，池蓮褪粉，籬菊綻金	86 回秋菊含憤泄幽情
	蘆	王六兒	蘆莖葉皆后空；蓮之副	37 回王六兒好幹后庭花
	荻	宋蕙蓮	荻簾；望子落，簾兒墜；蓮之副	26 回宋蕙蓮含羞自縊
雪	孫雪娥		雪必於冬→排行第四；與諸花不投，獨與梅花作祟→梅雪爭春；雪後梅花發而金蓮老；殘枝敗莖必雪壓始倒	第 7 回西門慶立雪娥為四娘；90 回雪娥受辱守備府；71 回後兩宿雪娥房中；86 回雪娥唆打陳敬濟。

	薛太監 薛姑子 雪洞禪師	二雪並至→林空春老、蕭瑟景象。 萬卉中有雪來說法，凋零之象；雪滿小 園，花事闌珊；雪能淨諸花故。	78 回薛太監來請、西門慶入宿雪娥房中。 50 回薛姑子來上壽；73 回薛姑子說佛法；83 回吳月娘遇雪洞禪師。
月	吳月娘	遍照諸花，諸花共一月→為正室 月有圓缺→喻守寡；月有明晦→喻性格有 賢有妒；月有陰晴→月娘之悲喜。	15 回燈賦「珠簾繪梅月之雙清」（張行評： 月娘、春梅作結）；21 回吳月娘掃雪烹茶。
	鄭愛月兒	月缺復圓，花落復開，人死難活；雪月下 無他花，唯待春梅→後半部寫春梅	68 回應伯爵戲唧玉臂、77 回踏雪訪愛月→愛 月兒漸寵，桂兒漸疏

樓人醉杏花天」詩句的簪，而潘金蓮送給西門慶的簪上刻有「奴有並頭蓮，贈與君關鬢」，顯然「以蓮自喻」（第八回總評），因而推論作者以「杏花」喻孟玉樓，依據邏輯推論，似無可厚非，蓋簪為古代女子身上所屬之物，簪上的詩句代表了擁有者的格調氣韻。而李瓶兒為芙蓉的證據則來自文中回目、詩詞、燈賦的暗示，包括第十回「妻妾玩賞芙蓉亭」、十三回「迎春隙底私窺」卷首詞有「繡面芙蓉一笑開」之語、十五回佳人笑賞玩燈樓中「燈賦」的描寫：「金蓮燈、玉樓燈，見一片珠璣；荷花燈、芙蓉燈，散千圍錦繡。」[58]這些章節正是以李瓶兒為中心進行描寫之文字，加上《金瓶梅》卷首的引詩或詞往往歌詠該回的主要人物[59]，因此李瓶兒為芙蓉的說法有其依據。至於其他次要人物，則從形象上的類近或是人物關係立論，如王六兒、宋蕙蓮的命名含義，只因前者在性事上效尤潘金蓮（品簫、后庭花），後者嘲風弄月本事不遜於潘金蓮，便以蘆、荻等生長水邊植物相比附，同歸為「蓮之副」，而陳敬濟、張團練、陳洪一家人，則因與潘金蓮的關係而層層推衍為蓮的命運之象徵。再就花與風、月、雪之關係而論，張竹坡亦緊扣人物的親疏關係、興衰交替、季節變化進行申說，得出「因寫諸花，固用雪為起結」（六十五回總評）、「雪月交輝，梅花獨放」等寓意。不管是「群芳」，或是「風花雪月」，張竹坡都不放棄字裡行間任何有關之暗示，一旦有利於做為人物之印證，不論是酒令、詩詞歌賦，或是景物描寫，張竹坡皆一一拈出[60]。上述的比附，就整體意義而言，並無太大問題，蓋「風花雪月」本指繁華卻虛幻無常的人生，「群芳」又與以花喻女性的傳統一致，而美好生命的終將消逝，就如同「風花雪月」不常住、花必凋零一般，其間本

[58] 張竹坡於燈賦末批道：「妙在將有名人物俱賦入，見得一時幻景不多時，而此回一會，又冰鑑中一影也。」認為寫燈正是寫人。

[59] 參看荒木猛，〈關於崇禎本金瓶梅各回的篇頭詩詞〉，《金瓶梅研究》第四集，頁 211-213。

[60] 例如 89 回孟玉樓清明節上墳，有「乍晴乍雨杏花天」之詩；92 回陳敬濟流落街頭行乞，有「栖栖芰荷枯」之詩，兩者都映襯主人公心情、命運；78 回描寫新年氣象「窗梅表月，檐雪滾風」並非泛泛寫景，而是「一總後文春梅、月娘、雪娥等事」。

有同構關係。關鍵就在於將意象屬性與人物性格、命運相比附時，各各不同，其中如何去取？以孟玉樓、潘金蓮、龐春梅三人為例，張竹坡批道：

> 作者命名之意，非深思不能得也。……語有云：「玉樓人醉杏花天」，然則「玉樓」者，又杏花之別說也。必杏花又奈何？言其日邊仙種，本該倚雲栽之，忽因雪早，幾致零落。見其一種春風，別具嫣然，不似蓮出污泥、瓶梅為無根之卉也。觀其命名，則作者待玉樓，自是特特用異樣筆墨，寫一絕世美人，高眾妾一等。……況夫金瓶梅花，已占早春，而玉樓春杏，必不與之爭一日之先，然至其時日，亦各自有一番爛熳，到那結果時，梅酸杏甜，則一命名之間，而後文結果皆見。（第七回總評）

如上所述，張竹坡以「無根之卉」、「梅酸杏甜」解釋人物之命運，大抵符合作品之實際，然而一旦將意象屬性與人物性格相比附時，不免注入自我主觀意識的認定，揚棄某些意象做為公共象徵的特質[61]：例如蓮「出污泥而不染」，張竹坡卻只取「蓮出污泥」之意，梅花，在文化傳統中象徵冰清玉潔、傲骨流出的人格特質，張竹坡卻說「爛漫不堪」、「為幽人歲寒友所不肯一置目於其間」（第七回總評），理由是因其為「春」梅而非「冬梅」，恐怕是與春梅淫死的形象有關。唯獨賦予杏花「日邊仙種」[62]、「待時而開」、「知時知命知天」諸多美好品質，顯然與他對孟玉樓「安命待時」形象的激賞有關，可見張竹坡以人物評價主導了自己的詮釋維度，為了符合對人物性格之既定看法，不惜削足適履，自圓其說。儘管張竹坡的比附未必符合作者的原意，然其努力建構為一有意義、有聯繫的整體之用意於焉可見。

其次，為了使寓言的架構言之成理，張竹坡又提出消息人物加以配合（表二），企圖將人物的關係網絡盡行納入群芳譜的寓言當中，他認為「寓言群花」（八十二回總評），尚應以荼蘼架、葡萄架、木香棚等作為照應、結穴之處，來寄寓花的盛衰消息[63]，而書中某次要角色（特別是男性角色），理所當然地成為攸關群芳消息存亡之意象，如玳安為蝶使，文嫂為蜂媒，玉簫為勾引春風之人，溫秀才暗示不熱之漸、將冷之機等，都對以「群花」為主的人物之性格命運產生暗示作用。就這方面而言，大半著眼於人物之間複雜的制約關係而論。以玉簫為例，因其曾替西門慶與僕婦的私情傳遞消息、觀風，故云「勾

---

61 公共象徵乃指某種文化傳統中約定俗成的，讀者都明白所指的象徵，例如中國文化中，青松與鶴象徵長壽，梅蘭竹菊象徵士大夫所標榜的潔身自好、孤芳自賞的人格。同註35引書，頁123。

62 此處「日邊仙種」、「倚雲栽之」典出「天上碧桃和露種，日邊紅杏倚雲栽」一詩，見《金瓶梅》64回收場詩。

63 參看第82回行批：「夫葡萄架，則夏日正炎，是蓮花時候，此云荼蘼架，是花事闌珊，春梅飄落。」

表二：消息人物

形象本體與對應意象		消息人物之功能、寓意	材料來源、相關說明
冷熱	寒 韓金釧	寒也；冷信透露。	54 回隔花戲金釧兒
	溫 水秀才 溫秀才	瓶水初溫可養梅花，瓶破水冷，梅花摧折。深悲韶華迅速，風流不久。	56 回溫秀才西門慶代筆、76 回春梅嬌撒西門慶、溫秀才離去 86 回陳敬濟弄一得雙
鳥蟲	蝶 玳安	拈花惹草，傳遞情意之人	55 回玳安嬉遊蝴蝶巷。玳為黑斑黃斑花蝴蝶之意。
	蜂 文嫂	花之媒，傳遞情意之人	68 回玳安兒密訪蜂媒（文嫂）
	鴻燕 春鴻、春燕	送鴻迎燕為春天，乃梅開之候；燕去鴻留，春去秋深	55 回苗員外贈歌童；春鴻留、春燕死。
	鳥 來友兒	鳥來而花殘，收拾花事之筆。	77 回來友兒投身西門慶家，改名來爵；爵者，雀也。
草木	楊 楊姑娘	柳芽復吐，杏花將嫁；楊去而李來，伏玉樓去機	74 回楊姑娘作辭；77 回楊姑娘死、92 回玉樓嫁衙內
	荊棘 荊都監	荊棘起於庭，月缺花殘，芳園蓁蕪，為歌舞者報傷心之信。	75 回荊都監來拜
	葉 賁四嫂	花殘葉落；蓮葉在水，止餘蓮葉，蓮花已空。	77 回賁四嫂帶水戰情郎；賁四嫂原名葉五兒
	林 林太太	眾卉成林，春光自盡，林空春老	71 回：「枯木寒鴉，疏林淡曰影斜暉」、77 回林太太駕幃再戰
水	溪河 夏龍溪 溫秀才 倪秀才	龍溪可栽蓮，夏已去河空流，只剩殘葉；水枯蓮謝，潦倒污泥，風流不堪回首；瓶破委泥，同就於污下，平路成河，水流花謝，紅葉飄零，空色消息，殘春音信	71 回夏提刑（龍溪）京任。76 溫秀才與夏龍溪私漏消息，倪秀才為葵軒作朋。77 回賁四嫂帶水戰情郎
	塘湖 尚小塘 晶兩湖	會心者上小塘徘徊獨步，蓮已成空，當尋貝葉之風，以悟眼前實地，無如眼底湖光猶作流芳之感，情牽不斷又為殘葉惹相思。	77 回尚小塘、晶兩湖代寫軸文；賁四嫂帶水戰情郎
	水雷 汪伯彥 雷起元 安忱 趙霆	當雷聲起元之正月，而安忱以戰帶水之貝葉，不知潛地之雷霆已動，又換一番韶光，區區水面殘葉，能有幾日浮蕩，而殷殷顧盼於小塘兩湖之上，以作傷心語哉？	77 回賁四嫂帶水戰；汪伯彥、雷起元、安忱同拜，要請趙霆。
器物	簫 玉簫	勾引春風之人；吹開消息、吹散殘春；吹放江梅、吹散金蓮。	22、78 回玉簫替西門慶通消息（蕙蓮、惠元）；75 回玉簫過舌，為金蓮、月娘鬥氣之根。
	瓶膽 李瓶兒 如意兒	瓶可養諸花→為六娘；瓶破水冷，芬芳無存，梅花亦狼籍東風。因膽想及瓶；膽瓶春水浸梅花	19 回娶瓶兒為六娘、62 回李瓶兒死；65 回守孤靈口脂生香 78 回如意兒莖露獨嘗

引春風之人」，而她的過舌激起吳月娘與潘金蓮激烈的爭吵，致使吳月娘在潘金蓮奸情事發後，毫不留情將潘金蓮主僕二人逐出家門，因此是「吹散殘春」、「吹放江梅」之說。而賁四嫂、林太太、鄭愛月兒等人的出現，亦暗示著諸人即將散場：

> 至賁四嫂與林太太，乃葉落林空，春光已去。……此時愛月初寵，兩番賞雪，雪月爭寒，空林落葉，所謂蓮花芙蓉安能寧耐？故瓶死蓮辱，獨讓春梅爭香吐豔。（寓意說）

> 上文七十二回內，安郎中送來一盆紅梅、一盆白梅……，言蓮杏月桂俱已飄零，蓋瓶斷簪折、琴書俱冷，一段春光，端的總在梅花也。（七十六回總評）

此處的感興聯想主要是依據情節發展而來的，隨著七十九回西門慶貪欲喪命，諸妻妾亦紛紛離散而去，小說瀰漫著死亡、離別、散場的氣氛，有如群芳將歇，葉落林空般，呈現一片凋零、冷清的景象，西門慶死後，春梅與陳敬濟躍居舞台中心，故云「瓶死蓮辱，獨讓春梅爭豔」、「一段春光，端的總在梅花」；而李瓶兒生子時，書童進入西門慶家一時並寵，書童與玉簫發展出私情，引發琴童藏壺搆釁之事，李瓶兒死時，有應伯爵夢簪折、潘金蓮識破書童、玉簫奸情，書童逃走等事，故又云：「瓶斷簪折，琴書俱冷」。可見張竹坡主要運用傳統文學中有關花事闌珊的聯想加以比附而成[64]，而其間起主導作用的是張竹坡所感知的意象世界——「葉落林空」、「瓶斷簪折」、「琴書俱冷」的空色世界，他不過是用一種貼近意象的語言重新描述罷了。至於花草樹木與人類之間的類比與聯想，亦可以在中國文學傳統的譬喻性修辭中找到[65]。姑不論這樣的索隱是否合理，一旦張竹坡假定人物姓名皆有寓意，那麼人名符號本身便形成巨大的意義生成能力，因此連雷起元、安忱、趙霆等官場人物，也能依著聲音的相近，附會成「安枕以戰帶水之貝葉，不知潛地之雷霆已動，又換一番韶光」等意義。

(二)作者色色自喻說

張竹坡〈寓意說〉的第二重點是作者自喻之說法。他認為《金瓶梅》的創作是發憤著書，即因為作者心中有憤懣、有猖狂之淚無處宣洩，故「作穢言以泄憤」（〈竹坡閒話〉）、「作寓言以垂世」（七十回總評），另一方面當然也寄託著作者的審美理想，因之他認為書中某些人物形象、情節描寫寄寓著作者的人格思想、道德學問、經綸懷抱，他說：「後

---

64 張竹坡 75 回行批：「吹散春光，必用玉簫，令人有江城五月之悲」，用李白詩「黃鶴樓中吹玉笛，江城五月落梅花」之典。又，詞話本《金瓶梅》72 回有「瓶梅香筆研，窗雪冷琴書」之詩。

65 《金瓶梅》作者就善用此法，例如 87 回潘金蓮之死，作者比喻道：「好似初春大雪壓折金線柳，臘月狂風吹折玉梅花」。

二十回內，總是作者寓己之學問經濟以立言」（九十三回總評），其中又以「玉樓為作者自喻之人」最具代表性：

> 於春光在金瓶梅花時，卻有一待時之杏，甘心忍耐於不言之天，是固知時知命知天之人，一任炎涼世態，均不能動之。則又作者自己身分地步，色色古絕，而又教世人處此炎涼之法也。有此一番見解，方做得此書出來，方有玉樓一個人出來。
> （第七回總評）

> 至其寫玉樓一人，則又作者經濟學問，色色自喻皆到。……杏者，幸也。身毀名污，幸此殘軀留於人世。而住居臭水巷。蓋言無妄之來，遭此荼毒，污辱難忍，故著書以泄憤。嫁於李衙內，而李貴隨之，李安往依之，以理為貴，以理為安。歸於真定、棗強，言吾心淡定；棗強，言毗勉工夫。所為勿助勿忘，此是作者學問。王杏菴送貧兒於晏公廟任道士為徒。晏，安也；任與人通，又與仁通，言我若得志，必以仁道濟天下，使天下匹夫匹婦，皆在晏安之內，以養其生；皆入於人倫之中，以復其性。此作者之經濟也。（〈寓意說〉）

可見張竹坡所謂的作者自喻說，其實包括了著書心境、人格理想、學問道德、經濟抱負等內容，用孔子的話來說就是「修己以安人」的人生理想。「修己」指的是成為一個理想人格的修身養性之功夫，「安人」則是推己及人、民胞物與的「事功德業」，這幾乎涵蓋了傳統士大夫做人的兩大目標[66]。張竹坡基本上圍繞著孟玉樓的生平經歷、為人處世申說作者寓意所在，但何以文中卻出現了王杏菴的事跡？其中是否有矛盾之處？考察張竹坡全部評點文字，又可發現張竹坡尚有孟玉樓、王杏菴二人「皆作者一人自喻」之說法：

> 玉樓才引即接杏菴出現，明言先為仇家所辱，甘為妾婦而不辭。一旦天日復見，我才復可為王廷宣用，且能救濟天下，故杏菴即接玉樓，蓋二人皆作者一人自喻也。（九十三回眉評）

張竹坡找來王杏菴充數，正說明了孟玉樓自喻說的侷限[67]，因為就孟玉樓的人品與為人處世來說，確實是潔身自好，雖受西門慶之冷落，從無越軌偷情的舉動，亦較少捲入家庭的爭寵風波，反常充當妻妾之間的和事佬，可稱得上「安命待時」、「守禮遠害」，

66　楊國榮，《理性與價值》，頁 206-207。
67　學者普遍認為孟玉樓不足以概括作者的人格思想，參看田秉鍔，〈金瓶梅寓意層次論〉，《徐州師範學院學報》（1989 年第 3 期），頁 9；張國風，《金瓶梅描繪的世俗人間》，頁 105-106。

然卻說不上民胞物與，故又找來了王杏菴「使一部寫玉樓的文字滿足」（九十三回行批）[68]。綜合二人行事，一是潔身自好，可謂修身的典範，一者民胞物與，有成人之美，正體現了「修己以安人」之理想，此一理想恐怕正是張竹坡自己心目中的人格理想、經濟學問。此種詮釋方法應與張竹坡對人物塑造的認知有關，他認為作者某些人物形象的描寫「本意不在此人」（二十六回總評），例如李安捉拿張勝時，自云李貴是其叔，張竹坡批道：「寫玉樓時，已伏此人，可知其用意處不在李安，而在真定棄強之可貴、可安之理也。」（九十九回行批）故凡屬張竹坡認可之正面人物皆可視為作者寄意所在，而反面人物代表則作者揚棄之價值（參看表三），最後張竹坡總結所有能體現作者精神描寫：

> 夫賣玉簪，不求名也；甘受西門之辱，能耐時也；抱羞含酸，能知幾也；以李為歸，依於理也；不住嚴州，不趨炎也；家於真定，見道的而堅立不移；棗強縣裏強恕而行，無敢怠也；義恤貧兒，處可樂道好禮，出能乘時為治，施吾義以拯民命於水火也；……凡此者，杏也，幸也，幸我道全德正，且苟全性命於亂世之中也。以視奸淫世界，吾且日容與於奸夫淫婦之傍，爾焉能浼我哉？……吾故曰：作者以之自喻者也。（一百回總評）

在此張竹坡因著自己對孟玉樓形象的偏愛，便不惜根據儒家的道德精神和人格原則對孟玉樓形象進行再創造，建構了孟玉樓為作者之自喻的說法[69]。循此理路思考，作者在書名、內容中寄寓自己著書的心境，也就不足為怪，這方面張竹坡注意到「月琴」與「胡珠」之暗示意涵：

> 月琴與胡珠，雙結入一百回內。蓋月琴寓悲憤之意，胡珠乃自悲其才也。月琴者，阮也。阮路之哭，千古傷心。故玉樓彈阮，愛姐亦彈阮，玉樓為西門所污，愛姐亦為敬濟所污，二人正是一樣心事，則又作者重重憤懣之意。（第七回總評）

依據小說內容，孟玉樓嫁進西門家後，總是有說有笑，並不給人「眼淚洗面」的感覺，何以云為西門所污？韓愛姐與陳敬濟之糾葛，乃是出自一廂情願，並非受媒人之騙，何以云為敬濟所污？原來張竹坡由「月琴」而「阮」，聯想到晉代阮籍「阮路之哭」的典故，更結合孟玉樓含酸抱羞、韓愛姐抱阮尋父的情節，得出作者「窮途作書」之意，詮

68　張竹坡把王杏菴義恤貧兒視為「不肯做自了漢，貪位慕祿，不做好事，見義不為」的「民胞物與」襟懷，參看第 93 回總評、行批。

69　依據作者一百回散場詩：「樓月善良終有報」，吳月娘、孟玉樓都是作者肯定的善人，但張竹坡認為吳月娘「權詐不堪」，是書中第一惡婦人，而孟玉樓是絕世美人，參看第四節「人物論——道德理性為主的觀照」。

表三

人名	寓意	人名	寓意
孟玉樓	杏也，幸也，幸我道德全正	卓丟兒	卓然不動
李安	依理為安	李貴	依理為貴
真定府	吾心淡定，道的堅定不移	棗強縣	黽勉工夫
王廷相（杏菴）	為王廷所用	任道士	人道（欲其成人也）
宴公廟	宴者，安也，送入安身之處	陶媽媽	桃夭之慶
嚴州	炎；嚴霜	玉簪兒	浮名
陳三	舊性復散	金宗明	今道

釋路線不出「玉樓為作者自喻」之說法。而以「胡珠」喻「一百回，如一百顆珠，字字圓活」（二十回總評），則與「金瓶梅」自喻創作說同意：

> 《金瓶梅》三字連貫者，是作者自喻。此書內雖包藏許多春色，卻一朵朵一瓣瓣，費盡春工，當注之金瓶，流香芝室，……夫金瓶梅花，全憑人力以補天工，則又如此書處處以文章奪化工之巧也夫。（讀法一○六）

把書名「金瓶梅」結合起來讀成「金瓶梅花」，呈現出美好華麗的意涵，既可喻女性豔麗的生命，又是才子妙文之喻，而其中的感興聯想，則遵循美的事物相比附之路線。雖屬由書名妙處引起的猜想，卻比停留在各抽一人姓名組合而成的單向理解多出了幾許意味。張竹坡「逆其志」、「抉其隱而發之」（五十九回總評）的結果，使一百顆明珠、金瓶梅花有了多重意涵，豐富了文本的象徵。

(三)生命與道德的勸懲

前文討論了「風花雪月的寓言」、「作者色色自喻說」，然對書中頭號重要人物西門慶（正經香火）的寓意未見論述，潘金蓮、李瓶兒、龐春梅三人所引申的寓意亦未盡充分，以張竹坡自覺建立理論體系而言，怎肯留此虛漏？考全部「寓意說」文字，實以西門慶為中心，圍繞其交游人物、妻妾們的貪財好色、淫縱敗德生活史，又生發出一攸關生命與道德的寓意層次，且無論表層的、深層的含義，張竹坡的索隱皆指向生命和道德的勸懲[70]，即有關色與空、縱欲與死亡、勸懲與救贖之課題：

1.色與空

張竹坡在寓意申說上，持多元義旨說，因此「金瓶梅」三字除自喻創作之外，又有

---

[70] 張竹坡說：「一部中有名之人，其名姓皆是作者眼前用意，明白曉暢，彼此貫通，不煩思索而勸懲皆出也。」（第七回總評）可知「勸懲」大義是其關注所在。

其他含義，張竹坡解讀道：「前半人家的金瓶，被他千方百計弄來，後半自己的梅花，卻輕輕的被人奪去」（讀法一），小說的書名成了「金瓶」、「梅花」意象的組合，同時暗寓了色空之旨：

> 然則《金瓶梅》何言之？予又曰玉樓而知其名《金瓶梅》者矣。蓋言雖是一枝梅花，春光爛漫，卻是金瓶內養之者。夫即根依上石，枝撼煙雲，其開花時，亦為日有限，轉眼有黃鶴玉笛之悲，奈之何折下殘枝，能有多少生意？而金瓶中之水，能支幾刻殘春哉？明喻西門之炎熱，危如朝露，飄忽如殘花，轉眼韶華，頓成幻景。總是為一百回內，第一回中色空財空下一頂門針，而或謂如檮杌之意，是皆欲強作者為西門開帳簿之人，烏知所謂《金瓶梅》者哉？（第七回總評）

張竹坡從寓意出發，認為書名的含義是「金瓶中的梅花」，瓶梅就象徵著書中女性美好易朽的生命，也暗示了西門慶終將失去她們——色空財空，其含義絕非只是「紀惡以為戒」之史鑒意義而已。如此聯繫作品形象的詮釋，比「檮杌之意」的懲淫思路多了幾許韻味，對人們審美地閱讀《金瓶梅》不無啟發[71]。蓋依據小說的內容，金、瓶、梅三人是西門慶最寵愛的婦女，卻在盛開之時就各自以奸、孽、淫夭折，就如同西門慶家的擺設「花插金瓶」[72]，美則美矣，然則瓶中梅花終究好景不長[73]。不僅如此，其他女性也因其與西門慶之關係，而被賦予不同的象徵意義。例如那位與西門慶緣慳一面的楚雲，正是「彩雲易散」（寓意說）的注腳；而「未曾體交，精魂已失」的何千戶娘子藍氏，西門慶始終未能一償宿願，豈非「竹藍打水，到底成空，總是一番虛景」（七十八回總評）？又如出場時是已西門慶臨死前的賁四嫂、林太太，不但是群芳的消亡之喻，也是西門慶生命消亡之喻：「眾卉成林，春光自盡，故林太太出，而西門氏之勢，已鐘鳴漏盡矣。」（第七回總評）。女性成了色與空的雙重隱喻。

2.縱欲與死亡

上文「風花雪月的寓言」提及張竹坡在詮釋人名寓意時，以人物道德評價主導了詮釋維度，這在西門慶及其交游人物更是如此（參看表四）。最明顯的是十兄弟的命名，應伯爵諧「白嚼」、白賚光諧音「白賴光」、溫必古諧「溫屁股」，姓名的寓意正是來自他們的道德缺陷、或性格弱點，因此西門慶一味貪淫好色，又死於縱欲過度，他的名字自然就暗寓「貪欲嗜惡，百骸枯盡，瓶之罄矣」，而名字相同的潘金蓮、宋蕙蓮（原名宋

71　楊揚、劉輝，《金瓶梅之謎》，頁 353-354
72　「花插金瓶」的意象四見，參看第 10、31、68、71 回。
73　周中明，《金瓶梅的藝術》，頁 5。

表四

人名字號	寓意	人名字號	寓意
西門慶	貪欲嗜惡，百骸枯盡	吳道官	無道心、無天理
應伯爵，字光候	白嚼（吃客）	吳典恩	無點恩（忘恩負義）
謝希大，字紫純	攜帶紫唇（喻撈扒）	負自新	負心（沒良心）
祝實念	住十年（白住）	韓道國	搗鬼（不忠誠）
孫天化，字伯修	話不羞	崔本	催本錢
常時節	常時借	李銘	裏明外暗
卜志道	不知道	車淡、管世寬	扯淡管事
雲裏守，字非去	手（裏）飛去	游守、郝賢	游守好閑
白賚光，字光湯	白賴光	溫必古	溫屁股（雞奸癖好）
賈第傳	背地傳	甘出身	乾出身
安忱	安枕（沈溺酒色）	宋喬年	斷送長年

金蓮），則因兩人擅於嘲風弄月，於是便暗示著「淫婦」之意[74]。可見張竹坡的釋寓乃建立在對人物的道德觀照之上，並由此尋測出一部中人性格與命運的象徵——即縱欲與死亡的暗示，蓋放縱情欲是《金瓶梅》中最大的性格弱點，死亡是多數人共同的命運，因此張竹坡多半著於此。例如潘金蓮、王六兒同為西門慶濫淫的對象，西門慶臨死前的縱欲無度中少不了她們，張竹坡由潘金蓮又名潘六兒，與王六兒均有「六」字，得出「重陰凝結，生意盡矣」（三十三回總評）、「兩六兒合而迷六兒者去，兩陰不能當兩斧效立見也」（第七回總評）之意，暗示著迷戀女色必然死亡的下場，而經常與西門慶往還的交游人物，暗示了西門慶的縱欲與死亡[75]：

> 寫安忱來拜，處處在西門飲酒赴約之時，蓋屢屢點醒其花酒叢中安枕無憂，不知死之將至。正是作者所以用安忱一人入此書之本意也。（七十二回總評）

安忱諧音「安枕」，意味沈溺酒色之中，而另一交游人物宋喬年則諧「斷送長年」，兩人合寓「色欲傷身」之意，而宋御史送一百本曆日來，則有相同寓意：

> 宋御史送一百本曆日來，亦平平一事……蓋言一百回文字，至下一回將寫其喫緊

---

[74] 張竹坡聯繫兩人姓名，以及書中有關「金蓮」風波的描寫，得出作者有批判「眼前淫婦人，比比皆同」之意，參看第 7 回總評。

[75] 張竹坡認為書中所寫交游人物均非泛泛之筆，參看 75 回前都監來拜、76 回喬大戶納官的評論，以及〈寓意說〉中：「因西門慶不肖生出數名」的看法。

> 喫緊示人處也。財色二字，至下一回討結果也，況一百本曆日言百年有限，人且
> 斷送于酒色財氣之內也，故用宋喬年送來。又瓶兒一百日後，是西門死期，言瓶
> 之罄矣，不能苟延也。（七十八回總評）

事實上《金瓶梅》中寫到送曆日之事不只一處，張竹坡在此憑藉的仍是以「人名」為中
心，結合「宋喬年」、「一百」、「曆日」等字詞為破譯的關鍵，引發有關生命、道德、
死亡的聯想。只因這些事件發生在臨近西門慶死亡前，張竹坡結合了作品的實際描寫，
由字面進行反方向的聯想——由飲酒作樂聯想到向樂極生悲，於是安忱、宋喬年來拜、
宋御史派人送一百本曆日，便成沈溺酒色財氣之象徵；西門慶送「八仙捧壽」鼎與宋喬
年便暗示「此物斷送長年，安得不死」（七十六回總評）？七十八回的喬大戶納棺也被成
看是「喬木成棺，西門死至」（行批）的暗示，鄭愛月——西門慶臨死前最寵愛的妓女，
也則暗寓「論月論日的日子，死到頭上，猶奸淫他人也」（〈寓意說〉）。此外，張竹坡
既視《金瓶梅》為一部寓言，作品的寓義便無處不在，故其釋寓方向，更從人名、物名
沿伸到地名上，小說寫到一處與西門慶家關係密切的永福寺，張竹坡將之詮釋為出生與
死亡的象徵：

> 夫永福寺，湧於腹下。此何物也？其內僧人，一曰胡僧，再曰道堅，一肖其形，
> 一美其號，永福寺真生我之門死我戶，故皆於死後同歸於此，見色之利害。（〈寓
> 意說〉）

永福寺，西門慶家的生生死死都和它相關，在西門慶滿足色欲的征途上，邂逅永福寺胡
僧堪稱一個里程碑，也是他走向死亡的加束站，胡僧春藥乃西門慶命喪黃泉之因[76]，胡
僧的形象顯然是陽具的化身，而生時追逐色欲滿足不下西門慶的潘金蓮、陳敬濟、龐春
梅等人，死後皆葬身永福寺，這些讓張竹坡將永福寺與「色的利害」聯想在一起，故有
「湧於腹下」、「生我之門死我戶」[77]之說，永福寺做為男根、女根（色）的象徵，潘金
蓮、陳敬濟死後同葬永福寺也就「寓意甚深」（九十九回行評），象徵著「貪此不厭，陷
溺之尤者」（八十八回行評）。最特別的是「春梅死於周義」說，張竹坡將之視為一部中
人沈溺色欲的象徵：

> 春梅死於周義，亦有說也。夫周者，舟也，周秀者，舟中遺臭也，因春梅而遺臭
> 也；周仁者，舟人也；周忠，舟中也；惟周義乃一義渡之舟，凡人可上，隨處可

76　潘承玉，《金瓶梅新證》，頁79。
77　作者在第1回論及女色的利害：「生我之門死我戶，看得破時忍不過」，另參看第88回總評。

> 留，喻春梅之狼藉不堪，以至於死也。且喻義舟隨流而去，無所抵止，以喻一部
> 中之人，紛紛紜紜於苦海波中，愛河岸畔，不知回頭，留住畫舫，以作寶筏，止
> 知放手中流，隨其所止，以沈沒而後已。（一百回總評）

春梅死於周義身上，本身就是淫逸的象徵，「周義」轉義為「義周」、「義渡之周」，
以賓喻主，以小喻大，既是春梅品格的寫照，更由此生發為一部之人沈溺色欲、紛紛無
所底止之中的象徵，其索解方向皆是攸關縱欲與死亡的思考。

3.勸懲與救贖

　　張竹坡強調《金瓶梅》是「改過的書」、「懲人的書」，所以既有縱欲與死亡的警
戒，也當寄寓作者對世人勸勉與救贖。例如周義的形象是世人沈溺酒色之中的寫照，他
的來世則象徵作者對世人的勸勉：

> 故普淨座前，必用周義之魂，往生為高留住兒，但願世人一篙留住，以登彼岸，
> 不枉了作者於愛河岸邊搆此一百回鬼也。（一百回總評）

生時做為沈溺之象徵，而來世的投胎則是對於今生罪孽的勸懲，故周義死後投胎為「高
留住兒」寓意「一篙留住，以登彼岸」，寄寓作者對於沈孽苦海之人的勸勉。不單是周
義之魂，張竹坡將小說結局安排鬼魂——投胎的用意，全納入了勸懲的寓意架構之中（表
五）。而孝哥的形象則象徵著作者替人開出的救贖之路，雖然有些論者質疑孝哥此一角
色的矛盾曖昧[78]，張竹坡並未質疑這樣的矛盾，反認為孝哥做為西門慶轉世的化身，又
為普靜禪師度化而去，其中含義深遠，在一百回作者寫道：「老師將手中禪杖，向他頭
上一點，教月娘眾人看。忽然翻過身來，卻是西門慶項帶沈枷，腰繫鐵索。復用禪杖只
一點，依舊還是孝哥兒睡在床上。

　　月娘見了，不覺放聲大哭，原來孝哥兒即是西門慶托生。……當下化陣清風不見了。」
張竹坡解釋其中寓意道：

> 至其以孝哥結入一百回，用普淨幻化，言惟孝可以消除萬惡，惟孝可以永錫爾類。
> （〈寓意說〉）

> 西門復變孝哥，孝哥復化西門，總言此身虛假，惟天性不變，其所以為天性至命
> 者，孝而已矣。（一百回總評）

78　參看王彪，〈無所指歸的文化悲涼——論金瓶梅的思想矛盾及主題的終極指向〉，《文學遺產》（1993
　　年第 4 期）；浦安迪，《中國敘事學》，頁 186。

表五

人名—來世姓氏	寓意	人名—來世姓氏	寓意
西門慶—沈越	沈冤之人	潘金蓮—黎家女	作者欲犁其舌
李瓶兒—袁家女	借此以遠諷人	龐春梅—巨家女	欲其知懼而知悔
陳敬濟—王家子	自尋死亡	張勝—高家子	死於舟中，固須尋篙
花子虛—鄭家子	質證兩回因果之人	孫雪娥—姚家女	水遠煙遙之人
宋蕙蓮—朱家女	不勝其誅之人	西門大姐—鍾貴之女	欲其改悔，主持中饋
周統制—沈守善	作者勸人本意	周義—高留住兒	一篙留住，便登彼案

張竹坡在此強調了「孝」的救贖力量，貫徹他「為孝悌說法」的主張，層層推衍的結果，磨鏡申說出「磨其惡念以存本心」、「以此鏡彼，欲其以磨鏡之老人，回鑒其母之苦情」（五十八回總評）等意義，報恩寺燒夫靈推導出「惟孝可以化百孽」之意；韓愛姐是「艾火」的象徵，作者欲以之針砭世人好色貪財之病；吳神仙起先在周守備家，是「撐寶筏而相渡」；春梅嫁周秀是「欲人以載花船作寶筏，色字大點醒處」（一百回總評），種種寓意皆不出作者對世人的勸勉與告戒。

　　這些人名符號是否饒富如此多的深意無從得知，但反觀作者在《金瓶梅》的世界中描述的色欲生死：潘金蓮春花夏葩般豔麗的生命、追尋床笫之歡，最後死於武松刀下；春梅富貴的生活背後是縱欲，最後骨瘦如柴以至淫死；武大死於縱欲者的「荼毒」，西門慶死於過多的春藥，縱欲帶來的是生命的耗損必然走向死亡，在淫欲的表層文意之下，盡是作者對生命價值和生存意義的反思。張竹坡領悟到這一點，細細剖析了作者那真誠的人生體驗、對生命的思索[79]。張竹坡游移在縱欲與死亡、沈溺與回頭之間的辯證，將《金瓶梅》淫欲場景、轉世投胎的虛幻描寫轉化為關於生命的種種象徵，徹底瓦解了「淫書論」的閱讀模式，張竹坡的解說下《金瓶梅》成了飽藏豐富深刻意蘊的文本，盡皆寄寓著作者生命與道德的勸懲大義。

　　綜合上述的分析來看，張竹坡的寓意申說，實乃基於他對作品基本思想的了解生發而成，如「色空」、「勸懲」、「性理之談」、「孝悌」等觀念，都不同程度在〈寓意說〉中做了闡釋發揮。此種寓意申說乃是基於他對生命的深層理解、觀照而來，觀其在評點中所流露的盡是對生命無常的感嘆：「豪華易老，歌舞場中，不堪回首。」（五十九回行批）「此處特與瓶兒燒子虛靈時，眾人跪敬頂針一照，真是轉眼韶華，不堪回首。」（六十六回行批）或是對世人沈溺欲海不知改過的憂心：「西門適聽神仙貪花之說，即白日宣淫，見作惡者雖神仙亦不能化之改也。」（二十九回總評）「惡如瓶兒猶可懺悔，非如

79　卜鍵，〈世風的澆漓與生命的懲戒〉，收入《名家解讀金瓶梅》，頁 244。

金蓮之不能超脫也」（六十六回總評）他對人生如「危機相依，如層波疊起，不可窮止」（八十七回總評）有深刻的認識，贊嘆作者「使大千世界生生世世之苦海水，盡掬入此一百明珠之線內。」（八十七回總評）評點文字中常以「熱突突寫來」、「火爆寫來」、「冰消瓦解、風馳電捲、杳然而去」形容人物的聚散。正由於此種對生命無常的體悟、生命沈淪的憂心、自我安身立命的堅持，使其將詮釋寓意的方向傾向生命與道德。雖然在觀念與方法上，張竹坡依循的是傳統解經學中的聲訓諧音之法，很多地方顯得牽強附會，缺乏說服力，然而只要注意到張竹坡的寓意闡釋始終是建立在文本基礎之上的一次審美再創造——依據作品實際的描寫、他個人對生命的觀照與反思、傳統文化中有關命名的聯想，運用自己的感受能力、想像能力、聯想能力，對作品文本提供的形象或意境進行再現，補充發展完成的審美再創造，那麼就未必對審美地閱讀《金瓶梅》沒有啟益作用[80]，所謂「作者之用心未必然，而讀者之用心何必不然。」[81]作品在張竹坡的讀解中被賦予新義，此種閱讀過程中的再創造應被肯定，況且張竹坡關注的焦點始終圍繞在生命與道德的寓意，與索隱派紅學專主猜度政治主題、歷史本事的影射不同，因之張竹坡的索隱作為一種批評模式，實已超出了文字游戲的本身而具備了審美的特徵[82]。

第四節　人物論──道德理性為主的觀照

人物作為小說的核心，始終是評點家關注的焦點，或從道德原則針砭人物，或純就人物形象做審美地鑑賞，以張竹坡全部評點文字而言，尤以前者著墨最多，這固然由於張竹坡以道德理性審視《金瓶梅》的世俗生命有關，也與他把《金瓶梅》比做一部《史記》有關，前者使得張竹坡對人物性格的把握以儒家倫理原則為主導，後者影響他以史傳褒貶善惡的精神解讀人物，因此在張竹坡評點的「人像畫廊」中，以反面人物形象居多，且有絕對化的傾向，人物非善即惡，非真即假，非貞即淫邪之人，非守分即作孽之人，非作者滿許即深惡之人，呈現出以道德概念簡單化、類型化的趨勢。在人物塑造的技巧上，張竹坡闡發了不少真知卓見，蓋因從道德原則考量，反面人物形象大抵醜惡的，但藝術的表現卻可以予人美感的賞悅，因此張竹坡盛讚作者將人物形象寫得紙上活現、白描入化之外，更就人物塑造技巧做深入地分析，如白描追魂攝影、犯而不犯、烘雲托月、點睛、反襯、「於一個人心中，討出一個人的情理」、在對立衝突中刻劃人物的「抗

80　例如哈斯寶、張新之的閱讀《紅樓夢》都受到張竹坡的影響，同註 12 引書，頁 84-85。
81　語出譚獻，《復堂詞話》，轉引自同註 14 引書，頁 815。
82　同註 34 引文，頁 75。

衡」說，以及因人用筆等藝術筆法。

一、人物評論

張竹坡對人物的評價標準不外是以三綱五常為主的禮法規範，觀其在評點中屢屢申示「不修其身，無以齊其家」、「身修而后家齊」、「孝弟乃為仁之本」的教條，說明其對儒家道德原則的堅持。總地來說，張竹坡較少針對人物的個性、豐富複雜的內心活動做分析[83]，而更致力於挖掘人性之醜惡，發為教訓之音。其方向大致有二：一是從家庭倫理秩序的維持出發，責難家長治家愚闇之失；一是著眼於個人道德修為，針砭人物之善惡賢愚，具體表現為對孝子仁人義士、安命待時、潔身自好、以禮自持等至善至美形象的推崇，對貪淫陷溺之人、淫浪敗德之女性、奸險虛偽人格的貶斥。其中尤以對女性的批評最為嚴苛，除了責以三從四德之禮法規範外，更將所有悖亂淫行皆納入道德懲戒之思維下，鄙薄美麗卻無甚品行的女人為「狐精」、「花刀色劍」，將女性的才智和美貌視為禍亂的根源，對女性撒嬌弄痴、任性使氣的行為一律以「圈套」、「伎倆」責難，大有「女人是禍水」之論調思維。正因為張竹坡處處從道德理性原則著眼，故對兩性的痴情纏綿關係亦不表認同，逕從道德沈淪之角度予以否定，而「女人是禍水」的偏見，則沖淡了對女性的寬容與同情[84]。茲分述如下：

(一)人性善惡美醜的辨析

張竹坡對《金瓶梅》人物的整體評價是：「一部書中，上自蔡太師，下至侯林兒等輩，何止百有餘人，並無一個好人，非迎奸賣俏之人，即附勢趨炎之輩」（讀法四十七），似乎這是一個沒有美的醜惡世界，然細按張竹坡對個別人物的評價又不然：

> 西門是混帳惡人。吳月娘是奸險好人。玉樓是乖人。金蓮不是人。瓶兒是癡人。春梅是狂人。敬濟是浮浪小人。嬌兒是死人。雪娥是蠢人。宋蕙蓮是不識高低的人。如意兒是頂缺的人。若王六兒與林太太等，直與李桂姐輩一流，總是不得叫做人。而伯爵、希大輩，皆是沒良心的人。兼之蔡太師、蔡狀元、宋御史，皆是枉為人也。（讀法三十二）

> 《金瓶》內有一李安，是個孝子，卻還有一個王杏庵，是個義士，安童是個義僕，黃通判是個益友，曾御史是忠臣，武二郎是個豪傑悌弟，誰謂一片淫欲世界中，

83　同註4引文，頁114。

84　孟玉樓到永福寺替潘金蓮燒紙，張竹坡批道：「美人黃土，千古傷心，但不當為金蓮痛」（89回行批），可見其高舉道德理性的態度。

天命民懿為盡滅絕也哉？（讀法八十九）

可見張竹坡並未全盤否定書中人物，如李安、王杏庵、曾御史、孟玉樓等都是他肯定的好人形象，「癡人」、「狂人」、「死人」、「蠢人」、「頂缺之人」、「不識高低之人」近乎性格分析，算不上是惡人，「混帳惡人」不必說了，「沒良心」、「不是人」、「不得叫做人」則意味著沒有「人性」，這是何等嚴厲的譴責！比較矛盾的是「奸險好人」的評價，原來，張竹坡認為吳月娘有「為善之資」，是「可以向上之人」、「知學好」之人，只因習俗薰染故流於不知大禮，不聞婦道，「志氣日趨於奸險陰毒」（八十四回總評），與潘金蓮、李瓶兒等「不能向上」、「不能改過」者不同，因此說她是「奸險好人」[85]。至於西門慶、潘金蓮、陳敬濟等人都是張竹坡否定的對象，因為他們貪淫無度、迎奸賣俏、寡廉鮮恥，外加不孝之罪名，與忠臣、孝子、義士、豪傑悌弟等好人形象，恰形成善惡對比，張竹坡經常使用「豬狗」、「禽獸」等字眼予以譴責：

> 使無李安一孝子，不幾使良心種子滅絕乎？看其寫李安母子相依，其一篇話頭，真見得守身如玉，不敢毀傷髮膚之孝子，以視西門、敬濟輩，真豬狗不如之人也。（讀法四十七）

> 以己母遺之物贈人不能養之母，不一返思，真豬狗矣。（八十五回行批）

李安在書中角色無足輕重，只因他拒絕春梅的色誘，並未如西門慶沈溺女色縱欲而亡、陳敬濟因奸情而死，故讚之為孝子，反之，則是豬狗不如的禽獸。從中可見張竹坡以儒家倫理為依歸的價值取向，特別是孝乃為人格判斷的重要標準，也即人禽之別的重要關鍵。此外，張竹坡在讀法八十九又說道：

> 《金瓶》雖有許多好人，卻都是男人，並無一個好女人。屈指不二色的，要算月娘一個，然卻不知婦道，以禮持家，往往惹出事端。至於愛姐，晚節固可佳，乃又守得不正經的節，且早年亦難清白。……甚矣，婦人陰性，雖豈無貞烈者，然而失守者易，且又在各人家教，觀於此可以稟型於之懼矣。齊家者，可不慎哉！（讀法八十九）

這段話流露出張竹坡對女性的偏見與苛求，且「並無一個好女人」的說法，與他在評點

85　有關吳月娘資質的討論，見讀法 24、第 1、84 回總評，另參看 100 回總評：「玉樓是本能勤歲月者，愛姐是沒奈何改過者，瓶兒、金蓮兒是不能向上，又不知改過者」。

中稱讚孟玉樓為「真正好人」[86]、「絕世美人」相矛盾，按張竹坡之意，孟玉樓是作者自喻之人，或許早已不把孟玉樓算在內，但他認為女性天生道德感薄弱，容易墮落，須視男性的「刑于之化」而定，則說明張竹坡對女性採取極高的道德標準，韓愛姐與陳敬濟並無夫妻之名，卻誓死靡它，甘心為之守節，張竹坡尚且稱其為「守得不正經的節」，吳月娘算是比較善良的，可惜不善持家、領導不來、又經常惹出事端，張竹坡不斷攻擊他在這方面的缺陷，比潘金蓮有過之而無不及，實已到達苛求的地步。

(二)追問治家愚闇之失

雖然張竹坡對《金瓶梅》大多給予反面評價，但往往能從人物性格與社會環境的關係上，分析人性墮落的原因，例如他認為潘金蓮並非生性淫蕩，而是王昭宣府內淫聲、淫色薰陶的結果；吳月娘本來可以向上，但因嫁入市井無禮之家，遂流於不知婦道；由此推論，而西門慶家中奸淫狗盜、偷情亂倫的事件不斷發生，則肇因於家主不知守禮防閑、家法不嚴所致，因此張竹坡一再強調修身齊家之重要，特別是家主的表率作用（刑于之化）、防微杜漸之道等。

1.不能刑于

在中國傳統家庭中，家長擔負「綱維家政，統理大小」的責任，唯有「以禮率下，以誠服眾」才能維繫家庭的正常關係[87]，若治家不察，主家不正，則容易造成家反宅亂，所謂「其身不正，雖令不行」、「處家不正，奴婢抱怨」，故於西門慶、花子虛、王招宣、吳月娘等身負家主地位者，皆以不能刑于責之，例如西門慶不甚讀書，故不能以禮刑於妻；王招宣不能儀型妻子，故王三官不肖荒淫，林太太蕩閑踰距；花子虛不能刑于寡妻，終致李瓶兒紅杏出牆；吳月娘收桂姐為乾女，非但不能儀型大姐，且是「下同娼妓之母而不知恥」；而吳月娘之婢玉簫私人而不知，「無以服金蓮」等，皆是「不修其身，無以齊其家」之例[88]。茲以西門慶為例說明：

> 月娘可以向上之人也，……使隨一讀書守禮之夫主，則刑於之化，月娘便能化俗為雅，謹守閨範，防微杜漸，舉案齊眉，便成全人矣。乃無如月娘止知依順為道，而西門使其依順者，皆非其道。……故雖有好資質，未免習俗漸染。後文引敬濟入室，放來旺進門，皆其不聞婦道，以致不能防閑也；送人直出大門，妖尼晝夜宣卷，又其不聞婦道，以致無所法守也。（第一回總評）

---

86 當孟玉樓知道來旺揚言要殺西門慶時，告訴潘金蓮道：「他爹一時遭了他手怎了？六姐，你還該說說。」張竹坡批道：「寫玉樓真正好人。」（25 回行批）

87 同註 52 引文，頁 214。

88 參看讀法 23、第 13、32、75 回總評。

張竹坡將吳月娘不善持家的責任，歸咎於西門慶「不甚讀書」所致，由於他的不甚讀書、自處非禮，影響所及非但不能「儀型妻子」、「統服眾下」，還有可能使「夫綱不立」、威信掃地，特別是西門慶不顧名分與宋蕙蓮偷情行為的影響，張竹坡批道：

> 寫西門偏愛蕙蓮，便不能統服眾下。即蕙祥失誤點茶，固亦職分中事，使西門不與蕙蓮勾搭，雖百鞭蕙祥，有何閑說？乃止因一事下替，遂起凌夷之漸。作者蓋深為處家者棒喝也，凡有家者識之！（二十四回總評）

> 前私僕時，西門如何威勢，金蓮如何懼怕！今卻使金蓮長志，西門失威，何也？西門自處非禮，故不能復振，修身而后齊家，蓋有以也，而敬濟后事，何莫非因此而放膽哉？（二十六回眉批）

只因西門慶自處非禮，與家主奴僕私通，既不能統服下人，更予潘金蓮放膽為惡的藉口，凌駕在西門慶之上胡作非為，更糟糕的是西門慶教化妻子的方式竟是性的懲罰：

> 寫西門心知金蓮妒寵爭妍，而不能化之，乃以色欲奈何之，如放李子不即入等情，自是引之入地獄，已亦隨之敗亡出醜，真小人之家法也。（二十七回總評）

凡此種種說明張竹坡對西門慶「不修其身」的指責，而女主治家責任的要求就更繁瑣苛刻了，簡值是女教的擁護者，古代女訓有謂「專心紡績，不好戲笑」（班昭《女誡》）、「女處閨門，少令出戶」、「莫縱遊行，恐她惡事」（宋若昭《女論語·訓男女章》）[89]，規範了女子沈悶無聊的家居生活。張竹坡以此大數吳月娘身為眾妾表率未能善盡統理之損。如第十九回吳月娘「在家整置了酒肴細果，約同李瓶兒、孟玉樓、孫雪娥、大姐、潘金蓮眾人開了新花園門遊賞。」張竹坡批道：「大書月娘之罪」（十九回旁批）；第二十四回吳月娘放任家中妾婦們出遊走百病，張竹坡斥之為「豈詩禮人家風範？」（二十四回行批），連白畫打秋千亦是失職之舉：

> 大書吳月娘春畫鞦韆，夫月娘眾婦人之首也。今當此白日，既無衣食之憂，又無柴米之累，宜首先率領眾妾勤儉宜家，督理女工，是其正道。乃自己作俑，為無益之戲，且令女婿手攬畫裙，指親羅襪，以送二妾之畫板，無倫無次，無禮無義，何惑乎敬濟之挾奸賣俏，乖間而入哉！天下壞事全是自己，不可盡咎他人也。（二十五回總評）

89　轉引自陳東原，《中國婦女生活史》，頁 52-53、117。

張竹坡對吳月娘的批評，簡直到了吹毛求疵的地步，因為在家中尚且如此嚴厲規範女性的生活行動，何況是遊大街市、岳廟燒香等走出戶外之行為，張竹坡痛批吳月娘岳廟燒香之罪：「以禮論之，有夫之婦，往鄰左之尼菴僧舍，亦非婦人所宜，乃岳廟燒香！噫！月娘之罪，至此極矣。」（八十四回總評）這實在是道學家的見解，難怪清代的文龍要起而攻之了[90]。

2.不善持家

張竹坡認為西門慶家反宅亂皆由漸而起，故處家宜重「防微杜漸」、「履霜之戒」，其責難則落在家長的不能詳察初始、守禮防閑，致有尾大不掉之患。例如潘金蓮、陳敬濟之私情得以暗生，西門慶至死不知者，一是以金屋作買賣牙行，使近水樓台先得月。二是為色所迷，使金蓮由此膽大妄為，二者皆因不能範于未然，故有種種不堪之事：

> 至於開鋪面乃以金蓮樓上堆藥材，瓶兒樓上堆當物，夫以貯嬌之金屋作買賣牙行之地，已屬市井不堪，而試想兩婦人處食息在於此，而一日稱藥尋當，絕不避嫌，其失計為何如？乃絕不計及於此，宜乎有敬濟之盡暗生於內，而其種種得以生奸者，皆託名尋當物而成，至月娘識破奸情，敬濟猶抱當物而出。……愚人做事，絕不防微杜漸，壞盡天下大事，皆此等處誤之也。（二十回總評）

吳月娘之罪又與西門慶不同，自古男主外，女主內。西門慶掌管生意往來、衙門之事，家中日常起居、妻妾生活則由吳月娘負責，張竹坡大誅吳月娘家範不嚴，內外無別，縱容為惡。第十一回寫潘金蓮、孫雪娥、春梅之爭吵，張竹坡批道：

> 月娘全若不聞，即共至其前，亦止云我不管你，又云由他兩個。然則寫月娘真是月娘，繼室真是繼室，而後文撒潑諸事，方知養成禍患，尾大難掉，悔無及矣。故金蓮敢於生事，此月娘之罪也。（十一回總評）

第十二回潘金蓮引劉理星行魘勝之術，使「西門心愈迷，金蓮膽愈大」（十二回總評），其緣由就在吳月娘叫劉婆子看病，引出了劉理星，終至「金蓮橫肆至不能治」（十二回總評），吳月娘一再給予陳敬濟接近眾妾，更是引狼入室：

> 夫敬濟一入西門家，先是月娘引之入室，得見金蓮，後又是月娘引之入園，得採

---

[90] 文龍在「大書月娘之罪」後批道：「然則自家婦女不可遊自家花園矣，何罪月娘之深？作者未必有此心，批者不知從何處看出，或者先生令正，終日坐在床上不出房門也。」「豈詩禮人家風範」後批道：「本不是詩禮人家，先生忘記是開生藥鋪之西門慶家乎？」（二十四回旁批）見劉輝，《金瓶梅成書與版本研究》，頁201、206。

花鬚，……今日月娘又使之送鞾轎，以蕩其心，此時雖有守志之人，猶難自必其能學柳下惠、魯男子，況夫以浮浪不堪之敬濟哉，又遇一精粗美惡兼收之金蓮哉？宜乎百醜皆出矣。（二十五回總評）

類似的指責尚有花子虛結交西門慶是自己「引賊入室」（十三回總評）；吳月娘未能勸西門慶和李桂姐保持距離，反認為乾女，是「不能相夫遠色親賢，甘於自引匪類入室」（五十二回總評）等。此外崇禎本對吳月娘遠出燒香一事頗有指責，張竹坡更以之判定吳月娘是第一惡人：

夫寡婦遠行燒香之罪，已屬萬死無辭，乃以孝哥兒交與如意看養，……此書中之惡婦人，無過金蓮。乃金蓮不過自棄其身，以及其婢耳。未有如月娘之上使其祖宗絕祀，下及其子，使之列於異端，入於空門，兼及其身，幾乎不保，以遺其夫羞，且誨盜誨淫於諸妾。而雪洞一言，以其千百年之宗祀為一夕之喜捨布施，尤為百割不足以贖其罪也。故曰此書中月娘為第一惡人、罪人。（八十四回總評）

在張竹坡看來，潘金蓮之淫亂影響小，而吳月娘因「不知禮」、「不聞婦道」造成之禍害大，往往直接關係家族危續存亡，即便非有心為之，亦是不可原諒的罪過，兩人持守的原則都是家族安危，但張竹坡抨擊的程度較崇禎本有過之而無不及，甚至以之為評判人物善惡的標準，可見其對吳月娘之深惡痛絕。

(三)攻訐奸險虛偽的人格

張竹坡：「吳月娘是奸險好人」，但在實際評論中並未著墨其「賢」、「善」之處，反而大肆攻訐其「奸險」的一面[91]，幾乎把她打入潘金蓮之流中去了。張竹坡曾就潘金蓮讒言西門慶把來旺兒結果之事說：

金蓮險人也，豈肯又如前番受雪娥、嬌兒一挫之虧哉，固不惜晝夜圖維，千方百計思所以去之。而天假其便，忽有來旺狂言，以中其計，行其術，必至于置之死地而後已也。（二十四回總評）

一路寫金蓮之惡，令人髮指。而其對西門慶一番說話，卻入情入理，寫盡千古權奸伎倆也。（二十六回總評）

---

91 張竹坡的深惡吳月娘，肇端自崇禎本評點而接近金聖嘆批《水滸傳》的「深惡宋江」。金聖嘆認為作者純以陽秋之筆寫宋江之權詐、偽善，同註 40 引文，頁 10-11；陳萬益《金聖嘆文學批評考述》，頁 104。

在此，對於潘金蓮以口嘴為手段置人於死地，張竹坡亦不過以「險人」、「權奸伎倆」指斥之，卻不斷在文中攻擊其惡：「老奸巨滑」（七十四回行批）、「十足奸險，包藏禍心之人」（七十五回行批）、「貪刻陰毒無恥」（總八十九）、「惡蠅嗜血」（九十二回行批）。依據作者在一百回結尾所言：「樓月善良終有報，瓶梅淫逸早歸泉」來看，作者把吳月娘當做善的形象來刻劃的，但張竹坡對吳月娘形象的刻劃提出了質疑：

> 作者做月娘，既另出筆墨，使真欲做出一個賢婦人，後文就不該大書特書引敬濟入室等罪，既欲隱隱做他個不好的人，又不該處處形其老實。（第一回總評）

張竹坡認為作者對人性的刻劃應該統一，而吳月娘性格前後矛盾，若非敗筆，便是以隱筆寫之，以張竹坡對《金瓶梅》推崇備至來看，不可能是敗筆，那麼就是隱筆了，既是隱筆，當然得旁敲側擊，以「春秋誅心之法」[92]，大掘其惡：

> 《金瓶》寫月娘，人人謂西門氏虧此一人內助。不知作者寫月娘之罪，純以隱筆，而人不知也。何則？良人者，妻之所仰望而終身者也。若夫千金買妾，為宗嗣計，而月娘百依百順，此誠關雎之雅，千古賢婦人也。若西門慶殺人之夫，劫人之妻，此真盜賊之行也。其夫為盜賊之行，而其妻不涕泣而告之，乃依違其間視為路人，休戚不相關，而且自以好好先生為賢，其為心尚可問哉？（讀法二十四）

張竹坡這一番自行為追溯到動機的「誅心之論」，確實發人之所未發，追究吳月娘未盡「事夫之道」背後的用心，按傳統禮教規範，妻子於夫有勸諫之責[93]，不能勸夫改過，便是有心縱容為惡，有如趙盾雖未弒君，卻「有死君之心」一般，張竹坡以此拷問出吳月娘貪圖財物之居心：

> 寫西門留瓶兒所寄之銀時，必先商之月娘。使賢婦相夫，正在此時，將邪正是非、天理人心，明白敷陳，西門或動念改過其惡，或不至於是也。乃食盒裝銀，牆頭遞物，主謀盡是月娘，轉遞又是月娘，又明言都送到月娘房裏去了，則月娘為人，乃《金瓶梅》中第一綿裏裹針柔奸之人。作者卻用隱隱之筆寫出，令人不覺也。何則？夫月娘倘知瓶兒、西門偷期之事，而今又收其寄物，是幫西門一伙做賊也。

92　竹添光鴻，《左傳會箋》：「彭家屏曰：趙盾倉卒出奔。趙穿攻靈公於桃園，是穿之弒君。在盾出奔之後，盾烏從而知之，而春秋坐以弒君之罪者，以盾反不討賊，有死君之心也。而又使穿迎黑臀於周，是使賊也。其弒君之心益明矣，此春秋誅心之法也。」頁721。

93　班昭《女誡》「正色端操，以事夫主」；《女論語·事夫章》：「夫有惡事，勸諫諄諄」、「莫學蠢婦，全不憂心」，同註89引書，頁116。

夫既一伙做賊，乃後子虛既死，瓶兒欲來，月娘忽以許多正言不許其來。然則西
門利其色，月娘則乘機利其財矣。月娘之罪，又何可逭？（十四回總評）

其次是就兩次求子事件，拷問出月娘的「權詐」之心。第二十一回吳月娘對月祈禱：「不
拘妾等六人之中，早見嗣息，以為終身之計。」在此吳月娘拋棄了妻妾之爭的私利與成
見，一心只為西門慶子嗣著想，這番話在崇禎本評者看來，認為「此亦人情所難」（二
十一回眉批），完全肯定吳月娘此項舉動。張竹坡卻提出疑問，認為這段描寫不符合吳月
娘的思想性格，與她在妻妾之爭裡的一貫表現有出入[94]，因此推論其燒香求子全是虛假、
挾制的手段：

> 寫月娘燒香，吾欲定其真偽，以窺作者用筆之意。〜月娘燒香，囑云不拘姊妹六
> 人之中，早見嗣息，即此愈知其假。夫因瓶兒而與西門合氣，則怨在瓶兒矣。若
> 云惱唆挑西門之人，其怨又在金蓮矣。使果有「周南」「樛木」之雅，則不必怨；
> 既怨矣，而乃為之祈子，是違心之論也。曰不然：「賢婦慕夫，怨而不怒」，然
> 則不怨時不聞其祈子，曰後文拜求子息矣，夫正以後文拜求之中全未少及他人一
> 言，且囑薛姑子休與人言，則知今日之假。況天下事有百事之善，而一事之惡，
> 則此一惡無心；有百事之惡而一事之善，則此一善必勉強。月娘前後文，其貪人
> 財，乖人短，種種不堪，乃此夜忽然「怨而不怒」，且居然「麟趾」「關雎」，
> 說得太好，反不像也。況轉身其挾制西門慶處，全是一團做作，一團權詐，愈覬
> 得燒香數語之假也。故反復觀之，全是作者用陽秋寫月娘，真是權詐不堪之人也。
> （二十一回總評）

張竹坡基於人性統一之假定，並不考慮情境轉變下人物性格、心理的轉變與發展，只就
前後行為之矛盾，一再地論證吳月娘燒香之偽詐。他又根據後文「撒潑」、以胎挾制西
門慶的行為，斷定吳月娘的「求子」都是勾挑、牢籠之計，甚至連她和潘金蓮一頓合氣
後嚷著「我這回頭好痛」、「心內發脹」、「肚子往下憋墜得疼」，也被認為是「又使
權術，以挾治西門」（七十五回行評）、「假病挾制」（七十六回行批）的權詐行為。此種
認為作者「無處不形其惡」（八十一回行批）的人物評論實是犯了絕對化的毛病，吳月娘
是否真如張竹坡所說是個陰毒、權詐之人？依作者的寫法，她是有心要做好，並以賢妻
良母自許的，且為人較善良、寬厚，有同情心，張竹坡看出作者對吳月娘的微詞，應該

94　張國風，同註 67 引書，頁 141。

肯定，但其批評難辭偏頗、誇張之弊[95]，畢竟全好或全壞的都是不真實的人物。

（四）批判貪淫陷溺之人

由於張竹坡對「倫常」的堅持，所謂：「最真者，莫若倫常，最假者，莫若財色」（〈竹坡閒話〉），因之那些建立在「財色」之上的人際關係就是「假兄弟」、「假夫妻」、「交遊之假」、「淫欲之假」，於是所到之處儘是對貪淫好色、沈緬其中無法自拔之人的批判：

1.貪淫者無情

張竹坡以「淫欲世界」、「邪淫世界」、「奸淫情事」概括了《金瓶梅》的世俗人生，男女之間大多只有淫欲而無真情，例如李瓶兒與蔣竹山、西門慶的關係：

> 夫寫瓶兒，必寫竹山，何哉？見得淫婦人偷情，其所偷之人，大抵一時看中，便千方百計引之入室，便思車來賄遷，其意本為淫耳，豈能為彼所偷之人割鼻截髮誓死相守哉？故西門一有事，而竹山之說已行，竹山一入室，瓶兒之意已中。然其於西門，亦不過如斯，有何不解之情哉？寫淫婦人至此，令人心灰過半矣。（十七回總評）

李瓶兒在西門慶音訊全無後，見異思遷，「其意本為淫耳」，故有再嫁蔣竹山之事，而其於西門慶乃「以色事西門」（六十二回行批），故臨死前不敢奢望西門慶有不棄之情，可見張竹坡以「有欲無情」理解二人之關係。西門慶一生追逐女色，在勾搭完金蓮後，又續上了孟玉樓，待娶了孟玉樓、潘金蓮，又迷戀上李桂姐，在院中半月不曾回家，甚至為了討好李桂姐騙剪潘金蓮之髮，凡此都說明了西門慶「薄倖」、「一味浮薄，轉眼無情」（十二回行批）的面目。西門慶在得知李桂姐與王三官往來後，仍欲與之試藥，更顯示其貪淫賣弄的本色：

> 伯爵數回，說明桂姐之於三官，而西門乃即有山洞之淫，是其愚而不斷，且自喜梵僧藥，欲賣弄精神，亦非有意於桂姐也。（五十二回總評）

西門慶的貪淫還可從他只寵愛風流的潘金蓮，卻忽視、冷淡孟玉樓的美，以及與鄭愛月兒的交往中看出來：

> 觀玉樓之風韻嫣然，實是第一個美人，而西門乃獨於一濫觴之金蓮厚，故寫一玉樓，明明說西門為市井之徒，知好淫而且不知好色也。（讀法二十九）

95　孫述宇，《金瓶梅的藝術》，頁 59。

其寫月兒，則另用香溫玉軟之筆，見西門一味粗鄙，雖章台春色，猶不能細心領略。（讀法二十二）

在張竹坡看來，好色、好淫是有區別的，西門慶一味濫淫，卻不知憐香惜玉，欣賞風雅的孟玉樓、鄭愛月兒，因此連好色都談不上，只是徒知好淫不知美色為何物的市井淫棍而已。

2.陷溺者難化

《金瓶梅》開篇就描述了世人「跳不出七情六欲關頭，看不破酒色財氣圈子」而無法自拔的情形，張竹坡以「托大忘患，嗜惡不悔」（讀法三十二）、「作孽於酒色財氣之中」（第一回總評）解釋了這樣的境況。如王六兒是「于財色二字不堪而沈溺者」（三十三回總評），韓愛姐是「于財色二字不堪而改過者」；潘金蓮與陳敬濟是「貪此不厭，陷溺之尤」（八十八回行批）；孟玉樓是「幸而不終陷溺，復有安身立命之時」（九十一回行批），其中陷溺情欲尤為張竹坡亟欲批判的對象：

> 上文既于前回紅鞋之餘波，引下金蓮之作惡不厭，中劈空插神仙一段，下即接蘭湯午戰，見金蓮毫無儆省悔過之心，而西門適聽神仙貪花之說，即白日宣淫，見作惡者雖神仙亦不能化之改也。（二十九回總評）

張竹坡認為西門慶的言談舉動、衣食住行，都說明了他為女色所迷之事實。如第十二回西門慶要荷花餅吃，張竹坡批道：「吃荷花餅，言為金蓮所迷也。」（十二回旁批）二十四回西門慶糊塗打鐵棍兒，「見西門為色所迷」（二十四回總評），西門慶新婚之際又去留連李桂姐：

> 此回寫桂姐在院中，純是寫西門，見得才遇金蓮，便娶玉樓，才有春梅，又迷桂姐，紛紛浪蝶，無一底止，必死而後已也。（十二回總評）

而西門爭鋒毀院，久已疏淡後，又復熱絡是「為色所迷，明明看破虛假，卻不能跳出圈套」（五十二回總評）。第六十二回伯爵夢簪折，有云：「哥說兩根都是玉的」，崇禎本認為其中暗示了李瓶兒、潘金蓮在西門慶心中同等重要。張竹坡卻說：「迷者自以為然」（六十二回行批），始終以「迷惑」來理解西門慶對女性的關係，此等心事又不單西門慶，陳敬濟、潘金蓮亦不能免：

> 西門慶被色迷，潘金蓮亦被色迷，可懼，可思。（第三回總評）

> 敬濟既戲金蓮，又挑蕙蓮，見迷色者逢雲即是巫山，遇水皆云洛浦，此等心事，

又不特西門一人。（二十四回總評）

張竹坡指出，貪色不單是西門慶弱點，陳敬濟也是個中好手，而潘金蓮的勾挑武松、要嫁武松，也是「為色所迷」，因此最後死在武松刀下，由是提醒讀者省思美色之可畏，張竹坡認為生命的價值不在完美無缺，而在知錯能改、及時回頭，惜乎西門慶臨死前猶不能看清美色惑人的本質，拉著金蓮的手，心中捨他不得，崇禎本批道：「至死不悟，而猶作此態，真正犬豕」，張竹坡以兒女情長、英雄氣短的奸雄曹操比之：「與分香賣履一樣痴景」（七十九回行批），說明了張竹坡縱情聲色的看法——真正的豪傑是不耽溺於女色的，因此西門慶復與李桂姐熱絡是「愚」的表現：

使能一窺其破綻而即奮然棄之，猶是豪傑，惟是親眼見其敗露，而終須戀戀不捨，為其所迷，此所以為愚也。（三十二回總評）

西門慶在李瓶兒死後所表現的「痴情纏綿」也是不被贊同的，小說一再寫到西門慶對李瓶兒之思念、悲痛情感。例如第六十三回「西門慶觀戲動深悲」，西門慶聽到唱「今生難會面，因此上寄丹青」，不由想起李瓶兒病時模樣，心中感觸，眼中落淚。張竹坡逕從道德沈淪的角度觀照西門慶的「痴情」：

瓶兒之生，何莫非戲？乃于戲中動深悲，其痴情纏綿，即至再世，猶必沈淪欲海，故必幻化，方可了此一段淫邪公案。（六十三回總評）

這恐怕是西門慶漁色史中唯一被承認有「情」的男女關係，張竹坡在承認西門慶「痴情」的同時，亦擔心其過度耽溺而無法自拔，即痴情若不能導入「安身立命」之境界，他是持批判保留之態度。因此孟玉樓出門時「辭靈不哭」，張竹坡不認為是「無情」的表現，而是「深淺自知」（八十五回總評），他對孟玉樓、李衙內夫妻情感的評價：

玉樓不為敬濟所動，固是心焉李氏。而李公子寧死不捨，天下有寧死不捨之情，非知己之情也哉！可必其無《白頭吟》也。（二十九回總評）

可知張竹坡認可情乃是一種淨化、超越的「知己之情」，而非過度的縱情，其終極的關懷是個體生命的安頓，張竹坡以道德理性審視世俗沈淪的生命，認為唯有跳脫情欲之關頭，才有安身立命的可能。

（五）鄙薄淫浪敗德的女性

中國傳統禮教規範女性要遵守三從四德，以貞節柔順為最高人格理想，班昭《女誡》要求女性宜「清閑貞靜」、「動靜有法」、「不好戲笑」，以成就一個賢德之婦的理想，

甚至為了女子能終身不棄、百年永好，而規範了女子的儀態行動[96]：

> 禮義居絜，耳無塗聽，目無邪視，出無冶容，入無廢飾，無聚會群輩，無看視門
> 戶，此則專心正色矣。若夫動靜輕脫，視聽陝輸，入則亂髮壞形，出則窈窕作態，
> 說所不當道，觀所不當視，此謂不能專心正色矣。

班昭所云實為女子的行動做了嚴厲的束縛，使其動輒得咎，凡屬逸出禮教規範之外言行，
則以淫、浪、賤鄙視之，張竹坡對女性的淫心亂行深惡痛絕，每以「妖淫之物」、「狐
精」、「妖孽」、「花刀」、「色劍」貶斥之，甚至認為她們心性、行徑與娼婦無異[97]。
吳月娘可算是書中最「正氣」的女性了，誠如他自己所說「俺每真材實料，不浪！」張
竹坡尚且百般挑剔[98]，何況是淫浪敗德的潘金蓮、李瓶兒、宋蕙蓮、春梅、娼妓者流？
張竹坡挾帶著傳統文化對女性的偏見與歧視，審視《金瓶梅》的女性，於是所見盡是禍
水、淫浪敗德，看不見女性的嫵媚與風韻，當然也無暇思索女性身不由己的命運與處境。

1.女人是禍水

　　張竹坡注意到《金瓶梅》在環境立架的獨特之處，他分析作者安排潘金蓮、李瓶兒、
春梅三人住在前邊花園之用意道：

> 見得西門慶一味自滿託大，意謂惟我可以調弄人家婦女，誰敢狎我家春色？全不
> 想這樣妖淫之物，乃令其居于二門之外，牆頭紅杏，關且關不住，而況於不關也
> 哉。金蓮固是冶容誨淫，而西門慶是慢藏誨盜；然則固不必罪陳敬濟也。而西門
> 慶淫過婦人名數開之，足令看者傷心慘目，為之不忍也……。若夫金蓮，不異夏
> 姬，故于其淫過者，亦錄出之，令人知懼。（雜錄小引）

所謂「妖淫之物」、牆頭紅杏已含貶意，而把潘金蓮比做「夏姬」，自是視之為「尤物
禍水」的象徵[99]，可見張竹坡以「女人是禍水」的思維閱讀女性[100]。有意思的是張竹坡

---

[96] 范曄，《後漢書》卷八十四〈列女傳〉，頁 2789-2790。

[97] 潘金蓮打秋菊，更是「娼婦行徑」（41 回行批）；而潘金蓮、李瓶兒二人之氣味聲息，「已全通
娼家，雖未身為倚門人，而淫心亂行，實臭味相投，彼娼婦猶步後塵矣。」（讀法 22）又說：「西
門慶以如許妖孽隨其左右，雖欲不亡，其可得乎？」（46 回總評）

[98] 例如 76 回吳月娘自己走出房讓任醫官看病，張竹坡批道：「寫月娘真是鄉村老嫗，丑絕不堪。反
不如妖淫之瓶兒，尚有三分文氣也。」（76 回行批）

[99] 所謂「夏姬」，乃中國歷史上惡名昭著的禍水典型，參看康正果，《重審風月鑑——性與中國古典
文學》，頁 57-63。

[100] 有關尤物害人、毋耽美色、紅顏禍水的女禍觀念，參看劉詠聰，《女性與歷史——中國傳統觀念新
探》，頁 3-10。

列出「西門慶淫過婦女」，目的在「令看者傷心慘目，為之不忍」，有著一定的同情，並無譴責之意，而錄出「潘金蓮淫過人目」：張大戶、西門慶、琴童、陳敬濟、王潮兒，卻是要「使人知懼」，這無異是昭告女色是可怕的，與潘金蓮發生性關係的男性都是受害者，讀者應當懷著戒慎恐懼之心。可見他將男性沈淪喪命的道德責任全推給潘金蓮，視其為主動的勾引者、誘惑者，枉顧了張大戶對潘金蓮強行佔用的事實，以及西門慶安心設計、圖謀潘金蓮的事實。

　　張竹坡又以花刀色劍比喻女性，說明其對女色誇大其辭的恐懼。他在評點中不斷地指責李瓶兒、春梅、李桂姐、王六兒、如意兒、鄭愛月兒等人共同以美色惑人、害人之過。張大戶和潘金蓮行房後不久得病死了，形容成「金蓮起手試手段處，已斬了一個愚夫。」（第一回行批）而李桂姐的賣風情直是「磨劍以出矣。」（十一回行批）西門慶剛和王六兒行房，又與如意兒親嘴，張竹坡批道：「才傷色劍，又遇花刀，安能不死？」（七十四回行批）本著對女性的恐懼，張竹坡逐以「伎倆」、「圈套」解釋女性的媚態、撒嬌弄痴、做張做致，並一再申示「美色可畏」的結論：

　　　　西門以春梅言自解，又見美色可畏，不迷於此，必迷於彼。（十二回總評）

　　　　然則一桂姐已弄之掌上矣。色之可畏如此。（十二回行批）

張竹坡將女性視為斫傷男性元氣的禍水，對於女性的失身受辱，也全歸咎於女性自身的「心邪」、「貪色」，即女性喪失了一己控制情欲的力量：

　　　　簾下勾情必大書金蓮，總見金蓮之惡，不可勝言。猶云你若無心，雖百西門，奈之何哉？凡壞事者大抵皆由婦人心邪，強而成和，吾不信也。（第二回總評）

　　　　寫瓶兒之淫，略較金蓮可些，而亦早自喪命於試藥之時，甚言女人貪色，不害人即自害也。（讀法五十一）

事實上作者明明寫道，潘金蓮、西門慶的勾情是起因於那人（西門慶）臨去也回頭了七八遍，才思索道「不想這段姻緣在他身上」，如何只是歸因於「婦人心邪」？而李瓶兒是「吃逼勒不過」才答應西門慶的求歡，有何「貪色」可言？張竹坡將壞事的道德責任全歸咎結於女人的淫情邪念，不管是主動勾引或被動接受，充分體現尤物害人、紅顏禍水的女禍論思維。

2.淫行浪態

　　張竹坡對敗德女性的攻擊，大多集中在「淫」「浪」之態，「淫」指的是逸出社會

道德規範的性關係[101]，而「浪」則是達到兩性關係的表現、過程和手段。依《金瓶梅》中人物對浪的評論，第二十一回孟玉樓對潘金蓮講吳月娘和西門慶和好之事時，潘金蓮說：「俺們何等勸著，她說一百年二百年，又怎的平白浪著，自家又好了？」孟玉樓也說：「相她這等就沒的話說，若是別人，又不知怎的說浪？」第七十五回吳月娘罵潘金蓮：「你不浪的慌，他昨日在我屋裡好好兒坐的，你怎的掀著簾子硬入來叫他前邊去？」由此可知，所謂的浪，就是迷惑、勾引、牢籠丈夫或其他男性的表現和手段，也就是「花麗狐消」，使人「千好萬好」的女性魅力所在[102]。

　　雖然潘金蓮也做過生子的努力，但她的好淫無度大抵不在傳宗接代的考量，而是一己之銷魂，張竹坡每以「狂淫」（二十八回行批、五十一回旁批）、「荒淫」（二十八回行批）視之，而非令人欣賞的「風流困倦情態」（崇禎本五十一回眉批）。但進一步觀察發現，張竹坡所謂的「淫」不限於偷期苟合、縱欲無度的床笫活動，有時只是兩性之間的撒嬌弄痴，並未涉及性行為，亦盡是「伎倆」、「圈套」，例如有一回潘金蓮下棋輸了，將手中花撚成瓣兒，洒了西門慶一身。崇禎本眉批：「金蓮撒嬌弄痴，事事俱堪入畫，每閱一過，輒令人銷魂半晌」，評者將撒嬌弄痴視為展現女性魅力之處，張竹坡卻說「此色的圈子也。」（十一回行批）第十二回潘金蓮私僕受辱後向西門慶撒嬌辯自己冤屈的行為，李桂姐「坐著只是笑，不動身」，都皆被視為「一種圈套」（十一回行批），而鄭愛月兒別出心裁的送香茶則又是「一樣迷魂陣」（六十七回行批），就連第二十七回葡萄架下粗暴的性懲罰後的一番哭訴，也有「工於心計」之意，當差點喪命的潘金蓮向西門慶哭訴：「我的達達，你今日怎的這般大惡，險不喪了奴的性命！」張竹坡斥之為「狐媚技倆」（二十七回行批）；潘金蓮罰陳敬濟唱小曲的戲鬧行為，也被視為「浪極」（三十三回行批）的表現。即便是日常生活的舉止意態亦盡是「濃豔妖淫」（第四回行批）、「淫態可掬」。潘金蓮「李大姐整治些酒菜，請陳姐夫坐」來掩飾自己的說謊行為，也落了「狐精常態」（三十三旁批）的譏評。潘金蓮笑嘻嘻向孟玉樓身上打了一下，張竹坡批了：「淫態」（十四回行批）二字[103]；將餅乾夾在襠裡，拿裙子裏的沿沿的，更是「淫婦百骸皆描出」（四十回行批）；而妝丫鬟市愛則被視為「無聊之極思」（四十回行批）。特別是七十三回有關潘金蓮舉止意態的描寫，張竹坡如是欣賞道：

　　以上凡寫金蓮淫處與其輕賤之態處至極。不為作者偏能描魂追影，又在此一回內寫其十二分淫，一百二十分輕賤，真是神工鬼斧，真令人不能終卷再看也。如把

---

101 張國星，〈性、人物、審美——金瓶梅談片〉，《名家解讀金瓶梅》，頁246-247。

102 牛貴琥，《金瓶梅與封建文化》，頁46-47。

103 崇禎本評點於此批道：「媚致可想」（旁批），可見兩人對潘金蓮看法之差異。

手在臉上，這點兒那點兒羞他，又慌的走不迭，又藏在影壁後，黑影裏悄悄聽覷，又點著頭兒，又云這個我不敢許，真是淫態可掬。令人不耐看也，文字至此化矣哉。（七十三回總評）

張竹坡可以就「文字之美」角度讚賞作者的描魂捉影、神工鬼斧，卻不能正視潘金蓮充滿活力的舉止意態，因此所見盡是「不能終卷再看」的狂淫、輕賤，而非充滿情趣與風韻的女性魅力。

(六)推崇美善合一的形象

張竹坡說：「《金瓶梅》并無一個好女人」，實際上孟玉樓不僅是好女人，更是難得的「絕世美人」、「真正美人」。按小說的描述，孟玉樓、潘金蓮、李瓶兒的美貌風韻不相上下，這可從旁人口中「他宅裡神道相似的幾房娘子」、「兩個天仙也似的」得知，張竹坡卻說：「觀玉樓之風韻嫣然，實是第一個美人」（讀法二十九）、「作者待玉樓，自是特特用異樣筆墨寫一絕世美人，高眾妾一等」（第七回總評）。他論及孟玉樓之不同：

> 玉樓來西門家，合婚過禮，以視偷娶迎奸赴會，何啻天壤。其吉凶氣象，已自不同。其嫁李衙內，則依然合婚，行茶過禮，月娘送親，以視老鴇爭論，夜隨來旺，王婆領出，不垂別淚，其明晦氣象，又自不同。（讀法三十）

可知張竹坡確立的美人形象，乃是以善為前提，溫柔貞靜、安分守禮的女子形象，雖然他的根據謹謹是孟玉樓的過門、再嫁在形式上經過了三媒六證，光明正大又合乎禮法，但依據儒家美學的審美標準，一個人美不美，正是決定於內在人格、道德、情操，外在的容貌形體居於次要地位[104]。更確切地說，張竹坡在意的並非能不能守節，而是孟玉樓於守寡中「靜處金閨，令媒妁說合事成」、以及在不美滿婚姻中「寬心忍耐，安於數命」的態度，也即「安命待時」、守禮守分的處世態度，雖然他曾經讚賞過韓愛姐的之死靡他、回頭守節[105]，但他對吳月娘守貞隻字未提，又不因孟玉樓的再嫁而非議，可見張竹坡並未以貞節為人格判斷的唯一標準[106]，而是自覺奉行禮法的精神，孟玉樓兩次再嫁總是依循正常的婚禮儀式，最後終於找到自己的幸福，所以說「俏心腸高諸婦一著」（讀法二十八）。張竹坡又從作者對諸人的刻劃來極力證明孟玉樓是使人信服的美人形象，是

---

[104] 同註4引文，頁108-109。

[105] 參看讀法11、89。

[106] Rushton, Peter Halliday. "The Jin Ping Mei and the non-linear dimensions of the traditional Chinese Novel." P.123-124.

作者以之做為奸淫世界的對照[107]：

> 作者特特寫此一位真正美人，為西門不知風雅定案也。（讀法三十）

> 作者且特特寫一玉樓與金蓮翻案，針鋒反映，見得作孽者自作孽，守分者自守分。……故後文遇金蓮氣苦時，必寫玉樓作襯。（十一回總評）

> 處處以玉樓襯金蓮之妒，固矣。然處處必描玉樓慢慢地走來，花枝般搖戰的走來，或低了頭不言語，低了頭弄裙帶，真是寫盡玉樓矣。（七十二回總評）

在張竹坡看來，作者總是在潘金蓮妒寵爭妍時描寫孟玉樓在旁，為的就是要襯托其閒適不爭的態度，所謂「以閑襯忙」（七十二回行批），潘金蓮則因其一味「顛寒作熱」、「聽籬察笆」，予人汲汲營營的印象，不為張竹坡所欣賞。在一次吳月娘與潘金蓮的爭吵中，孟玉樓衡量情勢，充當起妻妾之間的和事佬，調解僵局，張竹坡批道：

> 生氣，乃云裝憨，真正可兒。此等人真能化有事為無事者。（七十六回行批）

> 總是以游戲處之，真是處天下事，無一難者也。（七十六回行批）

以此事而論，孟玉樓所表現出來的儼然是賢內助的做風，既從妻妾尊卑的倫理去說服吳月娘、開導潘金蓮，又用為討西門慶歡心他們應當忍辱求和的心理去感化潘金蓮，做得明智而圓通，比吳月娘的頤指氣使、濫施威風和潘金蓮只知爭強鬥勝，均高出一籌[108]。張竹坡欣賞孟玉樓的為人處世，連帶對他的知幾、再嫁也給予肯定，九十一回寫孟玉樓自從上墳看見李衙內後，心中思慕，欲尋個落葉歸根之所，正巧李衙內差人來求親，心中又是歡喜，又是羞愧，口裡雖說：「大娘休聽人胡說，奴並沒此話」，不覺把臉來飛紅了。張竹坡批道：

> 愛嫁如此寫來，卻是安身立命之意，不是金蓮輩妖淫等也。（九十一回行批）

孟玉樓的一言一行都如此近乎至善至美，不是潘金蓮的迎奸賣俏可比，張竹坡進而責備作者用筆不當：「此回諸妾已散盡矣，然李公子來求親，卻云玉樓愛嫁，誅心之論。」（九十一回總評）小說明明寫道：「孟玉樓看見衙內生的一表人物，風流博浪，兩家年甲多相彷，……彼此兩情四目都有意，已在不言之表。」作者何嘗有誅心之論？可見張竹坡

---

[107] 張竹坡從吳神仙、龜婆的相命，以及作者對孟玉樓生日的描寫，認定孟玉樓是「無褒貶之人」、「眾人之冠」、「明晦自是不同」，參看第29回行批、46回旁批、73回行批。
[108] 孔繁華，《金瓶梅女性世界》，頁114。

對孟玉樓的激賞與愛惜。

二、人物刻劃技巧

　　張竹坡高舉儒家倫理道德審視《金瓶梅》的淫欲世界，以貪淫陷溺、奸邪、淫浪批判人性之罪惡，一方面卻讚美作者將淫婦、幫閒寫得紙上活現、白描入化，可見對象本身是醜的，卻因欣賞其在藝術中惟妙惟肖的表現而引起快感[109]。張竹坡不單讚賞作者人物形象的逼真活跳、個性化特點，更進一步致力於探索人物塑造的奧妙，包括嫻熟運用前人歸納的技法，如白描、犯而不犯、烘雲托月、影寫、實寫、遙寫、對比、映襯等藝術筆法分析人物塑造的藝術成就，此外，張竹坡更提出「於一個人心中，討出一個人的情理」、用筆因人而異，以及在人物關係中刻劃人物諸多原則，茲舉數種分述如下：

(一)白描追魂攝影

　　中國古典小說重「神似」不重「形似」，張竹坡繼承這一傳統美學原則，大量地使用「追魂取影」、「白描入骨」、「白描入化」、「生龍活虎」、「活現紙上」稱讚作者傑出的寫人手法。如第一回應伯爵和謝希大來到西門慶家，西門慶責怪他們許久不來傍個影兒。應伯爵便對謝希大說「何如？我說哥要說哩！」過了幾天，西門慶、應伯爵等人在玉皇廟結拜兄弟，因應伯爵歲數大，西門慶要推他為長，應伯爵伸著舌頭道：「爺，可不折殺小人罷了，如今年時，只好敘些財勢，那裡好敘齒。」把應伯爵那善逢迎、十足勢利的小人嘴臉都勾勒在不多的言語和動作神態的描寫之中，張竹坡批道：

> 描寫伯爵處，純是白描追魂攝影之筆，如向希大說：「何如？我說。」又如伸著舌頭道：「爺……」儼然紙上活跳出來，如聞其聲，如見其形。（第一回總評）

張竹坡以「白描」與「追魂攝影」相提並論，可見好的「白描」總是能達到「傳神」之境地。有時是外貌妝束之簡單描述，也能使人物形象「活跳出來」，例如第一、二回潘金蓮出場時穿著不同，予人的感受也不同，一者描出她愛賣弄風月的淫蕩性情，一者活現她身為武大妻子的身份，張竹坡批道：

> 上回內云金蓮穿一件扣身衫兒，將金蓮性情形影魂魄一齊描出。此回內云毛青布大袖衫兒，描寫武大的老婆，又活跳出來。（第二回總評）

由此可見，所謂的白描，就是用最少的筆墨，勾勒出事物的動態和風貌，從而表現事物的生命，表現事物內在的性格和神韻。同時，白描的概念包含了傳神的概念，所謂「白

---

109 卡西勒，《人論》，頁 202-203。

描追魂攝影」、「將金蓮性情形影魂魄一齊描出」、「白描入化」、「白描入骨」都是這個意思，在這裡，白描這個概念的內涵，經由張竹坡的大量運用更加擴大、豐富了，不但用來指描寫的手法和技巧，而且形容描寫的目的、效果，成為人物審美的重要範疇之一[110]。

(二)犯而不犯

「犯而不犯」做為小說美學原則，最早由葉晝提出，即在「同而不同處有辨」的美學原則，金聖歎、毛宗崗運用到人物、情節的分析，有所謂「犯」與「避」之法，張竹坡進一步總結《金瓶梅》這方面的藝術成就：

> 《金瓶梅》妙在善於用犯筆而不犯也。如寫一伯爵，更寫一希大，然畢竟伯爵是伯爵，希大是希大，各自的身分，各人的談吐，一絲不紊。寫一金蓮，更寫一瓶兒，可謂犯矣，然又始終聚散，其言語舉動又各各不亂一絲。……諸如此類，皆妙在特特犯手，卻又各各一款，絕不相同也。（讀法四十五）

在此「犯筆」是指作者故意安排社會地位相同或相近而性格又各異的人物，放在相同或相類的場合下進行活動，「不犯」就是寫出這些人物在對待相同事件時各自的態度和表現，從而使人物性格鮮明地區別開來[111]。以幫閑來說，應伯爵與謝希大的細微差別，正在於「希大說話，總是隨著伯爵，至篇終皆如此，故不犯伯爵也。」（第一回行批）兩個都是西門慶的幫閑，但應伯爵插科打諢，機靈無比，謝希大總看應伯爵學舌，獨創的少，顯得笨拙木訥，給讀者的印象就各不同了；又如李瓶兒、潘金蓮同是淫婦，但「描瓶兒勾情處，純以憨勝，特與金蓮相反，以便另起花樣，不致犯手也。」（十三回總評）

張竹坡尚注意到某些人物形象的近似與重復，例如藍氏的容貌妝扮、有錢的身份「宛是瓶兒后身」（七十八回行批），但其丰韻「又與瓶兒嬌痴差勝」（七十八回行批）；如意兒的枕畔風情「絕不與蕙蓮雷同」（六十五回行批），但其自恃得寵、說也有、笑也有的輕狂舉止，又是「與蕙蓮特犯」（六十五回行批）；韓愛姐勾挑陳敬濟之眉眼「又是金蓮之續，卻不與金蓮一樣」（九十八回行批）。這些都是「犯而不犯」的例子，足見張竹坡對人物塑造觀察入微，較深刻地揭示了作者善犯不犯的藝術匠心。

(三)對比、映襯

人物性格總是在相互比較、映襯中顯得更加鮮明突出的，這就需要作者有意識地加以對比，亦即把性格相反或對立的人物放在一起描寫，形成自然的對比，那麼人物的性

---

[110] 同註 22 引書，頁 234-235。

[111] 周先霈、王偉民，《明清小說理論批評史》，頁 414-415。

格就會在相互映襯中展示出來，或是將性格相似或相類的人物加以對比映襯。以前者為例，張竹坡認為潘金蓮的性格總是透過孟玉樓反形出來的：

> 作者且特特寫一玉樓與金蓮翻案，針鋒反映。見得作孽者自作孽，守分者自守分。……故後文處處遇金蓮悲憤氣苦時，必寫玉樓作襯。（十一回總評）

此種將孟玉樓緊隨潘金蓮身傍以刻劃其性格之手法，確實使人在對比中見出形象的差異，如第十一回潘金蓮、龐春梅與孫雪娥鬥氣的場合，孟玉樓卻搖颺的走來問候，顯示二人處世態度之不同。第四十六回潘金蓮嫌人家當的皮襖披在身上黃狗皮似的，孟玉樓說人家有這一件皮襖穿在身上不知怎樣好哩」，一尖刻，一謙和，二人的對話呈顯迥然不同性格。第七十二回潘金蓮與如意兒爭吵，只見孟玉樓從後邊慢慢走來，聽完潘金蓮一頓牢騷後也只是笑，張竹坡批道：「處處以玉樓襯金蓮之妒」（七十二回總評），孟玉樓的閑適與潘金蓮的善妒又再一次做了強烈對比。

另外相隔數回卻雷同的情節，也能使人物性格有了對照、映襯的作用，例如孟玉樓不聽張四舅的勸告，一心要嫁西門慶，正好「反映瓶兒待竹山之淺」（第七回行批）；宋蕙蓮要西門慶替來旺另尋一房媳婦，反襯出「金蓮之于武大不堪」（二十六回行批）；寫花子由等人的冷而無情，「乃特特為武松反襯也」（十六回總評），看來張竹坡對人物形象間彼此映襯的分析是深得作者用心。

(四)於一個人心中，討出一個人的情理

張竹坡以「情理」做為小說創作的基本原則之一，運用到人物塑造之上，指的就是人物語言、動作神態的描寫都須符合人物性格思想的「情理」，張竹坡：

> 於一個人心中，討出一個人的情理，則一個人的傳得矣。雖前后夾雜眾人的話，而此一人開口，是此一人情理，非其開口便得情理，由於討出這一人的情理方開口耳。（讀法四十三）

所謂「討出一個人的情理」，意謂塑造人物首先要深入到人物內心去尋求其思想、性格特徵和發展羅輯，才能準確地描繪言行狀貌，達到人物描寫的個性化[112]。例如第二回寫西門慶初見潘金蓮時，王婆在旁插嘴起哄，西門慶卻聽如不聞，只顧向潘金蓮講話，張竹坡批道：

> 那人自向婦人說話，情理一時都盡，眼中不見王婆，妙。（第二回夾批）

---

112 同註29引文，頁6-8。

所謂「情理一時都盡」，乃指作品中對西門慶目不轉睛的描寫生動、真實，充分體現了他貪淫好色的性格特點。又如王婆對西門慶說勾引之技，作品寫得很細，西門慶四入茶坊，二人東拉西扯，終不言及潘金蓮，直到第五次反復試探後才打開天窗說亮話，張竹坡批道：

> 西門慶入王婆茶房內開口便講，其索然無味為何如也。則說技之妙文，固文字頓錯處，實亦二人一時不得不然之情理也。（第二回總評）

意謂此處兩人的對話描寫，都是從人物特定的身份、心理、性格決定的，用張竹坡的話說就是：「王婆本意招攬西門，以作合山自任，而不肯輕輕說出，西門本意兜攬王婆，以作合山望之，而又不便直直說出，……陸陸續續有許多白話」（第二回總評）。

(五)用筆因人而異

張竹坡認為《金瓶梅》能個性化地勾劃人物，寫得各各皆到，就在於能夠抓住人物獨特的性格而精確地用筆：

> 《金瓶》於西門不作一文筆，于月娘不作一顯筆，於玉樓則純用俏筆，於金蓮不作一鈍筆，於瓶兒不作一深筆，於春梅純用傲筆，於敬濟不作一韻筆，於大姐不作一秀筆，於伯爵不作一呆筆，於玳安兒不作一著蠢筆，此所以各各皆到也。（讀法四十六）

筆法之多之細，都出於塑造不同性格的需要，例如西門慶粗鄙不知風雅，充滿了「市井氣」，故「不作一文筆」。吳月娘是「老奸巨滑」的「奸險好人」，所以作者對她不作一顯筆，純用隱筆寫其惡。李瓶兒處事缺乏深謀遠慮，與潘金蓮的鬥爭中顯得軟弱而無心機，所以寫她從來「不作一深筆」，而是「寫瓶兒一味熱急淺露，到後文一絲不亂也」（十三回行批）。潘金蓮為人十分伶俐，又工於心計，所以從不用鈍筆寫她，而且持續用了同一種筆墨：「金蓮入門時，大書其顛寒作熱，聽籬察笆，蓋以一筆貫至此回也。」（七十五回總評）特別是李瓶兒死後，潘金蓮更加得意忘形、肆無忌憚，不但敢於和吳月娘吵架，在地上打滾撒潑，且敢於給西門慶胡亂吃藥，以致把西門慶弄死，這時作者就用了「飛舞之筆」，把她寫得飛動活跳[113]。至於寫玳安不著蠢筆、寫春梅純用傲筆，則純粹則出於全書炎涼佈局之需要：

> 於同作丫環時，必用幾遍筆墨，描寫春梅心高志大，氣象不同。於眾小廝內，必

---

[113] 張竹坡於79回行批道：「總用飛舞之筆寫一金蓮，蓋寫殺人之金蓮不得不飛舞也。」

用層層筆墨，描寫玳安色色可人。……因要他於污泥中，為後文翻案，故不得不
先為之抬高身分也。（讀法十七）

作者欲以春梅貴為夫人、玳安升為員外銷盡炎涼世態，因此前文中處處出落玳安、春梅，
把玳安寫得精於世故，頭腦清醒，春梅寫得心高志大氣傲，處處高金蓮一籌，帶有「夫
人氣」（八十二回行批），方能使後來二人地位的改變合情入理。

此外，張竹坡對作者用筆因人而異的認識，尚包括了春秋筆法，即作者根據愛憎褒
貶來刻劃人物，塑造不同的形象。特別是作者在「淫」的形象刻劃上所形成的美感差異，
總是來自作者的道德分定化尺度，即作者在性描寫的尺度上，寫誰，採用怎樣的手法、
寫多少，都取決於形象的道德值[114]，張竹坡批道：

玉樓為作者特地矜許之人，故寫其冷，而不寫其淫。春梅又為作者特地留為後半
部之主腦，故寫其寵，而不寫其淫。至於瓶兒、金蓮固為同類，又分深淺，故翡
翠軒尚有溫柔濃艷之雅，而葡萄架則極妖淫污辱之態甚矣。金蓮之見惡於作者也。
（二十七回總評）

由於張竹坡認定孟玉樓是作者自喻、矜許之人，因此只寫西門慶對她的冷，以表示不被
重視的委屈，春梅是後半部的主角，只寫西門慶對她的寵愛，不寫其淫蕩，而李瓶兒雖
然「氣死子虛、迎奸轉嫁」（讀法五十一）事上與潘金蓮相差不遠，但為人較寬厚，不似
潘金蓮那樣狠毒，因此下筆時保留了幾分，不致於「盡情不堪」，而潘金蓮則是作者深
惡之人[115]，因此便不惜以白晝宣淫醜詆之。此即張竹坡所謂春秋筆法。

(六)在人物關係中表現

在人物彼此關係中體現人物各自獨特的性格，這是張竹坡關於人物塑造的基本思
想，一是在人物的社會關係的繫係中塑造人物，體現性格的各個不同側面，一是在人物
的對立、衝突中使人物性格鮮明化[116]。張竹坡認為西門慶是書中「正經香火」，因此書
中許多女性人物的存在，都是為了刻劃西門慶，在西門慶與她們的關係中表現性格的各
個側面，寫李嬌兒，「見其未遇金蓮、瓶兒時，早已嘲風弄月，迎奸賣俏」（讀法十八）；

114 同註101引書，頁272。
115 張竹坡把潘金蓮、李嬌兒視為一丘之貉，認為「作者深惡金蓮，處處以娼妓醜之」，對李瓶兒也有
微詞，在字裡行間以娼妓相形之，參看讀法22、第12、15、75回的評論。而作者寫孟玉樓「全無
一毫褒貶，可知寓意在此人。」（29回行批）、「特用許多話出落玉樓，信乎作者以之自喻也。」
（89回行批）
116 同註111引書，頁409-412。

寫王六兒，「知西門於王六兒，借財圖色」（讀法二十三）；寫賁四嫂，「蓋言西門只知貪濫無厭」（讀法二十三）；至於寫桂姐、銀兒、月兒諸妓與西門慶交往，意在「寫西門無厭，又見其浮薄立品，市井為習」（讀法二十二）。在張竹坡看來，這些女性出身低，不是娼妓，就是僕婦之流，人品也不好，因此刻劃西門慶與她們的親密關係，就將他貪淫好色、市井為習的性格揭示無遺。那麼孟玉樓與西門慶的關係，又反襯出西門慶什麼樣的性格？在張竹坡心中，孟玉樓是有德的絕世美人，西門慶卻只知寵愛淫浪無品行的潘金蓮、王六兒等人，對其冷淡至極，正突顯了他的無恥行徑、市井本色：「明明說西門為市井之徒」（讀法二十九）、「作者特特寫此一位美人，為西門不知風雅定案也」（讀法三十）。又如鄭愛月兒，張竹坡認為作者另用了軟玉溫香之筆寫之，然卻獲得與李桂姐等人一例對待，適足以折射出西門慶「一味粗鄙，雖章台春色，猶不能細心領略」（讀法二十二）的性格。凡此種種，都是透過人物之間或親或疏的各種關係，將西門慶的性格襯得圓滿具足。

其次是將人物放置到性格的對立與矛盾的衝突中，以便更淋漓盡致地表現人物的性格，例如潘金蓮爭強好勝、生性嫉妒，她與李瓶兒的爭寵是小說的重大事件，所以又分設宋蕙蓮、如意兒為其先聲與餘波，以表現潘金蓮的妒寵爭妍：

> 寫如意，所以寫已死之瓶兒也。……總之為金蓮作對，以便寫其妒寵爭妍之態也。故蕙蓮在先，如意兒在後，總隨瓶兒與之抗衡，以寫金蓮之妒也。（六十五回總評）

> 如耍獅子，必拋一毬，射箭必立一的。欲寫金蓮而不寫其與之爭寵之人，將何以寫金蓮？故蕙蓮、瓶兒、如意，皆欲寫金蓮之毬之的也。（六十五回總評）

要言之，人物的設置，完全服從於矛盾的層層深入和展開，離開了「之球」、「之的」，爭寵矛盾無以構成，潘金蓮的心性、行為、手段也無法施展，而其狡獪、潑悍、凶狠的性格自然也無從體現[117]。此處「拋球」、「立的」頗能說明作者在矛盾對立衝突中刻劃人物的藝術技法，然而張竹坡又進一步指出：

> 書內必寫蕙蓮，所以深潘金蓮之惡於無盡也。（讀法二十）

> 有寫此一人本意不在此人者，如宋蕙蓮等是也。本意止謂要寫金蓮之妒瓶兒，卻恐筆勢迫促，便間架不寬廠，文法不盡致，不能成此一部大書。故于此先寫一宋蕙蓮，為金蓮預彰其惡，小試行道，以為瓶兒前車也。（二十六回總評）

---

117 同註 28 引書，頁 980-981。

如此一來，宋蕙蓮的意義僅止於表現潘金蓮之惡，失去了人物的獨立意義，張竹坡過於強調人物塑造的主從關係，反而忽視了作者以一事寫多人的藝術技巧，換句話說，次要人物在烘托主要人物的同時，也表現了自身的性格特點，不應只是陪襯他人而已。

第五節　結構論──藏針伏線，血脈貫通

《金瓶梅》向以結構謹嚴、細密著稱，如欣欣子：「始終如脈絡貫通，如萬系迎風而不亂」（《金瓶梅詞話·序》）[118]，張竹坡則稱讚道：「千針萬線同出一絲，又千曲萬折不露一線……蓋其書之細如牛毛，乃千萬根共具一體，血脈貫通，藏針伏線，千里相牽，少有所見。」（〈竹坡閑話〉）指的是小說嚴整細密、渾然一體的藝術成就。張竹坡以遞出作者金針自許，他曾用形象的語言比喻道：「做文如蓋造房屋，要使梁柱筍眼都合得無一縫可見。而讀人的文字，卻要如拆房屋，使某梁某柱的筍皆一一散開在我眼中。」（第二回總評）意即小說結構的安排要嚴密自然、無斧鑿之痕，而閱讀小說卻是要如拆房屋，將藝術作品條分縷析，即把作者起結照應、穿插截剪、安根伏線的技巧都攤在眼前，才能較好地理解結構的藝術。那麼，張竹坡是如何拆解結構、析出技法？一是從大處著眼，鳥瞰全局，對《金瓶梅》的整體結構加以探討和評析，二是總結、歸納了作者安排情節的具體方法[119]，如趁窩和泥、千里伏脈、草蛇灰線、穿插、入筍、脫卸、橫雲斷山法、反射法等。此外關於小說中的細節、環境描寫亦提出了獨到的見解。

一、整體架構

《金瓶梅》在張竹坡的評點之下，才有了尋繹整體架構之意識。張竹坡並未使用「結構」一詞，然從其評點中言及大起大結、大關鍵、大照應、大間架，又說：「讀《金瓶梅》，當看其發脈結穴、關鎖照應處。」（讀法六十六）可知其尋求大結構的用心。張竹坡反對《金瓶梅》視為大賬簿的說法，而是一精心結構的藝術整體：「一百回是一回，必須放開眼光作一回讀，乃知其起盡處」（讀法三十八）、「一百回不是一日做出，卻是一日一刻創成」（讀法三十九）、「一百回如一百顆胡珠，一線穿串卻也」（八十七回總評）。因此關於全書大結構張竹坡提出了「千百人總合一傳」、「冷熱金針」的說法：

(一)千百人總合一傳

明清小說理論家為了抬高小說的地位與價值，往往將小說與《史記》相比附，在他

---

[118] 同註7引書，頁1。
[119] 俞為民，〈張竹坡的金瓶梅結構論〉，《金瓶梅研究》第二集，頁217-220。

們心目中，《史記》代表古代敘事文學的最高典範，因此張竹坡從創作動機、立言命意、藝術技巧都比附於《史記》，他分析了二者在結構特點上之不同：

> 《金瓶梅》是一部《史記》。然而《史記》有獨傳，有合傳，卻是分開做的。《金瓶梅》卻是一百回共成一傳，而千百人總合一傳，內卻又斷斷續續，各人自有一傳。（讀法三十四）

所謂「千百人總合一傳」，說明了張竹坡以「傳」的觀念審視《金瓶梅》大結構，《金瓶梅》以人物而非故事為中心的結構特點，「各人自有一傳」也即「生離死別，各人傳中，皆自有結」[120]（讀法二十六）之意，張竹坡把人物的活動和命運、人物的聚散離合視為拆解結構的關鍵，張竹坡：

> 劈空撰出金、瓶、梅三個人來，看其如何收攏一塊，如何發放開去。看其前半部止做金、瓶，後半部止做春梅。（讀法一）

可見張竹坡以金、瓶、梅三人為把握整體結構的關鍵，意即小說的前八十回（前半部）以西門慶與潘金蓮、李瓶兒的糾葛作為框架，後二十回（後半部）以春梅與陳敬濟的糾葛為主推動著情節的發展。一百回牽涉到許多人物的聚散離合、成敗興衰，人物的起始與結穴勢必不可少，張竹坡認為《金瓶梅》的大起大結是具有地理色彩的意象玉皇廟與永福寺，即以玉皇廟「熱結兄弟」起，以身死名裂葬身永福寺結：

> 玉皇廟，諸人出身也。故瓶兒以玉皇廟邀子虛上會時出，金蓮以玉皇廟元壇座下之虎出，而春梅又以天福來送玉皇廟會分月娘叫大丫頭時出。然則三人俱發源于玉皇廟也。至於永福寺，金蓮埋于其中，春梅逢故主于其內，而月娘、孝哥俱于永福寺討結果，……瓶兒病以梵僧藥，藥固用永福寺中求得。然則瓶兒早結於永福寺矣。故玉皇廟、永福寺是一部大起結。（四十九回總評）

假如從情節貫串的角度看，以玉皇廟、永福寺為起結的手法，不免與主導故事有所游離，然它們對角色起的聚攏、發散、歸穴的結構作用則十分明顯[121]，以玉皇廟來說，宣疏結拜，為全書提供了最初的人物譜，實屬結構一部大書的匠心獨運之筆，有了這個人物譜，其後應伯爵等人幫嫖貼食而引出的官商煙花人物，花子虛牽連出李瓶兒，趙玄壇騎虎牽

---

[120] 以李瓶兒為例，張竹坡認為「李瓶兒何家托夢」一回方是「結住瓶兒」（七十一回行批），因文中李瓶兒告西門慶說：「此（袁指揮家）奴之住所」，正與一百回往袁指揮家托生相符。

[121] 林崗，《明清之際小說評點學之研究》，頁125。

連出武松打虎和潘金蓮賣俏,都有了一個總的結構紐結[122],而永福寺的功能則在歸穴眾角色之作用,張竹坡:

> 西門溺血之故,亦由此藥起,則西門又結穴於此寺。至於敬濟,亦葬永福;玉樓由永福寺來,而遇李衙內;月娘孝哥、小玉,俱自永福而悟道;他如守備、雪娥、大姐、蕙蓮、張勝、周義等以及諸殘形怨憤之鬼,皆於永福寺脫化而去。(八十八回總評)

蓋因書中人物的死亡,或是生命中的關鍵時刻都與永福寺相關,所謂「眾人同聚於此,實同散於此」(四十九回總評),因此是「一部大結穴,如群龍爭入之海」。再者,完整的大結構,除了首尾的起結之外,中間還應有若干關鎖、照應予以配合。如第十回「妻妾玩賞芙容亭」、二十三回「賭棋枰瓶兒輸鈔」描述妻妾們相聚會之情景,二十五回「吳月娘春晝秋千」補敘春梅、宋蕙蓮等人,如此便將書中主要人物合攏齊聚,實屬一小「關鎖」,而屬於全書的大照應之處則有三段:

> 先是吳神仙總覽其盛,後是黃真人少扶其衰,末是普淨師一洗其業,是此書大照應處。(第三回總評)

張竹坡以吳神仙、黃真人、普淨師這些神佛人物作為全書照應之處,乃基於他們對主要人物命運的預示作用言,「吳神仙總覽其盛」指的是第二十九回吳神仙為眾人相命之事,此時主要人物已出齊,可謂躬逢其盛,相命的斷語預示了眾人的命運與結局,屬於情節發展上伏線作用:

> 此回乃一部大關鍵也。上文二十八回一一寫出來之人,至此回方一一為之遙斷結果。蓋作者恐後文順手寫去,或致錯亂,故一一定其規模,下文皆照此結果數人也。(二十九回總評)

「黃真人少扶其衰」當是指第六十六回黃真人為李瓶兒煉度亡魂之事,關於此回之涵義,張竹坡沒有多做解釋,但那篇談說生死冤報牒文中有云:「人處塵凡,日縈俗務,不知有死,惟欲貪生。鮮能種于善,多墮入于惡趣。昏迷弗省,恣欲貪嗔。將謂已長存,豈信無常易到。一朝傾逝,萬事皆空。」可看做是對世人的感嘆,亦不無預示著後文諸人將如此結局之意,而「普淨師一洗其業」指的是一百回中薦拔群冤,超度全書亡魂,並指點眾人來生歸宿的「結穴」作用。這些神祕的宗教人物,或暗示眾人的命運,或談說

---

[122] 楊義,《中國古典小說史論》,頁354。

佛法、因果輪迴、看似節外生枝，他們以第三者的身份，觀察注視著書中人物的命運，目睹著西門慶一家的興衰，在全書中結構中起著重要的作用[123]。

(二)冷熱金針

「冷熱」本屬氣氛的渲染，張竹坡把「冷熱」二字視為整體結構的關鍵之一，即「一部之金鑰」（〈冷熱金針〉），他將《金瓶梅》分為兩大段：「金瓶是兩半截書，上半截熱，下半截冷，上半熱中有冷，下半冷中有熱」（讀法八十三）但冷熱二者又並非截然分明，而是採取循序漸進的方式轉化：「前五十回，漸漸熱出來。此後五十回，又漸漸冷將去。」（五十回總評）那麼「一部炎涼書」敘述的正是從熱到冷的故事，而冷熱之機的轉換關鍵則在韓道國、溫秀才二人。張竹坡批道：

> 韓夥計於加官後即來，是熱中之冷信，而溫秀才自磨鏡之後方出，是冷字之先聲。……韓道國不出於冷局之後，而出熱局之先，見熱未極而冷已極。溫秀才不來於熱場之中，而來於冷局之首，見冷欲盛而熱將盡也。（〈冷熱金針〉）

韓夥計於第三十三回出場，正當西門慶得子加官不久，處於熱鬧得意之時，張竹坡以為此是點睛之處，即「熱中之冷信」；溫秀才出場於第六十回，其時李瓶兒將死，正是熱有餘氣，冷見先聲的時候，七十六回溫秀才離去，西門已露將死之兆，觀全書冷熱的轉換，溫秀才去後正是「溫氣全無」。韓夥計、溫秀才二人究竟有無諧音隱喻是一個問題，但可見張竹坡以故事情節的發展為依據，並參照了傳統中國有關宇宙人生的哲學思想——陰陽交相循環的觀念來解釋《金瓶梅》的大結構[124]。若從小說內容來看，《金瓶梅》描繪了西門慶及其家庭由盛而衰的生命歷程，在哲理上可說寄寓了陰陽循環之理，西門慶以一個小商人發跡致富，但因他為富不仁，縱欲無度，使得他的家庭在鮮花著錦、烈火烹油的興盛中早已埋藏著衰敗的種子，最後終於陰盛陽衰，熱去冷至，身亡家敗，正如作者所說的「樂極悲來，否極泰來，自然之理」[125]。如此看來，張竹坡以冷熱氣氛做為《金瓶梅》結構模式的關鍵，無疑是接近文本的真實情況的，不同的是，小說並非是無窮盡的冷熱循環的過程，它必須有結束，因此冷熱二字在整體結構中又有輕重之分：

> 一部炎涼書，乃開首一詩並無熱氣。信乎作者注意在下半部，而看官益當知看下

---

[123] 魏崇新，〈金瓶梅的宗教意識與深層結構〉，《中國古代、近代文學研究》（1992 年第 9 期），頁 205。

[124] Milena Dolezelova-Velingerova, "Seventeenth-Century Chinese theory of Narrative: A Reconstrction of its System and concepts", "poteic east and west", P.147-150.

[125] 同註 123 引文，頁 203。

半部也。（第一回總評）

即以下半部的冷來警醒讀者，規勸世人從沈迷財色中解脫出來，繼而由熱到冷，由冷悟空，從而歸結到「以空結」的大主題之下。張竹坡以「冷熱」再解《金瓶梅》大結構，表現了他過人的藝術眼光，也使吾人意識到《金瓶梅》比《水滸傳》、《三國演義》有著更為複雜的結構模式[126]。

二、情節結構的藝術

張竹坡與明清評點家同樣熱中於文理章法的歸納，其中如安根、伏線、草蛇灰線、千里伏脈、穿插之妙、入筍、千里合筍、反射法、照應伏線法、橫雲斷山法、影喻脫卸法等都是關於謀篇佈局的技法。張竹坡對文法的歸納，或是沿用前人術語，或是自創名目，都不脫八股文習氣，但卻體現其對情節結構藝術的準確把握，例如：「《金瓶梅》純是異樣穿插的文字」（第三回總評）、「《金瓶》文字，其穿插處篇篇如是」（十四回總評）、「《金瓶》一書從無無根之線，……處處草蛇灰線，處處你遮我映」（二十回總評）、「此部書總妙在千里伏線，不肯作易安之筆，沒筍之物也，是故妙絕群書。」（讀法二十六）可見張竹坡是考慮全部的情節而立論，技法之繁之多正反映其對結構藝術之深刻體認。總地說來，張竹坡對結構藝術的分析主要有兩大方面：一、以結構的基本原則而言，在縱向聯繫上注重的是前呼後應、脈絡貫通、完整嚴謹、入情入理，橫切面注重的是如何將不斷新增的人物、情節穿插到原有的故事脈絡之中，而又不留痕跡，二、以結構的變化原則而言，考慮文勢的錯綜變化、曲折有致、起伏頓挫，以及節奏的變化、意境氛圍的創造等美感特質。

(一)結構的基本原則

1.縱向聯繫：伏應、草蛇灰線

張竹坡視《金瓶梅》為千里相牽、渾然一體的大結構，關鍵就在作者藏針伏線的技巧，即「伏筆」的運用，如評點中所云「安根」、「伏線」、「草蛇灰線」、「千里伏脈」都是同一個意思，其目的都在突出縱向情節線索的伏應關係，以便增強整體結構的有機性，使故事的來龍去脈、前因後果自然而又合乎邏輯，形成彼此呼應、首尾貫通的藝術整體。然在具體運用時，「伏筆」與「草蛇灰線」略有不同，「伏筆」通常用來指小規模的設伏技巧，如作者在官哥死前處處寫官哥的小膽，早已為貓驚官哥「伏線」（四十三回行批）；潘金蓮聰明伶俐，何以會在最後關頭武松來尋仇時不知防患，尚且一心要

---

[126] 同註 121 引書，頁 128-129。

嫁武松，自促其死？張竹坡認為作者早在第二回埋下了伏筆：

> 然則作者於第二回內，不寫婦人勾挑武二哥，豈不省乎？不知作者蓋言金蓮結果
> 時，如何一呆至此，還平心穩意，要嫁武二哥哉。故先於此回內，特特描寫一番，
> 遂令後九十回文中，金蓮不自揣度，肯嫁武二，一團痴念，緊相照應。人雖鶻突，
> 文卻不可鶻突也。（第三回總評）

此處寫潘金蓮因愛慕而勾引武松，已為後文肯嫁武松埋下了合理的因子，因此顯得合情
合理。「草蛇灰線」指的是一隱藏的貫串全書卻不易為人察覺的重要線索，最早由金聖
嘆提出，主要指某個情節段落中貫串情節的線索，如「哨棒」、「帘子」等[127]，經由張
竹坡的運用，內涵已擴大許多，並以之為貫串全書的基本結構方法：

> 《金瓶》一書從無無根之線，試看他一部內，凡一人一事，其用筆必不肯隨時突出，
> 處處草蛇灰線，處處你遮我映，無一直筆呆筆，無一筆不作數十筆用，粗心人安
> 知之。（總二十回）

值得注意的是，張竹坡所謂「草蛇灰線」的概念，已不再限於簪子、金扇、博浪鼓等小
物件的時隱時現，也指書中反復出現的意象或細節，或是有關人物情節的時斷時續[128]，
而其作用則有突出主線人物、襯托人事變遷之作用，甚或是關涉全篇整體結構之不同，
張竹坡一一闡發其針線細密之處[129]。以《金瓶梅》中的小道具為例，不但有貫串線索的
作用，更有襯托人事變遷的作用，前者如四十六回「元夜遊行遇雪雨」，全篇以一皮襖
加以穿插組織而成，後者如老太監送給官哥做為賀喜之禮的壽星博浪鼓，到後文反成了
李瓶兒「睹物傷情」之物，突顯人生吉凶倚伏不定；李瓶兒帶來的一百顆明珠，幾度易
手，則襯托了人事的無常變遷。尤其特別的是，張竹坡指出小道具在突出主線人物上的
作用，如第一至八回中數度現身的洒金川扇，凡西門來尋潘金蓮，手裡必拿此扇子，而
《水滸》裡的西門慶卻沒有此道具。張竹坡為此寫了一大段文字，解釋其中的文理奧秘：

> 文內寫西門慶來必拿洒金川扇兒，……吾不知其用筆之妙，何以草蛇灰線之如此

---

127 金聖嘆〈讀第五才子書法〉：「有草蛇灰線法，如景陽岡勤敘許多哨棒字，紫石街連寫若干帘子字
　　等是也。驟看之，有如無物；反至細尋，其中便有一條線索，拽之通體皆動。」陳曦鍾、侯忠義、
　　魯玉川編，《水滸傳會評本》，頁 20。

128 同註 28 引書，頁 967。

129 可參看第 8、28、29、46、51、76、82 回有關簪子、皮襖、汗巾等線索的討論，以及第 67、76 回
　　的關於意象、細節的討論。

也。……西門慶為此書正經香火，今為寫金蓮這邊，遂至一向冷落，絕不照顧。在他書則可，在《金瓶梅》豈肯留此綻漏者哉！……止因有此金扇作幌伏線，便不嫌半日灑灑洋洋寫武大、寫武二、寫金蓮如許文字後，於挑簾時一出西門，止用將金扇一幌，則作者不言，而本文亦不與《水滸》更改一事，乃看官眼底自知為《金瓶》內之西門，不是《水滸》之西門，且將半日敘金蓮之筆，武大武二之筆皆放入客位內，依舊現出西門慶是正經香火，不是《水滸》中為武松寫出金蓮，為金蓮寫出西門，卻明明是為西門方寫金蓮，為金蓮方寫武松。（第三回總評）

張竹坡這一段分析，主要是從結構著眼的。潘金蓮亦為主線人物之一，則不得不講武大、武松之故事，此等注釋性的文字不能不寫，但寫出來有可能沖淡小說的主角，中斷主線，最輕便的辦法就是創造一小道具，使注釋性的文字迅速退向客位，從而保證小說整個結構的統一和緊湊，金扇在小說中起的就是這種作用[130]。又如書中屢屢寫及吳月娘「好佛」，張竹坡認為和全書的主題有密切之關係：

寫月娘，必寫其好佛者，人抑知作者之意乎？作者開講，早已勸人六根清淨，吾知其必以空結此財色二字也。夫空字作結，必為僧乃可。……作者幾許痴蹋，乃以孝哥兒生於西門死之一刻，卒欲令其回頭受我度脫。……有此段大結束在胸中，若突然於後文生出一普淨師幻化了去，無頭無緒，一者落尋常窠臼，二者筆墨則脫落痕跡矣。故必先寫月娘好佛，一路屍屍閃閃，如草蛇灰線，後又特筆出碧霞宮，方轉到雪澗而又只一影普師，遲至十年，方才復收到永福寺，且於幻影中將一部有名人物，花開豆爆出來的，復一一煙消火滅了去。……然則寫月娘好佛，豈泛泛然為吃齋村婦，閒寫家常哉。（讀法二十六）

小說寫吳月娘佞佛有深刻用意，牽涉到整部小說「以空結」的主題，圍繞這一主題，作者為吳月娘安排了一系列的活動，如聽宣卷、泰山燒香、遇雪洞禪師、最後在永福寺將兒子孝哥交與普淨禪師等，莫不是作者精心安排的結果。可見張竹坡較能通觀全局探求作者細針密線的奧妙。

2.橫向穿插：趁窩和泥、入筍與脫卸

依據萊辛的觀點，詩歌藝術以語言為媒介，因此「只宜於表現那些全體或部分本來也是在時間中先後承續的事物」，小說做為文學藝術的一環，在再現生活的流程與生活的橫截面上，當然也只適於敘述在時間中先後承接的事件的發展，而不宜於描繪在空間

---

130 同註 22 引書，頁 229。

中並行的若干事件,即於寫此一事件時,難以一筆寫出同時並存的其它事件[131]。此種敘事的侷限在《金瓶梅》已得到一定程度的克服,從純粹的時間藝術轉向對空間描繪的重視[132]。在空間描繪上,注重的是如何描寫同時並存的人物事件,張竹坡首先意識到《金瓶梅》結構上轉變:「《金瓶》純是異樣穿插的文字」(第三回總評)、「讀《金瓶》當看其穿插處」,他將此種技巧比喻為「趁窩和泥」:

> 上文自十四回至此,總是瓶兒文字,內卻穿插他人如敬濟等,皆是趁窩和泥。此回乃是正經寫瓶兒歸西門氏也。乃先於卷首,將花園等項題明蓋完,此猶娶瓶兒傳內事,卻接敘金蓮、敬濟一事,妙絕!《金瓶》文字,其穿插處篇篇如是,後生家學之,便會自做太史公也。(十九回總評)

可見所謂「趁窩和泥」,就是在正經文字內穿插他人他事,而「穿插處篇篇如是」,說明張竹坡把「穿插」視為貫串全書最基本的組織結構方法。在第十四回至十九回中,主要的情節是關於西門慶與李瓶兒的描寫,大致可分為偷情、停娶、續嫁三個階段。小說以李瓶兒和西門慶為主幹,在情節的縱向推進過程中,不斷插進許多其他人物事件,例如李瓶兒為潘金蓮拜壽、吳月娘等人為李瓶兒做生日、狎客幫嫖麗春院、楊戩被參、陳洪充軍、陳敬濟帶西門大姐回家避禍、西門慶派來保去東京行賄、李瓶兒許嫁蔣竹山、陳敬濟與潘金蓮在花園中打情罵俏等情節。這些借人物關係不斷插入的與主幹人物情節相關又相對獨立的其他人物事件,在突出主線的前提下,形成一種縱橫交錯的格局,從而把生活的流程與生活的橫截面,同時呈現於讀者面前,解決小說難以一筆寫出同時異地并存的其他事件的難題,張竹坡「趁窩和泥」的提出,可說是對這種新的藝術結構做了生動的說明[133]。張竹坡又以「入筍」來比喻此種結構方式:

> 讀《金瓶》須看其入筍處。如玉皇廟講笑話,插入打虎。請子虛,即插入後院緊。六回金蓮才熱,即借嘲罵處,插入玉樓。借問伯爵連日那裏,即插出桂姐。借蓋捲棚,即插入敬濟。借翟管家,插入王六兒。借翡翠軒插入瓶兒生子。借梵僧藥,插入瓶兒受病。借碧霞宮,插入普淨。借上墳,插入李衙內。借拿皮襖,插入玳安、小玉。諸如此類,不可勝數。蓋其用筆,不露痕跡處也。所以不露痕跡處,總之善用曲筆、逆筆,不肯另起頭緒,用直筆順筆也。夫此書頭緒何限,若一一起之,是必不能之數也。我執筆時,亦必想用曲筆逆筆,但不能如他曲得無跡,

---

131 同註 31 引文,頁 94-95。

132 金健人,《小說結構美學》,頁 54-55。

133 同註 31 引文,頁 94。

逆得不覺耳，此所以妙也。（讀法十三）

「入筍」一詞來自於房屋建築的啟示，指在情節發展過程中不斷添進的新的人物與情節的方式。張竹坡不厭其煩地羅列各種「入筍處」，說明他對《金瓶梅》獨特結構方法的觀察很仔細，見人之所未見，而讚其「不露痕跡」，「曲得無跡」、「逆得不覺」，則是他對作者天衣無縫地使新增的人物情節不斷地亮相到讀者面前的肯定。畢竟《金瓶梅》人物眾多，頭緒紛繁，若一一各起頭緒，則會使整部作品如流水帳簿，失去美感效應，只有技巧地將新增的人物、情節無痕地穿插到原有的故事脈絡中，方能使小說有如「鳳入牡丹，一片文錦，其枝枝葉葉，皆脈脈相通，卻又一絲不亂」（第十回總評）。

再者，做為枝脈相連的結構的整體，前後情節必須連貫一氣，但又不可能只敘一人一事，必須經常有所轉換，有所側重，雖然張竹坡盛讚作者「以一筆作千萬筆用」、「一手寫三四處」，終究不足以鋪寫全部的人和事，因此當小說中的「筍」作為過節文字的功能完成之後，必須將其「脫卸」、收拾而去，以便過渡到下文[134]。如穿插到「瓶兒文字」中的許多情節都是。東京參劾之事，原是為了使陳敬濟聚攏到西門慶家來，招贅蔣竹山是為了使情節產生起伏頓挫之勢，故在陳敬濟、李瓶兒皆到西門慶家後，皆一一收拾之：

> 此回上半乃收拾東京事也。夫東京一波，作者因瓶兒嫁來，嫌其太促，恐使文情不生動，故又生出一波作間，因即欲以敬濟作間，庶可合此一筍。蓋東京一波，為敬濟而生，敬濟一筍，借瓶兒而入，今竹山一事，又借東京一事而起。然竹山已贅，敬濟已來，則東京一波，若不及早收拾，將何底止？故此回首即收拾也。（十八回總評）

張竹坡尚注意到某些小道具在貫串線索的作用完成之後，即隨手收拾的技法，如西門慶手中的洒金川扇以金蓮撕毀收拾，襯托官哥一生吉凶命運的博浪鼓，因怕李瓶兒看見傷心，令迎春拿到後邊去，以作收拾，從而維持情節的完整統一。

（二）結構的變化原則

1.文勢變幻之美

語有云：「文似看山不喜平」，文勢的曲折多變是美感的來源，張竹坡歸納《金瓶梅》藝術特點之一就是善用「曲筆」，張竹坡：「作者純以鬼斧神工之筆行文，故曲曲折折，不令其窺彼金針之一度」，又說：「文字千曲百曲之妙，手寫此處卻心覷彼處，

---

[134] 陳桂聲，〈張竹坡金瓶梅批評三則淺析〉，收入劉輝、杜維沫編，《金瓶梅研究集》，頁322-323。

因心覷彼處乃手寫此處。」（二十回總評）精確地指出了《金瓶梅》情節曲折的特點，張竹坡所論有透迤曲折、起伏頓挫、餘波蕩漾等不同的美感。

(1)透迤曲折

《金瓶梅》第一回是「西門慶熱結十兄弟，武二郎冷遇親哥嫂」，部份人物取材自《水滸傳》，情節卻不同，如何從「熱結」文中引潘金蓮出場？關鍵就在於趙元壇座下之畫虎，由畫虎引出打虎、打虎之人，再說到武松尋哥嫂，帶出潘金蓮，張竹坡認為這正是作者創新、曲折寫來之處：

> 凡人用筆曲處，一曲兩曲足矣，乃未有如《金瓶》之曲也。何則？如本意欲出金
> 蓮，卻不肯如尋常小說云「按下此處不言，再表一個人，姓甚名誰」的惡套。……
> 故一眼覷見玉皇廟四大元帥，作者不覺擱筆拍案大笑也。然而其下筆時，偏不即
> 寫玄壇，乃先寫老子青牛，又寫二重殿，……方出四大元師。文至此，所謂曲折
> 亦曲折盡矣。看他偏不即寫玄壇，乃又先寫馬元帥，帶出幫閑討好，使本文熱中
> 意思柳遮花映，八面玲瓏。至此該寫趙元帥矣，偏又不肯寫下，又放過趙元師，
> 再寫溫元帥，又照入幫閑身分，放倒自己，奉承他人。使熱結本文不脫生，十分
> 美滿後，才又插轉玄壇，玄壇身邊，方出畫虎。曲折至此，該用吳道官說出真虎
> 矣，乃偏又漾開，偏又照管眾幫閑，點染熱結本文，方用吳道官一點真虎。夫所
> 謂打虎之人，尚杳然不知音信。止因一個畫虎，便如此曲折，真不怕嘔血，不怕
> 鬼哭，文至此，可云至矣。（第一回總評）

張竹坡認為這段描寫費盡許多曲折，在幾度「引入」、「漾開」之間，一再延宕人物的出場，直至將十兄弟幫閑身分、性格都渲染得淋漓盡致後，才一點真虎，這樣既兼顧正經文字「熱結」的描寫，也使潘金蓮的出場曲盡其妙。

(2)起伏頓挫

為了增加情節發展的動勢，產生起伏頓挫之妙，作者在安排情節時還採用了間隔、突轉之法，使情節的發展一波三折，出人意料之外，例如第十四回至十九回描寫李瓶兒嫁西門慶的過程，可說是層層遞進，波瀾起伏，張竹坡認為其中轉折有三處：

> 夫金蓮之來，乃用玉樓一間，瓶兒之來，作者乃不肯令其一間兩間即來，與寫金
> 蓮之筆相犯也。……故先用瓶兒來，作一間，……下回又以月娘等之去作一間，
> 又用桂姐處作一間，文情至此，蕩漾已盡，下回可以收轉瓶兒至家矣。看他偏寫
> 敬濟入來，橫插一筍，且生出陳洪一事使使瓶兒一人自第一回內熱突突寫來，一
> 路花團錦簇，忽然冰消瓦解，風馳電捲，杳然而去，嫁一竹山，令看者不復知西

門、瓶兒當有一面之緣。乃後忽插張勝，即一筆收轉，瓶兒已在西門慶家。其用
筆之妙，起伏頓挫之法，吾滿口生花，亦不得道其萬一也。（十四回總評）

第十四回花子虛死後，李瓶兒就準備嫁給西門慶了，作者偏於中穿插潘金蓮生日、李瓶
兒生日、西門慶到桂姐家踢氣毬等活動，使李瓶兒待嫁之情事一再被隔斷、延宕，張竹
坡認為這是作者故作波折，以將瓶兒情事寫得十分圓滿、花團錦簇，又避免與西門慶偷
娶潘金蓮之情節雷同。而「東京一波」，造成李瓶兒情事急轉直下，西門慶恐受牽連在
家閉門不出，李瓶兒失望之餘招贅了蔣竹山，如此橫生變故就造成了情節發展的突轉，
令讀者驚奇不定，末又一筆突轉，讓李瓶兒嫁進西門慶家，這段描寫可謂高潮迭起、波
瀾起伏，而不是急促、率直地寫瓶兒嫁來。又如寫潘金蓮的結局，亦極盡文勢變幻之妙。
蓋自西門慶死後，一路寫其肆志得意、撒潑之狀，卻在最後關鍵時刻——秋菊告密之事
上用了「欲擒故縱」之法，故為迂緩[135]，待將矛盾衝突寫得十分滿足，蘊釀成不可阻遏
之勢，方才讓吳月娘識破奸情，逼潘金蓮下場，使文情顯得跌宕多姿。

　　(3)餘波蕩漾

　　情節除了起始迤邐寫來，引人入勝之外，在高潮之後，更須再作餘波演漾之，使讀
者感到餘韻悠然，回味無窮，張竹坡：「此書每寫一人，必伏線於千里之前，又流波於
千里之後，如宋蕙蓮既死，猶餘山洞之鞋等是也。」（三十六回總評）指的就是餘波蕩漾
的效果。特別是在主要情節即將結束之時，安排一些不同性質的情節，也能增加頓挫之
勢[136]，例如西門慶死後，妻妾一一散去，作者插入「春梅遊舊家池館」一事，便有流風
迴雪之致：

　　　　向日寫瓶兒，寫金蓮等人，今皆一一散去。使不寫春梅一尋舊游，則如流水去而
　　　　無瀠迴之致，雪飄落而無迴風之花，何以謂之文筆也哉。今看他亦且不寫敬濟到
　　　　府，先又插入春梅一重遊，便使千古傷心，一朝得意俱迥然言表，是好稱手文字，
　　　　是好結局，不致一味敗壞。（九十六回總評）

蓋自西門慶死後，「來旺盜拐孫雪娥」、「陳敬濟被陷嚴州府」、「吳典恩負心被辱」
一路冷下來，忽然插入春梅姐遊舊家池館一事，在一節節冷下去的情節中突然插入這一
熱的情節，就造成了情節發展上的轉折頓挫，不致一味冷落到底。

---

135 第83回「秋菊含恨泄幽情」作者讓秋菊幾次告發都未能使吳月娘相信，直至86回方識破奸情，張
　　竹坡批道：「此回方是結果金蓮之楔子，卻用一縱一擒、又一縱一擒作章法。」
136 同註119引文，頁226-227。

2.情境氛圍

情節的發展應當富節奏感，使不同的情境氛圍相互交錯，例如在熱與冷、動與靜、悲與喜、忙與閑、剛與柔之間的轉換、對比，都能形成參差錯落、相互掩映的美感變化，此種節奏的調度能使作品產生極大藝術感染力，在讀者心理上造成一種反差，從而獲得更為強烈的閱讀效應[137]。

(1)冷熱對照

「冷熱」一詞在明清小說中，不僅指天氣的冷暖，更有象徵人生經驗起落的美學意義[138]，所謂熱中冷、冷中熱本是人生無可避免的盛衰榮枯，其中又有同時異地、異時同地之別。如第三十八回，「潘金蓮雪夜弄琵琶」，寫西門慶到李瓶兒飲酒，潘金蓮在房中撥弄琵琶的淒涼情景，張竹坡：「潘金蓮琵琶，寫得怨恨之至，真是舞殿冷袖，風雨淒淒，而瓶兒處互相掩映，便有春光融融之象。」（三十八回總評）一寵一疏形成了冷熱對照，予人「天下事難周遍」（三十八回行批）的感受。尤其當空間位置重覆，時間推移使人事現象發生今非昔比的炎涼變化之時，就予人世情冷暖之感。《金瓶梅》作為一部「炎涼書」，此類反映冷熱變化的筆墨最多，張竹坡指出，作者善於將熱鬧的情境層層渲染，寫得十分滿足之後，方才一筆轉寫冷淡，從而在冷熱的強烈對照中，活現世情的冷暖與人情的真假，例如寫潘金蓮、李瓶兒與西門慶的偷情，都運用了此法，張竹坡批道：「故作滿心滿意之筆，十分圓滿，以與下文走滾作照。」（十六回總評）又如極力寫李瓶兒喪禮之熱鬧，則是為了反襯西門慶死時之冷清：

> 一路寫諸人上祭，接接緒緒，令人眼迷五色，卻是層層次次，若開祭帳，非龍門何處下手？又見瓶兒死時之熱，至西門死，止用幾筆點染，便冷熱相形不堪，真是神化之筆。（六十四回行批）

費如此多的筆墨寫一小妾之死，除了表現西門慶對李瓶兒的真情之外，目的就是與西門慶死時之冷形成反照，使人在前後情境的轉換中，領悟世情冷暖和人情真假的意義。

(2)忙閑交錯

「忙中閑筆」是《金瓶梅》善用穿插例子之一，即利用點綴、穿插的手段，打破描寫的單一性，使不同的節奏、不同的氣氛互相交織，從而加強生活情景的空間感和真實感[139]，張竹坡：

137 謝昕、羊列容、周啟志合著，《中國通俗小說理論綱要》，頁 107-108。
138 浦安迪，《中國敘事學》，頁 81。
139 同註 22 引書，頁 238-240。

> 《金瓶》每於極忙時，偏夾敘他事入內。如未娶金蓮，先插娶孟玉樓；娶孟玉樓時，
> 即夾敘嫁大姐。生子時，即夾敘吳典恩借債。官哥臨危時，乃有謝希大借銀。（按：
> 宜為常時節）瓶兒死時，乃入玉簫受約。擇日出殯，乃有請六黃太尉事。皆於百忙
> 中，故作消閒之筆，非才富一石者何以能之？（讀法四十四）

假如始終只有一種節奏，一種氣氛，生活就顯得十分單調。特別在與死亡有關的情節，
更需穿插他事以點染原本緊張嚴肅的氣氛。例如描寫李瓶兒病重，請了任醫官、胡太醫、
何老人來治都不見效，後又請了「趙搗鬼」，此人一來就吹噓自己從《黃帝素問》、《難
經》一直到《千金都效良方》、《海上方》無書不讀，診病時卻教西門慶問李瓶兒：「你
問聲老夫人我是誰？」李瓶兒答以：「他敢是太醫？」趙搗鬼卻聲稱：「還認得人不妨
事」，分明滿口胡說，張竹坡：

> 若止講病人，便令筆墨皆穢；止講醫人，卻又筆墨枯澀。看他用一搗鬼雜於其間，
> 便令病家真是忙亂，醫人真是嘈雜，一時情景如畫，非借此罵岐黃流也。（六十一
> 回行批）

這段情節如果用筆太死，就很容易寫得單調、沈悶，以閑筆穿插趙搗鬼，在悲沈的氣氛
中加入一點喜劇氣氛，整個場面就活了，產生了「情景如畫」的藝術效果，可見「百忙
中故作消閒之筆」，除了營造閒文點綴的美感效果之外，對《金瓶梅》一類的世情小說
來說，這種閑筆穿插才正是世情小說整體鋪展生活的必須之筆，因為生活中發生的事件
錯綜複雜，正是這些節外生枝、一岔再岔的枝枝蔓蔓，更逼似生活的原型狀況，真實地
顯示生活的進程[140]。此外，第四十八回「弄私情戲贈一枝桃」，在西門慶家祭祖的肅穆
莊嚴中，穿插偷情的荒淫，張竹坡讚道：「忙中閑筆已屢言矣，然未有如此段文字麗極。」
（四十八回總評）可見就結構的重要性而言，閑筆看似游離於主要情節之外，卻是創造情節
美感的來源。

(3)虛實映照

第四十二回「逞豪華門前放煙火，賞元宵樓上醉花燈」，西門慶在家門前擺放煙火，
另吩咐拿一架到獅子街王六兒施放，而作者並未描寫西門慶家放煙火之盛，只以西門慶、
棋童之一問一答中，側面點出看煙火的情景，卻將筆墨集中在獅子街的一架煙火極力渲
染，張竹坡批道：

> 此回侈言西門之盛也。四架煙火，既云門前逞放，看官眼底誰不謂好向西門慶門

---

140 張業敏，《金瓶梅的藝術美》，頁 158-160。

前看煙火也。看他偏藏過一架在獅子街，偏使門前三架毫無色相，并用棋童口中
一點，而獅子街的一架乃極力描寫，遂使門前三架不言俱出。此文字旁敲側擊之
法也。（四十二回總評）

門前煙火，卻在獅子街寫，月娘眾妾看煙火，卻挪在王六兒身上寫，奇橫至此。
（同上）

小說中一虛一實相映照的描寫並不少見，除了避免重複、繁冗，使行文富錯綜變化之外，
重要的是，張竹坡已然注意到作者是配合著西門慶當晚和王六兒的偷情描寫，故而選擇
以獅子街為描寫中心，既寫煙火，也寫王六兒情事，西門慶家盛況亦由此想見，這就打
破了以往的敘事方式，產生了虛實掩映、奇橫的美學效果。

(4)剛柔相濟

金聖嘆批《水滸傳》有所謂「寫武二遇虎，真乃山搖地撼，使人毛髮倒卓，忽然接
入此篇，寫武二遇虎，真又柳絲花朵，使人心魂蕩漾也。」[141]（二十三回前總評）指的就
是剛柔相濟、壯美與優美之間相互轉換的技巧，張竹坡認為，《金瓶梅》中描寫李瓶兒
的情節也善用此法：

正寫瓶兒，錦樣的文字，乃忽作迅雷驚電之筆，一漾開去，下謂其必如何來保至
東京矣，不謂其藏過迅雷驚電，忽又柳絲花朵，說竹山一段勾挑話頭，文事奇絕，
偏不由人意慮得到。（十七回總評）

作者先是寫西門慶與李瓶兒飲酒調笑、雲雨歡會的情景，成就一種優美的意境，忽然以
陳敬濟避禍西門家截住、中斷，接敘西門慶派來保上京打點、閉門在家不出等措手不及
之事，可謂「迅雷驚電」，是壯美的意境，然後又轉敘蔣竹山勾挑李瓶兒之事，變回「柳
絲花朵」的柔美情調，這兩種審美意境的交替更迭，情節有了錯綜變化、點綴生波，讀
者也因此產生不同的審美情趣[142]。

(三)細節描寫

細節是小說的血肉，無論小說中的人物、故事和主題思想，都要通過細節，才能具
體、形象而有力地表現出來，《金瓶梅》致力於描摹世態人情、日常生活，其中的生活
瑣事、細節描寫都很豐富、具體，例如看燈、吃茶、飲食、相命、聽宣卷、做法事等，
這些細節本身微不足道，卻往往是耐人尋味、情味雋永之處，張竹坡說：「《金瓶梅》

---

141 孫遜、孫菊園編，《中國古典小美學資料匯粹》，頁 209-210。
142 同註 111 引書，頁 407。

乃隱大段精彩於瑣碎之中」（〈凡例〉），「瑣瑣處皆是異樣紋錦，千萬休匆匆看過」（第二回總評），《金瓶梅》的藝術性就在細節描寫之中，他具體而微地分析了這類細節描寫在小說中的作用：

一是細節可以增強故事情節的真實感、具體感，給人貼近生活的感覺。如第二十九回吳神仙相命，作者於子平、風鑒時看相、觀步履、屈指算八字、判斷命運等內容皆一一寫來，三十九回官哥寄名玉皇廟時，又詳寫齋壇上的對聯、疏頭之內容，充分展現了人情風俗，使作品產生強烈的真實感：

前子平即有子平諸話頭，相面便有風鑒的話頭，今又撰一疏頭，逼真如畫，文筆之無微不出，所以為小說之第一。（三十九回行批）

看他憑空撰出兩付對聯，一個疏頭，卻使玉皇廟是真廟，吳道官、西門慶等俱是活人。（三十九回總評）

這一細節描寫增添了生活的真實感，也使人物形象生動起來。又如西門慶死後，作者寫潘金蓮在院中撒溺，張竹坡批道：

西門冷處，止用金蓮在廳院一撒溺，已寫得十分滿足，不必更看後文，已令人不能再看，真是異樣神妙之筆。（八十二回總評）

小小動作便將西門慶門庭冷落的氣氛呈現出來。二是細節有助於烘托人物性格，六十九回王招宣妻林太太與西門慶私通寫西門慶到後堂，見迎門朱紅匾上寫著「節義堂」三字，兩壁書著「傳家節操同松竹，報國勛名並鬥山」。張竹坡批道：「林太太之敗壞家風，乃一入門一對聯寫出，真是一針見血之筆。」此種細節，於不言之中褒貶人物，譏刺世風，著實入木三分[143]。又如書中多次寫到月娘好佛，經常與姑子往來，並延至家中宣卷的活動，此屬於較大的情節，有時具體而微的小事件中，更能反映吳月娘的好佛，例如第三十七回老馮抱怨自己太忙，以致忘記替吳月娘稍帶拜佛用的蒲甸兒，不經意說出的話，卻暗示吳月娘好佛之性格。張竹坡提醒讀者道：

如買蒲甸等，皆閑筆，映月娘之好佛也。讀者不可忽此閑筆。千古稗官家不能及之者，總是此等閑筆難學也。（三十七回總評）

這類細節相對於正文來說，固然無關緊要，但卻是刻畫人物的重要之筆，不得徒以閑筆

---

143 劉輝，同註 6 引書，頁 221。

對待，也正是這些細節展現了作者藝術匠心所在。

(四)環境描寫

　　小說中的獨特的環境構設，關係著人物的行動、情節的開展，如《水滸傳》有梁山泊，《紅樓夢》有大觀園，均為作者精心構思的舞台，《金瓶梅》則十分精細地刻劃了西門慶一家生活的深宅大院，這樣一套大院，就為西門慶的諸多妻妾精心安排了住所，也為人物的諸多行動提供了有利的場所[144]，張竹坡分析道：

> 凡看一書，必看其立架處，如《金瓶梅》內，房屋花園以及使用人等，皆其立架處也。何則？既要寫他六房妻小，不得不派他六房居住。然全分開既難使諸人連合，全合攏又難使各人的事實入來，且何以見西門豪富。看他妙在將月、樓寫在一處，嬌兒在隱現之間。……特特將金、瓶、梅三人，放在前邊花園內，見得三人雖為侍妾，卻似外室，名分不正，贅居其家，反不若李嬌兒以娼家聚來，猶為名正言順。……而金瓶合，又分出瓶兒為一院，分者理勢必然，必緊鄰一牆者，為妒寵相爭地步。而大姐住前廂，花園在儀門外，又為敬濟偷情地步。……故云寫其房屋，是其間架處，猶欲耍獅子，先立一場，而唱戲先設一臺。（〈雜錄小引〉）

張竹坡的大間架、立架之說實指小說的環境構設，不過並非是一般性的環境描寫，而是指總體構想、大的佈局，直接關係到人物的身份、性格、特別是人際關係[145]。例如將金、瓶、梅三人放在前邊花園，暗示作者對她們的褒貶：「名分不正」，潘金蓮與李瓶兒的矛盾衝突，大都是由二人的緊鄰關係而起，潘金蓮住在「花園內樓下三間」，此處不但白日間人亦罕到，且遠離正房，這就為日後與陳敬濟的偷情創造了條件。這些看法大抵符合作品實際，較清楚地指出了作者環境描寫的匠心。

第六節　小結：張竹坡的詮釋美學

　　綜上所述，不論是思想內容或是藝術形式的探求，張竹坡都自覺地把評點視為一種藝術再創造活動，所謂「我自做我之金瓶梅」，正意謂著他要以再創作的精神評點《金瓶梅》。而這種以批評代創作的評點，既有出於排譴悶懷的需要，又有「喜其文」，不願才子之文被埋沒、誤解為淫書，發心要替作者度出金針，使「天下人共賞文字之美」的美學目的，因此一方面通過對主題意旨的解釋，使《金瓶梅》脫胎換骨，在旨趣上成

---

144 傳騰霄，《小說技巧》，頁165。
145 同註19引書，頁250。

為宣揚孝悌、性理、道德教化的「理書」，徹底瓦解了「淫詞穢語」的存在，使其符合倫理化美學的目的。一方面通過藝術技巧的分析，向世人揭示《金瓶梅》的審美價值所在，達到共賞「文字之美」的目的。同時，在改造《金瓶梅》淫書形象同時，也藉著批評暢抒了自己的情懷、寄託自己的社會理想，將自己的身世感觸、世態人情的體驗投射其中，形成他自成一格的評點。

一、洗淫亂存孝悌

大體來說，張竹坡對思想內容的再創造可以「洗淫亂存孝悌」一語來概括，就這方面而言，張竹坡實在是把《金瓶梅》看成了一「可寫的」文本，積極參與著意義的創造[146]，或依據作品實際描寫推測作者的發憤著書的心境，或聯繫前後情節闡發主題意蘊，或探討人物描寫的存在意義，或考究語言文字的微言大義，建構了一套完整的意義體系。畢竟《金瓶梅》之所以被視為「淫書」招人非議，就是因為書中有太多的淫人淫話淫行，用張竹坡的話來說是「淫欲世界」、「淫情豔語」、「奸淫世界」，作者何以塑造了這些污穢的形象？《金瓶梅》是不是「淫書」？這些都是張竹坡必須去面對的課題，為了要洗刷世人對《金瓶梅》的壞印象，最好的方式就是通過作者意圖的解釋，獲得合法存在的理由。張竹坡首先訴諸「發憤著書」的美學傳統，推測作者是「作穢言以泄其憤」、「醜其仇」，這樣就清楚地表明了作者的「淫穢」寫作是意在批判、譴責，而不是宣揚了，為了使立論圓滿無缺，張竹坡在情節的設計、結構的安排、人物的描寫、詞曲小令笑話、人物名號等，皆努力探尋其深意，並由此引導、限定讀者閱讀的方向。不管是援引儒家經典來強調「勸善懲惡」微言大義，或是人生無常、諸色皆空、善惡果報等佛教哲理的闡發，或者是在「淫欲世界」中悟出的「聖賢學問」、「性理之談」、安身立命之理、處世之法，乃至是由人名符號推衍出的有關色與空、縱欲與死亡、勸懲與救贖等生命與道德的象徵和寓意，都意在向世人證明「第一奇書非淫書」，而是飽含深意的、有「至理存乎其中」的「理書」、「道書」。這個意義體系的建構還包括他對人物形象存在意義的解釋，亦盡皆納入「善惡」對立的認知框架，尋求其中的勸懲大義。他認為某些人物寄寓了作者的人格理想、經濟學問、勸懲大義，如孟玉樓是作者立身處世學問之自喻，用來做為奸淫世界的對照，李安是正人義士，迎奸賣俏、淫亂世界的中流砥柱，韓愛姐的改過是一部之人沈溺欲海的對照等，某些人物則顯然是作者藉以表現並譴責、批判他

---

146 羅蘭巴特（Roland Barthes）將文本分為「讀者的」文本、「作者的」文本，前者僅允許讀者做一個固定意義的消費者，是可讀的文本，後者允許讀者變為意義的生產者，是可寫的文本。Raman Selden & Peter Widdowson & Peter Brooker, "A reader's guide contemporary theory", P.159.

人罪惡的手段，如書中眾多的淫人、淫言、淫行純粹是為了「深罪月娘」、「深罪西門」，譴責他們的非禮非義、醜化這些人物，淫婦們的存在只是為了表現西門慶性格的各個側面，如貪淫好色、市井為習、不知風雅、嘲風弄月、借財圖色、不是人等。如此一來，淫詞穢語（特別是淫婦淫話）的寫作便有其道德勸懲性意義，從而替《金瓶梅》的淫穢寫作找到合法存在的理由。

　　然而張竹坡的「寓意」詮釋歷來最招人非議，視為穿鑿附會、無聊的文字遊戲、思想迂腐者大有人在。其故安在？張竹坡的主題寓意的闡釋是否全屬「夢囈」？筆者認為，問題出在詮釋的方法與觀念上，當他憑藉聲訓之法，出入人名符號之間求索作者的「顧意命名」之義時，顯然太過主觀、任意，缺乏說服力。這樣的詮釋方法使得人名本身含有多種可能寓意，本來中國的同音異義字相當多，所謂的「慶」與「罄」、「馮」與「風」、「薛」與「雪」之間聯繫十分勉強而薄弱，其間起主導作用的完全是張竹坡個人的感發與聯想，本來文學作品的詮釋充許「讀者各以其情而自得」（王夫之《詩繹》），讀者可以根據自己的境遇、感受與趣尚，引出不同的聯想[147]，問題是讀者對作品的詮釋享有多大自由？張竹坡的「寓意說」有多大說服力？本來詮釋應以文本中所蘊含的可能性為依據，張竹坡「寓意說」的缺點在於他企圖把所有的人名都納入寓意架構，在大多數並無文本內證堅實支持的情況下，不免削足適履，自圓其說，加上處處把自己的主觀闡釋指實為作者意圖，因此得到穿鑿附會的譏評。然而張竹坡的「寓意」闡釋對審美閱讀不無啟發，當他以儒家道德理性的價值取向，將《金瓶梅》淫欲世界虛幻描寫轉化為關於生命與道德的種種象徵，既豐富了《金瓶梅》的思想意蘊，也提供了另一種閱讀、詮釋作品的方式，此種詮釋是在文本基礎上的一次審美再創造，是他對作品意義世界的理解與審美創造，其中融入了張竹坡個人獨特的觀照與反思，在主題的闡發、人物的批判中有他對生命沈淪、禮教失序的憂心，對士大夫人格理想的堅持、禮樂治世的嚮往，應該說，張竹坡藉批評寄寓了自己的情懷、表述了自己的社會理想、人格理想，重新書寫了自己心目中的《金瓶梅》。就這層次而言，張竹坡的評點應當是足資參考的。

二、變帳簿以作文章

　　在古代小說不登大雅之堂，評點家為了要肯定小說的價值，往往比附《史記》，張竹坡要將閱讀導向「妙文」的鑑賞，乾脆就說《金瓶梅》是一部《史記》，在字裡行間稱處處以太史公筆法、龍門再世稱譽《金瓶梅》，代表他對《金瓶梅》敘事技巧的高度推崇。在具體的分析上，主要借鑑繼承、發展前人小說理論的成果來加以把握，諸如白

---

[147] 尚學鋒、過常寶、郭英德，《中國古典文學接受史》，頁477。

描、情理、犯而不犯、草蛇灰線、伏筆照應等美學命題探求作品的藝術規律,雖然張竹坡拆解章法結構的方法不出傳統章法美學的範疇,且帶有濃厚的八股習氣,但經由張竹坡的擘理分肌,做了充分而適切的運用之後,果然使得《金瓶梅》前後經營、穿插裁剪、安根伏線的工夫一一呈現在讀者眼前,特別是當他運用「傳」的觀念、中國傳統哲學思想(冷熱、因果)來分析《金瓶梅》大結構時,確實使「大帳簿」變成一有機的藝術整體,而其對各種作文之法的歸納,以及聲稱讀者只要向《金瓶梅》學習這些藝術筆法,就能做出像太史公一樣的文字,這實在是明清小說評點家的通病,因應科舉考試時代讀書人的審美習慣而發展出來的章法美學,張竹坡不只一次提到他窺見作者章法結構藝術奧妙的愉悅[148],並一再地由此證明《金瓶梅》有其存在價值的意味。總地說來,張竹坡對章法結構的全面點撥,意在證明《金瓶梅》是作者嘔心瀝血寫出的具審美價值的「異樣妙文」,是一個「血脈貫通」的藝術整體,每一個細節都是者精心結而成的,無一「閑筆浪墨」、「漫然無謂」(第六回總評)之筆。藉著一再述說作者用筆的神妙、鬼斧神工同時,來轉移讀者專注於淫穢描寫的閱讀。

其次,崇禎本對於細微處的藝術技巧已有揭示,張竹坡更為全面徹底,透過巨細靡遺的分析,揭示後人閱讀《金瓶梅》無限心眼,隨著張竹坡的評點,讀者也同時看到作者如何將生活中大大小小的事件自然無痕地穿插到情節中,營造了生活的真實感,如何以如椽筆力經營繁冗的場面、事件(如瓶兒的喪禮),如何寫放煙火、品簫、品玉而各各不相同。作者的文心妙法經由張竹坡的點撥一一清楚呈現,使人不由佩服作者的才大心細,當然,張竹坡不只是規步前人而已,他最特出的貢獻在於發人之所未發,例如他看出作者寫吳月娘的好佛不是泛泛閑筆,而是關係全書大結局的「伏筆」,西門慶手中的洒金川扇有突出主線的作用,以及百顆明珠對全書結局的暗示作用等,都屬於真知灼見。張竹坡全面性拆解章法結構,幾乎已窮盡了《金瓶梅》的各種藝術技巧,不管是發展前人關於《金瓶梅》的藝術見解,或是借鑑金、毛等人小說評點的方法和觀念,都足以使他成為晚明清初章法美學的代表,後人難以超越,就如金聖嘆評《水滸》、毛宗崗評《三國》一樣,張竹坡的《金瓶梅》評點堪為一種典型。

三、張評本的反思

當張竹坡以理性思辨的精神觀照《金瓶梅》,努力「洗淫亂存孝悌」的同時,也正好說明張竹坡根本上還是認為《金瓶梅》是「淫」的,所謂「第喜其淫逸」、「淫情艷

---

148 張竹坡常在評點中流露自己「一眼覷見」作者金針時的樂趣,例如讀法 48:「每於此等文字,使我悉心其中,曲曲折折,為之出入其起盡,何異入五岳三島,盡覽奇勝,我心樂此,不為疲也。」

語」、「奸淫情事」、「邪淫世界」、「淫婦紙上活現」、「妖淫之態」，評語中充斥著張竹坡對閱讀《金瓶梅》可能帶來危險的焦慮與不安。因此他上下求索，幾乎窮盡了各種詮釋策略，或訴諸《史記》發憤著書的美學傳統，強調了作者「作穢言以洩其憤」的動機，或援引孔子不刪鄭衛之音的權威，強調了作品勸善懲惡大義，乃至以當時學術思想主流——理學的視野，意圖對「淫穢」進行脫胎換骨。然而仔細尋思，《金瓶梅》果真是仁人志士、孝子悌弟「不得於時」、「負才淪落」的洩憤之作[149]？何以張竹坡的解釋與明清小說理論家如出一轍？作者大力描寫了家反宅亂的現象果真是要「為孝悌說法」、「體天道以立言」？回顧張竹坡的生平，他半生潦倒、窮愁所迫、懷才不遇，這樣的經歷主導了他對《金瓶梅》作者創作意圖的解讀。而其以史傳「善善惡惡」的褒貶精神評判人物、解讀人物的存在意義，不但使人物成為道德的符號，也抹殺了人物自身獨立存在的價值。淫婦僅是為了「深罪」西門慶而存在嗎？清河縣的許多人家只是為了表現西門慶這一「元惡大憝」？考其對人物的道德意蘊所做的解釋，實與他對人物的認同有著內在的聯繫，所謂作者「深惡」、「深罪」的對象，如潘金蓮、西門慶，吳月娘、婢妾之流，其實也正是張竹坡不住攻擊的對象，而作者自喻、自許之人當然也就是張竹坡深愛之人，如孟玉樓一再獲得讚許，顯然是張竹坡審美理想所托。矛盾的是，張竹坡何以百般刁難比較善良、正經、守節以終的賢婦人吳月娘，拼命推許二度再醮的孟玉樓為「絕世美人」？甚至牽強附會地以孟玉樓、王杏庵為作者自喻之人？很顯然與張竹坡抑鬱不得志的生平遭遇有關，而孟玉樓有才有色卻在西門慶家中受到冷落，正如同他那懷才不遇的經歷一般，王杏庵周濟乞兒陳敬濟的「民胞物與」也正是傳統士大夫的人生理想，因此他在孟玉樓身上讀出了自己含酸抱阮、負才淪落諸多象徵，以王杏庵為作者學問經濟之自喻。《金瓶梅》提供給張竹坡一個抒情寫憤的文本，藉著《金瓶梅》的情節、人物，抒發了自己的社會理想、人格理想，以及懷才不遇、飽受世態炎涼的人生鬱積和感慨。然而當他以自己堅守的儒家道德價值、人格理想解讀《金瓶梅》的淫欲世界，不僅削弱了該書的反傳統傾向，也閹割了人性的深度[150]，不若崇禎本來得靈活有深度。

---

149 當代學者不乏質疑其說者，康正果認為，《金瓶梅》的作者是否如張竹坡想像的那樣窮愁潦倒，專為洩怨憤而寫小說，是值得懷疑的，作者假使對灰色的生活與沈淪的一群持張竹坡那樣激烈的評判，恐怕很難有耐心把市井和床第間的聲氣形貌寫得如此逼肖生動，此說可讓我們反省發憤著書說的真假。同註 100 引書，頁 338。

150 同註 4 引文，頁 106-108。

第七章　文龍的《金瓶梅》批評

在《金瓶梅》的詮評史上，自清康熙年間張竹坡全面性的批評之後，《金瓶梅》的研究趨於沈寂，僅序跋、筆記中散見討論，直到文龍批評《金瓶梅》的發現，才彌補了這段空白。文龍的評點近年始為劉輝先生發現[1]，計有回評、眉批、旁批，共約六萬字，立論完整，涉及小說的主旨、結構、人物、閱讀諸多問題，為繼張竹坡之後最重要的《金瓶梅》評點文字，在小說批評史上有著重要的地位，本章探討文龍的生平思想、小說觀，及其對《金瓶梅》主旨結構、人物的看法。

第一節　文龍及其《金瓶梅》評點

一、文龍生平概述

文龍，字禹門，本姓趙，漢軍，正藍旗人，原籍不詳。光緒年間曾先後擔任南陵、蕪湖兩地知縣，據《南陵小志》的記載，文龍在位期間「興學校，除苛政，惠心仁術，恆與民親。其去也，人每思之。」說明文龍是個親民清廉的好官，故能受到百姓的懷念。關於他的生平事蹟罕見記載，今只能從其《金瓶梅》評點的回末附記中勾勒出簡單的輪廓。這些附記所載不外署衙公辦、官場應酬、或賓朋交往、家庭瑣事，他在光緒五年的一則附記裡，曾寫道：「五月十九日退晚堂。大雨如注，引銘孫頑耍」，可見這時他的孫子尚在幼年，那麼文龍當時的年齡當在五十歲左右。依此推之，他的生年當在道光十年（1830）前後。他曾到過山東、安徽數省，對當地的世風人情頗有體會。他的宦途生涯到光緒十二年（1886）為止，此後再也找不到他的行蹤，可能就在這一年離開人世[2]。

文龍長期為官，對官場內幕較為熟悉，他不只一次在評點附記中提到官場生活的經

1　文龍的《金瓶梅》評點是手稿本，直接批在張竹坡的《第一奇書》（在茲堂刊本）上，此本原藏於北京圖書館，1986年始為金學家劉輝發現，公諸於世。何香久，《金瓶梅傳播史話——一部奇書在全世界的奇遇》，頁245。

2　本文有關文龍生平事跡均依據劉輝，〈文龍及其批評金瓶梅〉一文，收入《金瓶梅論集》，頁262。

歷，例如六十回、六十三回附記裡，兩次記載了他在蕪湖任上迎送撫台一事，這位撫台
在大雨滂沱中「來回四次，迎送八遭」，極盡「勞民傷財」之能事；另一件迫使文龍任
期不滿又調回南陵縣的事：一個本應就地正法盜竊犯乘風雨之夜逃脫，未能拿獲，官吏
乘機向他敲榨勒索，令他極為憤懣，最後下台了之，浮沈在這種政治生涯的文龍，雖早
有「置得失於度外」之心，仍不免有「恨不立時脫離宦海，一任我自在遊行」之感[3]。或
許正是這種官場生活的經歷磨練，養成了文龍追求心安理得的人生態度，第四十二回「西
門慶逞豪華放煙火」一回，談到有人不滿西門慶為所欲為、安享如此富貴豪華，心中抑
鬱不平，文龍對此發表一通人生之議論：

> 竊嘗有言曰：人生作一件好事，十年後思之，猶覺欣慰，作一件壞事，十年後思
> 之，猶切慚惶，不必對得閻羅過，要先使主人翁安，天地即生我為人，人事卻不
> 可不盡，與其身安逸而心中負疚，終不若身勞苦而心內無慚。負疚者享福非福，
> 無慚者求壽得壽，此中消息，可為知者道，難與俗子言也。……人皆以西門慶為
> 樂乎？而不知西門慶之苦也。……其所行所為者，不但無以對鬼神，直不可以告
> 親友，且不可以示妻孥，此豈真樂哉？……吾心自有真樂，非逞豪華之謂也。（四
> 十二回總評）[4]

雖然純屬文龍個人的體會，卻頗能反映文龍不慕榮利、但求問心無愧的人生態度。文龍
的家庭生活大抵閒適，有妻有姬，子孫滿堂，為官之餘的消遣就是看「閒書」，僅在《金
瓶梅》評點文字中提到的明清小說就有十餘種，計有《水滸傳》及其續書、《西遊記》、
《西遊補》、《聊齋》、《封神榜》、《紅樓夢》、《紅樓夢補》、《綠野仙蹤》、《隔
簾花影》，《玉嬌梨》、《平山冷燕》、《駐春園》、《好逑傳》、《蕩寇志》以及二
才子、三才子等書[5]，可見其對古典小說的愛好與廣泛涉獵。他自云與《金瓶梅》的因緣：

> 幼年既聞有此書，然未嘗一寓目也。直至咸豐六年，在昌邑縣公幹勾留，住李會
> 堂廣文學署，縱覽一遍，過此則如浮雲旋散，逝水東流。嗣聞原板劈燒，已成廣
> 陵散矣。在安慶書肆中，偶遇一部，索價五元，以其昂貴置之。邵少泉少尹，知
> 予有閒書癖，多方購求，竟獲此種，交黃僕寄來。[6]

3　同註 2 引文，頁 263-264。

4　由於文龍的評本是手稿本，並未刊行，本章所引文龍評語均依據劉輝，《金瓶梅成書與版本研究》
　　一書所錄，下文同此只註回數，不另作註。

5　參看 27、35、36、51、71、75 回評語。

6　同註 2 引文，頁 264。

可見文龍是因為個人特殊的嗜好，才有幸見到張竹坡評點的《金瓶梅》，當然若非那位體貼朋友心意的邵泉，文龍恐怕就與《金瓶梅》擦身而過了。文龍一生未見有詩文流傳，偶然的機緣評點了張竹坡的《第一奇書》，而在小說批評史上佔一席之地，這不能不說是始料未及的收獲了。

二、評點動機與特色

　　文龍評點《金瓶梅》始於光緒五年（1879），經歷三年時間，反覆研讀，不斷批改，一共評了三次。他所根據的版本是友人邵少泉購來相贈的在茲堂刊本《皋鶴堂批評第一奇書金瓶梅》，文龍的評點就直接寫在張評本上，由於一開始就沒有打算刊行，且不少見解針係對張竹坡而發，形成激烈的對話，是其獨到之處。文龍酷愛說部，何以選擇《金瓶梅》來評點？他在回評中說道：

> 《金瓶梅》「醉鬧葡萄架」一回，久已膾炙人口。……去歲又將此本寄來，匆匆看過，不甚經心。茲值封印之期，撿得此種，信手加批，借以消遣。（二十七回總評）

> 姬人夜嗽，使我不得安眠，……看完此本，細數前批，不作人云亦云，卻是有點心思，使我志遂買山，正可以此作消閒也。（六十七回評附記）

> 九十回以後，筆墨生疏，語言顛倒，頗有可議處，……似非以上淫情穢語，寫得細倪風光。無怪閱者，咸喜看前半部，而不願看後半部，然則此書實導淫書也，作者不能無罪也。我之探臆而出，隨處叫破，正是要人細看下半部，以挽回一、二。蓋此書既不能燒盡，板不劈盡，有觸目警心數語，亦可以喚醒幾個聰明人，故不憚如此之諄諄也。（九十二回總評）

可見文龍的評點《金瓶梅》，兼有個人消閒以及喚醒世人的教化目的。歷來評點家不乏藉批書消遣的例子，如李卓吾《水滸傳》、張竹坡評《金瓶梅》等，但其間又有不同，李卓吾著眼的是「《水滸傳》足以發抒其憤懣，故評之為尤詳」[7]，張竹坡則是基於《金瓶梅》描摹世態炎涼所引起的共鳴，而文龍雖未明言，但從其評點總是「聯繫自己所處的社會及自己的所見所聞來加以評析」[8]來看，可知文龍對小說描寫世情、反映社會現實的部分產生了深刻的共鳴，因而反覆研讀、不斷批改。一方面，文龍知道根本無從禁絕

7　譚帆，〈小說評點的萌興——明萬曆年間小說評點述略〉，《文藝理論研究》（1997 年 6 月），頁 92。

8　孫蓉蓉，〈文龍的金瓶梅典型論〉，《金瓶梅研究》第三集，頁 179-180。

人們閱讀、刊行《金瓶梅》，最好的辦法就是在評點中苦口婆心地向讀者諄諄誘導，以「喚醒世人」，所謂「看其不可看者，直如不看，并能指出不可看之處，以喚醒迷人，斯乃不負此一看。」（二十七回總評）其實就是對自己評點的期許跟評價。

文龍既然抱著喚醒世人的淑世心腸，在實際的批評上便不時將閱讀與生活經驗相印證，特別是家庭閨閣與仕宦之場、妾婦之流與士大夫的類比[9]。這固然由於文龍長期為官、社會閱歷豐富，對官場與社會的黑暗有深刻瞭解，當然還牽涉到文龍要諄諄勸導、教化的對象是那些涉世未深、將來必須踏入社會甚至有可能步入官場的年少之人，因此總是聯繫自己在社會與官場上的人事經驗來加以評析，希望讀者也能因此藉著《金瓶梅》的閱讀而觸類旁通，獲悉修身齊家之理、為人處世之道。

整體而言，文龍並不像他之前的評點家那樣積極推薦《金瓶梅》，反而語帶保留地認為此書「不宜看」，顯得低調許多。文龍不只一次地在評點中貶抑《金瓶梅》的價值，也指出作者情節描寫的不合情理、不夠用心之處，在難以接受的章回中以「無甚深意」、「不耐看」、「不必看」三言兩語匆匆帶過，這說明文龍的批評是有褒有貶，實屬有限度的推薦。明清以來評點家鮮少強調所評小說的不完美、指責作者的過失，蓋評點作為隨書刊行的文字，自始至終是為提高作品的文本價值，以利小說的流播[10]，總以稱道作家的藝術匠心、作品的藝術美為宗旨，然而文龍的評點卻不然，這固然因為文龍的評點出於教化的實用目的，更重要的原因是，文龍的評點一開始就沒有公開出版的功利性目的[11]，因此他的《金瓶梅》評點可謂一掃批評史上只說好，不說壞的溢美傾向，更接近真實的批評紀錄。

第二節　文龍的小說觀

《金瓶梅》問世來，論者咸以「奇書」稱譽《金瓶梅》，與《水滸》、《西游》、《三國》并稱四大奇書，張竹坡的評點甚至標為「第一奇書」，對之推崇備至。文龍對此頗不以為然，在評點中對《金瓶梅》的藝術價值多所質疑，指出《金瓶梅》不是「奇書」，在許多地方以「不耐看」、「不宜看」、「不必看」表明其未能接受的態度，在一片贊揚《金瓶梅》的批評聲中，文龍的論調近似「反彈琵琶」。那麼究竟文龍以為小說的價

9　參看第 21、23、31、32、33、40 回總評。

10　同註 7 引文，頁 88-89。

11　譚帆，〈清後期小說評點塵談——論近代小說創作思想對傳統的返歸〉，《明清小說研究》（2001 年第 3 期），頁 102-104。

值何在？他何以對《金瓶梅》的藝術性多所質疑？他對小說的認識和期待又是什麼？以下分別就題材、創作、批評和閱讀探討之：

一、論題材與創作

文龍自云有「閒書癖」，生平涉獵的古典小說不下數十部，小說似乎是為官生涯主要的消遣，然而小說對於文龍似乎又不僅是「閒書」而已：

> 誰謂閒書不可看乎？修身齊家之道，教人處世之方，咸在於此矣。不此之思，而徒謂《金瓶梅》淫書不是淫書，不亦傎乎？（第十一回總評）

> 夫只顧眼前之人，何可令看《金瓶梅》乎，不但《金瓶梅》不可與看，四書五經而外，是閒書皆不可與看。（第八回總評）

可見文龍把小說視為修身養性、為人處世的教科書，即在以小說消遣之餘，還能附帶得到關於修齊治平之道理。然若專從裨益世道人心的實用觀點而言，作者的寫作不免令人失望，早在清代和素就曾指出《金瓶梅》之內容「於修身齊家、裨益於國之事一無所有」（《滿文本金瓶梅·序》），文龍的見解與之不謀而合：

> 此時西門慶家，自門外漢視之，莫不以為富貴皆全，繁華無比，興隆景象，熱鬧光陰，清河縣中有一無二矣。及觀與其往來者，無非戲子、姑子、婊子、小優兒、媒婆子、糊塗親戚、混帳朋友、忘八伙計。即或有顯者來，大抵借地迎賓，擺酒請客，與主人毫無干涉。儼然一個大酒店，闊飯舖，體面窰子，眾興會館。彼且陪塾以為榮，送迎以為樂。有事則納賄求情，得財賣法，無事則妻房宣卷，妾室宣淫，細思是個什麼人家？成個什麼人物？既無事之可傳，又無功之可述；既無行之可表，又無言之可坊。乃為之詳敘生平，細言舉動，作者是何心思？批者又是何意見也？（七十四回總評）

可見《金瓶梅》的內容與文龍的「期待視野」有相當大的差距。在文龍看來，小說的價值和意義表現在作品內容可能包含的社會教化效果，而《金瓶梅》內容儘是酒色財氣、墮落腐朽的世俗生活，並非有益人心之事功德業，因此絕無寫作之價值。但事功德行，只須讀聖賢經傳之類的作品即可，小說之所以為小說，正因它有獨特的審美價值。文龍並未認識到《金瓶梅》取材自日常生活人情世態的創新意義，處處衡以實用教化觀點，當然要對《金瓶梅》不合道德禮教的內容屢屢譴責了：「直鬧成一個混濁世界」（三十五回總評）「可像正經人家？成個什麼世界？」（五十回總評）因此文龍進一步宣稱《金瓶梅》

根本不是什麼「奇書」：

> 然則《金瓶梅》果奇書乎？曰：不奇也。人為世間常有之人，事為世間常有之事，
> 且自古及今，普天之下，為處處時時常有之人事。既不同於《封神榜》之變化迷
> 離，又不似《西遊記》之妖魔鬼怪，夫何奇之有？（一百回總評）

此種因讀者審美習慣不同，而產生接受歧異的情況，原不足為奇。《金瓶梅》被稱為「奇
書」始自晚明，它既不是奇在故事情節的緊張曲折、荒誕離奇上，也不是奇在藝術形象
為英雄豪傑、神魔鬼怪上，而是奇在作家對當時的現實生活的獨特發現[12]，即相對於過
去的小說創作而言，《金瓶梅》描摹日常生活的世態人情、藝術手法給人新奇之感。文
龍在肯定《金瓶梅》題材完全來源，忠實於生活的同時，以其並非光怪陸離而否定「奇
書」，實是不諳藝術規律之見解。文龍對書中淫穢的描寫，尤其不能欣賞接受，認為徒
引人產生淫邪趣味而已：

> 《金瓶梅》醉鬧葡萄架一回，久已膾炙人口。謂此書為淫書者以此，謂此書不宜看
> 者亦因此。在省有人抽留此本，蓋亦注意在此一回也。……不如《綠野仙蹤》溫
> 如玉與金鐘兒、周蓮之與蕙娘，更寫得情趣如繪，不似此一味淫濫也。昔人云：
> 數見不鮮。又云：見怪不怪。夫不鮮不怪，久視生厭矣。彼目光如豆，言之津津，
> 能勿貽笑於大雅之林乎？（總評二十七回）

可見對於一般讀者念茲在茲的淫穢描寫，文龍認為沒有再經驗的價值，第六十九回描述
西門慶與林太太偷情的情節，文龍只評了一句：「此回令人不願看，不忍看，且不好看，
不耐看，真可不必看。此作者之過也。」並未深入分析。看來文龍顯然更為欣賞《綠野
仙蹤》溫柔含蓄的描寫，而非強烈刺激讀者感官、使人騁意快心的《金瓶梅》。當然文
龍並不因此抹殺《金瓶梅》的藝術價值，人物情節的真實可信、合情入理都是文龍讚賞
的優點：

> 此種亦不耐屢看，然其好卻不可埋沒。獨不可解者，凡事不曾經過，言之斷不能
> 親切如此，若謂想當然耳，恐終日沈思，亦思不到如此細膩也。（五十一回總評）

> 此書好處，能於用情時寫出無情來，並能於非理事寫出有理來，此實絕非真情，
> 全非正理，而天下確有此等人，確有此等事，且偏天下皆是此等人，皆是此等事，
> 可勝浩嘆哉！（六十三回總評）

12　周中明，《金瓶梅藝術論》，頁41。

在文龍看來，《金瓶梅》固然有淫濫之類的缺點，然其所描繪的人事，就發生在自己身邊，確有其事，確有其人，極具普遍性意義，也達到了藝術的真實，因此讀來親切可信，有其不滅的價值。

二、論批評與閱讀

文龍的評點中涉及小說批評與閱讀的部分十分豐富，批評論主要針對張竹坡的評論而發，討論批書、臧否人物的原則，閱讀論是面向讀者的具體指導，包括讀者的層級、哪些人可以看《金瓶梅》、閱讀的態度和方法，茲分述如下：

(一)批評的原則

文龍自云評點《金瓶梅》的主要態度是「不作人云亦云」，他不滿意張竹坡的批評方式，提出了「准情度理」、「不存喜怒於其心」的原則：

> 批此書者，每深許玉樓而痛惡月娘，不解是何緣故？夫批書當置身事外而設想局中，又當心入書中而神遊象外，即評史亦有然者，推之聽訟解紛，行兵治病亦何莫不然。不可過刻，亦不可過寬；不可違情，亦不可悖理；總才學識不可偏廢，而心要平，氣要和，神要靜，慮要遠，人情要透，天理要真，庶乎始可以落筆也。（十八回總評）

> 言者本無心，聽者錯會意，此害猶淺，謂我自有定見也。至若愛其人其人無一非，惡其人其人無一是，此其害甚大，因其先有成見也。加之愛欲其生，惡欲其死，又復愛不知其惡，惡不知其美，家庭之間，尊長如此，卑幼無容身之地矣。官場之內，上憲如此，屬下無出頭之時矣。……閱者但就時論事，就事論人，不存喜怒於其心，自有情理定其案，然后可以落筆。（三十二回總評）

在這裡，文龍顯然把為官斷案、聽訟解紛、待人處世的體驗，融入了小說批評之中，認為小說的批評不能離開人情事理的考究，並且要客觀公允、冷靜求實地批評人物[13]，即反對「有成見而無定見，存愛惡而不酌情理」（三十二回總評）的批評方式，主張「靜氣平心，准情度理」（八十九回總評），以無成見、無偏私的精神褒貶人物，文龍批評那些持偏見、草率地故示翻新、一味亂批的人是「酒醉雷公」（二十九、八十九回總評）。雖然這些觀點大多針對張竹坡而發，且實際批評中也未能完全貫徹自己的主張，但就人物批評而言，確實突顯了人物評論易流於主觀偏頗而不自知的現象，不失為一有益的見解。

13　劉輝、楊揚，《金瓶梅之謎》，頁345。

(二)讀者的層級

　　就讀者群的限定而言，文龍不認為每個人都可以看《金瓶梅》的，換句話說，有些人可以看《金瓶梅》，有些人最好不要看，就這方面而言，文龍比正統衛道人士開明得多，當衛道人士全面圍剿、禁止《金瓶梅》的閱讀與流通時，文龍卻清楚而具體地指出哪些人可以看，哪些人不可以看：

> 年少之人，欲火正盛，方有出焉，不可令其見之。聞聲而嘉，見影而思，當時刻防閑，原不可使看此書也。……只有《四書》、《五經》，古文、《史記》，詳為講貫，以定其性情。迨至中年，娶妻生子，其有一琴一瑟，不敢二色終身者，此書本可不看，即看亦未必入魔。若夫花柳場中曾經翻過筋頭，脂粉隊裡亦頗得過便宜，浪子回頭，英雄自負，看亦可，不看亦可。至於閱歷既深，見解不俗，亦是統前后而觀之，固不專在此一處也，不看亦好，看亦好。果能不隨俗見，自具心思，局外不當局中，事前已知事后，正不妨一看再看。看其不可看者，直如不看，并能指出不可看之處，以喚醒迷人，斯乃不負此一看。（二十七回總評）

文龍的區分頗類今日電影、書籍的分級制，隨著年齡之不同、人生閱歷的深淺，電影、書籍的尺度也大不相同。文龍認為年少之人最不宜閱讀，乃因其性情在形成階段，容易接受各種思想的影響，若讓他們閱讀《金瓶梅》這樣的小說，便容易著魔入邪，故只能讀授儒家經典，接受倫理道德，端正心術，增強是非標準[14]，而其他娶妻生子、閱歷深的中年人、曾經放蕩風流的花花公子們則不受此限，可以光明正大地閱讀《金瓶梅》，因為他們對男女之事已經了然於胸，《金瓶梅》的「淫穢」情節引不起好奇心，看與不看都無所謂，當然也沒有規範閱讀的必要。至於能揭示全書義旨，喚醒迷人，則是最有裨益的閱讀，這也是文龍對自己身為評點家的期許。

(三)閱讀的態度和方法

　　根據文龍對讀者群的區分，需要限制閱讀的大概只有年輕的男性而已，特別是那些「富貴有類乎西門，清閑有類乎西門，遭逢有類乎西門」的男性讀者更應提高警覺[15]。因為「年少之人，血氣方剛，戒之在色」，而《金瓶梅》作者把淫欲描寫刻畫的如此生動、

14　孫蓉蓉，〈文龍的金瓶梅題旨論〉，《明清小說研究》（1991 年第 1 期），頁 89。

15　女性讀者根本不在文龍考慮範圍之內，所謂娶妻生子、花柳場中翻滾過的人指涉的都是男性。又第 1 回總評：「人皆可以為西門慶，其不果為者，大抵為父母之所管，親友之所阻，詩書之所勸，刑法之所臨」，指的也是男性。

細膩風光，實在是強烈地刺激年輕讀者的感官[16]，所謂「無其事尚難防其心，有其書即思效其人」（第一回總評），文龍分析讀者的欣羨、耽溺心理道：

> 奈何後之人看此書者，明明知是《水滸傳》中翻案，烏有先生說謊，子虛羅土掉皮，乃不知不覺，心往於王婆屋中，真鸞倒鳳，神游於王婆床上，滯雨尤雲。……此其人，尚可與看此書乎？（第四回總評）

> 讀《金瓶梅》者亦願作西門慶乎？曰：願而不敢也。敢問其不敢何也？曰：恐武大郎案犯也，恐花子虛鬼來也。既不敢又何以願之乎？曰：若潘金蓮之風流，李瓶兒之柔媚與春梅之俏麗，得此三人，與共朝夕，豈非人生一快事乎？然則不敢，非不敢也，但願樂其樂而不願受其禍耳。（二十三回總評）

文龍所言，道出部分實情，書中過分生動逼真的細節描寫，充滿了誘惑與挑逗性，在客觀效果上也就「容易使讀者過分移情介入去分享人物的情景」[17]，向角色做某種程度的認同，為了讓讀者免於陷入淫邪趣味當中，最好的方式就是宣稱正確的閱讀態度：

1.須具道德意識

在文龍看來，《金瓶梅》是淫人富、惡人昌的沒有正義公理的世界，讀者應有的是明辨是非善惡之心、勸善懲惡之心：

> 善讀書者，當置身於書中，而是非羞惡之心不可泯，斯好惡得其真矣。又當置身於書外，而彰癉勸懲之心不可紊，斯見解超於眾矣。（一百回總評）

具體地說，就是對潘金蓮等人謀害武大、武松蒙冤受罪、苗青弒主之類的黑暗現實應感到切齒、憤恨不平、怏怏，而不是著眼於利令智昏、色迷心竅的情節，作負面的仿效與認同：

> 以潘金蓮之狠，西門慶之凶，王婆子之毒，凡有血氣者，讀此未有不怒髮衝冠，切齒拍案，必須將此三人殺之而後快。（第六回總評）

> 獨是武松一口惡氣，未能出得，看者能勿怏怏乎？惟其怏怏也，方可與看《金瓶梅》，……斯不若怏怏者，尚有天理。（第九回總評）

---

16 文龍在92回總評：「九十回以後，筆墨生疏……。此皆信筆直書，不復瞻前顧後，似非以上淫情穢語，寫得細膩風光。無怪閱者，咸喜看前半部，而不願看後半部，則此書實導淫書也，作者不能無罪也。」

17 牛貴琥，《金瓶梅與封建文化》，頁6。

> 苗青，弒主之奴，為天地之所不容，鬼神之所不知，王法之所不宥。而西門慶容
> 之、佑之、宥之，是欺天地，侮鬼神，廢王法，此等人尚可留於人世間乎？人皆
> 欲殺，此猶是公道還存，良心不泯。（第四十七回總評）

所謂「切齒」、「快快」、「生氣」才是面對是非不分、黑白易位現實應有的心理反應，
如此方能彰顯天理、良知的存在，才是有正義感的血性之人、大丈夫，才不會耽溺於罪
惡的描寫之中。相反的，面對罪惡鋤滅的結局讀者應該拍手稱快，才是有正義感的人：

> 看到此而失聲歎息，便是往東京取錢之陳敬濟，不能救轉傷心也。看到此而不眉
> 飛色舞、歡笑異常者，是亦一全無血性之男子也。看到此而歸咎於月娘、雪娥、
> 奶子、書童者，是又一勾奸入伙，同惡相濟之龐春梅也。（八十八回總評）

所謂失聲歎息、歸咎之類的情緒反映，是與書中反面人物相同的情感，因此其人格便等
同於反面人物，文龍如此期待讀者的心理反應——凡有血性的男子，都應對潘金蓮慘死
的下場拍手稱快、眉飛色舞、表示罪有應得，同情與憐憫、惋惜都是不應有的態度！文
龍的閱讀理論接近弄珠客的讀者反應理論，希望以人格層次的區分，規範讀者的閱讀[18]。
不過，對罪惡之人的死拍手稱快則純屬文龍個人的價值判斷，與弄珠客「生憐憫心」的
期許不盡相同。

2.戒慎恐懼，觸類旁通

　　由於文龍深信過度的縱欲必然帶來身心性命的損害，因此他要讀者帶著戒慎恐懼的
心情來看待女色與性，特別是那些跟西門慶一樣有錢有閒的富家子弟們，更應該「以武
松為法」，「以西門慶為戒」（第一回總評），因為那是攸關人生利害禍福、人生價值歸
趨的所在，所謂「人鬼關頭，人禽交界，讀者若不省悟，豈不負作者苦心乎？」（第一回
總評）「見不賢而內省，其不善者而改之，庶幾不負此書也。」（七十五回總評）閱讀就是
藉以省思、自我惕勵以安身立命[19]：

> 舉凡富貴有類乎西門，清閒有類乎西門，遭逢有類乎西門，皆當恐懼之不暇，防
> 閑之不暇，一失足則殺其身，一縱意則絕其後。夫淫生於逸豫，不生於畏戒，是
> 在讀此書者之聰明與糊塗耳。（第十三回總評）

18　弄珠客〈金瓶梅序〉：「生憐憫心者，菩薩也；生畏懼心者，君子也；生歡喜心者，小人也；生效
　　法心者，禽獸也」，黃霖，《金瓶梅資料彙編》，頁3。

19　陳翠英，〈明清情色關懷的多重面向——以金瓶梅評點為中心的考察〉，《情欲明清國際學術研討
　　會》（2001 年 12 月 28 日），頁 10。

觀此回之水戰，當勃然變色，不當怦然動心。夫男女居室，常事也，戰則危事也。以男貪女愛，變而為性賭命換，此生死關頭也。西門慶已有數敵，……早知其必死於金蓮上下口也，不可懼哉！（二十九回總評）

看完此本而不生氣者，非夫也。……不能打破此二關，反而欣羨之，思慕之，尤而則效之，其人之心術尚可問乎？其人之閫薄尚可道乎？（三十三回總評）

閱讀是一種修行的進程，對書中人物的陷溺財色，讀者若生羨慕、效尤、神移、思齊，乃至思從者，下場將同樣淒慘，心驚、畏懼才是應有的讀者反應。文龍評點有如道德修為的指南[20]，其視閱讀《金瓶梅》道德實踐的過程，那麼應該如何實踐？文龍提出「觸其類而推之」、「設身處地」的理性反思的方法：

善讀書者，見有同金蓮一樣者，當生畏懼心，不可存狎玩心，庶幾免夫。或問，何以知似金蓮而避之乎？……在葡萄架下而不知羞者，即是潘金蓮，不必家家皆有葡萄架。苟能觸其類而推之，處處皆是葡萄架也。（二十八回總評）

善讀者當設身處地：使我而為西門大官也，不見其人斯已耳，既見而能恝然乎？畏人知不敢再往斯已耳，有閒工夫而能絕跡乎？……要知《水滸》之西門慶早已身首異處矣。此以下皆是幻中樓閣，勿便將武松忘記，而謂可以倖免，則庶幾可與看此文。（第二回總評）

文龍要讀者將《金瓶梅》的閱讀落實在日常生活的道德實踐中，設身處地、理性思考，假如自己處在西門慶之境地是否能不受誘惑、倖免於難？並告戒讀者心中應有《水滸傳》西門慶的「身首異處」的可怕死狀，才不會重蹈西門慶之覆轍。

3.保持距離，冷眼旁觀

有鑑於部分讀者閱讀《金瓶梅》「淫人富」、「惡人昌」不公義的社會現實，可能產生怨憤情緒，文龍呼籲應以冷靜超然態度觀看：「苟能離身題外，設想局中，旁人之是非，即可證我身之得失，目前之言動，即可定日後之吉凶。」（第十一回總評）如是《金瓶梅》不啻道德修為之指南：

有痛恨西門慶者，吾謂不必恨也，有羨慕西門慶者，吾謂不必羨也。……羨之者亦不能作西門慶。諺語有云：閒將冷眼觀螃蟹，看爾橫行到幾時？（第十回總評）

---

20 陳翠英，〈閱讀與批評：文龍評金瓶梅〉，《臺大中文學報》（2001 年 12 月），頁 23。

　　但觀此回，其浸熾浸昌，西門氏方興未艾也。而為不平之鳴者，不禁唾壺擊碎，
　　以為若輩市井之徒，安享如此，無怪我輩無噉飯所也。……若使閱者過而不留，
　　直往下看去，果瞬息間事耳。如看至此回而一置之，一年不閱，西門慶一年在獅
　　子街樓上，十年不閱，而西門慶在獅子街樓上十年矣。書中之西門慶，自有安置，
　　心中之西門慶，轉無權衡，何得與言天下事乎？而況為所欲為者，竟樂所樂矣，
　　有所不敢為者，竟至毫無所樂矣。（四十二回總評）

文龍呼籲那些因社會貧富不均、是非不公等現象而發不平之鳴的讀者，應該冷靜、客觀、
保持距離，繼續往下閱讀，那麼西門慶的豪華驕奢淫逸只不過是「瞬息間事」，否則只
著意片面描寫，讀者心理便無法釋然。說到底，文龍極力向讀者說明西門慶的豪華只是
幻象，讀者應該超然物外，保持獨立清醒的態度，「以西門慶為戒」，而不是效法、認
同西門慶所作所為，否則人品就與書中人物相等：

　　獨怪夫看書之人，所謂旁觀者清，不能咀嚼世情之滋味，但貪圖片刻之歡娛，其
　　愚且頑，不幾與西門慶相等哉！（十一回總評）

可見文龍注重的是冷熱變化世態人情的玩味，而不是著眼於一時的歡樂產生欣羨之情。
　　此外，文龍也和張竹坡一樣強調整體觀照，而不應專注於淫情之描寫：「看第一回，
眼光已射到百回上，看到百回，心思復憶到第一回先。書自為我運化，我不為書絪縛，
此可謂能看書者矣。曰淫書也可，曰善書也可，曰奇書亦無不可。」（一百回總評）以及
掌握作者立言用意的重要：「須於未看之前，先將作者之意，體貼一番，更須於看書之
際，總將作者之語，思索幾遍。」（一百回總評）這些看法與張竹坡的觀點一脈相承，而
又有所發展，如「書自為我運化，我不為書絪縛」其實就是自由出入書中的閱讀方式，
也即文龍與評點家們共同追求的理想的閱讀視野，對如何閱讀《金瓶梅》不失為有益的
參考。

第三節　主旨結構論──給西門慶'S 看的戒淫書

一、創作主旨

　　《金瓶梅》因何而作？何以書中盡是人欲橫流、卑污齷齪、沒有公理正義的昏暗世界？
何以作者筆下的人物形象都是被譴責、被批判的反面形象？作者意圖究竟何在？崇禎本
評點者發出：「貧者爭一錢不得，而富家狠戾若此，作者其有感憤乎？」（六十七回眉批）

的疑問，張竹坡斷言《金瓶梅》是仁人志士、孝子悌弟的洩憤之作，都強調了作者有感而發的創作意圖，文龍繼承這一觀點之外，更多地是從讀者方面來探討：

（一）嫉世病俗，有感而發

文龍認為：「從來無所羨慕者不作書，無所怨恨者不作書，非曾親身閱歷者作書亦不能成書。」（一百回總評）作者極力刻劃「惡人富而淫人昌」、「小人道長君子道消」的世態，都緣自作者對現實生活的感慨：

> 夫以潘金蓮之狠，西門慶之凶，王婆子之毒，凡有血氣者，讀至此未有不怒髮衝冠，切齒拍案，必須將此三人殺之而後快。何得輕輕放過，而令其驕奢淫佚，放僻邪侈，無所不為，無所不至，快快活活，偷生五、六、七年，惡人富而淫人昌。作者豈真有深仇大恨，橫亙於心胸間，鬱結於肚腹內乎？而故為此一部不平之書，使天下後世之人，咸有牢騷之色，憤激之情乎？（第六回總評）

> 作者其有愛於西門慶乎？《水滸傳》已死之西門慶，而《金瓶梅》活之，不但活之，而且富之貴之，有財以肆其淫，有勢以助其淫，有色以供其淫，……作者豈真有愛於西門慶乎？是殆嫉世病俗之心，意有所激，有所觸而為此書也。（七十二回總評）

在文龍看來，像西門慶這樣的淫人、惡人竟安享榮華富貴，如此結局特好的處理，不是看重於懲罰西門慶這一個壞人，而是著眼於揭露整個社會的黑暗與罪惡[21]。文龍和崇禎本、張竹坡都看到了小說飽含著作者對險惡世情、淫亂社會的批判。不同的是，張竹坡側重於從作者患難窮愁的個人遭際來評論，而文龍更多地著眼於作者對整個黑暗社會的憤激[22]。

（二）為西門慶而作

關於《金瓶梅》何以寫作？歷來大多從作者方面探討，文龍除了提出「嫉世病俗」之解釋外，又另闢蹊徑從《金瓶梅》為誰而作立論，為此文龍提出了相當有意思的看法，即從全書結構佈局來看，「此書原為西門慶而作」（九十一回總評），例如西門慶死後，作者一連串地寫吳月娘的受欺凌、奴僕友輩的負心，也是為了說明西門慶因果報應的一生，以達懲戒人心之目的：

> 放筆描寫寡婦孤兒之忍辱受氣，屈己求人，耐一片淒涼，遭百種苦惱，奴僕叛於

21　同註 12 引書，頁 24、56。

22　張進德，〈明清人解讀金瓶梅〉，《明清小說研究》（2000 年第 4 期），頁 183。

內，友朋閧於外，皆所以定西門慶罪案，並非為月娘述家常也。（九十五回總評）

另一方面，從作者預設的讀者來看，《金瓶梅》是為了寫給那些「非西門慶而類乎西門慶」的讀者看的戒淫之書：

> 自始至終，全為西門慶而作也，為非西門慶而類乎西門慶者作也。批者亦當時時、處處、事事有一西門慶，方是不離其本旨。奈何只與春梅撮腎，玉樓舐痔而與月娘作對頭，猶詡詡然曰：此作者之深思也，吾得其間矣。嗟乎，妄甚！（一百回總評）

意即作者選擇以西門慶為創作構思的中心，是要通過西門慶善惡報應的一生來向那些跟西門慶一樣有錢有閒又犯了貪財好色毛病的讀者傳達警戒之意。文龍再三強調《金瓶梅》是「為西門慶而作」，而沒有強調為金、瓶、梅三人而作，這是他和弄珠客最大的不同，可見文龍預設的讀者始終是男性，當然部分原因是不滿張竹坡的〈寓意說〉以孟玉樓為作者自喻之人，因此提倡此說加以反駁。

(三)以淫戒淫

關於《金瓶梅》是不是淫書，文龍的看法接近弄珠客的「穢書戒世」說，他認為《金瓶梅》的主旨是開放性的，關鍵在於讀者從什麼角度來閱讀：

> 《金瓶梅》淫書也，亦戒淫書也。觀其筆墨，無非淫語淫事，開手第一回，便先寫出第一個淫人來，一見武松，使出許多淫態，露出許多淫情，說出許多淫話。……究其根源，實戒淫書也。……是在會看不會看而已。（第一回總評）

> 皆謂此書為淫書，誠然，而又不然也。但觀其事，只男女苟合四字而已。此等事處處有之，時時有之。……是書蓋充量而言之耳，謂之非淫不可也。生性淫，不觀此書亦淫，性不淫，觀此書可以止淫。然則書不淫，人自淫也；人不淫，書又何嘗淫乎？（第十三回總評）

如果孤立地就小說中描寫的一些淫穢情節來看，《金瓶梅》的確是一部「淫書」，但若將這些淫穢情節與全書的情節，以及作者描寫這些情節的目的聯繫起來考察，作者意圖在「戒淫」[23]，關鍵在讀者選擇了什麼角度來閱讀，所謂「以西門慶為可殺，則此書不淫也，以西門慶為可羨，則其人之淫，固亦一西門慶也。」（二十三回總評）「閱者尚通前徹後而玩味之，何得專注於醉鬧、水戰等處，而自陷於淫也。」（三十六回總評）作者

---

23 同註14引文，頁79-80。

的「戒淫」義旨只有在讀者觀感戒懼、義憤填膺、整體觀照的閱讀中才能體悟，效法、專注、沈迷都會使自己陷於危險。至於按照「生性淫」、「性不淫」來區分讀者閱讀《金瓶梅》的不同效應，未免有簡單化之嫌，本來讀者對《金瓶梅》褒貶好惡會因讀者各自的個性愛好、藝術情趣、道德品性等差異而存在巨大的不同[24]，文龍只強調了讀者的道德品格，認為「淫者見之謂之淫，不淫者不謂之淫」（一百回總評），似乎簡化了閱讀活動本身的複雜性。

二、情節結構

在情節結構上，文龍著墨較少，一方面因為文龍將大部分筆墨用在人物評論之上，一方面有張竹坡對《金瓶梅》情節結構精湛的藝術分析，後人本難以超越，因此文龍本著「不作人云亦云」的態度，指出作者未嘗用心之處，例如指出《金瓶梅》最後十幾回情節描寫的疲軟無力：

> 九十回以後，筆墨生疏，語言顛倒，頗有可議處，豈江淹才盡乎？……此皆信筆直書，不復瞻前顧後，似非以上淫情穢語，寫得細膩風光。（九十二回總評）

誠如現代學者指出的，《金瓶梅》的藝術精華在七十九回之前，而後二十回的情節發展得很快，有許多不合情理之處[25]，文龍也認為《金瓶梅》的後半部有不少敗筆，遠不如前半的「淫情穢語」來得「細膩風光」，具有可讀性，例如「陳敬濟被陷嚴州府」、「大酒樓劉二撒潑」等情節都是不自然的拼湊，以後者為例：

> 此一回欲使陳龐湊合在一起，而又無因湊合之，又有孫雪娥在旁礙眼，故必先令聞其名，然後羅而致之，方不為無因。於是有劉二撒潑一事，此截搭渡法也。但渡要渡得自然，不要渡得勉強。劉二不過要房錢耳，有金寶鴇子在，何至毆打馮金寶；既打馮金寶，為何又打陳敬濟，或謂酒醉故也，既已並打矣，自有眾人說散，何為又送守備府？……其間方引出春梅來，許多糾纏，著意只在此一處。然未免有許多生拉硬扯，並非水到渠成，有不期然而然之趣，此作者未嘗用心之過也。（九十四總評）

原本一部作品寫到高潮之後因作家才思不繼而變得疲軟是常有的事，明清小說中如《金

---

24 同註 22 引文，頁 183-184。
25 夏志清，《中國古典小說導論》，頁 188-189。

瓶梅》前後水準不齊的現象並非僅見[26]，因此文龍指出劉二撒潑此一情節的不自然之處，頗具識見。關於整體大結構，文龍從因果報應的大團圓模式出發，他認為《金瓶梅》結構謹嚴，而最能體現此一精神者，乃是西門慶死後的描寫足見「報應之不爽，因果之不誣」（八十五回總評），根本不必再作續書。尤其是潘金蓮、西門慶等人結局的處理，都是「大快人心」之筆：

> 潘金蓮殺西門慶，人為之快心。蓋西慶本該死，又有取死之道。……西門慶之不死於殺，尚不足以快人心；潘金蓮者，亦令其壽終內寢也，此書真可燒矣。（七十九回總評）

> 潘金蓮在《水滸傳》中，死於武松之手，在《金瓶梅》中，亦何必定死於武松之手，豈以照應《水滸》本傳手？武松既有血濺鴛鴦樓之案，斷不能有赦免歸來之事，豈以痛快人心起見乎？……必武松之英雄，乃可以殺潘金蓮，非但為報仇一層也。茲并王婆子而亦殺之，乃所以痛快人心之筆。（八十七回總評）

文龍認為小說結局必須符合「詩的正義」，所謂「善人必令其終，而惡人必罹其罰」[27]方能大快人心，體現小說鑒戒之價值，因此按照《水滸傳》的情節，武松不可能有赦免歸來之事，《金瓶梅》卻寫了，目的是為了「痛快人心」起見。而西門慶死後，陳敬濟耽溺於韓愛姐，死於春梅，正如西門慶死於王六兒、潘金蓮之手，諸人之結局便有了重蹈覆轍的意味，實為一完美之結構：

> 西門慶翁婿與韓王氏母女、武潘氏主婢而亦稱為母女也者，直是前世歡喜冤家而以愛之者殺之也。其彼此湊合，互相糾結，竟有不期然而然，莫之致而至者焉。豈亦有數存乎？實作者結構緊嚴，心細如髮，筆大若椽，分觀之而不覺，合觀之而始悟也。（九十八回總評）

此乃就部分情節而論，若就全書最終結局而言，文龍又認為西門慶報應尚不徹底：「此等人物竟令其有妻守節，有子出家，未免償惡獎淫矣。」（七十七回總評）因此他將潘金蓮慘死、陳敬濟死於刀下看成加諸西門慶之上的另一種形式的懲罰：

> 作者以孝哥為西門慶化身，我則以敬濟為西門慶分身。西門慶不死於刀而死於病；

---

26 高小康，〈交叉視野中的金瓶梅——與夏志清金瓶梅新論對話〉，《明清小說研究》（1998 年第 4 期），頁 90。

27 王國維，〈紅樓夢評論〉，收入阿英編，《晚清文學叢鈔：小說戲曲研究卷》，頁 113。

終屬憾事，故以敬濟補其缺。蓋敬濟即西門慶影子，⋯⋯此作者之變化，全在看官之神而明者也。（九十九回總評）

須知武松今日之所殺者，非武植之妻，乃西門慶所十分寵幸、臨死不能忘情之六娘也。殺西門慶愛妾，又何異殺西門慶乎？使西門慶尚在，其肝腸寸斷，心脾俱碎，當更甚於項下之一疼，閱者亦可無餘憾矣。（八十七回總評）

關於《金瓶梅》報應不徹底的質疑由來已久，早在薛岡《天爵堂筆餘》就指出：「西門慶當受顯戮，不應使其病死」[28]，文龍不免此見，不同的是，文龍在閱讀策略上將潘金蓮、王婆子的被殺都視為西門慶的報應，從而提供給讀者善惡各有報償的圓滿解釋。

　　綜上所述，可見文龍將《金瓶梅》視為一本寫給有可能成為西門慶的讀者看的戒淫書，因此他在創作主旨、結構佈局的詮釋都圍繞在西門慶縱欲喪命的一生，甚至連陳敬濟、潘金蓮的慘死，也都是為了報應西門慶，如此方能使「以淫戒淫」——以西門慶的悲慘下場來懲淫的主題得到加強，從而給心存效尤的讀者產生恫赫效果，實現小說教化功能。

第四節　人物論——社會道德為主的評判角度

　　人物論向來居於小說評點的中心位置，文龍亦不例外，顯見《金瓶梅》人物形象的豐富與複雜，吸引著最多讀者的注意，尤其文龍評點寫在張竹坡的評本上，在人物評判上與張竹坡形成激烈對話，特別是在吳月娘、孟玉樓、春梅三人的看法上形如壁壘，而其圍繞善惡貞淫、財色性命、情愛、死亡、果報諸議題來評論，以及注重真實、白描、寫生的人物刻劃論，也正是崇禎本、張竹坡所關注的，因此文龍的人物論饒具對照性意義，藉此或可窺見三家評點人物評論之異同，茲分述如下：

一、人物評論

　　文龍評價人物的準則捨孔孟儒家倫理道德之外無他，在倫理標準的取捨上，須「論人觀大節」、「略短取長」（二十二回旁批）。所謂「論人觀大節」，用孔子的話說：「大德不逾閑，小德出入可也。」（《論語》〈子張篇〉）從女性來說就是三從四德，文龍推崇貞節柔順、不妒不淫的女性，以吳月娘為書中第一正經婦人。文龍站在衛道者立場譴責人性之惡，主張「斬立決」、「奸情條例」懲治十惡不赦的奸夫淫婦，甚至出之以「妖

28　同註18引書，頁235。

精」、「賤貨」、「淫貨」、「豬狗」鄙夷的言辭來譴責行為不合禮教的男女，其一味罵倒的態度，強烈顯現士大夫捍衛體制的立場。文龍服膺孔子「女子與小人為難養」的觀念，把女性視同於小人，視女性為亡國禍水，以迴避拒絕女性魅惑為至高品德，文龍對女性也沒有絲毫的尊重，言辭間盡是「降服」、「制服」、「鐵籠籠之」壓制女性的想法，其視人物直一禽獸而已。倫理道德是文龍批判人的價值唯一標準，淫者無情，法外無情，不合禮教規範的欲望都是罪惡的，人的價值依附於倫理規範之上，「天理」、「良知」、「鬼神」、「王法」之下罪惡不容赦免，也喪失了對生命的同情、悲憫。崇禎本對女性的情感欲望、命運處境有同情與悲憫的關懷，對人性的醜惡，出之以解嘲之語氣[29]，張竹坡挾著對女性的偏見，尚有發為對生命沈淪的憂心、關注。文龍則化為筆無藏鋒、辭氣浮露的譴責，以道德義憤譴責著書中的男男女女，一如譴責小說中敘述者的語調[30]。

(一)全面譴責人性之惡

若說張竹坡對人性的光明尚未失去信心[31]，文龍則顯然悲觀許多，或許是文龍所處的時代已接近清王朝的末期，在政治社會各方面較《金瓶梅》的時代更為腐朽黑暗，於是對作品中呈現的人心險惡淫亂的昏暗世界充滿了道德義憤：

> 一群狠毒人物，一片奸險心腸，一個淫亂人家，致使朗朗乾坤變作昏昏世界，所恃者多有幾個銅錢耳。（二十七回總評）

> 何書中無一中上人物？敬濟之戲金蓮，金蓮之許敬濟，一對淫蟲，姑無論矣。即所謂吳神仙者，亦有許多做作，並非清高之品，……至西門慶門以內之人，門以外之客，無非昏迷於財色二字。（三十一回總評）

> 此等人其心已黑，其性已變，其舉止動作，直與狼豺相同，蛇蝎相似。強名之曰人，以其具人之形，而其心性非復人之心性，又安能言人之言，行人之行哉？（三十五回總評）

---

29 對於潘金蓮喝溺、王六兒效尤之事，崇禎本批道：「冀且有嘗之者，況溺乎？」（七十二回眉批）「合著寵利，丈夫吮癰舐痔者多矣，況婦人女子乎！」（七十五回眉批）

30 吳趼人《二十年目睹之怪現狀》：「我出來應世的二十年中，回頭想來，所遇見的只有三種東西。第一種是蛇蟲鼠蟻，第二種是豺狼虎豹，第三種是魑魅魍魎。」（第一回）轉引自孟瑤，《中國小說史》（下），頁643-644。

31 張竹坡雖然說過《金瓶梅》並無一個好人的話，仍相信：「誰謂天命民彝為盡滅絕哉？」參看第六章第四節「人物論——道德理性為主的觀照角度」。

文龍以激烈的言辭，譴責這些喪失人性的男男女女：「淫蟲」（第十七、三十一、三十三）、「第一淫貨」（十三回）、「豺狼豬狗」（十二回）、「奸夫淫婦」（第八、三十五）、「畜類」（十一回）「男女苟合」（第二、十三、五十三）、「鳥獸孳尾」（一百回）、「豬狗交歡」（十四回）。文龍對人性的看法接近先秦「性惡論」，孟子有言：「人皆可以為堯舜」，他卻說「人皆可以為西門慶」，沒有父母兄弟的拘管，沒有詩書的教化，沒有刑法的威懾，讓人性自由地發展，必然會成為西門慶那樣的惡棍[32]。既然人性是最壞的，那麼人性墮落便是性格與環境中習染所致：

> 吾嘗疑男女苟合之太易，吾今知男女苟合之不難也。使武大所娶非金蓮，金蓮所嫁非武大，事尚未可知，實逼處此，雖有十武松，亦無之何，而況普天之下，有幾武松乎？西門慶一蟻耳，而欲禁其不趨羶得乎？西門慶一蠅耳，而欲使其不逐臭得乎？而況有王婆子之撮合。（第二回總評）

> 本非人類，而與之相處之人，遂亦不成人矣。婊子認乾娘，女婿戲丈母，主母與僮僕共飲，小叔同嫂子通奸，直鬧成一個混濁世界。在奸夫淫婦，是其本性，而人亦染其習，甚矣，鳥獸不可與同群！（三十五回總評）

在文龍看來，西門慶的所做所為直與低等動物無異，受著本能的驅使去追逐羶臭之物，那些苟合的奸夫淫婦們，也只是禽獸而已。可見文龍對不合理性關係的憎惡心態，在西門慶家這個罪惡的淵藪中，即使本性善良也會因耳濡目染的結果，而「習慣成自然」，趨於為惡，因此文龍認為凡與潘金蓮常在一起，必非善類，若非同惡相濟，便是助紂為虐：

> 潘金蓮可殺而不可留，凡有血氣耳目者，固無不知之也。乃有與之同惡相濟，伙穿一條褲子如龐春梅者，又有與之異口同聲，一鼻孔出氣如孟玉樓者，其為人何如乎？……觀此回打秋菊，春梅實唆之。譏瓶兒，玉樓實倡之，官哥、李氏之死，金蓮為首，玉樓、春梅謂非加功者，吾不信也。……西門家中，又安得昭質無虧者哉！（五十八回總評）

文龍滔滔雄辯，把孟玉樓也打入小人之流，如此閱讀《金瓶梅》就好像清官審理一椿椿的犯罪檔案，在是非正義、倫理道德的原則下一一審判書中人物的罪行，歷數西門慶、潘金蓮等人的不容天地之罪惡：

32　張國風，《金瓶梅描繪的世俗人間》，頁107-108。

> 論其事蹟，武大之死，顯而易見，花二之死，隱而難言。論其情罪，西門慶殺武
> 大而奪其妻，死花二而奪其財並奪其妻。厥罪惟均，固無所謂罪疑惟輕，輕罪不
> 議外，兩個斬立決並在一人身上。……然則瓶、蓮二人，皆惟恐其夫不死，治死
> 其夫而急於嫁西門慶，一對淫婦，兩個王命貨也。……論事則或隱或顯，論心則
> 無分無別，論罪則孰輕孰重？應當凌犀之婦人，其貌雖美，果何為乎？（十四回總
> 評）

文龍認為人性最壞，只有刑法才能赫阻罪惡，故援引統治者賴以維繫社會人心的「王法」、
「國法」、「一殺一剮」為人物定罪，凡是奸夫淫婦就該「斬立決」，「一殺一剮」，沒
有人能倖免，法律之前人人平等，美人與醜婦犯了罪都應受到制裁，在此儼然又回到《水
滸傳》「替天行道」、鋤滅罪惡的世界，不帶絲毫的同情[33]，文龍以此捍衛道德體制於
焉可見。如此高舉道德理法旗幟的結果，連帶地對人性中難得的善也一併抹殺了：

> 此回春梅之埋金蓮，是春梅好處。惟念金蓮為人間不可有之人，為人家不可留之
> 人，竟有與之死生不易、心意相合者，此其人為何如人乎？（八十八回總評）

文龍在承認春梅有義氣的同時，卻又給予了否定，只因義氣的對象是「可殺不可留」的
淫婦，如此單一化標準下，抹殺了人的情感，倫理道德成了衡量是非善惡的唯一標準，
在這原則下，人與人間的知心、同情與悲憫都顯得微不足道。

（二）推崇傳統女性美德

自漢代劉向《列女傳》、班昭《女誡》確立女性生活規範以來，傳統中國女性美德
莫不以溫柔順從、潔身自好、貞節自持、不妒不淫為重要特質[34]。她們是沒有自我的完
美典範，從一而終，夫死守節是最重要的，「淫佚」、「妒嫉」皆為七出之一，文龍以
此反駁張竹坡對吳月娘的攻擊，認為吳月娘「不淫不妒」、守節以終，實為西門慶的「真
妻室」：

> 觀人亦需論其大處，婦人之所最重要者，節。西門死後，月娘獨能守，較之一群
> 再醮貨何如乎？贊美婦女者，但有從一而終，守貞不二之語，則以前所有處分，
> 皆可番予開復矣。婦人之所最忌者，妒，西門生前，月娘獨能容。否則內哄外鬥，

---

33 在《水滸傳》中，武松是作者歌頌的英雄形象，肩負替天行道、鋤滅罪惡的重任，《金瓶梅》的作
　　者肯定武松報仇雪恨的正義性，但又說：「堪悼金蓮誠可憐，衣服脫去跪靈前」，「武松這漢子，
　　端的好狠也」，可見持保留態度，頗有微詞，同註 12 引書，頁 28-30。
34 陳東原，《中國婦女生活史》，頁 46-51。

上下不安，投井縣梁，詬誶不已。……詩之美后妃也，亦不過不妒嫉三字而已。
（十八回總評）

前能不受來保之誘，后能拒天錫之強，略短取長，論人觀其大節，月娘正未可厚
非。何西門慶竟有不淫之妻哉？（八十四回總評）

誠然，吳月娘是書中唯一守節而終的女性，而她的縱容丈夫一再地納妾、偷腥，則體現
了包容、不妒的美德，誠如辜鴻銘所說，理想的中國女性是沒有自我的，「無我教」就
是中國淑女賢妻之道，正是妻子的那種無我，她的那種責任感，那種自我犧牲的精神，
允許男人們可以有侍女或納妾[35]，西門慶娶有六房妻妾，足證吳月娘有一定的包容心。
女性對丈夫不但有從一而終、不淫不偷、忠實於丈夫之義務，對於丈夫之納妾更應有「不
妒」之德，文龍讚頌的正是如此美德。評點中類似的讚美甚多，如讚美吳月娘堪稱全書
「真妻室」、「正經人」（九十一回總評）、「六人之中，到底月娘有點骨氣，此后來所以
能守而不嫁也。」（二十二回旁批）而孟玉樓則被打入不賢良的行列中，文龍：「但以成
敗論，而誇張玉樓為全人，天下豈有一嫁再嫁，猶為賢良之婦哉？」（二十九回總評）這
是文龍替吳月娘所做的第一層辯護，再者，文龍認為批書不能「存愛惡而不酌情理」，
因此他在評論諸人得失時往往能考慮到人物實際的處境，例如張竹坡不斷的攻擊吳月娘
求子之假，文龍則不以為然：

蓋良人者，妻妾所仰望而終身世也。夫可棄其妻，妻不可絕其夫。求子一層，縱
然是假，卻亦假得大方。（二十一回總評）

婦人以情感男子，上焉者也；以淫感男子，下焉者也，至非淫非情，而以子息動
丈夫，斯固在上之下而下之上焉，殆榮之中焉者也。批者亦何必深惡痛恨，以至
於斯乎？（七十五回總評）

只要恪守住不淫不妒的大節，在小節上可以「酌情理」，因此求子目的正大，至於手段
的正當與否都可以原諒。蓋古代女性依附在父權之上，並無自由選擇婚姻的權利，加上
中國傳統文化嗣續觀念影響，為了子嗣大計而撒謊也變得情有可原，因此文龍極力替吳
月娘的虛偽辯護[36]。不過，文龍雖然對吳月娘推許有加，但總地說來，敬重的成分居多，

35　辜鴻銘，《中國人的精神》，頁70-71。
36　有趣的是張竹坡、亦援引孟子：「良人者，妻妾所仰望而終身也」之語，且贊同為子嗣而納妾，不
　　過目的在責備吳月娘未盡規箴之道，放縱自己的丈夫奪人之妻。參看第六章第四節「人物論——道
　　德理性為主的觀照角度」。

在情感上，文龍顯然更為欣賞性情和平、溫柔多情的李瓶兒，他解釋西門慶唯獨憐惜、鍾情李瓶兒的原因道：

> 瓶兒亦實有令人憐惜處，情性和平，全無機詐，周旋忍讓，不作猖狂，此婦女中溫柔者也。……李瓶兒銀錢不自私，衣物不少吝，金蓮尚不能間，其他可知矣。……雖非正室，的是可人，不必西門慶為然也，遇之者亦孰不為之傾倒也哉？（五十四回總評）

> 西門何獨於瓶兒一往情深也？此則瓶兒實有以感動其心者。自入西門之家，溫柔安靜，共無遽色疾言，財物不敢自私，即身骸亦不敢自愛，一任西門慶之所欲而為之，以至因此而得病，病而至於不可為。西門慶詎不知之？是瓶兒生因西門慶，死亦因西門慶，生生死死，始終一西門慶。設西門慶死在前，瓶兒亦必不活。夫豈李、孟、潘、孫、龐之所能比也，西門慶又安能忘之？（六十一回總評）

這兩段話旨在解釋人物之際情感深厚的緣由，反映文龍在情感、道德上的矛盾，在道德評判上鄙薄李瓶兒的淫蕩無恥、側室地位，情感上卻對其性情人品欣慕不已，不單是因為李瓶兒的溫柔體貼、周旋忍讓，符合儒家卑弱柔順的理想女性標準，更因為她的愛情專一、為所愛奉獻一己的忘我精神，實已達到真愛的極致，體現出成熟女人的特質[37]。反之，張竹坡許為風韻嫣然的孟玉樓，在文龍看來不得謂為賢婦人：

> 金蓮偷僕，則為之掩飾，金蓮看燈，則同其放浪，至責備瓶兒之語，與金蓮異口同聲，忘卻自己。夫始終與潘氏相比者，尚得為賢良婦人乎？貞靜既難言，幽閑亦未必，婦人除此四字，更何取乎？（十八回總評）

文龍對孟玉樓的活潑、伶俐乖覺的反感，其實與張竹坡鄙斥女性淫浪敗德，並無不同，都是從「三從四德」來衡量女性，無暇從審美角度欣賞女性的情態。

（三）唯女子與小人為難養

文龍對女子與小人似乎都是深惡痛絕的，幾乎用盡了各種難堪的字眼，孔子有云：「唯女子與小人為難養也，近之則不遜，遠之則怨。」如此把女子等同於小人，「固然說明孔子不尊重女性，缺乏男女平等的思想意識」，但同時也說明，孔子認為如何跟女子、

---

37 馬賽爾（Gabriel Marcel）認為純全的愛蘊含著「忘我」，就是為被愛者奉獻自己，以致鞠躬盡瘁，死而後已，這不等於不愛自己，而是因為愛對方如此之深，已不暇考慮到自己，而女方的「陰柔」，配合「愛」的踐行，則孕育出成熟的女人。分別參看關永中，《愛、恨與死亡——一個現代哲學的探索》，頁77、115。

小人相處是待人處世中令人感到捉襟見肘的難題[38]。而文龍不僅認為女子與小人難以相
處，而且是令人深惡痛絕的，尤其女子的可恨與可佈更甚於男子。文龍：

> 甚矣，女子小人，斷不可使其得志也。聖人謂其難養，近之遠之皆不可，……自
> 古及今，大而天下國家，小而身心性命，敗壞喪身於女子小人之手者，正指不勝
> 屈。又有小人而女子者，閹宦是也。女子而小人者，婢妓與僕婦是也。其性屬陰，
> 其質多柔，其體多浮，其量隘，其識淺，同是口眼耳鼻，別具肝腸腑，令人可恨，
> 兼令人可哂。善讀書者，於此回蕙蓮，其光景情形，詳細玩味，便可觸類旁通，
> 則所以待女子小人者，思過半矣。（二十三回總評）

這段長篇大論主要針對宋蕙蓮而發，說明文龍將女子與小人等同對待的態度，尤其對宋
蕙蓮頗多微詞，例如：「世間有此等賤貨笨貨，而且頗多」（二十四回總評），「彼決不
知人有羞恥事，此時雖欲收服之，不可得也」，就充滿了鄙夷、厭惡之意，但若考慮到
文龍對《金瓶梅》的閱讀有「修身齊家之理，為人處世之道」之期待，希望讀者能藉著
閱讀《金瓶梅》而獲悉某種處世之道，就顯得情有可原，因為文龍所要面對的讀者是有
即將步入社會、甚至進入官場的年輕人，故把妾婦女子受西門慶寵幸後的得意驕縱之態，
與士大夫受上憲垂青的光景相比，以便讀者獲悉對待小人之道。畢竟他對西門慶的評價
也是貶意居多，例如：「粗鄙不堪、凶頑無比，無情無理、糊裏糊塗、任性縱情、恃財
溺色」（十二回總評）、「勢利薰心，粗俗透骨，昏庸匪類，凶暴小人」（三十五回總評），
已經竭盡各種詞語責罵了，但女性的可怖顯然更甚於男子，文龍：

> 宋蕙蓮，蟹也，一釋手便橫行無忌。潘金蓮，蝎也，一挨手便掉尾螫人。西門慶，
> 蛆也，無頭無尾，翻上翻下，只知一味亂鑽，仍是毫無知覺，此刻直如傀儡，任
> 人撮弄。（二十五總評）

文龍認為在宋蕙蓮、潘金蓮爭風吃醋的糾葛中，西門慶只是受女性愚弄，「全無主見，
一味凶頑」，「其實半生盡為人所使也」的傀儡，所謂「蛆」是個比蠅、蟻更為可憐，
更無知覺地受本能驅使、受奸人播弄的低等動物，而潘金蓮、宋蕙蓮則有如蟹、蝎般惡
毒恐怖。然而我們讀《金瓶梅》，只覺得西門慶頤指氣使，驕奢淫逸，絕非低眉順眼之
人，金蓮之讒言之所以為西門慶採納，無非是因為這些意見對西門慶有利[39]，宋蕙蓮之
邀寵之所以打動西門慶，無非是貪圖美色的緣故，但文龍卻看出西門慶行不由己的一面，

38　黃偉林，《孔子的魅力》，頁 264-266。
39　同註 32 引書，頁 199-200。

可謂發人之所未發,未必全無道理。值得注意的是,文龍既視女性為罪魁禍首,於是對女性之間因為權利鬥爭、傾軋而釀成的悲劇,也就沒有太多同情,反而寄望彼此之間能相互牽制,那麼禍害的發生將會減少[40]。

文龍除了將女子與小人相提並論之外,還以士大夫殉節的標準要求女性,他指責李瓶兒為了情欲之滿足而屈辱偷生:

> 天果令其竟死,子虛之氣,可以少平;西門之惡,可以少斂;瓶兒之罪,可以少減。作者竟不令其死,瓶兒之願遂償,瓶兒之丑,乃愈不可掩矣。不必待群婢之相嘲,諸人之請見,其怏怏之態,有難以形容者。即此裸跪床前,哀鳴鞭下,苟非心神俱惑,廉恥盡忘,早已玉碎燈前,花殘階下。目為淫婦,詎苟辭乎?其以西門慶為藥,果何物乎?亦不過海狗腎,陽起石,活羊藿、肉從蓉而已爾,吁!
> (十九回總評)

在此文龍用的是士大夫「寧死不受辱」的人格精神標準,言下之意,似乎只要一死便能消除所有的罪惡,成全個人的理想德操,完全不顧李瓶兒遭西門慶毒打並非出於自願,張竹坡也為此指責李瓶兒「良心廉恥俱無」,是「狗彘不若之人」(十九回總評)。可見二人如此地固守僵化的道德意識,尤以文龍更為激烈,不單指責女性的淫蕩無恥,更視女性及性欲為禍水,更化為連篇累牘的警告。

在中國歷史上,把女性視為尤物禍水的看法由來已久[41],張竹坡《金瓶梅》評點以潘金蓮為「夏姬」,已有女禍論的思維,而文龍更為徹底,非但以潘金蓮為「尤物禍水」的典型,一味罵倒,更視其為「吸人骨髓、琢傷元氣」的妖精,文龍的心批評正反映傳統男性潛意識中對女性及其情欲的恐懼心理。文龍誇大其辭訴說著女色的毀滅性:

> 世有想念愛惜瓶兒者乎?可先反躬自省,可能日日夜如此,十年八年不瘦者乎?否則且袖手拭目,請看蔣竹山下落。(十七回總評)

> 潘金蓮者,專吸人骨髓之妖精也,豈月娘所能防範?西門慶如此飽喂,暢其所欲,尚無饜足之意。此等物件,斷不可收置於房中,縱有鐵籠籠之,亦會偷空向人擠眼,慎勿謂我固能降伏之也。(二十八回總評)

---

40 文龍對蕙蓮、金蓮的死皆不同情,前者慶幸有潘金蓮「以毒攻毒」,後者贊同吳月娘的發賣,參看第24、86回總評。39回甚至有欲官哥生,不如「咒金蓮死」的說法。

41 傳統史書中將亡身敗家的責任歸咎於女性,如夏姬、妲己、陳圓圓都是著名的尤物禍水典型,參看劉詠聰,《女性與歷史——中國傳統觀念新探》頁4-7。

兩個美婦女，便是兩個浪儔伙。此時敬濟，雖欲避嫌疑，求乾淨，詎可得乎？夫以西門慶之氣燄勢利，強壯凶暴，猶不能制伏，而世之見美婦人垂涎者，果何心腸乎？看書而神移者，更無論矣。

文中流露了極端牢固的厭女情結，蓋因文龍深刻了解到「世上人未有不愛美婦人者」（三十三回總評），人人皆「願作西門慶」（二十三回總評），然而女性及其性欲引發的危險與邪惡卻是男人無法制服的，因此避之唯恐不及，並諄諄告戒讀者不可垂涎、神移、收置房中。不過，文龍雖視女性為「妖精」、「狐狸」（六十一回總評），然其間惡的程度又有差等，潘金蓮是十足的「尤物」、「禍水」，而其他女性則尚有為善之可能：

李瓶兒一水性婦人，尚可與為善者也。春梅一縱性丫頭，亦非不可化導者也，亦視其所遇為何如人，所處為何如境耳。若潘金蓮者，可殺而不可留者也。賦以美貌，正所謂傾城傾國并可傾家，殺身殺人亦可殺子孫。……此等婦人直無可安置處，不如仍令武松殺之。然惟其武松能殺之，世人皆不欲殺也。（四十一回總評）

要知官哥初生之時，金蓮已有死之之意，……平日餵貓，何事以紅絹裹肉，險極矣，我甚畏之。入門以來，殺其奴僕，殺其姬妾，今又殺其子，不久殺其夫。迨西門慶被殺，直殺西門全家矣。此禍水也，避之不及，胡乃念念於品玉、吹簫、醉鬧、水戰諸處，是真活而不願活矣。（五十九回總評）

文龍此類的論述未免「女人是禍水」的偏見，而文龍如此滔滔不絕地總結西門慶家亡身敗家的經驗，如此連篇累牘的警告，其實就是想對那些想要效尤的讀者起警戒作用。「不如仍令武松殺之」說明文龍對是非正義等社會道德的堅守，然其對武松殘暴的報仇雪恨行為的默許，期許讀者對潘金蓮慘死應拍手稱快的看法：「看至此而不眉飛色舞，歡笑異常者，是亦一全無血性之男子也。」（八十七回總評）所謂血性男子是如此地無情，在死亡之前亦無一絲一毫的哀憫之情。張竹坡分析人生危機相倚的關係，認為潘金蓮若不和吳月娘鬧翻，或許不至枉死武松手下，文龍則認為潘金蓮是自取滅亡：

如此斷案，不知冤屈死多少人。金蓮不出去，月娘恐亦在被殺之列，血濺鴛鴦樓不是榜樣乎？況金蓮出去，亦有自取之道，此等淫婦留在家中，將欲開窯子耶？且金蓮早就該死。果是月娘殺之，乃月娘之功，非月娘之罪也。

在文龍看來，潘金蓮是咎由自取、罪有應得，這與作者「世間一命還一命，報應分明在

眼前」的評判一致，然而笑笑生一面貶責潘金蓮的同時，仍有很深的慈悲與同情[42]，潘金蓮並不只是一個讓讀者覺得罪有應得之人物而已[43]。從文龍對潘金蓮毫不容情的攻伐，以及文中提及《水滸傳》「血濺鴛鴦樓」來看，文龍並未拋棄《水滸傳》替天行道為主的故事脈絡來閱讀《金瓶梅》[44]，而如此的解讀自然是與《金瓶梅》作者的同情扞格不入的。

(四)淫者無情，法外無情

有關「情」、「淫」的爭辯向來是《金瓶梅》評點核心議題之一，崇禎本、張竹坡都不免以之為評判人物的向度，文龍於此亦有精到的分析。他認為情是建築在禮教、道德、責任之上，婚姻之外的私情是不被容許的罪惡，因此西門慶的偷情說明其貪淫好色的本性，李瓶兒的情只是思淫，春梅對陳敬濟的思念之情是「一相情願」，且於婚姻的責任有愧，總而言之，文龍對書中世俗男女為情愛所苦不表同情，相對來說，崇禎本認為陳敬濟與潘金蓮之間有「真情」流露，文龍卻說：「不過色欲起見，並非情義相乎」（八十八回總評）。張竹坡批判書中貪淫陷溺之人，並未淪為道德刻板說教，其終極的關懷是個體生命的安頓，即在承認西門慶「痴情」的同時，亦擔心其沈溺欲海無法自拔，不能導入「安身立命」之境界，而文龍對西門慶、潘金蓮、李瓶兒之間的情感糾葛，則皆以「淫者無情」理解之：

> 細玩金蓮之語，王六兒之色，並非中上人材，在西門慶尤不當好之如此之甚。家中有許多妖精，院內有多少狐狸，何竟棄膏粱而啖藜藿乎？然則西門慶非真好色者，不過淫而已。淫者無情，此必然之理也。（六十一回總評）

> 瓶兒謂之思淫則可，謂之情感則不可。兩個淫蟲，何嘗有情哉！試觀得病即在乎此，病愈仍思乎此，此蔣竹山之易入也，情云乎哉？婦人水性，決東東流，決西西流，至瓶兒斯已極矣。（十七回總評）

受到中國傳統文化中以性為淫的觀念影響，凡是不合禮教、過度的性關係文龍均以「淫」視之，因此西門慶不加揀擇的漁色行為、李瓶兒的夜夢鬼交、接納蔣竹山自然都是「淫」的表現，即使是李瓶兒臨死前與西門慶之間近乎愛情的情感體驗，文龍亦多所質疑：

---

42 例如 87 回潘金蓮死時，作者寫道：「堪悼金蓮誠可憐，脫去衣裳跪靈前」，流露一定的同情。

43 孫述宇，《金瓶梅的藝術》，頁 93-94。

44 文龍從《水滸傳》角度來理解《金瓶梅》尚有許多，例如第 2 回總評：「要知《水滸》之西門慶早已身首異處矣。此以下皆是幻中樓閣」。87 回總評：「武松既有血濺鴛鴦樓之案，斷不能有赦免歸來之事」。

西門慶之與李氏，可謂義重情深乎？試觀瓶兒死未及月，即在其屋與如意苟合，贊奶子一語，雖提及六娘，固儼然以愛瓶兒之愛愛如意矣。是李氏之寵，已移於如意矣，情云乎哉？（六十七回總評）

從來貪人無義，淫人無情，一定之理也。西門慶者非淫人乎？……金蓮為瓶兒之仇人，我所深愛者，而為仇人之所殺，是亦我之仇人矣，不能為所愛者報仇，乃又移所愛者之愛，以愛其所愛者之仇，徒念念不忘於所愛的，後殷殷賠笑於所仇者，總不過愛其色而已，情云乎哉？（七十三回總評）

文龍對情的看法接近現代意義的愛情，他認為真正的情愛是排他性的，必須是獨一無二、忠貞不渝，不能以他者取代，不容夾有雜質的[45]，西門慶對李瓶兒若是真感情，便不能「愛烏及烏」，「拿別人當他，借汁兒下麵」（七十三回潘金蓮語），將寵愛轉移到如意兒、潘金蓮身上，西門慶微此則彼，根本不是有情的表現。文龍又認為，西門慶固然鍾情於李瓶兒，終究是特定情境下因勢必然之舉，不是那麼難能可貴，如西門慶為李瓶兒舖張喪禮，文龍批道：「蓋勢也，非情也」（六十二回總評），而西門慶對李瓶兒的思念，竟是死得其時的緣故：

或謂：淫者之情，事過輒已，茲瓶兒死逾百日，尚能憶及，究竟不能謂其非情也。要知此非西門慶之情有所鍾，實李瓶兒之死得其時也。諺語有云：跑了魚兒是大的。凡人之情，厭故喜新，重難輕易，使瓶兒常在，得之斯易，自必厭之有時，乃興猶未闌，人已長往，觸機而動，自不同於念茲在茲，憶吹簫之唱亦不過即景命題耳。（七十三回總評）

言下之意，真正的情必須禁得起實際人生的考驗，文龍以此檢證西門慶對李瓶兒的情，全然忽略了一夫多妻制度下，情感本無專一的可能[46]，也與他肯定西門慶獨對李瓶兒有情的說法矛盾。可見一旦以「情」做為人格價值的判斷時，文龍採取的是較為嚴格的標準，這並不代表文龍不識情為何物，相反地，文龍對男女間情愛心理有相當的體會。例如第三十三回潘金蓮罰陳敬濟唱曲，文龍批道：「其刁難敬濟處，正是愛憐敬濟處。」九十六回寫春梅與陳敬濟的私情，文龍議論道：

45　佛洛姆：情愛在本質上是排他性、非普遍性的，其意義是說我僅能完全而強烈的同一個人融合，把生命的一切全部委身給一個人，因之排除對第三者的愛。參看氏著，《愛的藝術》，頁70-73。
46　在一夫多妻制度之下，用情不專是必然的現象，加上嗣續觀念影響，李瓶兒以有子擅寵是必然的是，潘金蓮不滿西門慶「恁抬一個減一個，把人厶到泥裡」（三十一回）最能說明此一事實。

> 春梅之嫁周守備，平地登天，亦可謂感恩知己，又居然生子，亦可謂心滿意足，
> 從前之事，大可革心洗面，付之煙消霧化。……顧何以身歸周守備，親祭西門慶，
> 而[懶畫眉]之命唱，則又心心念念不忘陳敬濟，可見守備非其偕老之人，西門非
> 其受寵之人，陳敬濟乃其生死不忘之人。此等婦女，尚可與之相處哉！……且男
> 女之事，必須兩意相投，無味是一相請願也。……春梅為經濟做出許醜樣子來，
> 不但無以對守備，自問何以對金哥乎？（九十六回總評）

文龍對陳敬濟、潘金蓮、春梅三人間的情愛捉摸得相當透徹，但其不表認同、不帶絲毫同情的態度也昭然若揭。在文龍看來，有什麼比遵守封建倫理規範更重要？自我的情感欲望、愛情追求都要受到社會道德的規範，春梅嫁給周守備本是買賣婚姻，而非自由戀愛，守備年事已高又長期在外，春梅的情欲長期不得滿足，致有陳敬濟之私情。文龍無暇思考及此，婚姻是延續生命、蕃衍子嗣的結合，即使所嫁非所愛，亦必須奉行「嫁雞隨嫁」、「從一而終」的責任義務，私情私欲都是對婚姻與道德責任的背離，文龍以此表達了捍衛社會道德的一貫立場。

(五)闡明安身立命之理

文龍視《金瓶梅》為修身養性之書，對書中不理性的描寫，發為批判之省思，告誡讀者應該自我警惕，注重一己之道德修為，更由此引申至為人處世、安身立命之道：

> 時將性命與財色四字分別輕重，胸中常放一個義字，一個禍字，一個病字，一個
> 死字，雖非聖賢學問，亦可超出庸流矣。（第一回旁批）

文龍從人生禍福成敗的層面考量，訴諸理性的思辨，在他看來，財色物欲攸關性命，卻非人生價值所在，讀者面對財色之誘惑當思及禍患而怵然自惕，節制一己之欲望，方能達致安身立命之境界，他從小說中人物的生死際遇，闡明人之禍福恃乎一己無私無欲、理義自持的道理：

> 甚矣，人之不可有所恃也，而無能者，尤不可有所恃。潘金蓮恃其色，西門慶恃
> 其財，……若武大郎何所恃乎？才不能以倚馬，力不能以縛雞，貌不足以驚人，
> 錢不足以使鬼，所恃惟一好兄弟耳，固非其所自有者也。呼之不能即應，招之不
> 能即來，望之不能即見。而彼之所恃者，又為人之所畏，一露其機，於是有死之
> 路，無生之門矣，豈不痛哉！武二歸來四字，實武大催死令牌，送死令箭也。……
> 潘金蓮死於色矣，西門慶死於財矣，王婆子卒死於口矣。人顧何有所恃哉？曰：
> 有。恃乎理，恃乎義，恃乎此心無私與無欲。（第五回總評）

雖然文中對西門慶、王婆子死因的論斷未必正確（西門慶因貪欲得病，王婆子則是貪利致禍），
但其從武大自身追求得禍之原因，卻是深有體會之言，與張竹坡的分析宋蕙蓮賈禍之鴻，
都是從弱者的一方尋找取禍之道，道出前人之所未道[47]，也頗能啟發讀者自我修為的重
要。他深信問心無愧、合乎理義是人生真樂根源，而西門慶之做為均非正大光明，以是
無往而不煩惱：

> 人皆以西門慶為樂乎？而不知西門慶之苦也。即此一回而論；喬家親定矣，而王
> 太太未來，西門慶總覺不快。王六兒到矣，而應伯爵等不走，西門慶總覺不安。
> 是不得意煩惱，得意時猶煩惱，無往不煩惱也。不歡時郁悶，尋歡時仍郁悶，無
> 時不郁悶也。矧其所行所為者，不但無以對鬼神，直不可以告親友，且不可以示
> 妻孥，此豈真樂哉？（四十二回總評）

文龍對女子與小人深惡痛絕，幾乎沒有任何的悲憫，而對於一般人欣羨西門慶的富貴得
意、徵逐財色則不以為然，反而認為那是痛苦郁悶的根源，可見文龍以自己的人生價值
觀主導了對西門慶的閱讀。而如此不認同的態度與張竹坡的感嘆有異曲同工之妙，張竹
坡基於對倫常的堅持，也不認為西門慶有真樂可言，其云：「《金瓶梅》寫西門慶無一
親人，上無父母，下無子孫，中無兄弟，幸而月娘猶不以繼室自居，設也月娘因金蓮，
終不通言對面，吾不知西門慶何樂乎為人也。」（讀法八十四）說明張竹坡對西門慶生活
在虛假親情之中的不以為然。

(六)與張竹坡的對話

文龍的評點寫在張竹坡《第一奇書》（在茲堂本）上，在人物評價上與張竹坡展開激
烈的對話，尤其對吳月娘、孟玉樓、春梅三人的看法，形若冰炭。他們採用的同是儒家
倫理道德，卻得出完全不同的結果。張竹坡推許孟玉樓、拔高春梅、深貶吳月娘的做法，
不為文龍所認同，形成爭鋒相對的對話，文龍認為張竹坡「偏好偏惡」（十八回總評）、
「捨大節求小過」（九十一回總評）、「責人無已」（二十一回總評）、痛批吳月娘，卻「置
諸淫婦於寬典」（二十四回總評）。因之極力為吳月娘辯護，稱吳月娘為不可多得、難能
可貴的正經人：

> 吳月娘原不能稱大賢大德之婦，設使其於於歸詩禮之家，而濡染刑於之化，唱隨
> 相得，家室定宜，丈夫愛其溫柔，姬妾喜其覆庇，縱不能追蹤苟菜，亦當無愧於
> 蘋繁也。或問何以知之？吾於西門生前所容，西門死後能守信之也。至於居家小

節，持家大體，其間別有學問，即治國亦此規模，為文人志士之所難能，而責成於婦人女子不亦謬乎？……不幸而為西門慶之妻，固已辱於泥塗而墮入陷井也。……為其以下之人，竟欲禁止而救正之也，勢必有所不能。與此等人相處，而又為其妻，居然不受其辱，已可謂明哲保身，又復能悔其心，真可謂經權得法矣。（二十一回總評）

文龍認為吳月娘遇人不淑，西門慶家的環境決定了他不可能有好的禮教素養，張竹坡的要求顯然是「期望太深」了，其次，男尊女卑的社會中，西門慶的權威意志佔主導地位，並非吳月娘所能管，所能救正，故明哲保身、不受其辱已屬難得，在此文龍對吳月娘的評論近似張竹坡的推崇孟玉樓「終不陷溺，故有青天白日可活」（九十一回眉批），而其以「文人志士之所難能」來替吳月娘辯解，也正與崇禎本評點者替潘金蓮辯護，張竹坡為孟玉樓鳴不平一樣[48]。文龍又認為作者以直筆寫月娘，明言「月娘是個誠實的人」（三十五回總評），並無陽秋之筆，在評點中又根據吳月娘對金蓮奸情的反應批謬：

若月娘者，呼為糊塗婦人則可，視為陰險婦人則不可。若果陰險，當此之時，正是索瘢求疵之日，文致周納之秋，竟將金蓮輕輕放過，當日撒潑事情，豈能忘之耶？無事尚想生非，有隙反置不問，此正月娘糊塗處，亦正月娘老實處。……古今未有愚人而陰險者，是可見批者之誤矣。（八十三回總評）

文龍根據「未有愚人而陰險者」的人性假定，證明吳月娘的形象老實、糊塗，因而邏輯推理的結果推翻了張竹坡「奸險」的說法。至於張竹坡說「作者以玉樓自喻」，文龍反唇相譏，辯說孟玉樓是蠢婦、醜婦：

批書者，總以玉樓為作者自況，不知從何處看出，而一口咬定，惟恐旁人不理會，時時點出，是可怪也。夫玉樓誠不愧為佳人，然亦有不滿人意處。夫死不滿兩年，家資頗頗過得，宗保亦是乃夫胞弟，縱不能守，亦何必如此其亟，且又若此之草草也。……婦人急色若斯，便非善良。做大做小，亦需探聽明白，張四之言不足信，有名有姓有財有勢之西門大官人，一訪便知。……然何以一見便收插定也，謂非急色得乎？貞節二字，扣定婦人女子，未免頭巾氣。但有財如此，有貌如此，

---

48 崇禎本 39 回眉批：「陰毒人必不以口嘴傷人，金蓮一味口嘴傷人，畢竟還淺，吾故辯其陰害官哥為未必然也」。張竹坡 91 回總評：「此回諸妾已散盡矣，然李公子求親，卻云玉樓愛嫁，誅心之論。」參看第五章第三節「人物論──倫理與美感的雙重觀照」、第六章第四節「人物論──道德理性為主的觀照角度」。

人皆仰而望之，乃一見一個白淨小伙，便以終身相許，雖非蠢婦人，亦是醜婦人，作者何取乎而以之自況也？（第七回總評）

細按孟玉樓的結局，改嫁李衙內後，郎才女貌，十分相得，可謂無災無禍，善始善終。正因這樣的結局比別的妻妾幸運，加上她平時蘊藉風流，出語不凡，因之被張竹坡認為作者的化身[49]，至於誤嫁西門慶完全是為媒人所誆，文龍卻認為對自己的婚姻大事如此不審慎，顯然是被愛沖昏了頭，德行說不上完美無缺。文龍進一步用「誅心之法」求索玉樓奪嫡待嫁之心，把孟玉樓打入奸險小人：

孟玉樓，深心人也。嫁人之心，固不自今日始也，亦不自西門慶死後，始萌此心。其未嫁西門慶之前，因寡思嫁，作者明白指出，固人人之所共知。既入西門之室，其悔嫁之心，隱忍不露，即其改嫁之心，凝結而益堅。蓋玉樓心心做大，實不欲久居人之下也。其初尚有奪嫡之思，其後但有待時之念。吳神仙之語，龜婆子之言，何嘗一日不咀嚼三遍哉！（九十一回總評）

類似這樣的辯駁、奚落、質疑充斥全篇[50]，文龍的批駁正反映了中國文化中「誅心論」之主觀與偏頗，試觀兩人對吳月娘燒香求子的批評，張竹坡：「月娘燒香囑云：不拘姊妹六人之中，早見嗣息，即此愈知其假。」文龍反駁道：「先生何以知其假，便令是假，婦人能如此挽回丈夫之心，亦算叩頭陪罪了。」正是言者無意，聽者有心，春秋誅心之法，可以把吳月娘視為全書第一惡婦人，也可以把孟玉樓視為「老奸之辣貨」（二十五回旁批），找到作者「羞殺玉樓、醜絕玉樓」（九十二回）的證據。觀崇禎本對吳月娘求子的評價是「此亦人情所難」，何以諸人之認知有如此大的差距？誰真正說中了作者的原意？又如文龍對春梅的看法與崇禎本、張竹坡不同，他認為春梅嫁守備扶正「是他命好，不是品高」（八十三回），此說或許不無道理，但一味抹殺春梅後期的品德表現，說作者「醜詆春梅」，則又失之於偏[51]。評點者各有不同的審美理想，各為其心愛的形象辯論，言之有理，孰優孰劣成了難解的公案。文龍用「作者決無偏袒，閱者何必吹毛」指責張竹坡對吳月娘的一偏之見時，又何嘗沒有「誅其心」、「責人無已」？他對潘金蓮這個

49　田秉鍔，〈金瓶梅的人物形象之謎〉，劉輝、揚揚，《金瓶梅之謎》，頁133。

50　例如第25回寫月娘游自家花園，張竹坡批道：「大書月娘之罪」。文龍旁批：「然則自家婦女不可游自家花園矣。何罪月娘之深也。……作者未必有此心，批者不知從何處看出，或者先生令正終日坐在床上不出房門也。」又，59回寫官哥兒之死，張竹坡批道：「月娘該殺」，文龍旁批：「批者於其正室必然不和，故借月娘以洩氣也。」

51　崇禎本也注意到環境對性格的養成作用，參看97回眉批：「春梅自厚，敬濟自薄，然春梅出谷遷喬，富貴緣此而起，故易厚，敬濟流離辛苦備嚐之矣，自不得不追恨而薄之矣。」

人物形象，扣定「妖精」、「淫蟲」、「禍水」等道德偏見來評價，難道不屬於一偏之見？田秉鍔：「不見淫，而加之以種種桂冠，近於瞽。只見淫，以淫總括其品性，又失於偏」[52]。倘能深入剖析，就會發現人性的複雜多面。按作者的描寫，孟玉樓、吳月娘都是作者肯定的善人，但《金瓶梅》並無道德上的完人，任何角色都是複雜化、性格化的，一旦用道德成見褒貶時，人物變得簡單化，容易找到證據把某人定為惡人。文龍以「淫貨」、「淫婦」、「豬狗」、「妖精」、「禍水」、「浪傢伙」等惡道德評判潘金蓮等人，「眾惡皆歸」的結果，使人物成惡道德之化身，雖具有史鑒的永恆價值，卻趨於類型化、扁平化，抹殺了人性的複雜多面。

二、人物刻劃

文龍論人物形象藝術取得的成就，除了傳統評點家提及的人物描寫「各還他一個本來面目」（七十七回總評）的個性化特點之外，尚注意到作者在人物形象共性塑造達到普遍性、永恆性的造詣，而尤著意作者對官場人物的醜態的刻劃，以及各種塑造人物的技法，如舉一例百、追一層落筆、加一層著墨等。

(一)人物形象的普遍性

文龍認為作者所塑造的人物形象，比起現實生活中特定的人要寬廣深厚得多，具有巨大的包容性與概括性，它能包含現實生活中特定的人事，是現實生活中處處、時時可發現的真實生命，讀者能從《金瓶梅》中看到當時社會上各式各樣潘金蓮式的人物[53]：

> 若潘金蓮者，處處有之，吾亦時時見之。雖人告我曰：此不姓潘，此不名金蓮。予語之曰：潘金蓮，亦不必實有其人也。……事同金蓮之事，心同金蓮之心，縱無其事，並無其心，而淫與金蓮等，雖不名金蓮，直謂之姓潘可也。（第五回總評）

> 此回寫蕙蓮輕浮之態，可謂淋漓盡致，栩栩如生，世間有此等賤貨笨貨，而且頗多。（二十四回總評）

> 此等昏庸謬妄之少年小子，吾實見過不少。（九十三回總評）

據文龍所言，潘金蓮、陳敬濟、宋蕙蓮這樣的人，實際生活中見過不少，《金瓶梅》人物形象集中了社會上各種淫婦、無知小子的典型，因而能使讀者親切地感受到「天下確有此等人」，且「遍天下皆是此等人」，達到藝術的真實。

52　同註49引書，頁123。
53　孫蓉蓉，〈文龍的金瓶梅典型論〉，《金瓶梅研究》第三集，頁177。

（二）人物形象的永恆性

文龍給予西門慶的社會道德評價是「無惡不作」、「惡貫滿盈」、「未死之時便該死」，充滿了道德義憤，而其對西門慶形象藝術價值的認識卻發人之所未發：

> 《水滸傳》出，西門慶始在人口中，《金瓶梅》作，西門慶乃在人心中。《金瓶梅》盛行時，遂無人不有一西門慶在目中、意中焉。其為人不足道也，其事跡不足傳也，而其名遂與日月同不朽，是何故乎？……西門慶何幸，而得作者為之形容，而得批者之唾罵。世界上恒河沙數之人，皆不知為誰，反不如西門慶之在人口中、目中、心意中。（七十九回總評）

雖然文龍此回本意在感嘆，像西門慶這樣一個微不足道的反面人物，經由作者的藝術化處理、讀者的閱讀，居然永遠活在人們的「口中、目中、心意中」，但也說明文龍已清楚意識到，西門慶做為一個藝術典型，具有永久的生命力[54]，而且奠定西門慶形象永久存活在人們心中的是《金瓶梅》而非《水滸傳》，這就十分清楚地揭示了《金瓶梅》獨特的藝術價值。

（三）人物形象塑造技法

《金瓶梅》人物塑造的成就自來為評論家稱讚，然重點均放在主要人物，於官場人物的描寫甚少著意，文龍因為有豐富的官場經歷，故對官場人物形象的塑造別有體會，他稱讚作者把西門慶官場往來情形「寫得終日奔忙，不遑安處，真是白描妙手」（七十一回總評），並歸納出「舉一例百」、「追一層落筆」、「加一層著墨」等技法：

> 蔡京受賄，以職為酬，前已約略言之，舉一以例百也。若再詳述，恐有更僕難盡者，即以其僕之聲勢赫炎代之，此曰雲峰先生，彼曰雲峰先生，雲峰直可奔走天下士，而號令天下財東也。若曰：其奴如此，其主可知，此追一層落筆也。蔡蘊告幫，秋風一路。觀其言談舉止，令人欲嘔，或謂姓蔡的狀元，方是如此，諸進士中，自有矯矯者。故又添一安忱陪之。若曰：三百名中，不過爾爾，此加一層著墨也。（三十六回總評）

所謂「舉一例百」即通過某一個人物揭示某一階層、類型人物的共同特徵，如弄珠客在〈金瓶梅序〉中說的「借西門慶以描畫世之大淨」，文龍認為，作者正是通過蔡京、蔡蘊這兩個人物的描寫來揭示當時官吏貪污腐敗的現實，「追一層落筆」即以小見大、以小襯大之意，如通過對翟謙聲勢赫炎的描寫來映襯其主蔡京之聲勢，「加一層著墨」即相

54　黃霖，《近代文學批評史》，頁518。

互映襯法，通過人物之間的相互映襯，來揭示進士受賄的現實[55]。

綜上所論，文龍對人性善惡美醜貞淫的辨析、安身立命之理的闡揚，實在是希望讀者因此而能「見賢思齊」、「見不賢而內自省」、「擇其善者而從之，其不善者而改之」（七十二回總評），知所觀感戒懼，並獲得某種「修身齊家之道」、「待人處世之方」，充分顯示其欲「喚醒迷人」的苦口婆心。至於注重形象的普遍真實、生動，以及白描、映襯的技法，與歷代小說評點家並無不同，然文龍論西門慶、潘金蓮、陳敬濟等反面形象具有普遍性、永久性意義，則是在著重個性之外又強調了共性、恆久性的重要，可以補崇禎本、張竹坡二家之不足。

第五節　小結：文龍的教化美學

綜上所述，文龍實在是關心小說教化的批評家，因此他花了很多筆墨探討如何接受《金瓶梅》的問題，諸如《金瓶梅》可不可以看？哪些人可以看？哪些人不可以看？應該用什麼態度看？等等。同樣出於世道人心的考量，文龍比起衛道人士開明，他既不是全面推薦《金瓶梅》的價值，也不全面禁止閱讀，而是有限度地開放和推薦給一部分人看。因為他相信根本無法禁絕閱讀，加上閱讀「淫情豔語」本身就是一件危險的事，在大多數的讀者都是不理性的情況下，閱讀《金瓶梅》之後容易神移、嚮往，乃至心生效法，誠如葉小鳳所說：「中國絕少能讀佳小說者」，「吾嘗見士流抱《金瓶梅》為狎褻規矩者矣，未見一般看小說之沈浸穢鬱於文字之間也。」（《小說雜論》）[56]因此不如做為一個閱讀向導，以喚醒世人，裨益人心教化，透過評點來對讀者做種種的規範，指示正確的閱讀態度、看待《金瓶梅》的原則方法。

歷代為《金瓶梅》「淫書」辯護的，不管是孔子不刪鄭衛之詩，或是「紀惡以為戒」，都指向「懲戒」說，文龍進一步發展了前人有關「勸懲」的說法，認為《金瓶梅》的題材是「淫穢」、沒有寫作的價值，但作者的意圖在戒淫、警世，是一本寫給「有類乎西門慶」的讀者看的「戒淫書」，把《金瓶梅》的「隱含的讀者」[57]說得清楚明白，作者意圖是要以西門慶的下場來警戒那些跟西門慶一樣有錢有閒、有可能成為西門慶、陷溺於色欲、昏瞶無法自主的讀者，根本不存在張竹坡所說的「作者經濟學問，色色自喻」、

55　同註 53 引文，頁 181-182。

56　同註 18 引書，頁 356。

57　所謂隱含的讀者（implied author）乃指「文本為它自身創造的讀者，相當於使我們傾向某種方向去讀的文本召喚結構網」，Raman Selden & Peter Widdowson & Peter Brooker, "A reader's guide to contemporary literary theory", P.56.

「一腔炎涼痛恨寄於筆端」之類的寓意[58]。

　　在詮釋態度上，雖然肯定作者在人情事理的刻劃、人物的白描達到藝術的真實，有不可埋沒之處，但大多時候不是進行審美欣賞，而是把《金瓶梅》當成認識人情事理、自我修養的反面教科書，認為從中可獲悉「修身齊家之道，教人處世之方」。至於「教科書」的閱讀如何可能？文龍以此做了各種閱讀的規範和指引，如戒慎恐懼、通前徹後、冷靜觀照、設身處地、觸類旁通等，甚至是連篇累牘的警告，以使讀者閱讀《金瓶梅》之後能全身而退，保持身家性命的完整，進而達到「書自為我運化，我不為書綑縛」（一百回總評）的自由境地。而其閱讀策略約有如下數端：

　　其一，出於修身，必須向讀者昭告女性的危險與可怖，宣稱她們有男人應付不來的情欲（吸人骨髓之妖精），必須加以「壓制」、「降伏」，她們有惡如蛇蝎的心性，使西門慶陷入可憐可悲、痛苦的處境（一味亂讚的蛆、半生盡為人所使、身有不能自主），這和張竹坡列出潘金蓮「淫過人目」以使讀者知懼，以花刀色劍比喻女色的恐怖實有異曲同工之妙，但文龍除了可怖可怕之外，尚比之於羶臭之物，表達不屑一顧的憎惡之情。文龍更以西門慶接近女色、放縱慾望的下場（《水滸傳》中早已身首異處）向讀者諄諄告戒：西門慶是不可以效法的，否則求生求死皆不得，或是以西門慶貪淫好色的處境，告慰那些容易發不平之鳴，或者是羨慕不已的讀者，西門慶經常處在煩惱、郁悶的境地當中，根本不值得羨慕。

　　其二，出於齊家，必須誇大女性對身家性命的危害（殺人殺身殺子孫），這也就是「欲官哥生，不如咒金蓮死」想法的來源，甚至告戒像潘金蓮這樣不安分的妖精、禍水不是善治家者應該招惹的對象，所謂「此等物件，斷不可收置於房中」（二十八回總評）、「可殺不可留」（三十二回總評）、「人間不可有之人」、「人家不可留之人」（八十八回總評），而人們「不忍殺之，不肯殺之」（八十七回總評）在在昭告潘金蓮是危險又無法抗拒的慾望之物，切不可效法西門慶金屋藏嬌，否則後患無窮。另一方面則是力辯吳月娘的不妒不淫、守節以終，揄揚吳月娘的正室地位、明媒正娶，那正是維繫一個家族於不墜的最適切的美德，從這個意義上說，吳月娘堪稱真妻室、正經人，是完美的賢妻良母的典範。

　　其三，再就待人處世而言，文龍豐富的人生閱歷，特別是十餘年的官場生活歷練，使他對仕宦之道、社會生存之道了然於心，加上小說所寫就和他自己所見所聞、親身經歷的一樣真實（確有此等人，確有此等事），他絕對有資格向後生小子諄諄告戒為人處世之道，特別是關於女子與小人的相處之道，蓋處家與治國的學問原本是可連類相比，文龍以此聯繫家庭與官場的人情事理立論，闡發驕諂、嫉妒、羨慕、逢迎、趨附、小人得志

58　文龍認為張竹坡「寓意說」是「強以為然」，見〈寓意說後評〉，同註4引書，頁184。

等有關世道人心的道理，以期讀者獲致某種處世哲理。文龍既主《金瓶梅》意在懲世、警世，在情節結構上也主張善惡各有報償、伸張正義為結構圓滿的表現。而人物的評論則須要一套評判人物的道德標準，即不可「偏好偏惡」、「存愛惡不酌情理」，不可「愛不知其惡，惡不知其美」的公正客觀無私評判人物之方法，其實也就是「愛而知其惡，憎而知其善」的審知人物賢愚的原則[59]。張竹坡與文龍都堅持禮法綱常之重要，都從倫家倫理道德出發，汲汲於人禽之辨，批判著人物集體沈淪、罪惡之行，唯文龍較張竹坡有過之而無不及，蓋文龍所處的社會已到封建社會的末期，社會人心更為腐朽黑暗，加上長期為官的經歷背景，在在使他產生捍衛社會道德秩序的焦慮，在社會道德與個人慾望之間，毋寧更注重前者的履行，那是社會整體秩序得以維繫的條件[60]，因此他以執法斷案的剛正清明，一一細數人物的罪與罰，揄揚無私無欲、理義自持的人生態度，職是之故，不合社會道德規範的兩性關係（男女苟合、鼠竊狗偷）、情感慾望都是不被容許的罪惡，潘金蓮、李瓶兒的迎奸轉嫁、殺／氣死本夫都應凌遲，西門慶殺人之夫奪其妻更應該斬立決，而龐春梅與周守備的老少配必須奉行到底，那是他們對社會無可脫逃的道德責任。換句話說，個人只有遵循社會規範立身行事，扮演好自己的角色，才是安身立命、行之長久的根本之道，否則招致身心性命之害也只是咎由自取、罪有應得，徒令人拍手稱快而已，至於同情與悲憫，在社會公理正義之下顯得微不足道。

文龍做為張竹坡的對話者，在人物評判上形同水火，激烈辯論之中，顯現了公平客觀評論人物的困境，當他向讀者諄諄告戒「想念愛惜」李瓶兒應該想想自己的體力能否應付，一方面又認為西門慶愛李瓶兒理所當然，以其溫柔多情、無言奉獻更令人憐愛，豈非自相矛盾？當他不滿張竹坡拔高孟玉樓、龐春梅、深惡吳月娘，而力辯吳月娘不可多得，的確在一定程度上矯正了張竹坡的一偏之見，讓我們看到了誅心論的偏頗，但文龍在反其道而行的同時，又把孟玉樓打入奸險小人之列，稱其有奪謫的深心，這何嘗不是「誅心」、「吹毛」、「責人無已」？然而不管誰的意見有理，他們的針鋒相對的意見正突顯了單從倫理原則評判人物的侷限，為了要貫徹倫理教化的勸懲大義，往往迴避了對人物複雜性格的探索，人物形象因此呈現簡單化、絕對化的傾向，不若崇禎本的多元觀照來得靈活有深度。

59　語見《禮記‧曲禮》，轉引自方錫德，《中國現代小說與文學傳統》，頁 184-185。
60　李亦園，《文化與行為》，頁 60。

第八章　結論與省思

　　清代最後一位《金瓶梅》評點家夢生說：「《水滸》、《紅樓》難讀，《金瓶梅》尤難讀」（《小說叢話》），似乎是有得之言。民國時期，王伯龍為姚靈犀的《瓶外巵言》題詞：「寒鴉兒過青刀馬，難得金瓶索解人」[1]。然而透過《金瓶梅》問世以來詮評史的回顧可知，在過去三百多年的歷史中，《金瓶梅》的「索解人」並不在少數，其中有許多的讀者扮演者「向導」的角色，努力實現《金瓶梅》審美價值，因此連接歷代讀者之詮釋和評論，《金瓶梅》詮評史也呈現了豐富的面貌，以下分別從藝術性、非「淫書論」、女性人物論、「淫」的反思四方面總結其意義：

一、世情小說的藝術性

　　從晚明到清初，「奇書」是大多數推崇《金瓶梅》的讀者一致的看法，背後的含義是「新奇」，也即對《金瓶梅》做為一部「世情小說」迴異於英雄傳奇、歷史時政小說的藝術特點的認識和發現，無論他們對該書思想內容、道德意義的看法是什麼（誨淫、戒淫、穢書戒世），莫不肯定《金瓶梅》所開創的藝術性，其中關注範圍甚廣，包括了題材的新變、人物形象的傳神、個性化，結構的鋪張謹嚴、針線的細密、情節的曲折、情境氛圍的刻劃、細節的深刻真實、語言的奇趣韻味等，已經多方面地發掘《金瓶梅》的藝術價值所在。

　　晚明文人閱讀抄本留下的評論，如袁宏道「勝於枚生七發」肯定了《金瓶梅》的諷諭性意義，袁中道「瑣碎中有無限煙波」，指出了細節的耐人尋味，而謝肇淛的「人鬼萬殊」、「窮極境象」已經掌握形象體系的美感所在，欣欣子的「市井之常談，閨房之瑣語」、「語句新奇，膾炙人口，洞洞然易曉」指明了小說題材和語言世俗化的美感，張無咎以其寫「一方之言，一家之政」，譽為「另闢幽蹊」的「奇書」，這些評價說明了：《金瓶梅》在問世之際便以其藝術性吸引了晚明文人的目光，並帶給他們無盡的審美愉悅。清初承晚明餘緒，「奇書」的讚譽不絕，和素點明了「奇」之所在，乃在於小說構築在「結交朋黨、鑽營勾串、流連會飲、淫嫪通奸、貪婪索取、強橫欺凌、作樂無

1　姚靈犀，《瓶外巵言》，頁4。

休、訛賴誣害、挑唆離間」等無關修身齊家、裨益國事的內容之上，又能達到「立意為戒昭明」的境地，較為清楚地掌握了《金瓶梅》題材與表現的新奇，因此「奇書」代表明末清初時期對《金瓶梅》做為小說經典之最高稱譽。小說評點家是最為關注作品價值如何實現的一群讀者[2]，崇禎本、張竹坡堪為其中代表，他們以文本細讀、隨文刊附的性質，較為具體地指出了《金瓶梅》的藝術性所在。崇禎本評點者繼承發展了晚明以來有關《金瓶梅》的評論，首先以審美眼光對《金瓶梅》的藝術性進行了開拓性的評析，指出了作者旨在描寫世態人情的創作特點，在情節細微之處體現全篇旨意、展現敘事韻致與趣味的技巧，其論人物的刻劃，如外貌的傳神、動作的妙得其情、語言的俚俗化、市井化、個性化，始終圍繞如何把市井俗人形象寫得「個性化」來分析，較好地點出了世情小說寫人的美學原則。評點者於細節的體會尤見功力，如偏在沒要緊處劃出、都從閒處生情、以俗事點染生活氣氛、在吃物中寫出炎涼世態、以器用之物烘托性格心理等，十分精確地掌握了《金瓶梅》做為一部「世情小說」的藝術特色。張竹坡承繼崇禎本美學觀點、借鑑了金聖嘆、毛宗崗的美學經驗，對《金瓶梅》的藝術性做了全面、系統、深入的分析，其論創作方法，有「依山點石，借海揚波」的「寓言說」，可說是欣欣子「寄意於時俗」的具體闡述，而「向人情中討結煞」、「文字無非情理」、「《金瓶》處處體貼人情天理」觀點的提出，更是《金瓶梅》成為世情小說正典不可或缺的論述。論情節結構的藝術，上承欣欣子「始終如脈絡貫通，如萬系迎風而不亂」的觀點，從大處著眼，拆解結構，析出技法，逐回逐段地分析全書藏針伏線的技巧，其論「草蛇灰線」、「穿插之妙」，莫不依據全部情節立論，深得敘事技巧三昧。而論文勢的變幻，如潘金蓮的出場在引入與漾開之間曲盡其妙、寫春梅遊舊家池館有流風迴雪之致，論情境氛圍的刻劃，如冷熱對照活現世情的冷暖與真假、閑筆穿插點染嚴肅氣氛等，都使讀者茅塞頓開，開啟後人無限心眼。至於崇禎本對細節的獨到體會，張竹坡亦不讓人後，崇禎本注意到簪子、睡鞋、雪獅子等小物件穿針引線的作用，以及器用食物、趕狗叫貓、買茶食、燒豬頭寫人情、性格、心理的妙處，張竹坡進一步讀出了簪子「寫盡浮薄人情」，吳月娘買蒲甸映「好佛」性格，以及潘金蓮院中溺尿映出冷落的韻味，而其對小說真實感的體會：

> 讀之似有一人親曾執筆，在清河縣前西門家裏，大大小小，前前後後、碟兒碗兒，一一記之，似真有其事，不敢謂為操筆伸紙做出來的。吾故曰：得天道。（讀法六十三）

2　譚帆指出，小說評點作為一種「向導批評」探討的是「文學作品如何更好地實現其價值」，〈論我國古代文學批評的幾種主要模式〉，《華東師範大學學報》（1985 年第 4 期），頁 49-50。

比起崇禎本的「逼真情事」要深刻得多，並非某位學者所說，只是「冬烘先生八股調」[3]
而已。在崇禎本開創性評點、張竹坡的承繼發展之下，劉廷璣終於信服地寫下：「若深
切人情世務，無如《金瓶梅》，真稱奇書」的評語，而其對題材、主題、結構、人物的
概括評價，也正是崇禎本、張竹坡等人對《金瓶梅》藝術性評析的主要內容。文龍以後
起之姿，盛贊《金瓶梅》的描寫達到了真實、合情入理的程度，其論西門慶、潘金蓮形
象的普遍性、永恆性意義、官場人物的白描寫生，則頗能補二家評點之不足。綜合上述，
《金瓶梅》由於其自身開創的獨特的藝術性，故能召喚著歷代讀者不斷地迴響，因此終於
沒有像其他豔情小說一樣，隨著禁毀文化的推行而消失、淹沒。結合明清以來諸家所做
的評論與闡釋，相信已在很大程度上掌握了《金瓶梅》做為一部世情小說經典的藝術壺
奧所在。

　　清末民初，由於西方文學的影響，《金瓶梅》描寫下等社會的價值被重新發現，評
價《金瓶梅》藝術的標準亦著眼於此，「社會小說」的評價代表了對《金瓶梅》反映社
會生活的寫實成就的推崇，並以此被寫入小說史、文學史。在文學革命思潮下，認為《金
瓶梅》是有價值的文學，應該用學術眼光好好研究的共識也逐漸形成，為後來魯迅、鄭
振鐸等人的研究做了準備。然對《金瓶梅》藝術性的分析多半重拾傳統餘緒，如描寫市
井生活的細膩、人物形象的近情、口吻的酷肖、回目的佳美、語言的俚俗家常等藝術特
點，未見多少創發，此乃因清末民初小說批評家在文學改革社會的功利目的之下，不能
像評點家那樣平心靜氣讀小說，即使推崇《金瓶梅》是「世間最佳最美之小說」（夢生）、
「真正一社會小說」（狄葆賢）、「狀閭閻市井難狀之形」（姚錫鈞）、「有價值的文學」
（陳獨秀），終究說不出所以然來，不若評點家們說得透徹具體，甚至根本不能欣賞《金
瓶梅》其他好處[4]，或許正如張竹坡所言，「心粗氣浮」的讀者是難以欣賞《金瓶梅》作
者以「極細的心思」做出來的文字。但他們對《金瓶梅》藝術性的重視，已足證《金瓶
梅》是不能從歷中被剔除的、有一再經驗的、恆久流傳的價值，不斷地吸引著歷代讀者
的閱讀與審美。

二、《金瓶梅》「非淫書」論的意涵

　　有關《金瓶梅》思想主旨的探討，歷來總是和《金瓶梅》是不是「淫書」的爭辯分

3　朱星：「讀法共一百零六條，說《金瓶梅》是一《史記》，這一句還可取，其餘都是冬烘先生八股
　　調，全不足取。」見〈金瓶梅的版本問題〉，收入《名家解讀金瓶梅》，頁473。
4　陳獨秀：「《紅樓夢》、《金瓶梅》細說飲食衣服裝飾實在討厭」（〈答錢玄同〉），黃霖《金瓶
　　梅資料彙編》，頁342。

不開，雖然維護者抬出各種聖賢經典、教化理論，甚至以「不知者竟目為淫書」（廿公）、「淫者自見其為淫耳」（張竹坡）、「不淫者不謂之淫」（文龍）之類的論調，把「淫書」的罪責推諉給讀者，卻無法對抗那些不斷詆毀《金瓶梅》是「淫書」、「穢書」的聲音，因此讀者為了「使一部過去曾經有過權威的文本滿足始終變化的現實的需要」，就必須「通過不斷的解釋和再解釋來更新其意義」[5]，透過這些力證《金瓶梅》非「淫書」論述的考察，當可窺見，隨著時代思潮、審美趣味之不同，他們對於《金瓶梅》「淫情穢語」的看法、接受度也各不相同。

《金瓶梅》晚明社會文化、審美觀念激變的產物，李贄提出「穿衣吃飯即是人倫物理」，體現在章回小說的價值取向上，形成對人情物欲的認可和正視[6]，此一注重人情的潮流，遂蘊釀出以現實生活中世態人情為表現重點的《金瓶梅》，而夾雜其間驚駭俗的性描寫實亦人情的內容之一，當時士大夫不以縱談閨幃方藥為恥，淫風所及，表現在文學創作上是色情文學大行其道，《金瓶梅》也濡染了時代之風[7]，其中又以崇禎本的改寫在總體上突出了人的情感欲望最能體現此一淫靡的時代風氣，不論是回目、回首引詩、插圖，都向人們真實再現出一個食色交歡、人欲橫流的世俗生活場景。這使《金瓶梅》一開始就難逃「誨淫」、「穢書」、「壞人心術」的譏評，因此像謝肇淛、欣欣子、弄珠客、廿公都打出「懲戒」義旨來為「誨淫」辯護，其中除了弄珠客進一步對閱讀做了限制和規範之外，其餘大半只是一種道德上的說辭，並未因此進一步限制或規範讀者的閱讀，袁宏道更以之配《水滸傳》為必讀經典，馮夢龍等人尚且聳恿書坊重價購刻，欣欣子從情欲發洩的角度肯定「淫詞穢語」有「一哂而忘憂」的娛情價值，作者是為了給那些無法排遣憂鬱的下智之人一個抒發情欲的管道，才寫作了「語涉俚俗，氣含脂粉」的《金瓶梅》。崇禎本評點者雖也強調了作者透過天理循環、因果報應懲創惡人、使人從虛幻的聲色中覺醒、冤衍的消解方是人生解脫之道的意旨，也只是點到為止，並不刻意強調，反而處處對人情物欲的流洩，有感同身受的理解，認為淫邪乃人之常情，甚至像個窺淫癖的讀者，對淫情豔語之描寫流露極度的浸淫與愛賞，吸引評點者目光的始終是酒色財氣的世俗生活場景、市井人物的情態與風姿，而不是善惡報應、聲色中醒悟的道理，可見晚明文人對《金瓶梅》人欲橫流的描寫抱著寬容、肯定的態度較多，「淫褻」與否對當代的讀者來說並無太大問題，甚至根本就是時代的審美趣尚之一。

清代程朱理學思想佔統治主導地位，審美趣尚發生遞變，勸世益世的呼聲益高，而

5　姚斯，《審美經驗與文學解釋學》，頁 4。

6　宋克夫，《宋明理學與章回小說》，頁 122-123。

7　吳存存，〈晚明社會性崇拜與性偶像西門慶〉，《明清小說研究》（1998 第 1 期），頁 98-112。

小說創作或理論也呈現力避「淫藝」筆墨的趨勢[8]。此時《金瓶梅》已形成四大奇書的「正典」性地位，無論是題材的家常、人物個性化、口吻的酷肖、人情的活現、章法之奇橫、結構的謹嚴、語言的新奇都贏得了一致的讚美，《金瓶梅》的藝術批評顯得多元而豐富，但經典的內容卻又是如此「淫藝」不合道德教化美學，這使得想要推崇、肯定的批評家們大感困擾，為此他們一致強調了《金瓶梅》的道德性義旨，從小說序跋作者、評點家（張竹坡、文龍）、續書的讀者，凡是推崇《金瓶梅》價值的莫不持「懲戒」說來辯解，如西湖釣叟的「懲淫而炫情於色」、「其旨則在以隱，以刺，以止之間」，張竹坡以「果報不爽，色慾無益」、「善者感發人之善心，惡者懲創人之逸志」、「體天道以立言」、「性理之談」、「為孝悌說法」多方解釋之，劉廷璣的「欲要止淫，以淫說法」，和素的「立意為戒昭明」、「將陋習編為萬世之戒」、文龍的戒淫說，都共同強調了作品的道德義旨和教化功能，其中張竹坡援引朱子對孔子不刪鄭衛之詩的解釋，也是其他小說理論家替小說爭生存權的共同武器[9]，之所以如此攀附經史、正統道德觀念，實在是因為《金瓶梅》的「淫書」性質——「蠱心」、「逢人之情慾，誘為不軌」、「喪心敗德」，在那些有「名教之思」的人看來，永遠是不可閱讀的、具顛覆社會秩序力量的危險之書，評點家們要揄揚、推薦這樣一本小說，就只有藉著闡釋作品的道德性意義來合理化、正當化，因此勸善懲惡、有裨世道人心的教化說大行其道，甚至如廿公、張竹坡等人必須以「寓言」來解釋。尤其張竹坡透過了人名、地名、物名系列符號闡釋了有關風花雪月、色空、縱慾與死亡、勸懲與救贖等生命與道德的懲戒意義之外，復以「句句是性理之談」、「體天道以立言」、「至理存乎其中」、「為孝悌說法」的理學思維引導讀者走向道德理性閱讀之方向，其所開啟的理學詮釋新方向，在稍後的《西遊記》評點也出現了[10]，在在引人思考古典小說做為邊緣性文類的詮釋傳統，是否評注《金瓶梅》、《西遊記》一類「豔」、「異」的小說，都得藉助聖賢之言來獲得合理性的存在？時至清末民初，對《金瓶梅》道德性的強調有過之而無不及，在這一歷史劇變的時刻，衡量《金瓶梅》社會作用的標準已由傳統有無裨益世道人心，轉向能否充當救國啟蒙的重責大任，論者普遍

8　劉書成，〈在古代小說理論批評史上「以淫制淫」說的提出與實踐〉，《西北師大學報》，1996年7月，頁51。

9　朱熹對孔子不刪鄭衛之詩的解釋：「善者，感發人之善心；惡者，懲創人之逸志」實為明清小說理論家們替小說爭生存權的口頭禪，梁道理，〈試論明清小說批評中的兩種主要模式〉，《陝西師大學報》（1987年第3期），頁102-103。

10　張竹坡以儒家道德理性詮釋《金瓶梅》，稱其為理書、道書，稍後有張書紳的《新說西遊記》、劉一明的《西遊記原旨》以儒家聖賢之道、性命之學解釋意旨，劉蔭柏編，《西遊記研究資料》，頁573、592。

認為《金瓶梅》思想內容不符合轉移風氣、普及民智的需求，因此便有推崇《金瓶梅》價值者，努力以符合社會改革潮流的思想內容詮釋之，如王鍾麒的「痛社會之混濁」，王文濡的反專制民主愛國思想，都企圖使《金瓶梅》從「誨淫」之中解脫下來，成為當代的存在。

然而論者大力闡釋《金瓶梅》「非淫書」的同時，其實也反映了面對《金瓶梅》「淫褻」不堪足讀的焦慮，因此在強調道德義旨的同時，論者尚對《金瓶梅》的閱讀做了各種規範和限制，他們基本上假定《金瓶梅》是有閱讀危險性的「淫穢之書」，讀者很可能因為不善讀而「戒淫導淫」（愛日老人）、「誤風流而為淫」（紫髯狂客），使「醒世之書」成為「酣嬉之具」（戲筆主人）、「導欲宣淫話本」（丁耀亢），因此為了使自己免於淫邪的境地，必須採取反省觀照、理性思辨的態度來閱讀，如此方能把握《金瓶梅》的戒世義旨，使讀者的身心性命免於危險的境地。如和素：「觀是書者，將此百回以為百戒，夔然慄，愨然思，知反諸己而恐有如是者，斯可謂不負是書之意」，略為效法則「身亡家敗」、「搆疾而見惡於人」，「以觀是書為釋悶，無識之人」。張竹坡確立了「史公文字」的閱讀進路，指引讀者領會作者的立言深意，那麼便可在「淫欲世界」中悟出「聖賢學問」，了悟到「句句是性理之談」，「有至理存乎其中」。說到底，就是要讀者試著在一個人欲橫流的世界中讀出某種道德方面的真義，在「妙文」鑑賞的進路下欣賞藝術技巧之美，那麼即使是品簫、品玉等「淫情豔語」的描寫也可以不受污染。文龍主張閱讀即是道德的實踐，他呼籲讀者應當「以武松為法」、「以西門慶為戒」，又指示了戒慎恐懼、冷靜觀照、觸類旁通、整體觀照的具體態度。可見，在晚明由於個性思潮的啟迪，《金瓶梅》主要被當做一本娛情悅性的「小說」來讀，強調的是使人「一晒而忘憂」、「暢懷」的效果，若擔心道德風化，則不妨選擇「匿名」方式浸淫、沈溺其中，隨著晚明文化的消逝，有清一代在崇實致用、勸世益世的文學觀念影響之下，小說批評家大都提倡以道德理性的方式閱讀《金瓶梅》，以便消解酣暢淋漓淫穢描寫帶來的衝擊，他們傾向於把《金瓶梅》當成勸善懲惡、喚醒世人的警世之書來閱讀，在勸懲大義的指導下達到人性善與人性美的轉化。清末民初，由於時代的變局，以及文學改良社會的熱切期待之下，《金瓶梅》注定不能以「駴意快心」的方式來閱讀，而要改以一種符合社會改革視野的「社會小說」來閱讀。

三、男性讀者的女性人物論

在《金瓶梅》詮評史中，人物始終是關注的焦點，崇禎本、張竹坡、文龍三位評點家的人物論都相當豐富，其中尤以女性人物的批評最多，爭議也最大，現代學者林庚的《中國文學史》曾將《金瓶梅》、《紅樓夢》、《鏡花緣》三書相提并論，標為「女性的

演出」，認為《金瓶梅》所寫的女性，「全是三十上下飽經世故的婦人，所以無往而不是墮落」[11]。林庚的看法正好可以做為一個切入點，提供給我們一個觀察的窗口——明清時期的「男性」讀者如何看待《金瓶梅》以世俗女性為對象的寫作？經由他們解讀之後的女性形象有何不同？崇禎本、張竹坡、文龍三位評點家的身分都是男性，評判人物的標準幾無例外都是孔孟儒家道德，對女性人物的看法卻不盡相同。從他們各自揄揚、欽慕、欣賞的女性不盡相同來看，或許正反映、或折射了他們心目中的「美人形象」或者「理想女性」的模樣。

　　晚明在個性思潮影響之下，人的情感欲望得到認可和正視，崇禎本評點者身處此一文化潮流之中，自然也對人的情感欲望表達了欣羨、感同身受之情，因此對女性的淫浪敗德沒有太多的譴責和義憤，反而能以審美的眼光觀照女性的美，如潘金蓮圓活豔麗、嫵媚的情態，李瓶兒悄悄冥冥、宋蕙蓮的「可人」、春梅的「丫頭情景」，純屬女性自然美的鑑賞，在個性思潮啟迪下，對潘金蓮的美人俏心、慧心巧舌、邪心痴妒，孟玉樓的美人穎悟等個性之美尤為愛賞，蓋淫婦的生命情態遠比貞婦來得活潑，是可資玩賞的，又由於崇禎本不受倫理道德束縛，以最大的同情和悲憫觀照著女性的悲劇命運，故於淫婦的情性表現能以「痴情」、「真情」看待，在崇禎本看來，「淫婦人」、「情婦人」是可以相容並存而不矛盾。當然這並不表示崇禎本迴避人性中的善惡問題，如吳月娘、李瓶兒的好人好心、春梅的知恩報恩、宋蕙蓮近乎貞烈的品質等「道德的美」皆一一揄揚之，但嚴格說起來，崇禎本的「美人形象」是活潑潑的「淫婦人」加「情婦人」的綜合體，是具有真情實感的、才情智慧、風流嫵媚體態的美。

　　張竹坡便不同了，身當理學盛行的康熙朝，其高揚道德理性的精神，是晚明崇禎本所沒有的，雖然兩人都採取儒家道德標準，使用儒家語彙閱讀小說[12]，但在人物認同上卻迥不相同，張竹坡挾帶著女人是禍水的偏見閱讀女性，幾乎所有女性人物都被給予了否定的評價：「並無一個好女人」，對潘金蓮、李瓶兒、宋蕙蓮、李桂姐之流深惡痛絕，紛紛以「濃豔妖淫」、「妖精」、「花刀」、「色劍」等惡道德的符號加之，最明顯的差別是，在崇禎本看來是女性魅力所在的「撒嬌弄痴」，張竹坡往往視為「狐媚伎倆」。最奇怪的是，崇禎本推舉為好人好心、有佛菩薩心腸的吳月娘，在張竹坡看來竟是「書中第一惡婦人」、「權詐不堪之人」、作者「深惡」之人，這是多麼矛盾的評價。張竹

11　林庚，《中國文學史》，頁 381-391。

12　舉例來說，崇禎本評春梅：「居移體，養移氣，便看得自家大矣」（九十七回），語出孟子盡心篇：「居移氣，養移體，大哉居乎！」（《四書讀本》，頁 634）張竹坡評孟玉樓「吾且日容與於奸夫淫婦之傍，爾焉能浼我哉」（一百回），語出孟子萬章篇：「雖袒裼裸裎於我側，爾焉能浼我哉？」（《四書讀本》，頁 544）

坡對吳月娘的深惡痛絕，獨推孟玉樓為「絕世美人」「真正美人」、「作者自喻之人」，除了受金聖嘆、毛宗崗以《春秋》「善善惡惡」褒貶大義解讀人物道德意蘊影響之外[13]，恐怕更大的成分是自己生平經歷、情感思想的投射，回顧張竹坡的生平，來自簪纓詩禮之家，卻懷才不遇、窮愁潦倒，這樣的經歷主導了他對《金瓶梅》人物的解讀。從小說情節來看，孟玉樓的生平際遇提供了投射自己人格理想，抒發人生感悟的內容，如有貌有才卻屈居側室地位、長期不受西門慶寵愛卻沒有積極爭寵的行動、再嫁李衙內後幸福美滿等，均有利於抒發含酸抱阮、負才淪落、安命待時、不為炎涼所動、守禮遠害一類的人生感悟與處世哲理，觀張竹坡對孟玉樓的評價：「守運待時」、「安於數命」、「寬心忍耐」、「知時知命知天」、「一任炎涼世態，均不能動之」、「乾乾終日」、「幸而處亂世之中，不為市井所污」、「明心見理」，幾乎就是士大夫理想人格的投射，這樣的人格理想加上風韻嫣然的舉止意態，就是真正美人——張竹坡心目中理想女性形象。反觀吳月娘卻不受寵愛，且其正室地位、大權在握，無論如何也讀不出負才淪落、世態炎涼、知命待時之類的寓意。這也是他和崇禎本評點者、文龍文化背景接近、都基於儒家道德理性評判人物，在人物評判上卻大不相同的原因。

文龍對女性評判不出傳統女性美德標準，推崇不淫不妒、溫柔貞靜的賢妻淑女，如吳月娘、李嬌兒等，高舉著社會道德旗幟、「女人是禍水」的論調批判女性的貪淫罪惡，對潘金蓮、李瓶兒、宋蕙蓮竭盡詈罵之詞，以「禍水」、「妖精」、「尤物」、「狐狸」，「蝎」、「蟹」比喻女性的可怖，其苛責與鄙夷的程度在三家評點當中無疑是最深的。而這樣的譴責，其實亦並非全然否定個人追求一己欲望情感之私，而是與其身分、時代背景有關，他長期身為父母官，所處時代更為腐朽黑暗，其內心既有捍衛社會道德秩序的責任與焦慮，便由清明剛正的作風發為嚴厲的譴責與詈罵，因此竭力辯說吳月娘為不可多得的正經人、真妻室，並對潘金蓮的死抱以罪惡鋤滅後的痛快，不帶一絲的悲憫與同情。不過文龍在高舉道德旗幟韃伐女性，指責李瓶兒的廉恥盡忘的同時，卻極為欣賞、欽慕性情和平、溫柔多情的李瓶兒，認為西門慶以及其他男人都會為之傾倒。可見文龍心目中理想的女性形象是既要有吳月娘的忠厚老實、不淫不妒的貞烈品格、宜爾室家的德行，又要有李瓶兒溫柔多情、性情和平、為愛情犧牲奉獻的精神品質，反映了傳統男性眼中的理想女性模樣。

觀三人解讀人物之歧異，可見《金瓶梅》人物的複雜性、豐富性，因此不斷地引起

---

13 金聖嘆認為《水滸傳》的深惡宋江是「殲厥渠魁」，毛宗崗評《三國演義》強調作者的「嚴誅亂臣賊子以自附《春秋》之義」，參看陳萬益，《金聖嘆文學批評考述》，頁104。又，劉良明，《中國小說理論批評史》，頁202。

讀者的迴響，他們解釋的不同，乃是因為三人所處的時代、身世背景、生活經驗、欣賞水平、審美趣味不盡相同，因此理解和判斷也不同。確切地說與三人的期待視野各不相同有關，在崇禎本，《金瓶梅》是一個可以浸淫情色描寫之中、體驗人情欲望、品味世俗生活場景的文本，在張竹坡則是可以抒發自己情緒感觸、人生理想、審美理想的文本，而文龍則是可以抒發自己社會道德義憤的文本，這正如姚斯所說：「一部文學作品，并不是一個自身獨立向每一時代的每一讀者均提供同樣的觀點的客體，它不是一尊紀念碑，形而上地展示其超時代的本質，它更多地像一部管弦樂譜在其演奏中不斷獲得讀者新的反響，使文本從詞的物質形態中解放出來，成為一種當代的存在。」[14]因此在評點人物時也滲透了這樣的期待，於是崇禎本由於不受倫理道德束縛，故能欣賞女性各類型的美，開啟以審美角度觀照淫婦情態與風姿的人物品鑑新典範，而張竹坡則是藉著閱讀女性的同時，抒發自己懷才不遇的遭遇、投射了一己的人格理想，因此對女性出之以道德人格的評判，孟玉樓是張竹坡以儒家人格道德理想為主內涵建構出來的美人形象，而文龍高舉道德理性評判女性，確立了吳月娘為代表的賢妻良母典範，並以此抒發了社會道德的義憤、捍衛了自己持守的社會道德原則，同時不忘選擇李瓶兒為妾婦、情人的典範，反映了中國傳統男性眼中的理想女性模樣。崇禎本解讀後的女性形象有著豐富多元、活潑的生命情態，而張竹坡、文龍筆下的女性人物則不免於道德化、類型化。

四、關於「淫」的反思

　　儘管《金瓶梅》藝術性的讚揚不絕，如人情世態的深刻、人物形象的韻趣、情節穿插的巧妙、用筆的曲折有致、細節的逼真生動，但其長期不被理解、得到負面評價的理由似乎只有一個——「淫」，這其中不管推崇《金瓶梅》藝術價值與否，似乎都承認它的「穢書」性質，但指涉內容不一，或稱其旨在「誨淫」、「宣淫」，或著眼於「妖豔靡曼之語」，或是評價其整體風格為「妖淫」、「淫褻」、「一味濫淫」，或以「奸淫情事」、「淫情豔語」（張竹坡）、「淫情穢語」（文龍）概括兩性關係、男女之事的描寫，甚至是用「醜穢不可言狀」、「野狗覓偶」（冥飛）、「鳥獸莝尾」、「男女苟合」（文龍）之類的詞語對男女之事（性描寫）表達難堪、嫌惡之情，可見《金瓶梅》驚世駭俗的性描寫帶給讀者的不安和尷尬，故其評價始終不離乎「淫」。中國人對性事諱莫如深，連談論「床笫之私」都是令人尷尬的，何況是如實描繪、公諸於眾？讀者對性描寫如此地耿耿於懷，也難怪《紅樓夢》問世後贏得大多數讀者的心，讚美為「青出於藍」、「蟬蛻於穢」，文化心理如此，因此不難想見，何以直到民初學術界對《金瓶梅》文學價值

14　姚斯，《文學史作為文學理論的挑戰》，收入周寧、金元浦譯，《接受美學與接受理論》，頁26。

一致肯定聲中，仍然要對「性描寫」表示惋惜、遺憾，主張把《金瓶梅》中的「性描寫」分別對待，或是藉著刪改、偽託成符合自己理想的「潔本」，甚至連鄭振鐸把《金瓶梅》譽為最偉大的「寫實主義的小說」，卻仍不免表遺憾[15]。即便到了當代還有人認為《金瓶梅》是無恥書賈大加偽撰的，原本並無穢語，由此看來，《金瓶梅》做為一部經典，在流播的過程中受到的磨難，無疑是古典小說中程度最深的，一方面讚為奇書、第一流的小說、最佳最美的小說，一方面又斥之為「誨淫」，認為「描寫淫褻太不成話」，這無疑是詮評史上最奇特的現象了，誠如學者所說，國外從未有一部禁書，達到《金瓶梅》又要研究、稱讚，又要查禁的水平，且無論怎樣改朝換代，將《金瓶梅》視為一部「淫書」看法始終沒有消失，其間差別僅在方法與程度，可見傳統觀念之頑強與牢不可破[16]。統治者維持禮教秩序出發，全面禁止這類小說的刊行，文人學士愛賞其藝術者，也不免要做各種道德性的解釋，以反駁衛道人士的攻擊，如謝肇淛的「濩洧之音，聖人不刪」，欣欣子的「明人倫，戒淫奔」等，以及各種勸善懲惡的說法，都企圖通過道德教化義旨的強調，替《金瓶梅》的「淫穢」尋找存在的理由，而如張竹坡「將其一部奸夫淫婦，悉批作草木幻影」、「一部淫情豔語，悉批作起伏奇文」，即意圖以「寓言」、「妙文」來掩飾「奸淫情事」帶來的尷尬。文龍一方面承認《金瓶梅》的「淫情穢語」寫得「細膩風光」，具有可讀性，一方面又說《綠野仙蹤》不比《金瓶梅》「一味濫淫」，可見中國讀者在閱讀小說時，除了美感之外，道德性的原則也是不能違背的，而《金瓶梅》卻是中國古典小說中最令學者尷尬的一部作品[17]，人們不願承認小說經典有不恰當、不道德（淫穢猥鄙）的內容，在這方面做了種種的解釋，替經典戴上道德的面具，一如歷來學者解釋《詩經》中「淫詩」的方式，共同反映了中國經典詮釋重道德性的特質[18]。

　　《金瓶梅》的「淫褻」在古今都不免有遺憾、惋惜，因此晚明崇禎本對情色的同情與鑑賞，終於隨著晚明社會文化、審美觀念的消逝，化為清人張竹坡的倫理化美學、文龍的實用教化美學。張竹坡以勸懲大義解說《金瓶梅》的主題寓意，以孝悌人倫、性理大義改造《金瓶梅》的淫書形象，不但為廣大讀者接受，而且影響了小說、戲曲的創作和

---

15 鄭振鐸：「在這部偉大的名著裡，不乾淨的描寫是那麼多；簡直像夏天的蒼蠅似的，驅拂不盡。……如果除去了這些穢褻的描寫，《金瓶梅》仍是不失為一部最偉大的名著的。」見〈談金瓶梅詞話〉，收入《名家解讀金瓶梅》，頁21。

16 江曉原，《中國人的性神祕》，頁117-118。

17 王彪，〈作為敘述視角與敘述動力的性描寫——金瓶梅性描寫的敘事功能及審美評價〉，《社會科學戰線》（1994年第2期），頁212。

18 韓德森指出世界各國註疏傳統多不能容忍經典呈現複雜曖昧的人生，非要把經典戴上道德面具不可。李淑珍，〈當代美國學界關於中國註疏傳統的研究〉，《中國文哲研究通訊》第9卷第3期，頁11-13。

批評[19]。文龍實用教化的閱讀觀點則流露了傳統文化對「淫穢」的不安與焦慮。清代長篇世態人情小說輩出，在創作上多少受到《金瓶梅》的影響，如《紅樓夢》、《歧路燈》、《綠野仙蹤》、《儒林外史》等，這些小說一致揚棄了《金瓶梅》直露的性描寫，形成一種新風格的人情小說，於是新的審美標準形成，讀者不約而同地指出自己有《金瓶梅》的藝術手法卻沒有「淫穢」之弊，更能符合讀者的審美需求。《金瓶梅》在古代由於選擇了相對「豔」而「淫」的表現手法呈現複雜的人生，以及文化心理的限制，從而造成了它的「難讀」，過去對於直露的性描寫向來不敢正視，而要以「寓言」加以掩飾，或攀附史傳、正統道德觀念加以解釋，從而錯失了《金瓶梅》情色美學的探索，這可說是詮評史中一大侷限。此一侷限必須有待文化心理障礙的克服，才能對「性描寫」文字作為揭示人物性格心理、命運的審美價值有進一步的認識。這一任務主要由當代金學家完成，視其為衡量《金瓶梅》價值不可或缺的一部分[20]。可見任何一個時代的讀者都不可能窮盡作品所有的藝術底蘊，只有將讀者的接受連接起來，才能更好地看出作品意義演變的歷史。

---

19 例如劉廷璣：「可以繼武聖嘆，是懲是勸，一目了然」，同註4引書，頁252。而張新之以性理大義解讀《紅樓夢》明顯受到張竹坡的影響，見一粟編，《古典文學研究資料：紅樓夢卷》，頁153-159。

20 可參看同註17引文。又，張國星、呂紅、田秉鍔等人收錄在《中國古代小說中的性描寫》一書中的文章。

參考文獻

　　本表共分七大類，一、小說原著，二、文學史、文學理論與批評，三、小說史、小說理論與批評，四、金瓶梅研究專著，五、文化藝術及其他，六、外文著作暨學位論文，七、單篇論文，每類各依作者姓氏筆劃排列。

一、小說原著

秦修容整理，《金瓶梅：會評會校本》，北京，中華書局，1998 年。

陳曦鍾、侯忠義、魯玉川編，《水滸傳會評本》，北京，北京大學出版社，1998 年。

陳慶浩編，《思無邪匯寶》，臺北，臺灣大英百科公司，1995 年。

陳德芳校點，《金聖嘆評西廂記》，成都，四川文藝出版社，2000 年。

齊煙、王汝梅校點，《新刻繡像批評金瓶梅》，香港，三聯書店，1990 年。

蘭陵笑笑生，《繡像金瓶梅》，臺北，雪山圖書公司，1991 年。

二、文學史、文學理論與批評

王岳川主編，《現象學與解釋學文論》，濟南，山東教育出版社，1999 年。

卡西勒（Ernst Cassirer），《人論》，臺北，桂冠圖書公司，1997 年。

朱光潛編譯，《西方美學家論美和美感》，臺北，天工書局，1984 年。

金元浦，《接受反應文論》，濟南，山東教育出版社，1998 年。

亞里斯多德（Aristotle），姚一葦箋註，《詩學箋註》，臺北，臺灣中華書局，1992 年。

布魯姆（Harold Bloom）著，高志仁譯，《西方正典》，臺北，立緒文化事業公司，1998 年。

林庚，《中國文學史》，廈門，廈門大學出版社，1947 年。

胡適，《中國新文學大系·文學論爭集》，臺北，業強出版社，1990 年。

尚學鋒、過常寶、郭英德，《中國古典文學接受史》，濟南，山東教育出版社，2000 年。

韋勒克（Wellek, Rene）、華倫（Warren, Robert Penn）著，王夢鷗譯，《文學論——文學研究方法論》，臺北，志文出版社，1992 年。

姚一葦，《美的範疇論》，臺北，臺灣開明書店，1992 年。

姚斯（H. R. Jauss）、霍拉勃（R. C. Holub）著，周寧、金元浦譯《接受美學與接受理論》，瀋陽，遼寧人民出版社，1987 年。

姚斯（H. R. Jauss）著，顧建光、顧靜宇、張樂天譯，《審美經驗與文學解釋學》，上海，上海譯文出版社，1997 年。

浦安迪（Plaks, Andrew），《中國敘事學》，北京，北京大學出版社，1998 年。

夏志清，《人的文學》，臺北，純文學出版社，1979 年。

陳伯海，《近四百年中國文學思潮史》，上海，東方出版中心，1997 年。
陳燕，《清末民初文學思潮》，臺北，華正書局，1993 年。
康正果，《風騷與豔情——中國古典詩詞的女性研究》，臺北，雲龍出版社，1991 年。
康正果，《重審風月鑑——性與中國古典文學》，臺北，麥田出版社，1996 年。
威廉・肯尼（William Kenney），陳酒臣譯，《小說的分析》，臺北，成文出版社，1977 年。
高宣揚，《解釋學簡論》，臺北，遠流出版事業公司，1977 年。
葉朗，《現代美學體系》，北京，北京大學出版社，1999 年。
袁震宇、劉明今，《明代文學批評史》，上海，上海古籍出版社，1991 年。
鄔國平、王鎮遠，《清代文學批評史》，上海，上海古籍出版社，1995 年。
黃霖，《近代文學批評史》，上海，上海古籍出版社，1993 年。
楊義，《中國敘事學》，嘉義，南華管理學院，1998 年。
郭紹虞，《中國文學批評史》，臺北，文史哲出版社，1990 年。
郭英德，《痴情與幻夢——明清文學隨想錄》，北京，三聯書店，1992 年。
陳國球、玉宏志、陳清橋，《書寫文學的過去——文學史的思考》，臺北，麥田出版社，1997 年。
陳思和，《中國新文學整體觀》，臺北，業強出版社，1990 年。
陳萬益，《晚明小品與明季文人生活》，臺北，大安出版社，1997 年。
陳萬益，《金聖歎的文學批評考述》，臺北，臺灣大學文學院碩士論文，1976 年。
趙滋藩，《文學原理》，臺北，東大圖書公司，2001 年。
賴力行，《中國古代文學批評學》，武漢，華中師範大學出版社，1991 年。
鄭頤壽主編，《文藝修辭學》，福州，福建教育出版社，1993 年。
謝无量，《中國大文學史》，臺北，臺灣中華書局，1968 年。
劉康，《對話的喧囂——巴赫汀文化理論述評》，臺北，麥田出版社，1995 年。
鄭振鐸，《插圖本中國文學史》，北京，文學古籍刊行社，1959 年。
顧易生、蔣凡、劉明今，《宋金元文學批評史》，上海，上海古籍出版社，1996 年。

三、小說史、小說理論與批評

一粟編，《古典文學研究資料：紅樓夢卷》，臺北，新文豐出版公司，1989 年。
王汝梅、侯忠義編，《金瓶梅資料匯編》，北京，北京大學出版社，1985 年。
王汝梅，《稗海新航：第三屆大連明清國際會議論文集》，瀋陽，春風文藝出版社，1996 年。
王齊洲，《四大奇書與中國大眾文化》，武漢，湖北教育出版社，2000 年。
方正耀，《中國小說批評史略》，北京，中國社會科學出版社，1990 年。
方銘編，《金瓶梅資料彙錄》，合肥，黃山書社，1986 年。
孔另境，《中國小說史料》，上海，上海古籍出版社，1982 年。
石鐘揚，《性格的命運——中國古典小說審美論》，合肥，安徽教育出版社，1998 年。
古典文學研究資料彙編，《水滸資料彙編》，臺北，里仁書局，1981 年。
朱一玄編，《金瓶梅資料匯編》，天津，南開大學出版社，1985 年。
朱一玄、劉毓忱編，《儒林外史資料彙編》，天津，南開大學出版社，1998 年。
宋克夫，《宋明理學與章回小說》，武漢，武漢出版社，1995 年。

李忠昌，《古代小說續書漫話》，瀋陽，遼寧教育出版社，1993 年

李福清，《李福清論中國古典小說》，臺北，洪葉文化事業公司，1997 年。

阿英編，《晚清文學叢鈔：小說戲曲研究卷》，臺北，新文豐出版公司，1989 年

周鈞韜編，《金瓶梅資料續編》，北京，北京大學出版社，1992 年。

周先慎、王偉民，《明清小說理論批評史》，廣州，花城出版社，1988 年。

佛斯特（E. M. Forster）著，李文彬譯，《小說面面觀》，臺北，志文出版社，1993 年。

孫遜、孫菊園編，《中國古典小說美學資料匯粹》，臺北，大安出版社，1991 年

金健人，《小說結構美學》，臺北，木鐸出版社，1988 年。

林崗，《明清之際小說評點學研究》，北京，北京大學出版社，1999 年。

茅盾、傅憎享等，《中國古代小說中的性描寫》，天津，百花文藝出版社，1993 年。

吳敢，《中國小說戲曲論學集》，臺北，文史哲出版社，2000 年。

孟瑤，《中國小說史》，臺北，傳記文學出版社，1991 年。

易竹賢輯錄，《胡適論中國古典小說》，武漢：長江文藝出版社，1987 年。

俞汝捷，《小說二十四美》，臺北，淑馨出版社，1989 年。

春風文藝出版社編，《明清小說論叢》（第一、五輯），瀋陽，春風文藝出版社，1983、1987 年。

胡邦煒著，《古老心靈的回音——中國古典小說的文化心理學闡釋》，成都，四川文藝出版社，1991
　　　年。

徐岱，《小說敘事學》，北京，中國社會科學出版社，1992 年。

浦安迪（Andrew, Plaks），沈亨壽譯，《明代四大小說奇書》，北京，中國和平出版社，1993 年。

夏志清，《中國古典小說導論》，合肥，安徽文藝出版社，1994 年。

孫楷第，《中國通俗小說書目》，臺北，木鐸出版社，1983 年。

孫遜、孫菊園編，《中國古典小說美學資料匯粹》，臺北，大安出版社，1991 年。

康來新，《石頭渡海——紅樓夢散論》，臺北，漢光出版社，1985 年。

陳平原，《小說史：理論與實踐》，臺北，淑馨出版社，1998 年。

陳洪，《中國小說理論史》，合肥，安徽文藝出版社，1992 年。

陳益源，《古典小說與情色文學》，臺北，里仁書局，2001 年。

傅騰霄，《小說技巧》，臺北，洪葉文化事業公司，1996 年。

黃自恆主編，《中國歷代禁毀小說海內外珍藏秘本集粹》，臺北，雙笛出版社，1994 年。

黃錦珠，《晚清時期小說觀念之轉變》，臺北，文史哲出版社，1995 年。

黃霖、韓同文選注，《中國歷代小說論著選》，南昌，江西人民出版社，2000 年。

黃霖編，《金瓶梅資料彙編》，北京，中華書局，1987 年。

甯宗一，《中國小說學通論》，合肥，安徽教育出版社，1995 年。

葉朗，《中國小說美學》，臺北，里仁書局，1987 年。

魯迅，《魯迅小說史論文集——中國小說史略及其他》，臺北，里仁書局，1994 年。

趙聰，《中國五大小說之研究》，臺北，時報出版社，1983 年。

賈文昭，《中國古典小說藝術欣賞》，臺北，里仁書局，1984 年。

楊義，《中國古典小說史論》，北京，中國社會科學出版社，1995 年。

樂衡軍，《古典小說散論》，臺北，純文學出版社，1976 年。

蔡國梁，《明清小說探幽》，臺北，木鐸出版社，1987 年。

嘯馬，《中國古典小說人物審美論》，上海，華東師範大學出版社，1990 年。

劉良明，《中國小說理論批評史》，武漢，武漢大學出版社，1991 年。

劉世德編，《中國古代小說百科全書》，北京，中國大百科全書出版社，1998 年。

劉蔭柏編，《西遊記研究資料》，上海，上海古籍出版社，1990 年。

謝昕、羊列容、周啟志合著，《中國通俗小說理論綱要》，臺北，文津出版社，1992 年。

鄭明娳主編，《貪嗔癡愛——從古典小說看中國女性》，臺北，師大書苑，1989 年。

四、金瓶梅研究專著

王汝梅，《金瓶梅探索》，長春，吉林大學出版社，1990 年。

王年雙，《金學源流：金瓶梅研究的考察》，復文出版社，1995 年。

牛貴琥，《金瓶梅與封建文化》，北京，人民文學出版社，2001 年。

中國金瓶梅學會編，《金瓶梅研究》（一至四輯），南京，江蘇古籍出版社，1991 年。

孔繁華，《金瓶梅的女性世界》，鄭州，中州古籍出版社，1991 年。

包振南等編，《金瓶梅及其他》，長春，吉林新華書店，1991 年。

杜維沫、劉輝編，《金瓶梅研究集》，濟南，齊魯書社，1988 年。

李建中，《瓶中審醜——金瓶梅色之批判》，臺北，文史哲出版社，1992 年。

何香久，《金瓶梅傳播史話——一部奇書在全世界的奇遇》，北京，中國文聯出版社，1998 年。

吳敢，《張竹坡與金瓶梅》，天津，百花文藝出版社，1987 年。

徐朔方，《金瓶梅西方論文集》，上海，上海古籍出版社，1987 年。

胡文彬，《金瓶梅書錄》，瀋陽，遼寧人民出版社，1986 年。

周中明，《金瓶梅藝術論》，臺北，里仁書局，2001 年。

邱勝威、王仁銘，《笑笑生話金瓶——市井風月》，臺北，雲龍出版社，1999 年。

牧惠，《金瓶風月話》，臺北，遠流出版事業公司，1989 年。

孟昭連，《漫話金瓶梅》，石家莊，河北人民出版社，2000 年。

姚靈犀，《瓶外卮言》，天津書局印行，1940 年。

孫遜、周楞伽，《漫話金瓶梅》，上海，上海古籍出版社，1988 年。

孫遜、詹丹，《金瓶梅概說》，上海，上海古籍出版社，1994 年。

孫述宇，《金瓶梅的藝術》，臺北，時報出版社，1979 年。

張國風，《金瓶梅描繪的世俗人情》，北京，書目文獻出版社，1992 年。

張兵、張振華，《經典書話，金瓶梅說》，南昌，江西教育出版社，1999 年。

張業敏，《金瓶梅的藝術美》，北京，教育科學出版社，1992 年。

曹煒，《金瓶梅文學語言研究》，南京，江蘇教育出版社，1997 年。

盛源、北嬰編，《名家解讀金瓶梅》，濟南，山東人民出版社，1998 年。

復旦學報編輯部編，《金瓶梅研究》，上海，復旦大學出版社，1984 年。

甯宗一、羅德榮編，《金瓶梅對小說美學的貢獻》，天津，天津社會科學院出版社，1992 年。

潘承玉，《金瓶梅新證》，合肥，黃山書社，1999 年。

蔡國梁編，《金瓶梅評注》，桂林，漓江出版社，1986 年。

霍現俊，《金瓶梅新解》，石家莊，河北教育出版社，1999 年。

魏子雲，《明代金瓶梅史料詮釋》，臺北，貫雅文化事業公司，1992 年。

魏子雲，《金瓶梅詞話注釋》，臺北，增你智文化，1981 年。

劉輝，《金瓶梅論集》，臺北，貫雅文化事業公司，1992 年。

劉輝、楊揚主編，《金瓶梅之謎》，北京，書目文獻出版社，1989 年。

劉輝，《金瓶梅成書與版本研究》，瀋陽，遼寧人民出版社，1986 年。

五、文化藝術及其他

朱熹，《詩經集註》，臺北，華正書局，1980 年。

朱熹，《四書集註》，臺北，臺灣書店，1959 年。

竹添光鴻，《左傳會箋》，臺北，明達書局，1986 年。

西蒙・波娃（Simone de Beauvoir），楊美惠譯，《第二性》（第二卷：處境），臺北，志文出版社，1996 年。

范曄，《後漢書》，臺北，鼎文書局，1977 年。

江曉原，《中國人的性神秘》，北京，科學出版社，1989 年。

李漁，《閒情偶寄》，杭州，浙江古籍出版社，1985 年。

李亦園，《文化與行為》，臺北，臺灣商務印書館，1970 年。

李茂增，《宋元明清的版畫藝術》，鄭州，大象出版社，2000 年。

袁中道，《珂雪齋前集》，臺北，偉文圖書公司，1976 年。

邱燮友等編譯，《四書讀本》，臺北，三民書局，1991 年。

胡適，《胡適自傳》，南京，江蘇文藝出版社，1995 年。

佛洛姆，《愛的藝術》，臺北，志文出版社，1997 年。

唐君毅，《中國文化之精神價值》，臺北，正中書局，1979 年。

辜鴻銘，《中國人的精神》，桂林，廣西師範大學出版社，2001 年。

陳筱芳，《春秋婚姻禮俗與社會倫理》，成都，巴蜀書社，2000 年。

陳東原，《中國婦女生活史》，臺北，臺灣商務印書館，1994 年。

陳東有，《人欲的解放》，南昌，江西高校出版社，1996 年。

張愛玲，《紅樓夢魘》，臺北，皇冠出版社，1991 年。

張愛玲，《張看》，臺北，皇冠出版社，1997 年。

安平秋、章培恆合著，《中國禁書大觀》，上海，上海文化出版社，1990 年。

黃偉林，《孔子的魅力》，臺北，宇河文化出版公司，1995 年

楊國榮，《理性與價值》，上海，上海三聯書店，1998 年。

趙爾巽等撰，《清史稿》，北京，中華書局，1998 年。

劉詠聰，《女性與歷史──中國傳統觀念新探》，臺北，臺灣商務印書館，1995 年。

關永中，《愛、恨與死亡──一個現代哲學的探索》，臺北，臺灣商務印書館，1997 年。

六、外文著作暨學位論文

Ding Nai-fei, "Obscene things:the sexual politics in Jin Ping Mei", Duke University Press, Durham and London, 2002.

David L. Rolston ed., "How to read the Chinese novel", Princeton University Press, 1990.

Milena Dolezelova-Velingerova, "Seventeenth-Century Chinese theory of Narrative: A Reconstrctionof its System and concepts", "poteic east and west". Monograph Series of the Toronto Semiotic Circle, No.4, 1988-1989, University of Toronto, Victoria College.

Raman Selden & Peter Widdowson, "A Reader's Guide to Contemporary Literary Theory", London; New York: Prentice Hall/Harvester Wheat shedf, 1997.

Rushton, Peter Halliday, "The Jin Ping Mei and the non-linear dimensions of the traditional Chinese Novel", San Francisco: Mellen Research University Press, 1994.

Shaun Kelley, Jahshan, "Ritual in everyday experience and the commentator's art: Zhang Zhupo on the Jin Ping Mei", Stanford University, Thesis (Ph.D), 1996.

Shan Te-hsing, "The self-ordained ideal reader: an iserian study of three hsiao-shuo p'ing tien critics" ，臺灣大學外文研究所博士論文，1986。

七、單篇論文

王彪，〈作為敘述視角與敘述動力的性描寫——金瓶梅性描寫的敘事功能及審美評價〉，《社會科學戰線》，1994 年第 2 期。

王彪，〈無所指歸的文化悲涼——論金瓶梅的思想矛盾及主題的終極指向〉，《文學遺產》，1993 年第 4 期。

田秉鍔，〈金瓶梅寓意層次論〉，《徐州師範學院學報》，1989 年第 3 期。

石昌渝，〈六十年金瓶梅研究述評（上、下）〉，《社會科學研究》，1985 年 4-5 月。

李淑珍，〈當代美國學界關於中國註疏傳統的研究〉，《中國文哲研究通訊》，第 9 卷第 3 期。

吳華，〈對金聖嘆小說理論的理論探討〉，《文藝理論研究》，1997 年第 3 期。

吳存存，〈晚明社會性崇拜與性偶像西門慶〉，《明清小說研究》，1998 第 1 期。

吳聖昔，〈論勸善懲惡——明清小說理論研究之一〉，《古代文學理論研究》第 12 輯。

林麗真，〈魏晉人論情的幾種面向〉，《語文、情性、義理——中國文學的多層面探討國際學術會議論文集》，臺灣大學中文系編，1996 年。

胡曉真，〈續金瓶梅——丁耀亢閱讀金瓶梅〉，《中外文學》，23 卷第 10 期，1995 年 3 月。

胡萬川，〈明清小說的版畫與插圖〉，《中外文學》，第 16 卷 12 期，1988 年 5 月。

施叔青，〈兩情〉，《聯合文學》，第 11 卷第 12 期，1995 年 10 月。

浦安迪，〈中國長篇小說的結構問題〉，《文學評論》第三集，1976 年。

孫蓉蓉，〈文龍的金瓶梅題旨論〉，《明清小說研究》，1991 年第 1 期。

高小康，〈交叉視野中的金瓶梅——與夏志清金瓶梅新論對話〉，《明清小說研究》，1998 年第 4 期。

梁道理，〈試論明清小說批評中的兩種主要模式〉，《陝西師大學報》，1987 年第 3 期。

皋于厚，〈論古代小說的寓言化特徵〉，《明清小說研究》，2000 年第 2 期。

陳文忠，〈古典詩歌接受史研究芻議〉，《文學評論》，1996 年第 5 期。

陳東有，〈金學研究的新貢獻——評陳昌恆《馮夢龍、金瓶梅、張竹坡》〉，《華中師範大學學報》，1996 年第 2 期。

陳昌恆，〈張竹坡評金瓶梅理論拾慧〉，《中南民族學院學報》，1986 年第 2 期。

陳翠英，〈閱讀與批評：文龍評金瓶梅〉，《臺大中文學報》，2001 年 12 月。

陳維昭〈因果、色空、宿命觀念與明清長篇小說的敘事模式〉，《華南師範大學學報》，1989 年第 4 期。

陳萬益，〈說賈寶玉的意淫和情不情——脂評探微之一〉，《中外文學》第 12 卷 9 期，1984 年 2 月。

莊伯和，〈明代小說繡像版畫所反映的審美意識〉，《明代版畫藝術圖書特展專輯》，臺北，國立中央圖書館，1989 年。

張進德，〈明清人解讀金瓶梅〉，《明清小說研究》，2000 年第 4 期。

梅鵬程，〈我自做我之金瓶梅——張竹坡金瓶梅評點的審美觀照〉，《江漢論壇》，1996 年第 6 期。

崔曉西，〈張竹坡在金瓶梅評點中的情理範疇及其在小說批評史上的地位〉，《浙江師大學報》，1996 年第 3 期。

傅正明，〈波蘭的薩福——辛波絲卡的愛之詩琴〉，《當代》129 期，1998 年 5 月。

楊玉成，〈劉辰翁，閱讀專家〉，《國文學誌》第 3 期，1999 年 6 月。

齊魯青，〈論張竹坡的金瓶梅批評〉，《內蒙古大學學報》，1995 第 1 期。

齊魯青，〈明代金瓶梅批評論〉，《內蒙古大學學報》，1994 年第 1 期。

趙興勤，〈傳統家庭倫理與金瓶梅的家反宅亂〉，《中國古代、近代文學研究》，1992 年第 9 期。

蔡一鵬，〈論張竹坡評點金瓶梅的道德理性思維方式〉，《文學遺產》，1993 年第 4 期。

魏崇新，〈金瓶梅的宗教意識與深層結構〉，《中國古代、近代文學研究》，1992 年第 9 期。

魏崇新，〈金瓶梅藝術簡論〉，《徐州師範學院學報》，1989 年第 1 期。

劉勇強，〈金瓶梅本文與接受分析〉，《北京大學學報》，1996 年第 4 期。

劉紹智，〈謝肇淛評金瓶梅〉，《中國古代、近代文學研究》，1992 年第 5 期。

劉書成，〈在古代小說理論批評史上「以淫制淫」說的提出與實踐〉，《西北師大學報》，1996 年 7 月。

羅德榮，〈張竹坡寫實理論的美學貢獻〉，《天津社會科學》，1995 年第 6 期。

鄭培凱，〈天地正義僅見於婦女——明清的情色意識與貞淫問題〉，《當代》第 16 期，1987 年 8 月。

譚帆，〈清代後期小說評點塵談——論近代小說創作思想對傳統的返歸〉，《明清小說研究》，2001 年第 3 期。

譚帆，〈論我國古代文學批評的幾種主要模式〉，《華東師範大學學報》，1985 年第 4 期。

譚帆，〈小說評點的萌興——明萬曆年間小說評點述略〉，《文藝理論研究》，1997 年第 6 期。

龍協濤，《文學讀解與美的再創造》，臺北，時報出版社，1994 年。

金岢、解慶蘭，《金瓶梅與佛道》，北京，燕山出版社，1998 年。

陽晴，《色情書——中國性學報告》，臺北，皇冠出版社，1994 年。

李洪政，《金瓶梅解隱——作者、人物、情節》，臺北，臺灣商務印書館，2000 年。

鄭振鐸，《中國文學研究》，上海，上海書店，1981 年。

高淮生，〈紅樓夢之淫的啟示〉，《紅樓夢學刊》，1999 年第 1 期。

飯田吉郎等著，黃霖、王國安編譯，《日本研究金瓶梅論文集》，濟南，齊魯書社，1989 年 10 月。

李辰冬〈金瓶梅法文譯本序〉（原載於 1932 年 4 月 25 日《大公報》）。

吳晗，〈金瓶梅的著作時代及其社會背景〉（原載《文學季刊》1934 年 1 月創刊號）。

李長之，〈現實主義和中國現實主義的形成〉，《文藝報》1957 年第 3 號。

Shang Wei, "The making of the everyday world: Jin Ping Mei Cihua and the encyclopedias for daily use",「世變與維新,晚明與晚清的文學藝術」研討會論文,1999 年 7 月。

何懷碩,〈論藝術與色情〉,《文訊》第 5 期,1983 年 11 月,頁 42-52。

張祝平,〈明代豔情小說的發展與朱熹的「淫詩說」〉,《書目季刊》第 13 卷第 2 期,1996 年 9 月,頁 55-70。

高桂惠,〈情慾變色——試論丁耀亢《續金瓶梅》的德色問題〉,《中國古典文學研究》,第 1 期,1999 年 6 月,頁 163-184。

王彪,〈人性之惡與生命之惡的寓言——金瓶梅性描寫新論〉,《學術研究》。

王平,《中國古代小說文化研究》,濟南,山東教育出版社,1996 年 9 月。

王從仁、黃自恒主編,《中國歷代禁毀小說漫談》,臺北,雙迪國際出版社,1996 年。

朱立元,《當代西方文藝理論》,上海,華東師範大學出版社,1997 年。

胡經之、張首映,《西方二十世紀文論選》,北京,中國社會科學出版社,1989 年。

國家圖書館出版品預行編目資料

《金瓶梅》詮評史研究

李梁淑著. – 初版. – 臺北市：臺灣學生，2014.09
面；公分（金學叢書第 1 輯；第 16 冊）

ISBN 978-957-15-1631-8 (精裝)

1. 金瓶梅 2. 研究考訂

857.48   103011454

《金瓶梅》詮評史研究

著　作　者：李　　　梁　　　淑
主　　　編：吳　敢、胡　衍　南、霍　現　俊
出　版　者：臺　灣　學　生　書　局　有　限　公　司
發　行　人：楊　　　雲　　　龍
發　行　所：臺　灣　學　生　書　局　有　限　公　司
　　　　　　臺北市和平東路一段七十五巷十一號
　　　　　　郵 政 劃 撥 帳 號：00024668
　　　　　　電　話：(02)23928185
　　　　　　傳　眞：(02)23928105
　　　　　　E-mail：student.book@msa.hinet.net
　　　　　　http://www.studentbook.com.tw

定價：精裝 16 冊不分售
　　　新臺幣 20000 元

二 〇 一 四 年 九 月 初 版

金學叢書 第一輯